滄海叢刊

大衆傳播的挑戰

石永貴 著

1987

東大圖書公司印行

© 大衆傳播的挑戰

作　者　石永貴
發行人　劉仲文
出版者　東大圖書股份有限公司
總經銷　三民書局股份有限公司
印刷所　東大圖書股份有限公司
地址／臺北市重慶南路一段六十一號二樓
郵撥／〇一〇七一七五—〇號
初　版　中華民國七十六年三月
基本定價　陸元捌角玖分
行政院新聞局登記證局版臺業字第〇一九七號

學以致用：《大衆傳播的挑戰》序

石永貴

王安博士在他的《教訓》一書中，扉頁就引了孔子的話：「學而時習之，不亦說乎？」—《論語・學而》第一。

「學而時習」，固然是人間一樂事，但「學以致用」，及在「致用」中「學習」，甚至是嚴肅的人生課題。

在高度現代化的社會中，一種新的教育理念—「終身教育制度」，已經形成。可見「學以致用」以及在「致用」中再「學習」，已是未來社會發展的迫切趨勢。

我何等幸運，能把在國內外專研的學問—新聞，「學以致用」的用在大衆傳播事業經營上，並且得到豐盛的再學習與再教育機會。

過去將近三十年，真是「感恩的歲月」，我的學校教育，先後在國內外經歷了三個階段：

—民國四十八年，畢業於國立政治大學新聞系。

—民國五十一年，畢業於國立政治大學新聞研究所。

—民國五十六年，畢業於美國明尼蘇達大學新聞及大衆傳播學院。

自踏出校門之後，我邁向另一段學習與服務的歷程，但是，幸運的是，我從未離開過新聞事業的崗位。

從中央文化工作會到臺灣新生報，從臺灣新生報到臺灣電視公司，我獻身新聞傳播事業，先後從事新聞界關係協調、報業經營到電視經營等工作，可說是「廿年如一日」。

回顧這三十年學用相長的歲月，我充滿感恩之情。我能將所學，用在工作上，甚至得到充分的發揮，最要感謝啓導我的國內外的良師益友，不只是給我專業知識，更給我獻身新聞工作的信念；也要感謝給我工作表現機會的長官，由於他們的信任、鼓勵與支持，使我有充分發揮個人抱負的機會。當然，這種種，也都是出於國家安定、社會進步所賜。

民國五十六年，由美國返國，將近二十年間，我剛好出了十本書：

一、《祖國！祖國》（民國五十七年，商務）
二、《人才、教育、傳播》（民國五十八年，水牛）
三、《紅海新娘》（民國六十年，商務）
四、《大衆傳播短簡》（民國六十年，三民）
五、《科學新聞報導》（民國六十一年，臺北市記者公會）
六、《傳播與生活》（民國六十四年，黎明）
七、《無花果》（民國六十八年，文豪）
八、《全力以赴》（民國七十二年，文經社）
九、《爭日也競月》（民國七十三年，允晨）
十、《人生的明燈》（民國七十四年，九歌）

其中，除了《祖國！祖國》、《紅海新娘》、《無花果》及《人生的明燈》四本書，屬於雜文性質外，其餘六本都是我獻身新聞工作的心路歷程。《大衆傳播短簡》是一本小書，爲我早年服務中央委員會第四組時，逐週所寫的有關傳播的短文集成，當時三民書局主人劉振強先生，不以其「輕」、「薄」、「短」、「小」而見棄，惠予出版，迨今已十五寒暑，感念尤深。

而本書—《大衆傳播的挑戰》，將是我未來另十本書的一個開始。它是我過去三十年，獻身新聞及大衆傳播領域中，學習、研究、致用、實踐的心得總結。

在我獻身新聞工作的二十年間，除了全力工作外，埋首寫作，就是我「溫故而知新」的學習活動，也是我唯一的休閒生活。回顧這本書的點點滴滴，對我而言，都是無數恩情的結晶。—許多理論，或出自名師的授傳，或出自良師啓發。感恩之餘，自不敢掠美。—許多工作心得，都是出自長官、先進的感召與指教。

再說，若沒有雙親的期望、友好的鼓勵、同事的協助，我根本沒有信心與能力，寫出任何一本書。

回顧往事，二十年前，在紐約碼頭揮別的情景，歷歷如昨。

民國五十六年秋天，我從紐約乘復安輪返國。前來送船的，一位是報關商人，一位是我敬愛的新聞界老大哥。我站在又擠又亂的紐約碼頭，守著腳底下那些紙箱子裏「不值錢」的書籍。這位老大哥開玩笑地說：我看這些「書」，還是留下，我送你一套高爾夫用具。回國後，有用得多。

當然，我知道這只是一句戲言罷了。

返國後，箱中的這些書，成了我的良伴，無論教書、寫作或是工作，儘管我重視新的專業出版品，但這些千里迢迢帶回來的書，依然對我幫助與啓發很大，尤其當我反覆索閱之際，恩師們傳道、受業、解惑的德澤，往往躍然紙上，令我感懷不已。而本書所包含的若干見解，自然也深受這些書的啓迪。

有關本書的內容，共分六卷廿四節，依次爲：新聞與大衆傳播學研究、新聞觀念與編輯內容、言論報國與言論人才、報業的挑戰、電視的競爭與合作、大衆傳播教育。其中除了一、二篇之外，都曾在國內報刊，如：新聞學研究、報學、中央月刊、傳記文學等發表過，而經重新整理，彙編成書。惟大衆傳播學術及事業，日新月異，掛一漏萬之處，敬請海內外方家不吝指正。

本書得以問世，首先感謝三民書局劉振強先生的盛意邀約，而在編校過程中又偏勞蔡林森雄先生、王韻儀小姐等，費時費心甚多，併此誌謝。

敬以本書，獻給：

過去三十年來，在新聞教育及新聞事業領域中，教導我的師長，鼓勵我的前輩與提攜我的長官、協助我的同事。

當然，如果本書還能對處於挑戰中之我國大衆傳播事業，有些許的參考價值，那也正是我擁有三十年「感恩歲月」的一種回饋。

大衆傳播的挑戰

目次

卷陸・大衆傳播教育

《卷壹》

新聞與大家傳播學研究

一・新聞學研究之回顧

美國大衆傳播學者韋勃・施蘭穆（Wilbur Schramm）曾於一九五七年春季號《新聞學季刊》（*Journalism Quarterly*）發表了一篇論文，歸納有關《新聞學季刊》內容，所得出新聞學研究四個趨勢：

一是定量方法代替定質方法（Toward quantitative treatment, as opposed to non-quantitative）

二是行爲科學方法代替人文方法（Toward behavioral science method, as opposed to humanistic method）

三是過程與結構研究代替報人之研究（Toward the study of process and structure, as opposed the study of great men）

四是傾向世界性報業與報業制度之研究（Toward a world-wide concern with the press and press systems）

這幾個趨勢的獲致，顯而易見的，是新聞學研究進入了一個簇新的大衆傳播學研究的時代。

由報學經過新聞學而到大眾傳播學，新聞學研究內容在擴大與加深，研究方法在更新——趨於科學方法。其中經過二次傳播媒介的革命——廣播與電視的出現，而成爲大眾傳播的時代。

若干美國新聞學府，特別是晚近成立的，漸以大眾傳播學院代替新聞學院，或二者兼取並容，或保持新聞學院古老的招牌。第一種以史坦福大學傳播學院爲代表，第二種以明尼蘇達大學新聞與大眾傳播學院爲代表，第三種以世所週知的米蘇里新聞學院爲典型。

這並非是名目上的標新立異，而是研究方法更新，研究領域擴大與媒介增進之結果。

作者曾對以上四個研究趨勢的結果，作一濃縮性的整理，以提供國內研究新聞者，能有一個簡明而又完整的記錄。但，卻留下一個爲國內新聞學者關心的問題：爲什麼美國新聞學研究會有今天的成績？我們今日究在報學時代、新聞學時代或是已進入大眾傳播學研究的時代？我們新聞學研究，究較美國落後多少年？特就美國新聞學研究發達之原因，作一分析，以助於上項諸問題之探討與解答。

任何事業或學術之發展，必有環境之因素。雖環境因素錯綜複雜，且相互影響，我們仍然可以找出新聞學研究發達之主要原因，約有以下五端：

(一) 基本資料之完整與翔實；

(二) 新聞學院之發達；

(三) 系際合作研究之成績；

（四）基金會之大力支持；

（五）國際組織之贊助與推動。

茲一一分述如下：

基本資料之完整與翔實

對於新聞事業之研究，必須有基本資料（Basic Data）作爲研究之依據，否則卽無法求出有意義的統計數字，與正確的比較結論。這些基本資料，不僅是包括新聞事業本身之統計，還需要基礎分析資料以及相關資料。例如：我們要想研究傳播對象閱讀內容選擇與性別、經濟能力、教育程度、社會地位等之關聯性，其間無可避免地，涉及選樣問題，而如何作選樣之依據，則必須有完整的人口資料，其中包括：教育、經濟、職業等統計。

具有價值的資料，至少要具備完整、翔實、公開，再加上不斷的修正（也就是最新資料的提供）等條件。很顯然的，若根據一九六七年的資料，從事一九六九年的羣體分析，所得到的結果，就令人懷疑是否能接近「現在」，因爲就資料採用時間來講，舊了一年。

美國是一個資料寶藏豐富的國家，從地方到全國，各行各業都提供公開而翔實的資料，供學者專家從事研究之用。凡統計資料經過公開後，必須經得起各方面之挑戰，誇大或任何不實統計資料之提出，均是不智的行徑。統計資料之搜集、整理、查對與完成，是相當鉅大的工程，可說無人敢提出無法接受考驗的資料。如果一個研究者敢根據無徵信價值之統計，從事研究工作，那是毫無價值的，亦是無前途的。

稍具規模的圖書館或研究室，從地方性到世界性，均具備各方面來源的統計資料和資料分析。而統計資料廣泛應用，可說已到了「我爲人人，人人爲我」的境界。全國性統計資料對於地方報紙經營者有參考價值；而地方統計資料，對於全國性廣告商亦有瞭解價值。例如：明尼蘇達州明城星報系統（Minneapolis Star and Tribune），自從一九五三年以來，即向全國性廣告客戶提供一項服務，每年將「明尼蘇達州主婦調查」（Minnesota Homemaker Surveys）的統計資料輯印成册（訪問二千四百名家庭主婦），以求瞭解何種型態產品他們正在購用，以及購用選擇時受何種傳播媒介影響較大。這對於明州以及全國性廣告代理商、製造商，均是極佳的服務，而幫助外界瞭解「明尼蘇達市場」，這是極忠實的公衆關係，所以具有永遠使用價值，每年修正一次，以期達到直到此刻爲止的資料。

對於大衆傳播研究者，下面這些關於美國或世界的傳播工業的統計年鑑、記錄，是極富價值的：

1. N. W. Ayer & Son, *Directory of Newspapers and Periodicals*; Philadelphia: N. W. Ayer & Son, Inc.
2. *Editor and Publisher International Yearbook*; New York: Editor & Publisher Co., Inc.
3. Broadcasting, *Broadcasting Yearbook*; New York: Broadcasting Publications Inc,

4. *Media Records*; New York: Media Records, Inc.,

5. *World Communications: Press, Radio, Television and Film*; New York:UNESCO and the UNESCO Publications Center.

以上的五本有關大衆傳播事業的統計資料，除了最後一本世界性調查爲不定期出版外，其他四本均是關於美國大衆傳播事業（其中包括新聞教育）統計資料，每年修正一次，屬於年鑑性質。

這些傳播工業基本資料，今天在美國新聞學院圖書館中，信手拈來，隨處可取，普遍被採用。但五十餘年前又如何呢？

古典新聞學者今天還很清楚記得，在一九三六年的時候，所謂基本資料眞是少得可憐。一位卓有遠見的新聞學者 Malcolm Willey 曾在一九三五年《新聞學季刊》上，發表了一篇題爲「新聞學定量方法與研究」(“Quantitative Methods and Research in Journalism, 12:255-65)，提出一些頗具挑戰性問題，而這些對新聞學研究極關重要的問題，是新聞學研究者以及社會科學家極願獲知答案的，這些問題包括：

在美國有多少報紙？它們地理分佈情形又如何？如果這些報紙數量有所改變，又如何？

在美國有報紙發行的社區有多少？數量是在增加或是減少？在每個社區中發行有多少家報紙？大社區報現在是增加或是減少？

什麼是美國報紙發行的政治關聯性？

正如施蘭穆博士所指出的，今天，我們再回顧這些問題，好像是很可笑的問題，但美國新聞學研究有今天的成就，就靠着這些問題的解答！這是美國新聞學研究，能進入更深一層境界的關鍵。其理由至爲簡單，若缺乏這些資料作基礎，就無從下手研究。

基本資料本身並無價值，必須適當的整理與利用，才有價值可言。

我們再尋找新聞學研究發展的第二個原因——新聞學院之發達。

新聞學院的發達

新聞學的研究，其過程不是躍進，而是緩慢向前推進的。其間經過報學、新聞學研究、而後有大衆傳播學。等到進入大衆傳播研究的時代，研究變成新聞學府一個基本關心題目的時候，新聞學研究才進入科學的天地，進入社會科學的範疇。

新聞學院有三個神聖的使命：教學、服務、研究。而新聞教育發展到以上完整三個使命之時，教學、服務、研究三者相互支持發展，而達成新聞教育的多項目標。例如明尼蘇達大學新聞及大衆傳播學院就是一個代表性的例證。

明大新聞與大衆傳播學院與明城星報系統合作已有數十年的歷史，對於和明大合作，星報系引爲無上光榮。根據這項比合同還要穩固的合作發展，每二年由明大爲明城星報作一項民意測驗，其着眼點是報紙可讀性與讀者興趣測驗（Readership and reader-interest surveys）。明城星報系統所發行的報紙，雖然獨佔市場，但仍不斷瞭解讀者，尤其自從電視媒介加入傳播事業競爭後，星報系研究部門負責人（Sidney S. Goldish）自詡為「最豐富與最豐收的研究」。星報系為了這項長期合作計劃所付出的代價，只是調查費用而已，但卻促成了該學院基本新聞學研究之發展。

明大新聞學院本身接受委託而從事星報系報紙讀者調查研究，足可同時肩負三大任務：

服務——調查工作本身，是對於大學所在地大眾傳播事業社會所提供的一項服務。

教學——調查所獲致的經驗及結論，可供教學用，是極佳的教材資料。

研究——調查本身，對於主持設計及參與調查的教授與研究人員，均是研究生活。

意外的收穫，是研究基金可幫助新聞學院發展研究設備，加深與擴大研究的成果。

從以上的一個簡單例證中，顯示出教學、服務、研究的不可分性，單一的活動而達成多重目標。但是唯有一個新聞學院研究有成果表現的時候，才能完成三個目標。換言之，在新聞教育發展初期，只是以教學為目標，有顯著成果後，才有能力接受委託服務。大眾傳播事業社會，最常見的一種服務，是對於新聞工作者的在職訓練。

這裏我們存有一個問題：為什麼新聞教育初期無法從事研究工作呢？約略有以下幾個原因：

第一、初期的新聞教育機構太忙。它們只是造就記者與編輯，已經足夠吃力的。

第二、師資的缺乏。初期的新聞教育工作者，多是出色的新聞職業工作者，如社長、總編輯、採訪主任、主筆等，應聘擔任教職。他們所擅長的，是源於經驗的傳授，自無法承擔研究工作。如眾所週知，現代新聞教育開拓者，創辦米蘇里新聞學院的威廉氏（Walter Williams），教育程度只是小學畢業，職業經驗是一位鄉村印刷人。新聞教育的初期，教授名錄上若發現有博士資格者可稱奇蹟，只是今日被譽爲民意測驗之父的蓋洛普（George Gallup）博士，曾在愛我華大學新聞學院教過極短時間的書，旋因氣味不投而離去，發展他自己的蓋洛普事業。一九三五年後，雖有博士資格者參加新聞教育，如美國新聞史之父莫特（Frank Luther Mott），但均屬人文學者，對於現代新聞學研究之貢獻，止於播種與鼓吹。

第三、缺乏研究設備。工欲善其事，必先利其器，新聞教育初期可說無研究設備可言，無研究方法可談，所有新聞學院設備止於編、採實習工廠。

新聞學研究發展，是起於新聞學院，重心由實習工廠，移於新聞研究所。

新聞研究所的成立，歷史很短，距今不過四十餘年的時間。

一九四四年，明尼蘇達新聞學院院長凱塞（Ralph D. Casey）成立有史以來第一個新聞研究所（Division for Journalism Research），並由後來擔任長時期威斯康辛大學新聞學院院長納芝哥（Ralph O. Nafziger）爲研究所主任。凱塞亦爲老報人、政治學博士，對於新聞學術研究可謂開風氣之先。此後新聞研究所陸續成立，如伊利諾、愛我華、密歇根、威斯康辛以及後來居上的史坦福大學等校均成立新聞或是傳播研究所，爲高深新聞學研究之基地。

進入新聞研究所時代，可謂新聞教育的革命。它的結果與影響也是多方面的：

第一、新聞學院的主持人由老報人、教育家，轉爲社會科學家。由心理學家、社會學家來領導新聞學院，如曾任明尼蘇達新聞學院院長瓊斯（Robert Jones）及愛我華大學新聞學院院長麥克林（Malcolm Maclean, Jr.）就是典型的例證。而這些主持人均是新聞研究的能手，如瓊斯博士就曾主持新聞研究所多年，後因成績斐然，乃主持全院。

第二、新聞學院學生專業課程減少。相對地增加自然科學與社會科學的學科，研究生尤注重研究方法學，如統計學等。

第三、高等學位的授與。新聞教育的初期，也就是在「教學」時代，學士學位與那些無數以學徒起家、行伍出身的新聞工作者比較，從學歷而言，已是開創一個新時代；但新聞研究所的成果，造就碩士和博士新聞研究者與學者。博士學位的頒授還是最近四十年的事。在一九六〇年全美國只有九所新聞學院有學術能力授給新聞學或大衆傳播學博士學位，而這九所學院都有新聞（傳播）研究機構，它們是：Minnesota, Illinois, Stanford, Michigan State, Wisconsin, Missouri, Iowa, Northwestern 和 Syracuse.

當討論到新聞學院所擔任研究工作之時，我們必須介紹另一個因素：系際合作計劃（Interdisciplinary Program）。

系際合作研究之成績

何謂系際合作研究？卽是不同學門的研究者，聚集一室共同研究，取人之長，補己之短，其目的在發展本科之研究。例如：物理學家、化學家與數學家之結合智慧，爲原子彈之產物。

第二次世界大戰後，高級科學之研究趨於二個方式：極細之分工與合作之研究，今日科學之成果均是分工與合作之成績。看似矛盾，但一點也不矛盾。因爲越精深的研究越需要借助外來的理論與工具，才能有力量向前再推進一步。

自然科學施用系際合作的研究，固多成就；用之於社會科學的研究，尤具有非凡的貢獻，它使得社會科學的研究，邁入新境界，而使得許多個別學問的死節，在智慧集中的原則下，獲得非凡的成就。系際科學研究中心是社會科學研究的象徵，此種研究中心不僅成立於本學園之內，而且推廣於各學院之間，最後發展爲全國性的系際研究中心。如社會科學家嚮往的「行爲科學高級研究中心」(The Center for Advanced Study in the Behavioral Science)，設於風景宜人之加州，被視爲科學家渡假的樂園，這裏集合了全國第一流學府中第一流的社會科學家，如大衆傳播學家、社會學家、以及統計學家等等，相互切磋，取人之長補己之短，而創造智慧集中的奇蹟。在這裏從事渡假研究的科學家，眞正享受完全的自由，不必開會，不必上課，也沒有硬性規定必須提出研究報告。這裏的研究生活以及享譽之隆，足可與愛因斯坦時代的普林斯頓科學研究院映輝。

新聞教育雖然發展較遲，是新與的社會科學，但是其所用的方法却是很古老，直到二次世界大戰後，仍注重經驗傳授，工廠知識勝於研究室的實驗結果。

在新聞教育發展歷史中，有三個年代是重要的新里程碑。

——一九〇八年，世界上第一個正式新聞教育機構——米蘇里新聞學院成立。

——一九四四年第一個新聞學研究機構成立於明尼蘇達大學新聞學院。

——一九四七年設立於新聞學院第一個正式系際合作計劃研究單位，在施蘭穆博士計劃之下，成立於伊利諾大學，定名爲傳播研究所（Institute of Communications Research）。

施蘭穆博士此一創舉，成就非凡，而使伊利諾大學新聞學院成爲全美新聞學術研究中心，他因此被譽爲大衆傳播學的集粹者。伊利諾傳播研究所的設備與集合各科之人才，吸引了全國其他院校的新聞學者。當時，學者專家不惜迢迢千里而來伊利諾「留學」，研究如何使用計算機，如何把統計資料放到電腦中去「跑」，對於傳統的新聞學者來說，伊利諾的「創世紀」可說蔚爲奇觀。

施蘭穆博士未成立傳播研究所之前，芝加哥大學亦曾作類似之嘗試，但並未得到成功。

施蘭穆博士的系際合作計劃成功後，成爲新聞學院仿效的目標，而新聞學術領導中心，亦視系際合作計劃強弱而定。一九五二年，在福特基金會支持下，麻省理工學院在從事國際傳播研究方面，獲致更大的成功。

一九五五年施蘭穆博士離開伊利諾，在福特基金會支助下，於史坦福大學傳播學院成立了另一個傳播研究所（Institute for Communication Research），集合了社會學家、心理學家、統計學家等，研究美國與世界傳播事業的問題。

傳播研究所幾成爲施蘭穆的「註册標誌」，在過去將近四十年來，施蘭穆博士成爲傳播理論研究中心的主人。

基金會的大力支持

一九六七年七月二日，在美國報紙中，頗著聲譽的明城論壇報（Minneapolis Tribune）星期版的首頁頭條標題是：

Moos, Ford Foundation Man

Named University President

由這一條新聞的處理本身，可以知道 Ford man 的魔力。本來大學校長的更易，並不是一條大新聞，但對於明尼蘇達州來說，卻是大新聞，尤其是一位 Ford man 的繼任。Malcalm C. Moos，在學術上本無地位，他在政治方面的經驗，是在艾森豪政府時期，曾任白宮特別助理。Moos 能被提名爲明大校長成功，和福特基金會的人事關係不無聯帶，在未應聘明大校長之前，Moos 爲福特基金會法律與政府部主任（Director of the Foundations Office of Governments and Law）。有這樣一位與財團有深交的校長，自然對於向基金會申請基金方便不少，爲學校廣開財路。

教育爲投資之事業，而高深學術之研究，尤需大量之資金。近年來，第一流學者不願做教育行政首長，大錢難弄卽是其中主要原因之一。而名教授有足够的光與熱，可以吸引研究資金，研究計劃源源而來，推動研究學術之發展，其間之關係，如同雪球越滾越大，也類似鷄生蛋與蛋生鷄原理，基金支持研究計劃，而研究計劃培育人才與擴充設備，學術研究就是靠基金會的力量發展的。

遺傳學家 George W. Beadle 就曾經說過：「如果在主要地區與緊要關頭缺少私人基金會的

支持，奇異的廿世紀實驗生物的果實殊少可能。」當Rockfeller Foundation 慶祝五十週年的時候，很驕傲地回憶它的成果：在醫學、生理學、化學、物理學方面所有獲得諾貝爾獎金得主中，百分卅四均曾得到該基金會的支助。

新聞學術研究也不例外。若無基金會的力量，今日新聞學術研究能否如此壯觀，實令人懷疑。

新聞學研究成果與基金會支持具有因果關係。正如吾人所熟知，今日新聞學術研究，起因於研究中心的創立與研究學人熱心潛研的成績，而這些中心與學人，直接或間接均與基金會的財力有密切關係。如國際新聞學會(International Press Institute, IPI)即是在 Ford 與 Rockfeller 二大基金會支持下而創立的。今日執傳播理論研究之牛耳的史坦福傳播研究所，亦是獲得 Ford 的支助，由施蘭穆博士領導成功的。

國際組織之贊助與推動

國際傳播研究，是二次世界大戰後的新趨勢，而國際傳播最大的障礙，即是政治力量的干擾。聯合國之不斷努力，有助於世界科學、文化、經濟、社會之發展與瞭解。積極推動國際傳播研究，爲聯合國的 UNESCO 中心工作之一，其成就也是史無前例的。

UNESCO 負責推動國際傳播事業之中心機構爲大衆傳播部(Department of Mass Communication)。

大衆傳播部對於大衆傳播研究的貢獻有三方面：

第一、對於出版物的供應。大衆傳播部以各種方式發表出版物，以提供研究國際傳播的基本資料。除了本身定期發行有關大衆傳播的書刊外，另外還以間接方式委託個人研究，資助出版。大衆傳播部出版品不下數百種，早期，其中具有特殊價值者如：

World Communications: Press, Radio, Film, Television.

Press, Film, Radio: Reports of the Commission on Technical Needs, in five annual volumes and two supplements. Covers 157 countries and territories.

The Problems of Newsprint, by the Intelligence Unit of the Economist.

Education for Journalism.

The Training of Journalists: A World-wide Survey on the Training of Personnel for the Mass Media.

Legislation for Press, Film and Radio, by F. Terrou.

Trade Barriers to Knowledge.

Newsreels Across the World, by Peter Baechlin and M. Muller-Strauss.

Transmitting World News, by Francis Williams.

News Agencies: Their Structure and Operation.

The Problems of Transmitting Press Messages.

One Week's News, by Jacques Kayser.

Television, A World Survey.

Book for All, A Study of International Book Trade, by R. E. Barker.

從這一張極簡單的列舉書目中，可以看出聯合國大衆傳播部對於世界性大衆傳播事業推進之熱心與出版內容之普遍。值得特別一提的，是 *World Communications* 的出版，對於世界傳播事業現況基本資料之調查完成，乃是史無前例的巨大工程。該書不但是大衆傳播研究者的重要參考書，同時，由於這項資料之完成，而使得傳播學者研究國際傳播現勢有所根據。像 *World Communications* 這樣的書，也只有聯合國機構有足够的人力、財力與徵信權威，以完成世界性的調查工作。

第二、是集合傳播學者、專家、工作者於一堂，共同發展開發中國家的傳播事業。這是 UNESCO 的超人眼光，以宗教家的精神，負起未開發國家傳播開發的責任，而不是錦上添花。在這方面的貢獻，UNESCO 是研究與服務並重。就研究方面而言，最具體的成果，就是找出：Development, Change, Communication 三者間的關聯性。就服務而言，在 UNESCO 推動之下，曾在一九六〇、六一、六二年分區舉行，以研討如何發展開發中國家的傳播事業以及加強區域性合作。這三次會議是：

一九六〇年在曼谷舉行亞洲地區新聞會議。

一九六一年在聖地牙哥舉行有關發展拉丁美洲的新聞會議。

一九六二年在巴黎舉行爲發展非洲傳播事業會議。

UNESCO 這三項區域會議都有很大的成就。各項會議最大的特色，除了區域內的學者、專家與會外，並有高度發展國家的學者參加，貢獻才智，同時，會議精神以及議決結果，均是超國家與超政治利益的，故能打破政治環境的困難，建立區域性推展計劃。例如：一九六〇年的曼谷會議，對於如何發展亞洲區域的通訊事業、廣播電視事業以及新聞教育等均有廣泛的研討與具體的推行步驟。

第三、是支助非政府組織有關大衆傳播的國際性研究機構。因爲 UNESCO 的總目標即是鼓勵所有知識活動階層建立多國間合作。自從 UNESCO 成立以來，在許多地區此類組織已經受到激勵。而最具體的產物是國際大衆傳播研究學會 (International Association for Mass Communication Research, IAMCR) 的成立。

國際大衆傳播研究學會是在 UNESCO 支助下而成立的，它受到 UNESCO 的積極支持，是一個獨立性的研究機構，是歐、美傳播學者的結合。在一九五七年國際大衆傳播研究學會開創時期，係由法國大衆傳播學者 Fernand Terrou 教授所領導。等到一九五九年十月，正式大會在義大利米蘭召開的時候，則選出美國大衆傳播學者尼克森 (Raymond B. Nixon) 出來領導，爲首屆會長。當時尼克森博士是新聞學季刊主編，爲國際傳播最熱心推動者之一，曾被美國新聞教育學會讚爲新聞學研究的發言人，尼氏榮膺斯職，可謂衆望所歸。國際大衆傳播研究學會第一屆負責人及工作人員，囊括美國、歐洲的傳播學者，尤其難能的，東歐共產國家的傳播學者也應邀工作，爲國際傳播研究奠定合作與瞭解的基礎。

經過全面調查之後，國際大衆傳播學會成立了四個研究部門，單從這四個分類本身，卽爲瞭解大衆傳播研究者樹立了典型。這四個部門是：

歷史研究（Historical Research）

法律與政治研究（Legal and Political Research）

經濟與技術研究（Economic and Technical Research）

心理與社會研究（Psychological and Sociological Research）。

正如吾人所熟知，歷史研究是在新聞學研究中最早的型態，因爲職業大衆傳播者，累積工作經驗後，卽有足够的資產，從事大衆傳播歷史的研究。惟從大衆傳播學觀點與報學觀點研究歷史最大不同之處，卽前者注重大衆傳播事業發展與其他發展動力之因果關係，而後者注重個人歷史的敍述。

自從印刷產品公開散佈後，卽有新聞自由問題，而新聞自由問題，可說是傳播事業生存與發展的前提。當我們研究新聞自由問題的時候，無法避免的，就是法律與政治。特別是一個國家的政治傳統、意識型態與政治領袖性格，決定一個社會的新聞自由的濃度。

廣播與電視興起後，對大衆傳播媒介發展，轉向經濟與技術的研究。廣播首先用調查研究，其後雜誌和報紙也相繼採用，而傳播對象調查的着眼點是經濟情況與媒介使用的關聯性。在一九五一年，美國報紙發行人協會（Newspapers Publishers Association）建立了一個技術研究實驗室。開發社會中的大衆傳播事業無法生根與開展，主要是經濟的與技術的原因。

心理與社會的研究，是大衆傳播研究的新趨勢。由於社會學家與心理學家參加到大衆傳播的研究，而使得新聞學的研究有「深度」的發展。

非政府的國際新聞組織，除了 UNESCO 的大衆傳播部以及國際大衆傳播研究學會外，還有一些組織，例如：

國際編輯人與發行人協會（International Federation of Newspaper Editor and Publishers, FIEJ, Paris），

國際新聞學家協會（International Federation of Journalists, IFJ, Brussels），

國際新聞學家組織（International Organization of Journalists, Prague），

國際新聞學會（International Press Institute, IPI, Zurich, Switzerland）。

以上的四個國際性新聞組織，其中國際新聞學會是研究性的組織。該學會成立於一九五一年，擁有雄厚的財力（爲美國 Ford 與 Rockfeller 聯合支助的永久性組織），故有推動研究發展的能力；因有龐大的會員分佈全球，故形成新聞流通運動的一支聲援力量。

因爲 IPI 是國際性的民間組織，難免因人爲偏見，而對一個國家的新聞自由眞相與所處環境，發生誤解，但經過時間的考驗，卽可消除。IPI 對我國之關係卽是一例證。近年來由於我國新聞學者、專家積極參與該會活動，而對我國新聞自由漸有明確的瞭解。該會之活動最令吾人感到興趣的，卽是對中文報業作全面的研討與技術改進，以適應大衆傳播的新時代。

IPI與UNESCO、IAMCR最大相異之處，卽是IPI在研究範圍方面，還是限於印刷媒介（報紙）方面；研究方法偏重個人與定質分析。

國際新聞學會有二種出版物，一是定期的IPI Report月刊，是國際新聞流通的記錄。還有一項是不定期的調查研究報告，也是偏重於新聞流通問題，早期比較重要的有：

The Flow of News (1953).

As Others See Us: U.S.A. in Press of Britain, Germany, France, Italy, India (1954).

Improvement of Information (1952).

The News from Russia (1952).

Government Pressures on the Press (1955).

News in Asia: A Report on the Asian Conference of IPI (1956).

The Press in Authoritarian Countries (1959).

一九三五年美國報界對其本身一無所知的狀況，和我國今天報紙發行數字保密的情況，有些相似，如果以此作比較基礎，我們的新聞學研究，至少落後了半個世紀，但，我們今天所面臨的新聞學研究，比起半世紀前的美國新聞學府，要幸運得多，因爲有先進的經驗，可供我們作迎頭趕上的借鏡。

「起飛」是對開發中國家極富吸引力的名詞，但起飛若缺乏基礎，則無長期保證效果。我們如何加強新聞學研究？若能掌握以上五個原因，自必能獲致同樣的結果。願根據美國新聞學研究之經驗及發達之原因，試作幾點建議，以有助於國內新聞學之研究：

第一、統計資料之公開與確實，對新聞學研究貢獻極大。若無是項資料，幾無法做研究工作，自亦無法對傳播事業有何幫助。我們傳播統計資料，可說相當貧乏，有之，也犯有二項錯誤：爲宣傳而做統計資料，因而與事實相去甚遠，不僅外人難以相信，就是自己也不能相信，這還成什麼資料？其次就是「差不多」的準確。供應資料與使用資料的人，常有差不多的觀念作祟。「差不多先生」爲科學研究者的敵人，值得吾人引爲警惕。我們應當有一項正確的觀念：把正確資料拿出來，利己也利人，因爲以宣傳資料騙別人，他人亦用假統計資料騙大家，研究環境永遠無法建立，不但是新聞教育的損失，更是新聞事業的損失。

第二、我們新聞系是屬於乙組的學生，還未進到新聞系教室，就準備與數理老死不相往來。新聞系的職業新聞家擔任教席的，亦拙於數理基礎與修養（美國亦是如此）。今後新聞學府應注重新師資培養的條件加強與改革研究所的教育內容、訓練行爲科學研究者。

第三、新聞學者、新聞研究機構，要想吸引基金會或是國際機構的贊助與重視，必須建立研究信譽與特色，假以時日，才能樹立權威。例如：以國立政治大學新聞研究所之悠久歷史，現有設備與教授陣容，足可建立亞洲新聞史的權威機構。若世界上任何一個想研究亞洲新聞史的學者或是研究者，要想研究亞洲或是亞洲任何國家新聞或是新聞事業，以臺北爲目的地，則必能受到國際傳播機構與國際基金會的重視，而成爲新聞研究中心。

我們不必侈言起飛，若能朝正確方向邁步，積小步而成大步，新聞學研究的成績，指日可待。

二•行爲科學與大衆傳播研究

這些年來，科學運動的發展，有幾個趨勢是值得我們重視的：

第一、無論是理論科學或是應用科學，均重視工程的意義，例如：醫學的研究發展，亦視爲醫學的工程。

第二、是重視實用的價值。科學研究，已不是昔日的純學術的鑽研。爲研究而研究的時代，已成過去。而其研究目的，必須對於實際問題的解決，有所幫助。

第三、卽是所謂行爲科學時代的來臨。

這三個發展的趨勢，對於大衆傳播學的研究來說，實在是一個大有可爲的科學研究環境的來臨。

以科學爲基礎的大衆傳播學研究，在美國是近四十年來的事；在國內來說，還是亟需認識與尙待努力的。

基於以上幾個趨勢的重要性，作者試就基於科學的大衆傳播研究的發展經過以及未來的發展方向，加以敍述與分析，以有助於大衆傳播研究科學基礎之認識。

人文學時代

在未談到人文科學與大衆傳播研究之間的關係前，我們必須先對大衆傳播研究主流之兩大學派：人文學派與社會科學派，有所認識。因爲今日大衆傳播研究之新趨勢，即由此二學派推演而來。

人文學派（Humanistic Stream）：正如吾人所熟知，大衆傳播研究，的確是半世紀來的事情，在一九三〇年以前，未曾出現「大衆傳播」之名詞，自然更談不上研究。眞正從事大衆傳播系統之研究，乃是二次世界大戰以後才開始的。

大衆傳播之活動，始於傳播媒介之大衆化；而大衆傳播擴散力量之形成，乃是傳播媒介之普遍化，特別是以廣播與電視爲主的電子媒介所形成的廣集擴散力量。

但，大衆傳播研究的思想淵源，可以追蹤到希臘時代哲學家的人文行爲思想。那個時候的人文思想，與今日的大衆傳播研究頗有相吻合之處，實爲傳播研究之啓始。

例如：亞里斯多德（384-322B. C.）把傳播（當時稱爲修辭 Rhetoric）定義稱爲：尋求說服一切可行之方法。他把修辭的構成分爲三部份：（1）說話的人，（2）講話之製作內容及（3）聽講的人。此與現代大衆傳播研究所依據之基本原理：Who→Says what→to whom，不謀而合。

自然，希臘時代尚無傳播工具，政治之演說，幾完全靠口傳。以當時的活動範圍而言，口傳即足可達到傳播之目的。

大衆傳播之初期活動，乃是印刷物廣泛應用，具有快速複製能力後的事情。此時大約是在第十六世紀和第十七世紀。

那時，具有社會意見功能的印刷物誕生後，政治哲學家以及歷史學家，對於印刷媒介之使用有濃厚之興趣，並認爲此項媒介有極大的潛力。尤其是在十八世紀及十九世紀，美、法革命時期中，具有政治性的小册子和新聞紙，在革命期中產生了鉅大的傳播影響作用。

美國新聞媒介大衆化後，出現無數的新聞工作者，他們爲報紙的經營者、出版者與撰述者。但與研究仍是絕緣的。因爲他們靠經驗而工作，殊少有能力從事研究工作。

近代大衆傳播的研究，始於二十世紀的初期。此時期支配傳播研究的，主流如歷史的與文學的研究，副線如法律與政治的研究。

也就是我們所稱之人文研究。

在一九二〇年至三〇年間，除了美國心理學家史塔克（Daniel Starch）於一九二二年及一九二八年，研究美國早期廣告及廣播調查，以及芝加哥大學社會學家派克（Robert Park）於一九二二年研究了「美國移民報業和它的控制」外，殊少以社會科學方法，來從事大衆傳播學之研究。

在此一時期中，特別值得一提的，是瓦特・李普曼的《輿論學》（*Public Opinion*），在一九二二年問世。這固是一本劃時代之鉅作，但當時，李普曼還是一個新聞家、哲學家，他在這本書中，雖然對輿論提出新觀念、新哲學，但他所使用的方法，還是傳統的人文方法，乃是一本具有代表性的古典著作，充其量，只是一本較新的古典之作。因爲他並未採用社會科學的方法，亦殊少涉及計量方法。這是本書的歷史價值所在！

社會科學時代

自一九三〇年代開始，可視爲社會科學方法之介入。爲什麼稱之爲介入？因爲這些有助於大衆傳播研究之學者們，並非來自報界內部，亦非來自新聞學府，而是外界學者之間接加入，而產生直接的貢獻。

這些參入大衆傳播研究的科學家們，他們最大的貢獻，不是對於大衆傳播理論本身的研究（這方面還處於尙待開發的階段），而是提供了方法。他們認爲：社會的眞實面不能單靠讀書、聽講或者反映某些經驗的事實，所能理解的，必須搜集所有相關的事實，融會參證以求得更接近的社會眞象。

就研究方法而言，從合理的推測到經驗的研究，還是那些對於大衆傳播並無特別興趣的學者們所發展的。首先參與其事的，還不是社會科學家，而是數學家及統計學家；首先開始對於大衆傳播作數理研究的，也不是起於美國，而是歐洲－以德國爲中心的歐洲。例如德國的阿肯屋（Gottfried Achenwall）、英國的辛克利（Sir John Sinclair）和比利時的奎特樂（Adolphe Quetelet）。隨後而來的，才是社會科學家，如法國社會工作大師浦利（Frederic Le Play）以及最具影響力的英國社會學家布玆（Charles Booth）。

美國大衆傳播研究對於歐洲究竟有多少影響，那是另一回事，但，無可置疑的一項事實，即是美國今天大衆傳播研究的基礎，還是歐洲學者所奠定的。

歐洲社會學者對於美國大衆傳播研究最具有貢獻的，是維也納出生的社會心理學家保羅・拉查斯斐德（Paul Lazarsfeld）。

拉查斯斐德博士為一九三〇年至一九四〇年代的十年間，大衆傳播學研究之最重要的大師。他被稱為「傳播研究之父」，實屬允當。

一九三〇年是計量方法的啓始。計量方法也奠定了在大衆傳播研究方面的影響地位。這一年三月，新聞學發言刊物——美國《新聞學季刊》發表了蓋洛普博士的論文：〈測量讀者與趣的新方法〉，成為現代可讀性研究與民意測驗推行的一項劃時代之新頁。嚴格而言，本論文並無特別的新方法，但其貢獻，乃在於開闢了一條路。十年後，也就是一九三九年，蓋氏再接再厲用他的方法，完成了「報紙閱讀的繼續調查」，而成為後來「蓋洛普世界」的基石。

「計算」與「相關」是大衆傳播研究中最令人關心的二個問題。一九〇三年間，計算方面漸漸開始，而一九四〇年間，則是在相關方面研究，有所增進。特別是一九四〇年拉查斯斐德的《廣播與印刷媒介的出路》(*Radio and the Printed Page*)，這本書，其在相關方面所提之貢獻，遠較十年前蓋洛普在可讀性方面之調查價值尤大。拉氏是就全國性的讀者與聽衆的社會性格，加以比較研究的第一本著作。

行為科學時代

「行爲科學」雖是近三十年來湧現的名詞，但其形成，實是人文、社會追求科學化的第三個階段。此一階段也是二十世紀以來，社會研究者追求科學方法的一大推進。

緣自二十世紀初以來，社會研究者鑑於「自然科學」的成就，乃開始採用自然科學的研究方法，來研究本身的問題，而成爲社會科學家。其中以心理學家、社會學家與人類學家，在人類行爲研究方面，所採用的方法，最能接近科學方法，亦產生科學研究的成果。

因此，所謂行爲科學的趨向，實是對於社會研究的科學化一項檢討的覺悟。也是西方學術發展過程中對自希臘以來傳統知識及研究方法之反動。

行爲科學發展的要點，主要是兩方面：一是要以自然科學中早已行之有效的科學方法來研究個人及社會；一是基本的研究對象，應以個人或羣體的行爲爲主。

行爲科學的具體解釋應爲：以自然科學的研究方法，來研究人類社會的個體及羣體的行爲。

自從自然科學研究的成果影響人類生活、自從自然科學有不變的原理與原則，可作爲應用之後，人文、社會科學的研究者，一直未放棄科學方法的努力，直至行爲科學名詞出現後，大家好似發現共同的趨向，殊途同歸的目標，從茫然的摸索中獲致一個歸納性的名詞。

據我國一位留美學者的分析，「行爲科學」一詞的正式出現，實出於偶然的造成。那是一九五〇年代早期。

夏沛然先生在〈也談行爲科學〉一文中對於行爲科學的出現，曾作以下的分析：

在美國第七十九屆國會時，參院討論到撥款輔助科學發展的事，有一些參議員，不明白社會科學是什麼，以爲社會科學就是社會主義的科學，因此提出反對。爲了避免這種誤會，同時希望社會科學中偏重科學研究的部份也能得到輔助，有人才提出行爲科學的名詞。幾乎在同時，新成立的福特基金會擬定了五大計劃，以推動學術研究。其中第五計劃的名稱是個人行爲與人際關係（Individual Behavior and Human Relations），後來逐漸簡稱爲行爲科學計劃。由於基金輔助，直接影響到學校及個人的研究計劃，從此行爲科學一詞，不脛而走，成爲社會科學中新趨向的象徵。

可見行爲科學的方法，眞是百川歸流。但滙流名稱的出現，乃是出自偶然的創見。

行爲科學方法之應用，其最大之特色，爲採取會診制度，對於一個錯綜複雜的問題，不是單靠一方面的專家或學者的學術背景所能解決的，而靠高度的集體智慧。此一特色，形成制度即是吾人所瞭解的「科際整合研究」(Interdisciplinary Approach)。發揮此一機能之代表性學術機構，爲「行爲科學高級研究中心」(Center for Advanced Study in the Behavioral Sciences)。該中心由福特基金會支助，於一九五二年成立於美國加州。這一中心成立之目的，在供應最安適的研究環境、最豐足的報償與最滿意的研究設備，期能使第一流學者滙集於此，自由地交換意見、討論問題。他們所安排的是不同科系的學者，討論共同的問題。

人文與社會學科的科學化及專業化既是共同的要求，一致的趨勢，那麼，大衆傳播學研究與這一趨勢是否一致？大衆傳播學的行爲科學之路又如何？這是我們關心大衆傳播學是否能成爲獨立的科學、是否能成爲現代的社會科學，最應關切的問題。

論及大衆傳播學術研究之方法，有關行爲科學者，最重要的文獻，可能是韋勃·施蘭穆（Wilbur Schramm）博士於一九五七年春季號《輿論季刊》（*Public Opinion Quarterly*）所發表的〈二十年來之新聞學研究〉（Twenty Years of Journalism Research）一文。施蘭穆博士根據這二十年來《新聞學季刊》（*Journalism Quarterly*）所發表出來的內容，加以分類、整理與分析，發現了新聞學術研究有四個重要的趨勢。

其中屬於方法者，其顯著之趨勢，卽爲「從人文的方法和觀點到行爲科學的方法和觀點」（Toward behavioral science method, as opposed to humanistic method.）

大衆傳播的行爲科學化運動

從《新聞學季刊》內容得到證明，大衆傳播學研究趨向於行爲科學的方法，乃是毫無爭議的。問題是：在大衆傳播學研究中，如何施行科學方法，而使得大衆傳播學成爲行爲的科學？這不外乎從二方面來研究：第一是研究機構，第二是人員，其中包括教授與研究人員。

關於施用行爲科學方法之研究機構，啓始者爲一九四四年於美國明尼蘇達大學新聞學院成立之新聞研究部，此部門爲最早以科學方法從事研究，在新聞學院內首先正式成立的新聞研究機構，爲「科際整合研究」之先聲，主持該一研究機構者，先後有心理學家、社會學家以及受過嚴格行爲科學訓練之青年新聞學者。第一個具有科際整合研究型態與設備者，爲施蘭穆博士所領導的伊利諾大學傳播研究所，時爲一九四七年。集大成於一九五五年史坦福大學傳播研究所之成立。後者爲福特基金會支持，由施蘭穆博士開創的。

至於大衆傳播（或新聞）學府之行爲科學人員之訓練，那是科際整合研究發展後才展開的。據施蘭穆博士分析說：在一九五三年以後的五年間，大衆傳播學府，首次擁有大量的青年學者，在行爲科學方法方面，接受訓練。他舉例說：自從一九五五年以來，三年之間，在困難重重的條件下，史坦福大學於大衆傳播研究方面，業已授予了十四位博士學位。

無論在史坦福大學或在其他大學的新聞或傳播研究學府，其博士訓練之計劃，均注重在心理、社會及統計學三方面，期養成爲現代的大衆傳播行爲科學學者。

從上面的簡短的分析，無論從研究機構或是新學人的培養，大衆傳播之行爲科學方法之採用與趨向，是與行爲科學整體的發展相吻合的，時間亦相接近。（均是以一九五〇年間爲啓始年代。）大衆傳播研究之行爲科學化，乃是無庸置疑的。那麼，行爲科學方法如何應用到大衆傳播之研究，又是我們最關心的。

對此，吾人自不能作一一的列擧，因爲具有系統化的科學知識，不是若干甚至一堆事實，而是可以解決問題之理論及方法。

行爲科學之方法卽爲心理學、社會學或是人類學所用之方法，或謂心理學、社會學或人類學，用行爲科學之方法。

心理、社會或人類學主要之研究方法有二：一爲實驗方法(Experimental Method)，一爲實地方法(Field Method)，此二者卽爲行爲科學之主要方法。

現將該二方法如何應用到大衆傳播研究方面，試作以下之說明。

行為科學應用到大衆傳播研究

科學知識乃由實驗而增進，是謂「實驗科學」(Experimental Science)。

(一) 實驗方法之應用

實驗方法是科學研究之主要方法，它是一個科學的程序，但並非科學的全程；它是一種手段，並非目的；它是科學的經與緯，而非科學的本身。

今日許多自然科學門的成就，如物理、化學、生物等，主要就靠實驗中的實驗。心理學能跳出社會科學之範疇，而其體系與理論基礎，能與自然科學一爭長短，主要地就是由於心理學實驗方法的成績。

如何把實驗方法應用到大衆傳播之研究？

美國大衆傳播學者坦恩芭穆博士 Percy Tanenbaum 認爲必須要從傳播過程方面尋求答案。

吾人皆知：構成大衆傳播亦卽完成大衆傳播過程，有四要素：①傳播者，②傳播內容，③傳播媒介及④傳播對象。其中第一及第四項爲與人有關。

實驗方法最有關係者爲「傳播內容」，卽「內容分析」。而內容分析實與化學實驗分析或生物所用之解剖相似。

不過，吾人必須認清者，內容分析其功能不僅止於對於內容本身之瞭解與認識，要在能找出其他傳播要素之問題。

內容分析較能適宜實驗方法，卽因內容可控制與易於計量。而局部隔離爲控制之手段。

試以內容分析爲中心，解決其他傳播要素所遭遇之問題，以說明實驗方法之可用性。

傳播者：傳播者工作環境之影響，如在新聞電動機音響圍繞之下，是否會影響電訊編輯（守門者）的工作效率，是否會造成錯誤？此可令一電訊編輯分別安置於不同工作環境中加以實驗。

受過專業訓練的新聞工作者與非專業訓練的新聞工作者，二者對於「新聞感」，「新聞價値」觀念，有無不同？二者對於報導態度有無區別？二者與服務年限有無關聯性？新聞採訪者與新聞來源之間往來頻度與新聞供應量有無關聯性？受過科學訓練的科學記者與未受過科學訓練之記者，二者在正確性與易解性寫作方面有何區別？國外新聞工作者其工作激勵之因素與何者關聯性密切？

傳播內容：彩色圖片，對於報紙內容的實際效果如何？是增進，或是減退？社論文字長短與可讀性有無關聯性？插圖對於文字閱讀效果如何？長新聞與短新聞，其與閱讀機會有無關係？評論文字署名內容與無署名內容，是否會與選擇機會有關聯？報紙第一版究竟重要到何種程度？

傳播媒介：長期閱讀中，報紙讀者究竟選擇報紙抑或選擇內容？觀衆究竟選擇電視頻道抑或選擇節目？爲何教育電視頻道總是寂寞？是先入爲主之偏見抑或節目內容確很枯燥？同樣內容（

一條新聞，圖片、廣告）刊登在相異的報紙上，效果是否相同？

傳播對象：犯罪人與大衆傳播媒介之使用其間關聯性如何？香烟廣告對於青少年之吸烟習慣究竟有何種影響？報紙讀者如何閱讀新聞？擁有電視的家庭與沒有電視家庭的讀者，在閱讀報紙廣告效果方面是否不同？彩色電視家庭與雜誌閱讀之間關聯性如何？電視媒介對於兒童健康有無影響？

自然，傳播研究最大目的亦是今日傳播最大問題，還是在傳播效果的求得。實驗方法之目的，亦即求得傳播之效果。此一效果之求得，與一般非科學方法所求得之答案，最大相異之處，即是若二人用同樣方法做同樣的實驗，結果是一樣的。而且，同樣情況發生，亦會產生相同之結果。

實驗方法所用之控制作用，不僅適用於內容之控制，對於人亦可控制。例如：我們用兩組學生作實驗，以比較電視教學與傳統教學之效果時，我們必須控制二組學生之智商程度等，否則即不易獲得正確之實驗結果。

(二) 實地方法之應用

我們人類許多關於他人的行爲知識，乃是來自觀察。與大衆傳播有關之行爲知識，自亦不例外。

實地方法，應用在大衆傳播方面，即是調查者走出圖書館或實驗室，而以實地觀察人們，求得傳播媒介與人行爲之間的關聯性。此方法之廣泛應用，最爲熟知者爲民意測驗。

但實地考察方法，其對象亦非不可作一個控制的實驗。例如：對於一些固定讀者，不間斷作測驗；對於既定對象，觀察其行爲，即是。

根據美國明尼蘇達大學教授卡特博士（Roy E. Carter Jr.）的意見，實地方法應用在大衆傳播方面共有四種方式：

第一是直接行爲觀察。

第二是訪問。

第三是自我支配之問卷。

第四是以上諸方法之聯合。

直接行爲觀察爲生物學家常用之方法。例如自然生物學家尼基勒(Walter P. Nickell)氏，每年夏季都把他大部份時間用在美國密歇根南部的田野。他也有重大的發現，他說：「三十多年來，就我個人直接觀察，底特律只有少數日本甲蟲；在這段時間內，數量沒有任何顯著增加。……」類似生物學家的觀察，大衆傳播研究者在觀察傳播行爲的時候，也會用得着。例如：我國一位留美新聞學者，爲了瞭解大學生如何閱讀他們的大學日報，曾一連數天早晨，停留在大學學生活動中心的門首，仔細觀察學生在取得大學日報後的一連串行爲，他們先看那一版……，然後再追踪上去，把他的基本資料記錄下來。

另外第一版的標題，擺在書報攤上或者自動售報機上，會不會對於零售有所影響？此亦可用觀察方式。

訪問，在民意測驗中，是常用的。例如：吾人欲知少女喝酒或吸烟習慣的養成，是否與電視廣告有關聯？可用訪問方式進行之。

自我支配之問卷，多用在回郵答問，其目的在使被詢者能確切掌握問題之意義，而能充分瞭解予以答覆。大衆傳播研究者在對於國際傳播行爲之瞭解，多用此種方式，例如國外特派員之訪問，以瞭解政治環境所造成之壓力與其新聞職業之間的關聯性。

各種方法之並用，爲彌補方法本身之缺陷，並相互印證。最常用者爲觀察與訪問同時進行。總之，在這個大衆傳播世界中，有許多問題不斷地在發生。我們必須用實驗與實地方法，來研究問題，尋求問題的客觀答案。所幸的，研究方法正在不斷增進中。大衆傳播研究專家從其他行爲科學家中，學習到不少研究方法。

對於大衆傳播學術研究機構來說，研究方法之增進，不外乎二種途徑：一種是增加行爲科學的學者，如心理學家、社會學家等成爲大衆傳播學府教授團之成員，一爲研究生中能吸收具有行爲科學基礎之資格者，而其行爲科學方法能應用在大衆傳播研究方面，並能產生刺激作用。

以上二種方式爲美國大衆傳播學府所應用，尤有進者，有規模與有成就之大衆傳播研究學府，其領導或主持人皆曾爲行爲科學家，如史坦福的施蘭穆博士(Wilbur Schramm)，明尼蘇達的瓊斯博士(Robert Jones)以及愛我華之麥克林博士(Malcolm S. Maclean, Jr.)等皆是，而完成了新聞教育之無聲革命。

新聞學術曾長時期停留在無學術基礎的教學環境中，致成績有限。所幸經過行爲科學的時代，而能滙流於行爲科學中，因而使大衆傳播研究有機會成爲行爲科學。其要，外借固然是一項辦法，但不是長時期所能依靠的辦法，勢須發展成爲屬於大衆傳播自己的行爲科學。

三・傳播類型及其理論之研究

民國五十五年，當本書作者就讀美國明尼蘇達大學新聞及大衆傳播研究院時，突然輾轉從我的老師雷蒙・尼克森（Raymond B. Nixon）處收到國內寄來一本徐佳士先生的新著：《大衆傳播理論》。尼克森氏不懂中文，但他深知此書的價值，因他深知能夠寫大衆傳播理論者，必不簡單。就把此書交給當時寄身尼克森教授門下博士研究生黃紹雄先生及我研讀。

徐佳士先生是我的老師，當時我又是參列尼氏門下研究大衆傳播及國際傳播，對於此書的閱讀興趣，自非尋常。

紹雄和我都有一致的閱讀心得，就是此書文字的深入淺出，恰如其人，我們幾乎異口同聲地說出：妙極了！

本書作者最欣賞該書的有二點：一是徐先生提醒讀者，別被名字所惑。他告訴讀者：「不過讀者在遇見或使用這個名詞（傳播）時，千萬不要被它的字面意義所愚惑，而應「想到」它所代表的新意義——想到一個很普通的英文字 Communication。」二是徐先生在該書前言中所指出的：「實際上，傳播的初步理論是能夠用日常的話語說得明白的。」。

多少年前，中文版《讀者文摘》曾刊出一篇短文，這篇題爲〈電視淺說〉的頭二段是這樣寫的：「電視是人類最複雜的發明之一，但是原理卻簡單得出奇。你只要有一支鉛筆、一張座標紙和一架電話，而你的朋友也有同樣的設備，你就可以用電線將一幅圖畫傳送給他了。你畫圖，同時一行又一行地報出每一個小格的黑白深淺，你的朋友照樣逐格描繪，就繪出相同的圖畫來。」

「電視播映的原理亦復如是。它錄下微細的明暗現象，換成電的連續信號，由接收機絲毫不差地把它複現出來。這過程的速度極快，你的鉛筆還沒有觸及紙張，已經有幾百萬個『方格』描繪完成了。」

除了徐先生以他自己的生花妙筆，證明了「傳播的初步理論是能夠用日常的話語說得明白的」，《讀者文摘》的〈電視淺說〉又爲徐先生的「初步理論」下了一個有力的註腳。

除了徐先生及《讀者文摘》的啓發外，作者也有自己的看法，乃基於二點：

第一、傳播原就是人類的基本行爲。人對人類基本行爲尚無法用普通語言講得通，何能侈言研究傳播的藝術？

第二、傳播研究的結果，已使得傳播工作者成爲科學藝術的傳播者。因爲「傳播是傳遞的藝術」，若想藝術發生效果，必然要從科學的角度着眼研究。而大衆傳播者所以爲大衆傳播理論所迷惑，十分之八、九原因，乃是傳播與大衆傳播之間失去關聯，致最簡單的傳播行爲，演變成難以領會的最複雜的大衆傳播。

表達傳播的方式

根據美國學者埃德溫・愛默瑞(Edwin Emery)博士在《大衆傳播學概論》一書中的解釋，「傳播乃是把思想、消息與態度從一個人傳到另外一個人的藝術」(Communication is the art of transmitting information, ideas and attitudes from one person to another.)。

不論用何種方式傳播，也不論用何種工具協助達到傳播的目的，均是從此一傳播意義演變而來，大衆傳播也脫離不了傳播的基本範疇。

大衆傳播也是傳播的一種。大衆傳播的工具，雖較基本傳播複雜，但傳播的道理，也是屬於基本的傳播。

因此，從二分法來說，我們可以分爲：

傳播與大衆傳播。前者以直接傳播爲主，因此又稱爲面對面的個人傳播(Face to face communication)，從基本傳播效果來說，這是最有效的傳播方式。試以下面類型表示以明之。

就表達方式來說，傳播又可分爲以下三種：

第一種爲口語的傳播(Oral Communication)，也就是我們所熟知的演講的藝術，或稱爲口述的傳播，均屬於口語的傳播，也是口語傳播研究的範圍。廣播與電視，特別是廣播教育尚未獨立前之發展時期，廣播人才的訓練，屬於演講學系，其原因就在廣播乃是靠口語表現的傳播藝術。至今美國若干學校，廣播課業仍屬於演講學系，就是基於此種關係。

第二種爲非語言表達的傳播(Non-verbal Communication)，這也就是屬於表演的藝術，以無聲的動作，表達思想、態度、或是消息的傳播方式。

中國古人卽有「無聲的傳播」，也最懂得無聲傳播的運用，因爲這是人類最原始的傳播方式，在文字未出現、語言未統一之前，卽主要靠無聲的傳播，來表達意思。如眉目傳情，就是對於無聲傳播最好的形容。古人也重視無聲傳播的力量，如無聲勝有聲，就是最好傳播方式的運用。

自從文字出現後，好似無聲傳播，屬於職業表演者的專用(戲劇)，一般人的無聲傳播器官，漸有退化的現象。這是很可惜的。眞正善於表達的人，其無聲表演的藝術，無不特別精湛。如笑匠鮑勃霍伯、千面人丹尼凱和我國的影壇怪傑蔣光超等，無不具有無聲表現的才華。善於演講者，總是以雙手、面部表情及其他的姿態，來達到傳播的目的，或輔助傳播。以兒童爲對象的傳播藝術，更需要靠表演來達成。我們總可以看到成功的兒童教育專家，他幾乎無處不受到小朋友的歡迎，他的傳播不受到語言的限制，主要地就是因爲他會世界的語言——無聲的傳播。(笑是他的秘密武器，其效果正如音樂一樣，是世界性的語言。)

電視是表演的藝術，因此電視傳播教育的初期，是屬於戲劇學系的範圍，其原因也就在此。

自從電視媒介成爲巨大的傳播力量後，也自從國際傳播的效果，常常受到重視後，無聲傳播成爲傳播藝術的重要表現方式，對於無聲傳播的研究，也就隨之而起。芝加哥大學教授霍爾(Edward Hall)所寫的一本書叫做《無聲的語言》(*The Silent Language*)，就是大衆傳播理論中的重要著作。因爲除非我們不考慮國際傳播，若考慮國際傳播、語言與文字的障礙，是構成國際傳播難以克服的障礙，尤其是非洲、南美洲及亞洲若干落後社會，文盲累累，語言繁多，賴以共同傳播的媒介，將不是共同的語言、共同的文字，而是共同的無聲語言。

很可喜的，我們國內也注意到身體傳播的力量。例如：曾經在《綜合月刊》上，就有一篇很有份量的文章，配以圖片，來介紹「身體會說話」的藝術。這是國內研究姿態傳播的播種文字。「非言語傳播」的重要性，正如文中指出的：「這是一門新學問，正有許多專家在研究它。目前的專家們都相信，人類將會明白，當兩個人面對面的時候，口頭語言並不是唯一的傳達工具。將來的人注重口才時，還要同時注重身才。」

第三種爲文字傳播（Written Communication）。文字傳播是口語傳播的延續。它可以打破空間與時間的困難。這是文字成爲應用符號後傳播的方式。最早也就是最普通的文字傳播媒介，是書信，其後發展爲新聞信（News Letter）。新聞信爲今日我們熟知的大衆傳播媒介——報紙的早期產物。

文字傳播廣泛應用後，而有文字傳播的教育，也就是我們今天所熟知的新聞教育。新聞教育早期的教育，爲報學教育，也就是應用文字——編採技術的教育。報學脫胎於文學系（外國爲英文系，中國爲中文系）。其道理正如廣播源於演講，電視出自戲劇一樣。

傳播的類型

近代從事大衆傳播研究者，最大之缺憾，就是缺乏對於基本傳播的瞭解與認識，以致無法達成大衆傳播研究的效果。誠然，大衆傳播的藝術，遠較個人之間面對面傳播困難，但，成功的大衆傳播，乃是無數次同時地個人間接觸的重複。

因此，對於基本傳播類型的認識，乃是成功的大衆傳播的基礎與前提。

歸納而言，基本的傳播類型有以下七種，其間又分成非技術媒介與技術媒介二種：

第一型：個人間的傳播 (Inter-personal Communication)（見圖一）。

這是最基本的傳播方式，也是最有效的傳播行爲，我們日常的個人間的接觸關係，就是靠此種面對面的傳播。它的好處，可以面面相對，彼此交往，可以立刻得到對方的回覆與回覆對方。一切傳播，無論接觸對象如何複雜，也無論傳播過程如何繁複，均以此種個人間傳播爲基本，變更其傳播方式，擴展其傳播範圍。但能否發生傳播效果，要看是否基於個人間傳播之原理，是否掌握住個人間傳播之關係。

圖一 個人間傳播

第二型：數人間的傳播 (Communication among several persons)（見圖二）。

這是個人間的傳播擴大，但其基本上仍屬於二人間傳播的型態。最常見的一種傳播方式，爲中國麻將桌式的傳播方式。四人間居於相等之距離。任何一人之訊號發出，其他三人均有相等機會接受與對答。四人中任何一個人，均可不受約束而能與其他三人中之任何人直接發生傳播關係，而不會受到干擾。麻將桌上的傳播效果往往勝過任何會議桌上的傳播效果，其道理也就是基於此。

圖二　數人間傳播

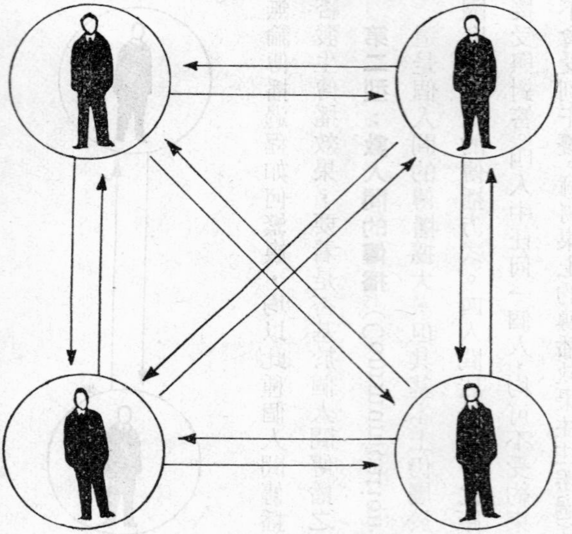

圖三　直接演講

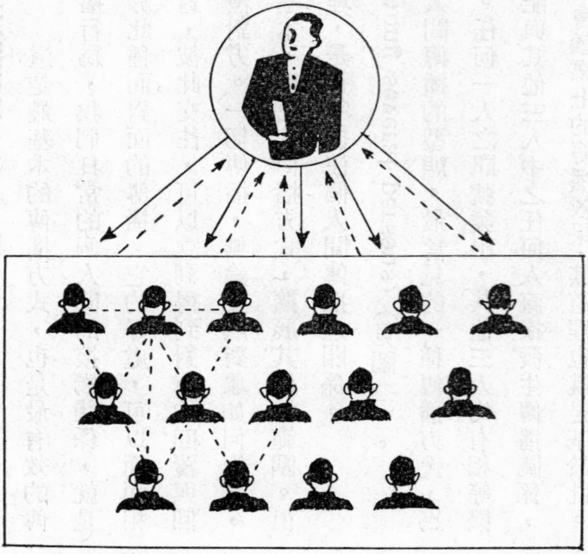

第三型：直接演說（Direct address，見圖三）。

直接演說（包括教室內授課）也是屬於傳播的一種，因它是個人間傳播的擴大，雖然演講人之對象往往衆多，但這不是大衆傳播，仍屬個人間傳播。

演講式傳播，雖然屬於演講者與其聽衆之間的傳播，但係以演講者爲主的傳播。因之，被傳播者雖有機會（不受時間與空間的限制），向傳播者發出訊號（發問），但這種機會畢竟受到演講時間與演講聽衆之限制（聽者甚多，不可能每個人都有機會發出訊號）。同時，演講式傳播效果，還受到一種干擾，就是聽衆之間私下交換意見，而形成的。因此，要想演講傳播發揮個人間傳播的效果，乃基於以下三點：

1. 聽講人數越少，越接近個人間傳播，效果也就越大。

2. 聽講間秩序之維持，對於傳播干擾有影響。越沒有個人間私下交換意見，演講人與聽講人之間，越容易發揮個人間傳播效果。

3. 講演者與聽講者之間儘量維持個人間雙道傳播關係，也就是演講人應儘量鼓勵聽衆發問，給予充分時間發問，儘量發生相互間交往關係。

通常，討論會的傳播效果甚於演講會，其原因就是討論會式的傳播，接近個人間傳播，能發生意見交流的傳播作用。而主持人的冗長演講，足以削減討論會的傳播效果。其原因就是基於雙道傳播較單道傳播有效。

第四型：電話傳播（Telephoning，見圖四）。

電話傳播爲現代式的個人傳播。事實上，它是屬於打破空間的個人傳播。傳播過程的完成，必須靠技術媒介（Technical Medium）。

圖四　電話傳播

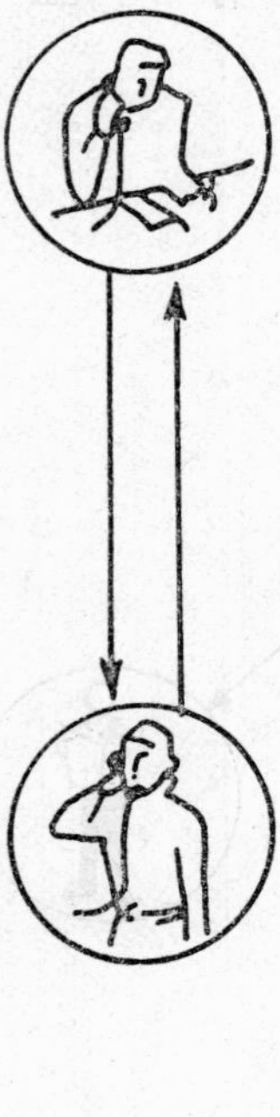

藉技術媒介固可打破個人間傳播的空間困難，但其傳播效果不如個人傳播，其原因，基於以下三點：

1.媒介孔道本身就構成傳播的障礙。電話常有不清晰之時，卽屬於孔道之障礙，此種障礙，足以影響個人傳播的效果。電話裏談問題往往談不清楚，甚至發生誤解，其原因就是基於此。

2.靠媒介傳播，只能靠語言表達，而無法靠其他輔助表達器官，如手勢等可以幫助表達，但在電話中無法使用。

3.媒介傳播，雖可打破空間的限制，但往往卻受時間的限制，無法完全達成傳播目的，常常還要等着「見面談，」一就是受時間所困，無法多談。

第五型：電化教學（Reading，見圖五）。

電化教學也就是利用電子技術媒介達到教學之目的。

電化教學往往比課堂教學效果爲佳，其原因乃

圖五　電化教學

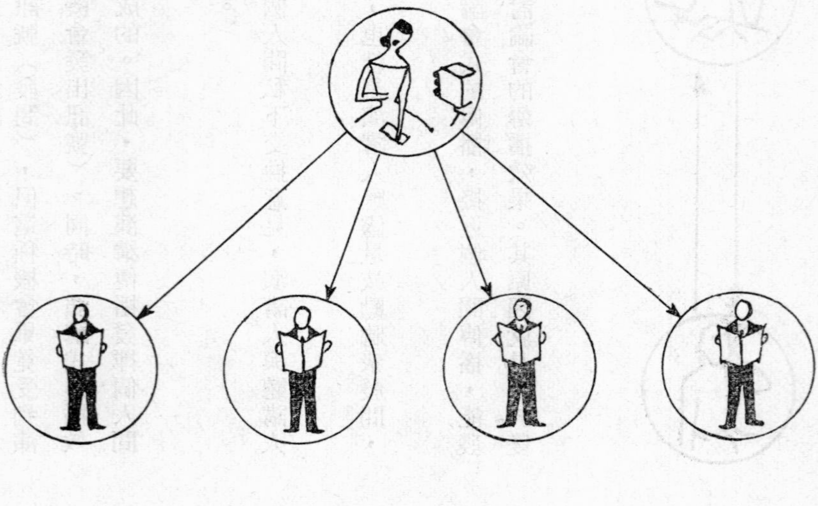

是基於二點：

1.利用設備將聽者之間加以隔離，使他們彼此之間無法交談，不會產生干擾作用。

2.教者可以同時與全體聽者發生傳播關係，〔另外一方面〕，教者與聽者之間亦可發生個別的傳播關係，而不影響其他聽者。（即其他聽者仍可照常從錄音帶中進行學習，不受影響。）

圖六　電影教學

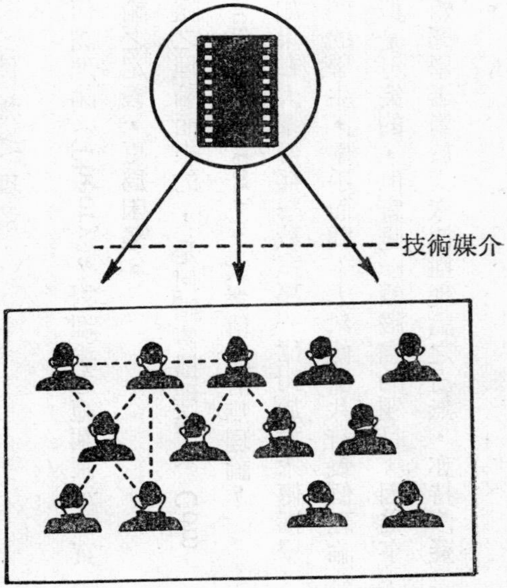

第六型：電影教學（Film，見圖六）。

電影教學爲直接教學之延長，惟能否發生直接傳播的效果，電影內容固然重要，但更重要的，必須仍由教者在事前或事後，負責對於電影內容之說明，提出問題與解答問題，才能收到電影教學之傳播效果。

電影能否代替教師之地位，爲爭論甚爲激烈之問題，從傳播效果觀之，電影無法代替教師，電影只是教師之輔助品，正如教科書一樣。其原因是電影雖是活動的，但還是死的，它能給學者一些東西，但它本身無法與學者發生雙道傳播關係。雙道傳播之效果甚於單道傳播，至爲肯定。

第七型：廣播與電視傳播（Radio and Television，見圖七）。

廣播與電視傳播乃是屬於大衆傳播的類型，但是否爲大衆傳播媒介，要看其用途與接觸範圍

圖七　廣播電視傳播

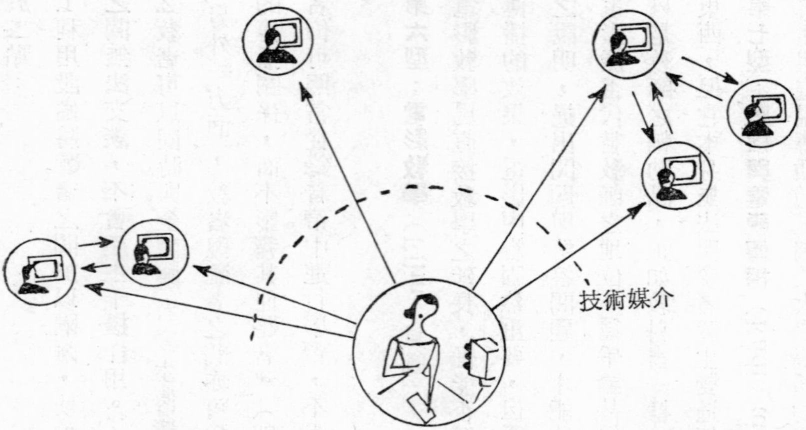

而定。就大眾傳播媒介之接觸對象來說，它必須是廣大的(sizable)與複雜的(diversified)，捨此二者均非大眾傳播媒介所指的傳播大眾。因而屬於教學用的廣播或電視，均非屬大眾媒介，至爲明顯。

廣播與電視傳播，具有擴散性與加速的再傳播特性，這是一般傳播力所不及的。

傳播之理論

何謂理論（Theory)？對理論之範圍確定，實較理論之定義，更爲困難。

隨之理論而來的，是何謂傳播理論（Communication Theory)？大眾傳播有無理論？

如果在大眾傳播學教室裏一位對於大眾傳播學剛入門的學生，舉手而問：大眾傳播共有幾個理論？這似是可笑的，但實是一個嚴肅的題目，因爲事實上新聞學者對於大眾傳播理論之有無，亦持懷疑之論。

傳播理論有無之無法確定，難以答覆，一方面固由於傳播研究之歷史甚爲短暫，理論正在形成中；另一方面，理論本身之意義，可狹可廣，無法捕捉，亦是基本原因。

談到理論，無法不談到「科學的理論」(Scientific Theory)，因理論實是科學的產物，且與科學不能脫離關係。

科學有幾項特質，從這些科學特質中瞭解科學的理論，較對理論本身之瞭解，尤能瞭解眞正之意義。

科學是通則的和理論的。

科學乃在尋求原因的關聯性（亦卽因果關係）。

科學之創見在於被控制觀察下（Controlled Observation）。

這是科學的幾項重要的特質。

科學家也曾提出警告，過度神化科學，乃是科學之不幸。例如曾任哈佛大學化學系主任、哈佛大學校長的康南特博士（James B. Conant），是位舉世聞名的科學家。他在《現代科學與現代人》一書中，就修正了科學家及一般人對於科學的過度神化。

康南特博士指出：關於科學的性質，有兩個錯誤的看法：「一個喜歡把科學家與魔術家同等看法，一個則把科學家與數學家混爲一談。」他在同書中又說：「替科學寫歷史的歷史家，還有哲學家也得添上，如果能強調世上並沒有『一定的科學方法』這東西，他們眞是功德無量。」

可見眞正的科學家，並不希望把科學這個東西過於神化，仰之彌高。

因之所謂科學方法，「實際上便是一個和層次分明、有計劃的經驗性的探究方法相去不遠的東西。」

廣義而言，理論是說明或解釋現象之通論或通則。或謂：任何事實本體的一般或學理的原則。（The general or abstract principles of any body of facts）

因之，理論有別於實際事例而與零碎的事實相反，可用以解釋相關之現象者。

狹義之理論，乃是指純理科學之不變公式、定理或法則，如數學方程式卽屬之。

訴之狹義之理論，不僅大衆傳播理論無理論可言，卽其他現存的社會科學，也是極爲嚴厲的考驗。廣義的傳播理論，業已逐漸在形成中，用以解釋傳播活動之現象或因果關係，但因研究歷史甚短，基礎薄弱，尚未成爲一個以行爲科學爲基礎的大衆傳播理論。

傳播理論，係指傳播學者以符號程式解釋傳播（或大衆傳播）的過程以及表達傳播過程中相互之間關係。這些符號程式均經在權威的學術刋物或著作公開發表的。如：

1. 拉斯威爾的基本理論（The Basic Theory of Harold Lasswell）
2. 施蘭穆的障礙理論（Wilbur Schramm's "Source-Encoder-Signal-Decoder-Destination" Diagram）
3. 施蘭穆的三位一體論（The Schramm's Tuba Diagram）
4. 威斯萊——麥克林的理論（The Westley-Maclean Model of the Mass Communication Process）

5.羅氏之非工業地域之傳播關係理論（The Rao's "Communication in Non-Industrial Areas" Diagram）

一、拉斯威爾的基本理論

哈路德·拉斯威爾教授是宣傳研究的先驅者。施蘭穆博士把拉斯威爾教授列為傳播研究的四位「始祖」之一。

近代傳播研究，係源於宣傳與選舉、宣傳與廣告的研究。宣傳研究之引入以及宣傳與傳播理論結合為一，拉斯威爾稱之為開山始祖，實當之無愧。

拉斯威爾是一位政治及法學教授。他是芝加哥大學出身的政治學家，並曾在耶魯大學執教多年。拉斯威爾與大眾傳播之關係並不大，但最重要的關係，他是新聞自由調查委員會（The Commission on Freedom of the Press）的委員之一。

拉斯威爾教授最大之貢獻，也是不朽的貢獻，是為傳播分析發展成為系統的分析研究，這個分析研究，也是廣泛被大眾傳播學者接受而視為較完整的大眾傳播研究之內容。

這個理論是用一句話來說明傳播的過程：

誰（Who）

說什麼（Says What）

何種孔道（In What Channel）

對誰（To Whom）

求得何種效果？(With What Effects)

拉斯威爾的這個理論，本書作者稱之爲傳播的基本理論，其原因是：

第一、沒有一個理論，比這句話更簡單，說明傳播的定義及過程。

第二、沒有一個理論，比這個理論更能說明傳播、大衆傳播、及大衆傳播研究之間的緊密關係。(參見圖八1、八2、八3)

第三、有關大衆傳播以後發展的理論，多以此理論爲基礎，而擴大或演變的。

第四、沒有一個理論，能比這個理論更能表示出完整的大衆傳播研究的內容。

早期具有貢獻的大衆傳播學者，以施蘭穆爲代表，研究傳播效果，多着眼於過程(Process)以及過程和效果(Process and Effects)之間的關係研究，拉斯威爾的理論，實爲傳播過程研究之基本理論。

圖八

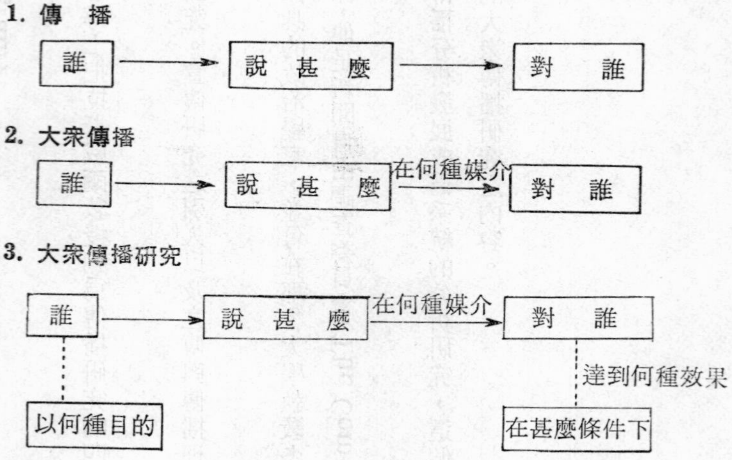

曾任《新聞學季刊》主編雷蒙・尼克森（Raymond B. Nixon）博士根據拉斯威爾的圖說，又將其原來之程式加以補充，而成爲完整的傳播基本研究之程式。

第一個要素加上的，是在傳播者（誰）之下加上「何種目的」而傳播。這是因爲任何傳播者所發出的訊號，所表示出傳播的動作，均有目的。只是這些目的明顯與不明顯而已。職業傳播者的職業目標就是非常明顯的目的。沒有一個記者不希望他寫出來的新聞，得到特別的重視，爲最大多數讀者所讀到，得到最深刻的印象，這就是職業傳播者的目的。

尼克森博士根據拉斯威爾的解釋，加上傳播者目的要素，意義甚大，因爲使多年來傳統新聞學中所強調的大衆傳播者與宣傳者之區別，得到適切的安排。（根據傳統的說法：新聞工作者與宣傳工作者最基本、最大不同之處，卽是前者爲無目的而傳播，後者則是爲宣傳目的而傳播。）換言之，傳播工作者與宣傳工作者並無不同之處。

這是拉斯威爾博士最大之貢獻，卽打破了傳播者與宣傳者之距離。此種趨勢越來越明顯。更證明了拉斯威爾教授理論之可大可久性。甚至從美國大選活動來看，政治、傳播、廣告、公共關係四者，幾乎很難分開的。

第二個被加上的要素，是在被傳播者之下加上「在何種條件下」，換言之，卽在何種環境下被傳播者才能受到傳播者的影響，而收到傳播的效果。

尼克森博士加上此要素，係根據拉斯威爾在研究第一次世界大戰宣傳所常常強調的：傳播的成功乃基於在有利的條件下適合意思的技巧的使用。

拉斯威爾的傳播內容分析係起於戰爭宣傳，而近代戰爭宣傳係起於第一次世界大戰，傳播研究實始於拉斯威爾的第一次大戰之宣傳研究。

受播環境之重要性乃對於傳播效果居於決定性作用。近代傳播研究者，無論是採社會調查、實驗方式，無不注重環境的因素。特別是以社會學、心理學爲基礎的傳播研究，更注重環境的影響因素。如施蘭穆博士、柯萊柏博士（Joseph Klapper）等，均強調環境培養與傳播效果，具有因果之關係。施蘭穆博士曾對韓戰期間心理作戰效果研究，就訪問戰俘的結果，亦證明被宣傳者環境的長期培養，是獲致宣傳效果的必要途徑。

二、施蘭穆的障礙理論

我國傳播學者徐佳士教授在《大衆傳播理論》一書中，讚譽施蘭穆博士是「傳播理論的推廣者、組織者、同時也是研究者。」以本書作者研究施蘭穆的心得，施蘭穆博士在大衆傳播理論研究的源流中，乃是居於承先啓後的地位。

施蘭穆是一位傳播理論的集粹者。就創作與編撰二者而言，他在編撰方面的貢獻，那更是史無前者的。

一九四九年，在施蘭穆領導的伊利諾大學傳播研究所，出版了第一本有系統的《大衆傳播》（*Mass Communication*），這是由他所主編的，是一本最基本同時也是包括很廣泛的大衆傳播學讀本。在一個系統之下，廣納各家的學術論文。這本書幾乎是大衆傳播學的縮影，也是大衆傳播入門的範本。

五年後，一九五四年，施蘭穆編了另一本大衆傳播學的讀本，書名叫做《大衆傳播的過程與效果》（*The Process and Effects of Mass Communication*）。這本書代表着大衆傳播研究的第二個階段的開始，透露出理論的線索。全書包括了三十八篇論文，而把搜集範圍擴展到國際傳播，這是前書所沒有的。該書最大的價值，即在建立起傳播效果與傳播過程的關聯性。這是超過大衆傳播理論本身的理論價值。因爲理論的特質是廣泛性與系統性，那麼建立起過程與效果之間的因果關係，實是賴以產生理論的母系。此書出現後六年，而有柯萊柏的《大衆傳播的效果》（Joseph Klapper, *The Effects of Mass Communication*, New York, 1960）及勃魯的《大衆傳播過程》（David K. Berlo, *The Process of Mass Communication*, New York, 1960）的出版，可說建立起過程與效果研究的理論體系。

施蘭穆的障礙程式即納入大衆傳播過程與效果一書的首篇。來說明「傳播如何運作？」（How Communication Works），這是對於過程的一個引入。

施蘭穆的障礙程式，係他從一九四〇年以來，從電子工程中的「資訊理論」（Information Theory）蛻變而來的。（請參見圖九）

資訊理論的原來程式係爲：

Source——→Encoder——→Signal——→Decoder——→Destination。

這個公式的最好應用說明是電話的使用。電話傳播必有來源、講話人、講話對方、講話內容，而後達到通話目的地或預定目標。這是一個簡單的通話過程的完成。施蘭穆博士以這樣的簡單過程，來說明複雜的大衆傳播過程。也就說明大衆傳播與傳播在基本上是一樣的。

從來源到目的達成，必賴符號（Signal），因有符號製造者（Encoder）與符號還原者（Decoder）。但「符號製造」與「符號還原」這二個名詞，實過於專門化、術語化，致使許多大衆傳播初學者頗爲恐懼，如同重回到化學實驗室中（研習社會人文科學者，無論中外，對於自然科學者，多有距離之感。）其實，所謂符號製造者，即是傳播者（Who, Communicator），也就是打電話的那個人，所謂符號還原者，即是受播者（Whom, Communicatee），也就是接電話那個人。這是非常明白的。

施蘭穆博士把這一傳播的過程，用在傳播效果獲致的考慮，而加上另外二個決定效果的因子：

一是傳播是不可能的，除非傳播者與受播者之間，對於所使用的符號（文字，語言等），彼此具有足够的共同瞭解的經驗，也就是所謂共同經驗的建立（Common experience to estabiish）。

圖九　施蘭穆的障礙理論

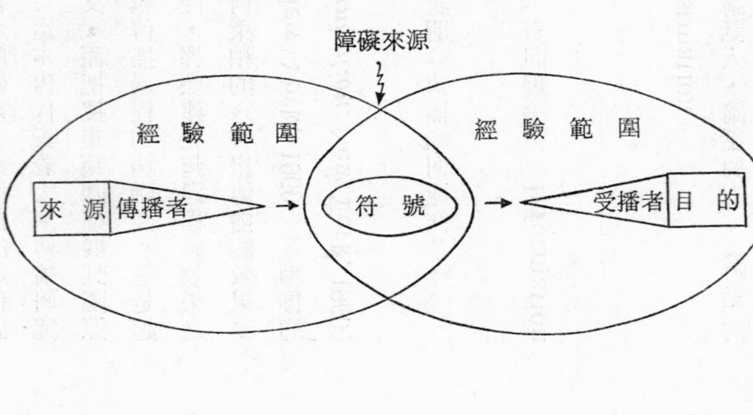

這個經驗不只是我們日常所熟知的生活經驗，還有學習、教育等等，都是經驗的範圍。因之，這個經驗實在包括的範圍相當廣泛。

例如：一個小學的學生，忽然接到一個怪電話，就是聽不懂，而把電話掛斷，轉過身來，被他的爸爸痛罵一頓，斥爲無能：小學都快要畢業了，連接電話之小事，都不能做，實是教育的失敗。小孩被罵得哭個不停。沒有多久，這個電話又來了，他爸爸去接，喂了很久，仍然聽不懂，把電話摔下，原來講的是外國語。

這就是經驗的障礙。

經驗的障礙，對於從事大衆傳播工作者，最常見的障礙，自然是語言和文字。因此，語言專家總要提醒人們，要說「普通話」，因爲普通話人人都有經驗。在採訪學的課本中，要用白話文寫新聞，總是列入記者教育的備忘錄中，因爲白話文大家都有經驗，都容易瞭解。

最具有代表性的例證，是研究可讀與可聽的權威學者弗萊屈(Rudolf Flesch)，他的幾本權威性著作，都強調以淺易可談可讀爲傳播藝術的最高藝術。

爲什麼工人出身的工會領袖，能面對工人羣衆滔滔不絕，而使得羣衆激昂，很容易達到傳播目的？其原因之一，就是工人領袖與工人之間無經驗的障礙，他知道他們的日常生活經驗，他知道他們所使用的語言。

科學傳播爲大衆傳播內容最難克服的障礙，就是因爲科學經驗不是一般大衆所具有的，因而科學內容不容易爲一般大衆所接受。

科學家若負科學傳播之責，則不若大衆傳播者，其原因是由於科學家缺乏對一般大衆有關科學之經驗，更不瞭解與體會一般大衆接受之困難，以自己之經驗，解釋科學現象、發明，尤不能放棄其職業或研究經驗中之專門名辭，此對於一般人而言，乃是絕無僅有之經驗。但，大衆傳播者則不然，他們不是科學家，他們的職業，是以普通語言傳播世事萬象。

因而，「通俗」往往被視為是大衆傳播者第一修養，就是因為通俗必能是在一般大衆的經驗中。

「共同經驗」是能否傳播、能否產生傳播效果的先決條件。

二是欲想產生預定的傳播效果，還必須克服傳播障礙。這些礙障（Noises）也是得自電子工程傳播系統，如電話傳播的經驗。

歸納而言，障礙有以下四種：

第一是機械的障礙（Channel Noise）。

第二是語意的障礙（Semantic Noise）。

第三是積存的經驗（Stored experience）。

第四是不調和立場（dissonance）。

第一種乃是屬於機物的。第二種是屬於傳播者與被傳播者之間經驗所造成的障礙。第三和第四種是屬於被傳播者本身形成的心理上障礙。

機械的障礙，包括範圍極為廣泛，主要地，是指維持傳播孔道的通行無阻，是傳播效果保障的先決條件。例如：影像不清的電視頻道，聲音雜亂的廣播電臺及印刷不清的報紙，均屬於孔道的障礙，也就是機械的障礙。這些障礙的存在，使傳播效果大打折扣。一張面孔嬌美的世界小姐照片，登在報紙後，變成痲臉滿面，慘不忍睹，這就是機械過失所造成的傳播障礙，非僅不能達到「美」的傳播效果，且成爲反效果。這只是機械障礙的一例。

當年，我國的教育電視臺成立甚久，但傳播效果不顯，主要的就是遭遇了機械的障礙，使它無法擔負起傳播內容的責任。因之就視聽不良的大衆媒體而言，欲加強傳播者與被傳播者之間符號傳遞關係，首先必須改善設備，加強或更新設備，以求保證通道流暢。

偵探片電影中我們常常看到，利用電話傳遞軍事情報之時，最能瞭解到孔道障礙之重要性。往往情報傳播者爲恐因爲通訊設備不良，或受天候影響，而影響到情報符號之傳眞性，常常要對方覆念，即是基於此理。往日國際新聞電報，遇重要新聞時，常常重發，或者接受一方，因受到電訊傳遞之影響，字跡不清，回電查證，要求重發，多是受到機械障礙的影響。當然，今天的衞星及電腦結合的傳播時代，已無時空的差距，自是不能同日而語。

語意學的障礙，也是我們經常所碰到的。這是被傳播者對於傳播者所使用的符號所產生的誤差。

對於語意學的障礙，最顯明的道理，是：

爲什麼同樣一句話，一段新聞，一篇特稿，對於某些人能完全瞭解，某些人似懂非懂，又有一些人根本無法瞭解，這實在是語意學的障礙。（請見圖十）

圖十　傳播與傳播障礙

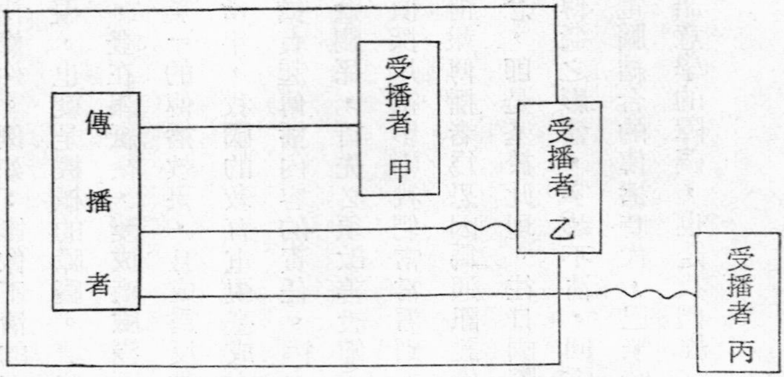

電視中常常有聽到英語的機會，或影片、或訪問、或英語教學，但易懂的，不容易發生語意障礙的，恐還是像往日英語教學中的吳炳鍾的英語，因爲他的中英文一樣的易懂，口齒清楚、態度謙和。最怕的，就是又快又含糊的外國人（非英美語國家，如西班牙人、非律賓人、印度人）講英語。

事實上，造成語意學的障礙原因很多。傳播者與被傳播者之間程度的差異，也是最常見的語意學障礙。曲高固然和寡，但曲低對於欣賞能力高的人，也一樣無法接受。二種同爲語意學的障礙。

爲了克服語意學的障礙，爲了避免發生不瞭解、誤解的情形，傳播者最好的自衞武器，就是明確所使用的語言、文字的正確意義和範圍，且忌模稜兩可的含義，尤要注意一個文句有多種含義，而發生因程度、立場相異而有不同的解釋，造成語意學自殺的悲劇。

新聞採訪學及編輯學的教室裏，常常被提醒不要輕易用成語，也是基於語意學障礙的考慮。因爲，成語的意義並不是一般人所能精確完全瞭解的，這也是因爲成語本身就無精確的意義，明確的範圍。有些成語，要靠猜想來瞭解；有些成語，靠意念來領會，這都是在傳播過程中，容易遭受的危險。

新聞報導中，常常發現因爲語意方面的疏忽，而造成報導的嚴重錯誤，構成新聞傳播的極大障礙。例如：民國五十九年五月廿四日中央日報出現了下面一個三段標題的新聞：

王正誼局長昨天說
金融機構人員待遇
將與一般機關拉平

這條新聞是中央社獨家發出的。係行政院人事行政局局長王正誼主持公務人員訓練班第十六期結訓典禮時透露的。當時正是公務人員加薪，金融機構人員是否跟着加薪也爲各界所關心。因此王局長說：目前金融事業機構人員的待遇，較一般公務人員爲高，政府將設法逐步調整，一方面改善全體公務人員的待遇，一方面使金融事業機構與一般公務機關人員的待遇，逐漸趨於一致。

標題是根據新聞導言：「政府已決定拉平金融事業機構及一般公務機關人員的待遇」做的，並無錯誤。但却導致讀者，尤其是公務人員及金融機構人員的錯覺，或誤認爲政府將減低金融機構人員的待遇，以達到與一般機關拉平的目的。這是這條新聞中拉平的直覺意義。但眞正的意義，是金融人員暫不調整，以待與一般機關拉平。

這條新聞刋出後不久，果然出了語意學的毛病，人事行政局連忙發表聲明，刋布更正新聞稿，說明眞意，以免使金融人員惶恐不安，以爲政府要削減他們的薪金了！

正如我們隨時都會犯語病一樣，我們隨時都會發現有語意學病症的傳播符號。例如，曾在臺北市公共車廂中，就發現這樣一個怪廣告：

醫王你座靜電健康器

我們可能百思不解「醫王你座」眞意所在，更難記住它的名字，對於匆匆的公車乘客，其傳播效果，更可想而知。

積存的經驗，是屬於心理的障礙，與一般的學習經驗有別。

這是因爲我們每個人均有屬於自己的深厚經驗，這些經驗或來自家庭、學校、宗教、職業教育，所種下的根深蒂固的信念或價值觀念。如中國人的倫理道德，西洋人對上帝的信念，中國讀書人對孔子的尊敬，均屬於積存的經驗。當被傳播者接受外界送入符號的時候，而這些符號恰構成對於基本信念的挑戰，於是乃發生被拒、曲解或誤解現象，以保護他的基本信念，構成傳播的障礙。例如：受着數千年傳統影響以多子多孫爲福的鄉下老太太，對於節育傳播，必拒之千里之外，甚至對傳播節育者，視爲絕子絕孫者。

殘酷不仁的蘇俄、中共所慣用的洗腦作法，實是對付積存障礙的「傳播手術」。

柯萊柏的同意工程理論（Engineering of Consent），爲克服積存經驗障礙的文明科學手術。欲速則不達，非除舊不能佈新，爲去除積存經驗障礙的二個重要法則。

基本上，不調和障礙（Dissonance）是屬於積存經驗的一種，但病症有深淺。比較而言，不調和障礙，則淺得多。

所謂不調和障礙，即是符號內容與接受者的既定想法、動作不符合，而發生排斥作用。除非不調和障礙減輕或消除，新傳播內容對於此一被傳播者不會產生任何作用，只能增加其反感。例如：在美國大選中，某甲已決定投票支持雷根，而對於不利雷根的報導與評論，則不調和，則很難發生傳播作用。

傳播內容選擇機會之多寡，與內容調和與否成正比，即對於不調和障礙的一種具體解釋。例如：某小姐欲買一架電視機，其既定選擇條件爲外型美觀，但對於電視機優點的傳播內容介紹，卻有多種，至少有以下八種：1.經久耐用，2.外型美觀，3.廠牌，4.服務週到，5.原裝出品，6.有否贈獎，7.便於攜帶（輕便），8.彩色艷麗。

除了第二種「外型美觀」外，其他均屬不調和的內容。（當然有的是發生關聯的，如「服務週到」，而不是相對衝突的，但就選擇機會而言，他最關心者，最有興趣者，爲外型美觀，與這一條件相符合時，才能考慮其他優點，才對其他優點有興趣。）

……………………。

三、施蘭穆的三位一體理論

施蘭穆博士於一九五四年發表了三位一體的程式，或稱之爲喇叭程式（Tuba）。施蘭穆博士以這一程式說明大衆傳播過程如何工作。這三位一體是指：傳播者（Encoder）、解釋者（Interpreter）和受播者（Decoder）是一體的。（請見圖十一）

施蘭穆此一理論有不平凡的發現，而有異於以前二個理論者有二：一是傳播過程不是單向

圖十一 施蘭穆的三位一體程式

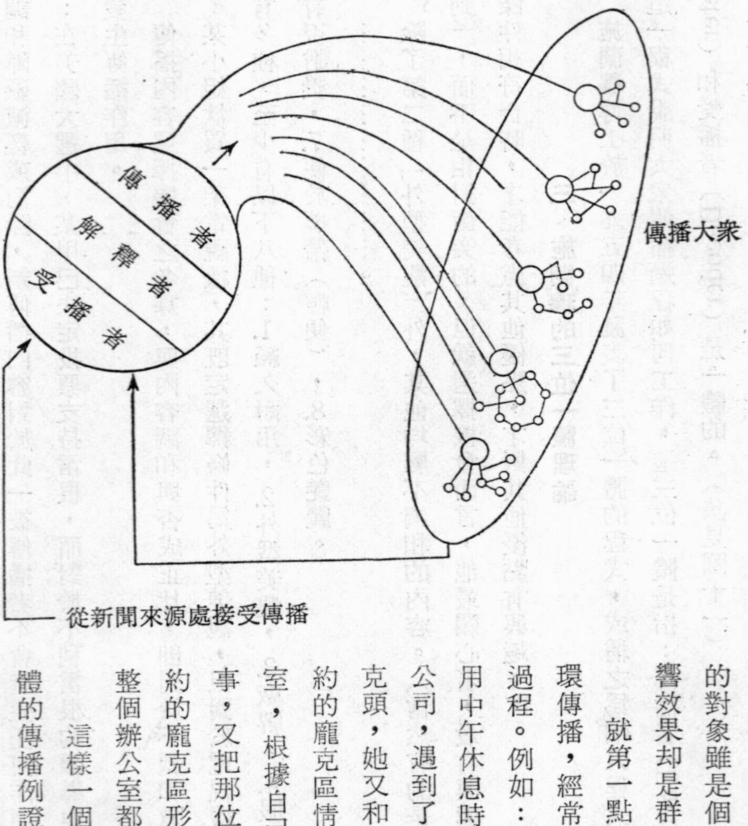

的，而是循環的圓形。二是大衆傳播的對象雖是個體的、個別的，但是影響效果却是群體的。

就第一點來說，這三位一體的循環傳播，經常發生在普通個人的傳播過程。例如：某外商機構一位小姐利用中午休息時間到臺北市東區逛百貨公司，遇到了一位奇裝異服的紐約龐克頭，她又和這位龐克頭談了一些紐約的龐克區情形，這位小姐回到辦公室，根據自己所見所聞，對她的同事，又把那位龐克描述一番，也把紐約的龐克區形容了一番，整個下午，整個辦公室都在談論龐克之事。

這樣一個傳播過程，就是三位一體的傳播例證。這位小姐是那龐克的被傳播者，回到辦公室，用自己的語言、手勢，轉播所見所聞，就是一個解釋者，她又變成傳播者。

謠言之產生，乃由於熱心解釋者加速傳遞，解釋內容成倍數改變其原意。最後使得一隻野猫出現變成一個獅子出沒就駭人聽聞了。

新聞傳播者爲實足的三位一體者。如記者出席一項行政院新聞局記者會，聽取外交部情報司長的某項外交情況報告。記者是一位被傳播者，將談話內容記下，書面資料帶回，到報社後，重新組織，寫成新聞或特稿——就是以解釋者的身份完成傳播者的工作。

施蘭穆博士進一步分析，不僅個體是三位一體的生活，就是大衆傳播組織，也是三位一體的機能。報社給讀者的一份報紙，同樣是以解釋者身份完成大衆傳播者的職責。同時，新聞或社論傳播後，又會收到讀者的投書所謂Feedback，於是報社變成被傳播的地位，把這些投書經過編刪加注意見，又擔負解釋者、傳播者的職責。如此工作，週而復始，循環不已。單一新聞事件是如此，整個新聞媒體的機能，也是如此。

就第二點來說，保羅・拉查斯斐德(Paul Lazarsfeld)所發現的意見領袖(Opinion leader)功能，實在是對於大衆傳播效果最好的理論支持者。

影響通常是相互的，大衆傳播的影響更是相互的。尤其受到被傳播者所屬團體（家庭、職業……）的影響。社會心理學家如拉查斯斐德博士等所發現的意見領袖，所擔負的間接傳播、解釋任務，幾可決定大衆傳播效果之關鍵。能使大衆傳播的單路傳播變成雙道傳播(Two-step Flow of Communication)。意見領袖則成爲不付報酬的職業傳播者：傳播、解釋、受播職責，集於一身。同時，意見領袖也是大衆傳播機構的中繼站。

四、威斯萊——麥克林的傳播概念程式

威斯萊(Bruce Westley)曾爲美國威斯康辛大學新聞學院教授，也曾是新聞學季刊副主編，他也是一位具有長足新聞實務經驗的少數有成就的大衆傳播理論家之一。麥克林(Malcolm S Maclean, Jr)原爲密歇根大學傳播學院教授，後爲愛我華大學新聞及大衆傳播學院院長，他是一位具有深厚社會心理學基礎的大衆傳播學家。

威斯萊、麥克林二氏於一九五七年攜手發表大衆傳播概念程式，原文及程式發表於《新聞學季刊》一九五七年冬季號。

威、麥之程式說明了一般大衆獲知環境發生事件之途徑：

最主要，也是最重要的一條通道爲新聞傳播通道，卽是經過職業傳播者，定時及時地報導，獲知環境發生之大事，是謂新聞。(請參見圖十二)

還有就是人民目睹，親身體驗一件事情如何發生的。如車禍的發生現場的人；火警的旁觀者；球賽的觀衆；參加會議的人，都是親身體驗者，目睹事件的進行及實況。現代新聞事業未形成前，一般大衆對於公衆事件之瞭解，多靠親身之體驗。現在隨着社會的進步與繁榮，對於環境的瞭解知識，幾乎全靠職業傳播者，作報導及解釋工作。也就是新聞記者及新聞評論者(主筆)的職責。

新聞工作者主要有二種途徑獲知新聞是如何發生的：

第一是現場的採訪。例如突發的社會新聞、體育新聞，多靠記者的現場採訪。

第二是依靠熱心者的間接傳播，這熱心者往往是新聞的傳送者、解釋者，也就是我們熟知的公共關係人。

基本上，熱心者與新聞工作者工作目的不同。熱心者具有傳播目的，是有目的的傳播者(Purposive Communicator)，而新聞工作者，比較而言，是無直接目的，也就是新聞記者或評論者是屬於無目的的傳播者(Non-purposive Communicator)。

根據這一程式可知：新聞工

圖十二　威、麥兩氏傳播概念程式

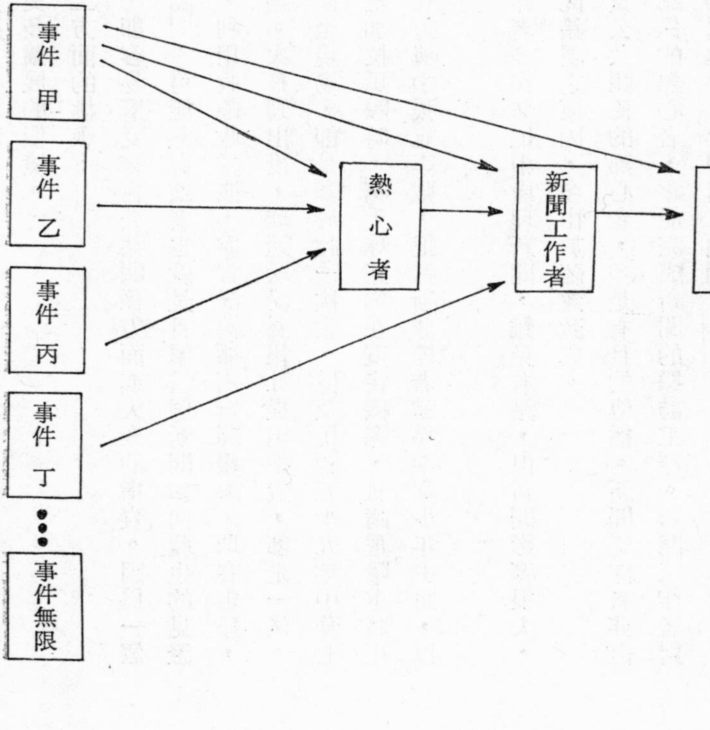

作者對他所服務的傳播社會，必須善盡公正傳播的職責，否則他的職責卽會被他人所取代。新聞工作者的主要機能是提供一般大衆一個更多擴展的環境。

就這一程式來說，新聞工作者遭遇二方面的挑戰：

一是新聞工作者若有不忠實的報導，卽容易遭受來自公共關係方面或大衆的指責。因爲一個事件的發生，經過記者的報導，成爲新聞，可能還有讀者也就是目擊這個新聞如何發生的見證者。曾經有一位體育記者坐在麻將桌上，利用收聽收音機，靠實況轉播寫新聞報導，球賽告終，麻將也結束，卽撰寫一篇龍虎鬥球賽經過。次日刊出後，球迷紛紛對報社提出指責，卽是一例。新聞報導必須維持眞實、完整與客觀，甚至現場，卽是基於此一挑戰。憶及民國五十九年中華七虎少年棒球隊在威廉波特衞冕戰，首戰尼加拉瓜隊時，萬千球迷均在電視機旁，目睹尼隊主將把球棒打斷，但，臺北一位專欄作家，竟在方塊中張冠李戴，把打斷球棒者錯爲中華少年主將，以嘉其勇，讀者爲之嘩然。

無論採訪、撰稿或是編輯，新聞工作者多在匆忙中處理新聞，難免有錯，但新聞影響很大，因之，新聞工作最不能有錯。而造成新聞錯誤之原因，多由於疏忽致成。

二是來自公共關係方面的挑戰。負責公共關係的熱心者，多是有目的傳播。新聞工作者非但不能逃避公共關係者，且必須依賴公共關係的熱心者，才能完成新聞的採訪工作。新聞工作者對於這些熱心者的提供資料，就進行解釋的過程中，會遭遇二項困難：

若是改變得太多，會遭遇到來自公共關係方面的抗議；若是不加以改變，會失去新聞的客觀性與價值性（因爲公共關係人卽是有目的的傳播人），有損新聞報導的責任。

因之，欲使公共關係人能爲新聞媒介的熱心者、新聞工作的伙伴，則其成敗關鍵，乃在於能否在客觀前提之下，而從事有目的的傳播工作。捨此之外，公共關係者也不易成功。因爲有目的的內容，往往不能爲新聞工作者所接受，除非使變成具有新聞的價值，始有刋佈的價值。因此，在美國成功的公共關係工作往往是由曾經在報界服務過的人員來做，因爲他們知道新聞工作者需要什麼，讀者對什麼有興趣，讀者需要什麼。

新聞工作者必須隨時做自衞的戒備。任何未盡到職責之報導或評論，都會從不同方面遭逢責難，特別是新聞來源、公共關係方面或熱心的大衆，應引以爲戒的。

五、羅氏之非工業地域之傳播關係程式

第二次世界大戰後，傳播研究之領域開始擴展，打破了國際採訪、國際宣傳之範圍，而形成爲國際傳播研究之時代。

尤有進者，國際傳播研究之重點，是要達成全世界現代化之重任，也就是「如何最有效地運用傳播致力於新國家的經濟和社會的發展。」

這眞是一個史無前例的國際傳播的大時代。

這大時代的推動者，有國際組織，如聯合國教科文組織（UNESCO）：有基金會，如洛克斐勒、福特基金等，有大衆傳播、或國際政治研究教育學府，如哥倫比亞大學、麻省理工學院、史坦福大學、明尼蘇達大學等，參與者有大衆傳播學者，行爲科學研究學者，如哥倫比亞、麻省理

工學院的拉那（Daniel Lerner），史坦福的施蘭穆，明尼蘇達的尼克森等。其中尤以拉那爲前瞻學者。

印度籍學者羅氏（Y. V. Lakshmana Rao）與以上諸人的關係，也很密切。他先後出身明尼蘇達、史坦福大學，曾隨從尼克森、施蘭穆研究，並曾獲得基金會的支助，曾服務於聯合國教科文組織的大衆傳播部門。而其研究方法則師從拉那博士。

國際傳播研究重點是在傳播與國家（社會）發展之間的關聯性、因果關係，尋求國家發展、社會改變的動力，其所研究之因子，包括改變（Change）、發展（Development）、傳播（Communication）等。

那麼國際傳播有無「理論」？直到現在爲止，尚未發展成嚴格的理論，所有的是研究方法，那就是以比較方法（Comparative Study）研究已開發地區與開發中地區之不同，大衆傳播發展社會與大衆傳播未發展社會之相異處……比較之下，而尋求相異之因果，找出傳播與發展間之關聯性。

羅氏的代表性著作爲《傳播與發展》（*Communication and Development*），所用的就是比較方法，是「二個印度村莊的研究」（A study of two Indian Villages），這二個村莊的現代化條件完全不同。

羅氏之非工業地域之傳播關係程式，係羅氏在明尼蘇達大學新聞及大衆傳播學院提出的，而經該院國際傳播及大衆傳播理論教授尼克森博士核定的。該一程式在說明工業落後地域人羣與傳

播媒介之關係，傳播工具與被傳播者教育條件之限制關係。（請見圖十三）

這一程式，係以三種類型，表達工業落後地區之傳播關係：

一爲工業發展落後地區之傳播類型有二：印刷媒介傳播（Printed Communication）與口頭傳播（Oral Communication）

二爲傳播工具有二種：一爲印刷媒介（Printed media），一爲視聽媒介（Audio Visual Media）。

三爲傳播接受羣爲四種：讀者（Readers），非閱讀的聽衆(Non-Reading Listeners, Literate)，亦卽非屬文盲，文盲聽衆（Illiterate Listeners）和閱讀隔絕的非讀者、非聽衆(Non-Readers and Non-Listeners)。

讀者羣能直接接受印刷媒介及視聽媒介，往往爲工業落後社會的開發動力，他們無論在教育、社

圖十三　羅氏非工業區域之傳播程式

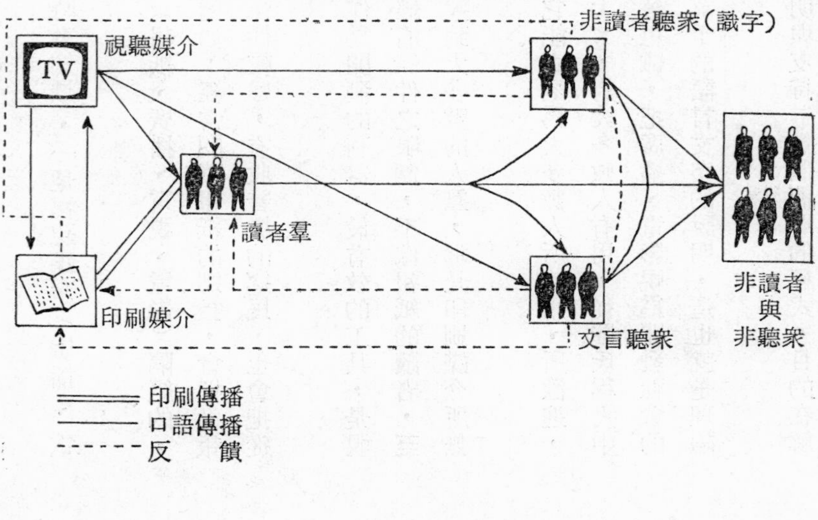

會地位，經濟條件均是居於頂層地位，領導地位。

非閱讀聽衆與文盲聽衆，只能循二種途徑獲得現代的時事知識，一是視聽媒介（廣播、電視、電影），二是從讀者羣中（知識份子）間接獲得。

閱聽隔絕的非讀者與非聽衆羣，是和現代的傳播媒介（報紙、廣播、電視、電影）隔絕的，吸取時事知識的唯一途徑，是從其他讀者、聽衆得到的。例如：經常閱讀報紙的鄉長，會把從報紙中得來的消息，告訴其他的閱讀全盲的人羣。一個經濟條件較好，有收音機的鄉民，也會把從收音機中得到的新聞，告訴其他沒有收音機的人。

從以上的程式可知，從傳播媒介觀點發展一個社會，作爲開發的利器，最有效的工具，是視聽媒介，而不是印刷媒介。因爲視聽媒介不受教育條件、經濟條件之限制，不像報紙的讀者，至少要化六年的時間，才能培養出來讀者；視聽媒介可立刻達到大多數的人羣，那是印刷媒介所無法辦到的。

廣播、電影對於一個開發社會，遠較報紙重要，因爲它能立刻爲大多數人所使用、所歡迎，（可惜，電視的「娛樂天性太大，否則電視的教育力量更大），對大多數人有用，從羅氏程式中可以獲得一個簡明而清楚的答案。這也是爲什麼聯合國文敎組織，把廣播、電影視爲開發社會的前瞻傳播工具，道理也就在此。這一程式的作用，實勝過萬千的語言文字的說明，這也就是理論的妙用。

本書作者所以不厭其詳的擧出許多例證和事實，來說明與支持這幾個簡單的程式，目的在解答一個問題：這些程式有無能力，對其範圍內所發生的現象或事實，作一解釋，視爲理論上的根據？

答案如果是肯定的——這就足以證明這些程式也有理論之作用」，更明白地說：它們就是理論。

大科學家康南特曾說：「現代科學之所以能進步，是因爲有了一個重要的因素，這便是學理性的觀念與工匠的實驗之間起了相互的作用，科學家藉着這樣一種相互作用，已建立了一個互相關聯的概念與概念設計的結合體。」確實如此。

四・「守門人」之理論與實際

前美國副總統安格紐（Spiro Agnew）曾經多次公開而爽直地批評美國有權有勢的新聞集散者濫用職權，因而新聞工作者的職責重新被檢討，甚至對於新聞事業的神聖性，曾有重新考慮的必要。

新聞工作者的地位確很重要，它是居於現代知識傳播樞紐地位，用大衆傳播的術語來說，新聞工作者居於守門者的地位（Gatekeeper）。

守門人理論之建立，可以說是新聞學術系統化的重大收穫。

對於守門者的意義及工作性質的解釋並不一致。狹義的守門人係指有權決定新聞電訊，特別是針對通訊社電稿的取捨而言，如美國報紙的電訊編輯（telegraph editor），我國報紙職掌國際電訊分稿工作的副總編輯。廣義的守門者係指新聞傳遞過程中，所有參預取捨的工作者。

守門人的工作性質也不一致。大體而言有二種類型：一爲一羣同時工作的守門者，如政府發言人欲透過記者招待會，把政府某項外交政策傳播國內外，這些出席記者招待會者，均是守門的人，他們幾乎同時工作，而政府政策是否能如意地通過不同媒介，傳播給大衆，那就要看這些守門者如何挑揀、捉捕了。另外一種類型，是一連串的門，新聞工作者如同門神，緊把門首，任何一件事情，欲成爲傳播媒介的新聞，必須一關一關的通過，而後才能成爲公開出來的新聞。當然，傳播對象應是最後的一道關。（因爲一條新聞通過聽衆耳朵或讀者的眼睛，往往是聽而未進，閱而未入的）。以本市的一條新聞爲例，必須經過若干關口，首先爲記者，次爲採訪主任，再次爲總編輯，最後爲編輯，這是隨意擧出的主要關口，事實上，分工較細密的報社，尚不止於此，尚需通過採訪副主任、副總編輯。總而言之，關關相聯，確是不爭之事實。一個國家內發生之事，欲成爲美國一個城市報紙的國外新聞，也必須連闖幾關，才能獲取生命。首先它必須能通過外國新聞單位駐在記者的第一關（通常爲外國通訊社），第二關爲區域性分社的過濾，第三關爲美國紐約總社，再分到美國分社，由美國分社通過當地報紙的電訊編輯（也就是最後一關），而成爲美國地方報紙的一條新聞，其過程實如同過五關斬六將。

這是對於守門人的基本認識。

守門人的重要性基於二點：第一、一個社會能夠聽到多少，看到多少和讀到多少新聞，完全決定於守門人。大衆傳播的效果是長期的，而守門人對於其所服務的傳播社會的長期影響，自不待言。第二、守門人的決定，既然如是重要，可以決定一個社會的智愚，而這些人如何行使守門人的職權，也就是從積極方面來說，如何才能使他所服務的社會，獲得最佳的利益；從消極方面說，如何避免若干錯誤，以免其所服務的公衆受到損害。

守門人的重要性基於上述，守門人理論的重要性也如上述。

對於守門人的研究，約可分爲二方面，一爲理論的闡述，其代表性的學者有卡特·李溫（Kurt Lewin），一爲實地調查專案的研究，其代表性的學者有麥克·差利（Mitchell Charnley），大衞·懷特（David Manning White）和路埃·卡特（Roy E. Carter, Jr.）等。

李溫與守門人理論

未談到專案研究之前，先做一個理論研究者的介紹。因爲這些專案實驗都有理論上的根據，也有理論的來龍去脈。

李溫是心理實驗的大師，也是守門人理論創見之始祖。李溫實驗的主題，是研究傳播工作者在從事傳播工作的時候，所受到來自團體的影響。此種團體包括極廣，主要地，乃指團體壓力，團體規範以及團體份子等等。

李溫在〈團體生活的孔道〉("Channels of Group Life")中，曾扼要指出守門人理論的重要性。他指出二點：第一、任何新聞的流通，必須循着某些孔道，才能變成新聞；第二、在這些孔道之內，有某些地方設有關卡，爲守門人所把守，能否成爲新聞，甚至以何種方式出現（例如出現在第×版，安排地位如何，標題長短等等），均決定於守門人。

李溫在闡揚是項理論的時候，曾特別指出：欲想瞭解「門」的機能，必須明瞭決定守門人決策的動力。李溫此一對於動力的重視，爲後來一連串有關守門人實際專案調查研究之主要根源。

新聞採訪與來源之間

卡特博士爲出身史坦福大學之社會心理學家，他曾任明尼蘇達大學新聞學院新聞研究所主任，現仍執教明大新聞及大衆傳播學院及社會學系。

卡特博士的研究最接近李溫之理論中心，他所研究的中心目的，乃在找出新聞工作者和新聞來源（其中包括個人及團體）之關係。

爲了瞭解守門人與新聞來源之間的關係，卡特博士曾先後在加州及北卡羅萊納州分別作過以下的三個調查研究：①醫生職業和新聞工作者之間之關係（北卡州），②學校行政監督與報界關係（加州）和③新聞工作者與本地政府官員間之相互關係。

1. 記者與醫生之間

就以美國社會而言，醫生與傳播媒介保有密切之接觸，而新聞記者亦享有較高之地位，但是新聞記者與醫生之間，仍有不可解決之難以和諧之關係。

其間最主要的癥結，正如這個研究開始之前，一位編輯人發表的意見：醫生與記者之任務迥異，新聞工作者爲獲得新聞而工作，醫生卻爲保持新聞秘密而力爭。在醫生方面保密的理由，有二項顧忌：一是爲了他的同業，往往爲了職業道德或職業公約，甚至爲了來自同業間所存在之心理上壓力，醫生不能或不願把所知道的事情供給採訪新聞的記者；二是醫生對於病人的診斷，有保密的義務，除非基於病人的請求或是允許，有關患者的一切資料，尤其涉及私人秘密部份，似不宜公開。醫生對於病人有維護的一切責任，也唯有如此，才能獲致病者的信任。另外一方面，新聞記者基於職業上的需要，費盡全力在衝破醫生的固守防線，而希望能從醫生處獲致他想要知道的事實。一位記者對於新聞的迫切，來自二方面的壓力：

①新聞採訪部的人員(the people in the newsroom)：這些人員至少包括三部份：第一、採訪主任的要求。美國報紙的採訪主任常常被描述爲暴君，對於記者的特定新聞或一天收獲，要求是相當嚴格的，且較難滿足的。我國報紙的採訪主任多係資深記者升任，並不是天生的暴君，對於記者在採訪工作中所能遭受的困難，均有親身的體驗，也許不會像美國報紙採訪主任那樣貪得無厭，但採訪主任的臉色往往是不好看的。一位記者曾說：每天晚上當回師總部時，若能滿載而歸，或是有足够的食糧，能够滿足採訪主任的胃口時，身心飄然如燕，輕快無比，恨不得立刻飛回採訪部，看看主任的笑臉；相反的，採訪主任交下來的任務，無法達成，則心底如埋下一塊鐵石，痛苦萬分，因爲採訪主任那一關難挨、採訪主任的臉難看。第二是採訪部的同仁。當大家晚上歸來，紛紛疾筆直書，一張稿紙接着一張稿紙，拼命往採訪主任桌上送稿時，空手而歸的心情，除了低首嘆氣外，恐也無其他辦法。第三是採訪同業。採訪記者並不怕漏掉一條甚至十條新聞，但最怕的就是某條有價値的新聞爲同業所獲，自己卻蒙在鼓裏，或是與他人報導比較起來黯然失色，這是新聞記者最痛苦的一種壓力。

②讀者方面的壓力。讀者對於新聞的需要與興趣，也是貪得無厭。基於公衆興趣與需要立場，新聞記者似責無旁貸地應克服一切困難，盡最大努力，給讀者某些有價値和興趣的新聞。

以上是基於假定醫生與新聞記者之間，對於新聞的需求所發生嚴重的衝突。

卡特博士在作是項調查的時候，曾發現醫生與記者對於新聞的價值判斷截然不同。醫生認爲，所謂值得發表公開的，是那些有助於醫事效果的報導內容。但是，另外一方面，新聞工作者對於新聞的觀念，又是另外一回事，他認爲「新聞就是新聞」，換言之，不是索然無味的官樣文章。

另外，記者在採訪醫生新聞的時候，新聞採訪情勢也是值得注意的。首要者，此種記者與醫生之間的關係，不是通常醫生與病人間的關係，也就是醫生對於記者無個人可運用的權力。其次，醫生與記者之間的談話，非屬一個「正常的」面對面傳播情勢，因爲醫生知道他所講出來的話會被發表出來。換言之，他在談話的時候，不免要受到非平常自我約束的壓力。

根據這次調查的結果，發現醫生們視爲新聞來源，遭遇二個眞正內部職業的難題：(1)如果他們的話被引用發表出來，很可能被控意圖公開罪。(2)如果發表出來的內容，記者在報導時所使用的是非技術用語，醫生可能遭受以科學爲基礎的同業責難。醫生認爲，某些來自醫生之事實之公開，對於社會人羣價值甚微，但卻容易激起其他醫生同伴們的關切。甚至影響到他與同業間的關係。

新聞工作者與新聞來源——醫生之間，還存在着價值標準不相一致，這也是基本衝突原因之一。卡特博士在作是項調查時，曾將新聞價值分成以下五類：正確、讀者興趣、讀者有用、即刻發表和完整。以這五類價值分別請醫生及新聞工作者選定自己的等級，並評定對方之等級，計有二百十三位醫生及五十四位編輯參加應答。其結果是這樣的：

醫生心目中的自我新聞價值標準依次是這樣的：①正確，②對讀者有用，③完整，④讀者興趣，⑤即時發表。

醫生衡量對方，也就是對新聞記者的新聞價值標準，其次序如下：①讀者興趣，②即時發表，③正確，④對於讀者有用，⑤完整。

記者心目中的自我新聞價值標準依次是這樣的：①正確，②對讀者有用，③完整，④讀者興趣，⑤即時發表。

記者衡量對方，也就是對醫生的新聞價值標準其次序如下：①正確，②讀者興趣，③對讀者有用，④即時發表，⑤完整。

從上面的自我測驗及衡量對方的價值判斷中，可以清楚地獲知「共同價值」是一致的，但，問題在於對方的價值判斷，存在着鴻溝，特別是對於新聞來源。醫生認爲新聞記者在採訪醫事新聞的時候，「讀者興趣」和「即時發表」是具有重要的新聞價值，而忽略了他們認爲是重要的價值——正確、對於讀者有用和完整。

2.記者與科學家之間

科學家視爲新聞之來源，記者與新聞來源之間也有不可避免的基本衝突，那就是專門化的術語與大衆化的寫作之爭。

科學家所堅持的，惟有維持純技術性的寫作，才能保持事件傳佈的精確性，非僅不能放棄技術性的詞彙、專門化的科學術語，而且要極力保持，這是科學家要據理力爭的。另外一方面，記者卻有相反堅持的一面。受過良好訓練的新聞工作者，都知道如何使得專門知識化爲通俗，這是使得大衆傳播有效的先決條件。換言之，若不能用大衆語言和大衆講話，這種傳播就註定失敗的命運。

新聞傳播者並非故意廻避艱深，不求甚解，而是通俗化是大衆傳播者每日工作的準繩。就算泰晤士報、紐約時報高水準的讀者，也非人人懂科學，更重要的，亦非人人願意接觸到科學的辭彙。

3. 記者與小學學校監督之間

當卡特博士以小學行政監督爲對象，作調查研究時，曾詢問他們通過何種方式，社區才能對於他們的學校制度，保持靈通的關係。他並列舉七種傳播方式，請這些學校監督們依重要性分別加以選擇。結果選擇的次序如下：①個人的接觸，特別是指教師與父母間的接觸，②日報，③學童的報告，④公衆集會，特別指家長教師聯誼會（PTA），⑤學校系統出版物，⑥學生出版物，⑦廣播。

學校行政監督也指出：

雖然學校相信報紙是讓公衆瞭解學校的重要媒介，但是他們懷疑家長們會相信報紙所刊學校活動，會像孩子們帶回家或是透過家長與學校個人間接觸所獲之多。

4. 討論

從以上卡特博士所作幾次有關新聞來源與新聞工作者之間的調查研究中，我們有重大的發現：

第一、在加州學校行政人員的調查報告中發現：學校行政人員對新聞記者之有利評估與否，和行政人員是否主動與報界連繫成正比。換言之，常常與報界保持連繫的人員較很少連繫的行政人員，對於報界有較多的有利態度。

同樣的，在北卡州的報業與醫生間研究專案中亦有類似的發現：醫生們爲新聞記者的新聞來源，較非醫生新聞來源的醫生，給予他們本地報紙就公正、正確和完整方面的評價較高。

第二、新聞工作者與新聞來源之間確存在着若干障礙，特別是與科學家及醫生之間。克服之途徑，除了謀求瞭解之外，似無其他途徑。換言之，新聞記者也需要公共關係，要謀求與新聞來源之間的瞭解關係。取得新聞來源的長期信任，並且使得新聞來源瞭解你的工作性質。

通俗化爲科學家與新聞記者的主要衝突。新聞記者在報導科學新聞的時候，若不能通俗化，報導本身即構成新聞傳播的障礙。但是通俗化的前提，即是新聞記者本身必須對於報導內容有充分瞭解，進一步能充分消化，才有化專門爲通俗的能力。否則靠一知半解、避重就輕的報導，徒爲專家所取笑，對讀者大衆也無好處。美國電視新聞史中的元帥人物，哥倫比亞電視網的瓦特·克朗凱特（Walter Cronkite）以報導佛州甘迺迪角太空新聞轉播而馳名，其所以能播報得出神入化，其秘密武器就是把他所知道的、所看到的能够完全的消化，才能暢快地用自己的語言解說出來。

第三、新聞記者爲維持職業尊嚴，自不能將撰好的新聞稿送請新聞來源處指正，但不明瞭處甚至沒有把握的解釋，隨時向新聞來源的專家請教，實可彌補記者專門知識不足的缺陷。以上所提出研究的，是有關新聞來源與新聞記者之間的種種關係，現在，我們進一步對於守門的人，作具體與實地的研究。

典型的守門人——電訊編輯

在前面曾經提到，廣義的守門人，在新聞崗位上，包括甚多，幾乎無所不包，凡是與新聞取捨有點關聯的身份，均是具有守門人的身份。但是，典型的新聞守門人為電訊編輯，他們是主宰國際與國內新聞取捨的編輯人，決定新聞的去留。

從事新聞工作者與新聞取捨之間研究，開始得很早，至少可以追溯到一九三七年李奧・陸斯頓的《華盛頓特派員》(Leo C. Roston, *The Washington Correspondent*, New York: Harcourt, 1937)，這本書可以說是現代有系統研究新聞工作者機能的第一本學術性著作。

1. 懷特博士的專案研究

自從李溫的「守門人」理論建立後，也有不少學者專家，以實際的觀點、調查方法，查考與闡揚李溫的理論。其中最具有代表性的為大衞・懷特於一九五〇年發表的〈守門人新聞選擇的專案研究〉(David Manning White, The "Gate-keeper" A Case Study in the Selection of News, *Journalism Quarterly*, 27: 383-90, Fall 1950)。

這個專案研究的主要目的，是嚴密地考驗在極度複雜的傳播孔道中，守門人如何管制他的

「大門」。

因爲在前面我們已經說過，根據李溫的理論（事實也是如此），能成爲傳播媒介的一條新聞，必須循着一定的軌道，通過若干關口，才能成爲新聞。

懷特所研究的對象，爲美國中部具有十萬人的人口都市，一家日報的電訊編輯。國內外新聞，通過通訊社的傳遞系統，從記者採訪到改寫記者，經過分區主任到州編輯處，最後成爲該報收到的通訊社電訊新聞稿。此一被研究的守門人卽爲最後的一道關口，他的職責是從新聞電稿中選擇、編輯與拚版國內外新聞。這些新聞通常出現在他所服務報紙的第一版，然後接轉到其他各版。他的決定，雖然不能說是最重要的關口（因爲任何關口均最重要），但確是最後的一個關口。他的決定自然關係他所服務社會的智愚。

前美國副總統安格紐在對於那少數控制大衆視聽領域、却未經選擧的新聞孔道把持者，曾提出公開的挑戰，指責他們權力如此之大，究竟他們具備什麼樣的條件？換言之，他們所具備的條件，是否有足够資格，担任如此重大守門人的職務？這是關心傳播媒介功能的人所最關心的。我們且看看這一位守門人的資格。

當時，這位守門人年約四十餘歲，他具有新聞工作二十五年之經驗，曾先後從事記者等實務工作，現職爲美國中西部具有十萬人口高度工業化城市，銷數約有三萬份的一家日報的電訊編輯。他的職責是從美聯社、合衆社及國際社三大通訊社電稿中，選擇這個約有三萬人家要看的，刋登在第一版的國際及國內要聞。他的職責（和我們國內報紙編輯制度不同之處），也要編撰這些稿，同時還作標題及拚版等工作。他的工作，和美國其他數以百計的美國非大都會報紙的電訊編輯一樣。毫無問題的，如果從最後的取捨觀點而言，這些人的工作，在守門人當中是最重要的，也是具有眞正守門人的資格。因爲他們有權決定最後的取捨。

懷特教授從事這一研究的目的，是要知道：這一守門人爲什麼會從通訊社的電稿中選取某些新聞而捨棄另些什麼？取捨的原因何在？

進行的辦法是這樣的：電稿選用的時期：一九四九年二月六日到二月十三日。此一電訊編輯每天把未被採用的通訊稿集中在一起，晚上再分別註明理由，解釋爲什麼未被採用。

在這一週中，該版共從三大通訊社中收到電稿一萬二千四百吋，而用到的新聞稿爲一千二百九十七吋，換言之，選用率約爲十分之一。

研究的重點，是在被捨棄方面，也就是找出被捨棄的理由。

未能被採用的新聞電稿，其理由可被分成二十主要類：

(1)由於報導價值而被捨棄。

(2)同一事件從許多報導中選擇。

由於報導價值理由而被捨棄有四百廿三次，其中：

沒有興趣者　六十一次；在該處沒有興趣　四十三次。

寫作笨鈍者　五十一次；太模糊不清　廿六次；太拖泥帶水者　三次。

不好　卅一次；說得過度　十八次；以及其他　十八次。

主題方面太多　五十四次；其他強調某點者　八次。

太瑣碎者　二十九次；勢必否定　廿一次；沒有這個需要、浪費篇幅、不太重要、不够熱門、不太有價值　五十五次。

從未用過這個　十六次；從不用　七次。

宣傳　十六次；酸葡萄心理　二次。

不用　十一次；對自殺故事不關心、太具有建議性的、沒有味口　三次。

同一事件從許多報導中選取，而被捨棄的有九百十條，其理由如下：

如果有篇幅會用　二百廿一次；沒有篇幅　一百六十八次；如果有篇幅該多好　一百五十四次；遲了，用不上　六十一次；太遲，沒有篇幅　三十四次；沒有篇幅，業已用了其他通訊社二次。

採用進一步新聞故事　六十一次；等待進一步報導　四十八次；正等待這方面　三十三次；正等待爲該一新聞　十七次；讓冷却一、二日　十一次；等着次日發展等理由　二次。

距離太遠　二十四次；區域之外　十六次。

太區域化　三十六次。

採用另外一家通訊社　二十次。

昨日曾作橫版大標題　一次。

我錯過此條新聞　一次。

從上面的調查中，我們可以得到一個重要的結論：編輯在處理新聞取捨的時候，多受着有限篇幅所影響，不得不割愛，換言之，以這個電訊編輯爲例，他沒有個人既定的反對理由，而由於篇幅不足遭受割愛者有一百六十八次之多。電訊編輯也承認，如果有足夠的篇幅，依然是好的新聞，有一百五十四次。可見新聞的價值是比較的，而非絕對的。

問題與答案

電訊編輯在長年累月的夜間工作中，他的觀念以及對於新聞的認識等等，自然會影響到對於新聞的選擇。因此，懷特博士完成了「守門先生」實地調查研究工作之後，曾提出了四個問題，以瞭解電訊編輯在處理新聞選擇過程中，所受到的工作壓力。以下是四個問題及答案：

問題一：新聞分類會影響你的新聞選擇麼？

答：新聞分類自然會進入我的新聞選擇中。一個犯罪故事將帶來一次警告，會有一個意外事故。人情味故事成爲同情之原因，並且可能建立品德之範例。經濟新聞對於某些讀者是有益的，但爲一些讀者所略過。對於這些新聞分類之選擇，我無法做到一個嚴格的平衡，但是力求多樣化。新聞分類建議某些羣體，如教員、工人和職業人民等對某一特殊故事感到興趣。新聞通訊社對於各類新聞供應無法保持平衡，並且爲了這一理由，我們（新聞選擇者）也很難辦到。

問題二：你是否感覺到你有任何偏見，而這些偏見會影響到你對於新聞的選擇？

答：我有極少偏見介入，換言之，這少許偏見，在我處理新聞過程中也發生不了影響作用。例如：我不喜歡杜魯門的經濟，我不喜歡日光節約時間，我也不喜歡溫啤酒，不過我覺得沒有更重要新聞給予版面時，我照用這些新聞不誤。就偏愛方面來說，我比較喜歡用人情味故事。我另外比較偏愛的，是那些新聞故事緊緊纏繞，並且體裁適合我們的需要。

問題三：你的職業是爲讀者選擇新聞故事，而你的對象觀念是什麼，並且在你想像中你的平均讀者是什麼？

答：我們的讀者具有平均的知識並且具備多方面興趣和能力。我覺得由於此地有四所學院，因此我們有讀者超乎平均知識，還有一些受較少教育。不管怎樣，我把他們視爲具有人情味而且具有一些一般興趣。我相信新聞足有資格使他們喜歡（新聞故事浸入他們的思想和活動中），並且新聞會讓他們知道這個世界上正在發生的事情。

問題四：幫助你決定任何特別新聞故事選擇，你是否有特別口味之主題材料或是寫作之方式？

答：我覺得當我作一個選取的時候，唯一主題材料之味口或寫作方式浸入的是：明確、簡捷、和角度（Clarity, Conciseness and Angle）。以前我也曾提到，某些新聞故事因具有警告、道德或是教訓作用而被選用，而這些被採用的理由，不適於以上我所擧出的三個主題材料或是寫作方式之原則。在決斷一條新聞故事，特別是面對三大通訊社（美聯社，合衆社和國際社）對同一件事情報導時，清晰總是決定取捨的一個恆久不變的標尺。一條新聞的長度是選取時另一個測驗的動力。冗長的新聞稿通常是被捨棄的，除非它能被縮減成滿意地長度。

2. 守門先生的再訪

懷特博士完成「守門先生」個案調查之後十七年，美國另外一個大衆傳播研究專家，再接再厲地完成了一次新的調查報告。

保羅·史奈德（Paul B. Snider）重新拜訪守門先生，成爲一個對於一九四九年懷特專案研究之追踪、鑑定工作。

史奈德先生認爲懷特博士以實際調查研究，發揚李溫氏守門人的理論，此一守門理論闡揚先驅調查所顯示出來的問題較答案尤多。此爲史氏重新認識守門先生動機之一。

當然，十七年之間——一九四九年到一九六六年，變化甚多。

沒有改變的事實是：守門先生依然是同一日報的電訊編輯。

改變的是：

1.此一日報早版的銷數業已由原來三萬份增加到四萬份。

2.此一中西部高度工業化的城市，人口已由十萬增加到十三萬。

3.約在懷特調查之後，該城原爲二家獨立日報，但在一九五四年，二家報紙變成爲一個老闆。

4.日報的早版通訊社電稿，原由三大通訊社——美聯社、合衆社和國際社供應，有充分選擇權，但一九六六年重作調查時，該報只收美聯社電稿了。

5.十七年間，變化最大的，恐是廣告篇幅與新聞內容比重之相差之懸殊。一九六六年時，廣告與新聞之比重，約爲百分之六十五與三十五或百分之六十八與三十二之比，一九四九年之調查，廣告與新聞比重變成百分之六十與四十之比。尤有進者，因爲在一九六六年研究期間，有越南戰爭在進行着，因此，該報第一版每天約拿出三十五欄作爲越南新聞照片特寫。此一固定性的新聞照片專欄，係該報駐越南記者所攝，來描述駐在越南美軍的活動。

另外還有一項變動，就是一九六六年該報每日出版次數已不如在一九四九年之多，因此，守門先生已沒有如一九四九年那樣多機會，可以把不用新聞稿保留下來，作爲下次稿之用。一九四九年間，該報每日出版五次，一九六六年的調查期間，只縮爲三次了。

在人事方面還有一項改變，守門先生較一九四九年間有較少的編輯助理，因此他自己須做較多的工作。

競爭方面，在一九四九年間，該報仍遭逢當地新聞同業的主要競爭，廣播和電視並未被考慮爲嚴厲的競爭對手。而今天，雖然日、晚版之間仍然存在着一些競爭，但是在許多採訪路線方面，一個記者採訪回來的新聞，可以同時供應日、晚報之用（因爲同是一家老闆）。

由於今天的截稿時限更遲和更快的處理程序，迫使守門先生較一九四九年換進更接近「現在」發生的新聞。

對於守門先生來說，歷經十七年的歲月，多了十七年的編輯桌上的經驗，毫無問題的，有些他的觀點是否業已改變?!事實上，他工作的報紙，雖未改變，但是在不同經營，報紙服務的社區業已改變，而且，這整個世界的情勢是不同的——不過，到底變的多少是不知道的。

懷特博士在一九四九年調查報告中，我們知道關於守門先生本身的背景資料甚少。現在，在這個調查報告中，卻供給較多的資料。

他曾從一個小規模私立文學院畢業。得文學士，並未受過正規的新聞教育。在未加入該報之前，他曾在該州二個小規模報紙做過記者。他被認爲是一個好的記者。在他自己請求之下，做過二年州新聞編輯、採訪主任助理以及回到採訪工作崗位採訪市政新聞之後，他在一九四二年變成電訊編輯。

他的太太是一個小學教員，希望他能在白天工作以便他們能有較多時間在一起；他們有二個兒子和四個孫兒。一個兒子是在該城任藥劑師，另外一個兒子是一位中學行政人員。

守門先生曾在本城一所大學新聞系教室中，担任新聞系兼職教師十五年，所授課程爲電訊編輯。他客串教書生涯，完全是偶然性質，是新聞系在教員休假期間代課的。這位資深的編輯老將，很喜愛教書生活。他笑着說：「這些毛頭小伙子會使我再想一想有關我現在所做的事情。」

守門先生讀書有限，並且很少參加新聞職業團體的活動；他也不再屬於當地記者俱樂部或是其他任何職業團體的組織。他曾遊歷半個美國並到過美國之外地方旅行。他嗜愛垂釣。最近他又有一個新的嗜好，就是自製院內傢俱。這位守門先生似乎和世界其他各地的老編一樣，喜抽烈烟（無濾嘴駱駝牌），飲冰鎮啤酒，同時，在他的老伴要求之下，偶而也玩玩橋牌。他和他的太太均熱心宗教活動，他們篤信基督教。他的多數親戚朋友也屬於同一教堂的。他們正在購置一所有三房的洋屋，擁有彩色電視機和二部汽車。

守門先生對於他現在的電訊編輯工作頗能自享其樂，而不願意有任何其他的職務變動。報社曾以採訪主任的職務，徵求他的同意，被他婉謝。

守門先生對於他報社內成文的或是不成文的新聞政策均知道並且同意。他深信他的報紙是一個平均而普通的報紙，換言之，並不是如何特殊的報紙。

一九四九年與一九六六年

前面我們曾經說過，十七年之間，從個人到世界，從報紙的主觀條件到新聞競爭的客觀環境，都有所改變，我們試看守門先生在處理新聞的時候，是否有若干改變？

下面是一九四九年與一九六六年新聞取捨方面的改變：

1.在一九四九年守門先生選用較多的人情味稿件，當時六類較多的新聞稿類依次為：人情味(23%)，國內政治（15.8%），國際政治（13.6%），州政治(6.8%)，國內農業（6.0%）和國際戰爭（5.6%），這六類新聞佔所有選用稿的百分之七十一。

在一九六六年，守門先生選用的新聞稿，依次為國際戰爭（17.7%）、犯罪（16.8%）、國家經濟（13.6%）、人情味（13.6%）和疾病（10.3%）。這五項佔所用選取之通訊稿的百分之七十二。

2.一九六六年的美國報業較十七年前，重視硬性新聞。比較一九四九年少用人情味新聞，但人情味新聞依然居於甚高的等級，居於第三位。用較多有關國際新聞，那是因為有越南戰爭的關係。

3.通訊社和守門先生，在一九六六年新聞選取均較一九四九年所做的要平衡。

4.一九四九年和一九六六年，通訊社稿源供應方面發生重大的變化，而改變他對於新聞選擇的機會和增繁對於新聞選擇的手續。在一九四九年，對於同一事件的新聞報導，他有來自三家不同通訊社的選擇權利和機會，他可以選取其一。而今天他沒有選擇的權利，只有美聯社一家電稿，假如他收到一個他不喜歡的電稿而需要用這條故事，他必須化較多時間用在改寫方面。

5.守門先生依然選取他喜歡並且堅信他的讀者需要的新聞。

更爲重要的，守門先生一九六六年對於四個問題所做的答案，完全符合一九四九年的答案。證明了他是一位能堅守原則的守門的人。

偏見與客觀

守門的人在執行取捨的任務時，最爲關心的，也是引起爭論最多的一個原則，是客觀問題。

守門先生曾二度被徵詢到關於偏見的問題。從二次答案中，可以確定的：偏見是存在的，守門者如何在執行取捨工作時，不爲偏見所影響，那才是眞正的問題。

守門先生坦誠地說：在新聞中偏見實是一個不休止的戰事，並且我覺得我業已克服偏見。而且，關於政治與宗教被平等處置的考慮，我業已克服一些個人的感受。（因爲他有他自己的宗教信仰，或許他有他自己的政黨），一個守門的人必須是絕對地中立，而且我感到我是中立的。

客觀存廢是一個老的問題，一直不斷引起新的爭辯。因爲這個因素確確實實是決定個人表現能力、報業表現能力最重要的因素之一，尤爲重要的，它是存在於每個人之中。我們或多或少都有偏見，如何摒除偏見，保持客觀，卽是守門人最重要的條件。

二次世界大戰期間廣播英雄，也是廣播史中被視爲最偉大的廣播記者穆魯（Edward R. Murrow）曾經說過：「要完全客觀那不是人力所能做到的，我想任何記者也不易做到。因爲我們全都是或多或少受着我們的教育、旅行、閱讀以及全部經濟所左右。」

美國廣播公司電視新聞節目製作人韋斯頓（Avram Westin）於一九六九年亦曾作同樣的表示：「你不可能總是客觀的，因爲你把你的經驗帶到事情中。所以你只能試圖保持公正。我們並應時時刻刻保持警戒。我們絕不是永遠不會錯的。我們只是試圖不要犯錯。」他表示自己的經驗說：「我的職業是使我的政治以及其他政治立場能不出現在新聞處理過程中。」

新聞通過複雜的傳播孔道，幾乎是不可避免的。在穿越孔道的過程中，守門人負有決定性的使命。

如何使得孔道發生孔道的作用，凡是通過孔道的新聞，均是合乎客觀標準的新聞，這是研究守門人理論所面臨的重大問題。欲達到此點，我們可能寄望於電腦之類的自然過濾器，通過自然控制，能達到自然選擇的標準。當然，我們也可能期望守門人能忠於職守，盡到守門人的職責，能做到最好的選擇。

前者幾乎是不可能的，也是沒有必要的，因爲即使有過濾器的出現，制定標準甚至控制過濾器的，還是人，能否達到完全的客觀，也令人懷疑。

我們自然期望守門人能善盡其責。盡責的守門人，基於二點：第一在消極方面，守門的人應建立良好公衆關係。「公共關係」

（作者喜用公衆關係）爲二次世界大戰後流行的名詞，新聞媒介單位紛紛成立公共關係部門，但，遺憾的，報社雖然重視對讀者關係，但新聞採訪人員（守門人）卻忽略對新聞來源的公衆關係，而造成二者之間的隔閡，形成傳播孔道的障礙。

第二、任何職業工作者，欲想達到職業水準，必須具備工作者的條件。其中包括教育條件、工作環境條件等等。唯有二者具備，才能樂道而不疲。

電訊編輯，典型的守門人，是日夜不斷的繁重工作者，唯有身心健全者，才能力持不偏不倚的原則，成爲把守新聞大門的強者。

凡人均有或多或少的偏見，偏見是無法避免的；完全的客觀，亦屬不可能的。如何避免偏見參與新聞的處理，如何保持客觀，那是守門人的不可缺少的修養。新聞教育成敗與否，也以此爲標尺。

五·傳播媒介間之競爭

民國五十七年是中華傳播史上的新紀元。

這一年，中華傳播史中第一家彩色日報誕生。

這一年，中華民國第二家商業性電視臺開始籌設。

這一年，中華廣播史中，第一座FM電臺出現在中國領空。

這是多彩多姿的大衆媒介競爭的新時代。

大衆傳播事業越發達，傳播媒介之競爭也越激烈。

大衆傳播事業發展史中，大衆媒介間之競爭，直接決定媒介本身之興衰，間接對於社會之經濟也會有影響。

如何競爭，以及競爭結果如何，在競爭的傳播社會中，對於大衆媒介是否有利，均是從事大衆傳播事業研究的人，最爲關心的。

本節主旨，將從美國大衆傳播媒介競爭發展史中，求取經驗，以供應發展中我們的傳播事業作爲借鏡，同時，並提出若干理論，使得從事競爭的新聞工作者，各施其長，而能增進對於傳播媒介經營的信心。

傳播媒介與競爭類型

人類自從有羣體生活以來，就有競爭。大衆傳播事業之競爭，爲人類文明社會中，競爭最激烈的一環。但，競爭對於以報紙爲主的印刷媒介，產生新的意義，形成威脅力量的，是自從廣播興起以後。

大衆傳播媒介之競爭，有二項基本的類型：

一爲同類媒介之競爭，例如甲報與乙報之間的競爭，甲電臺與乙電臺之競爭。

一爲諸類媒介間的競爭，例如報紙與廣播電臺之間的競爭。

我們生活在大衆傳播的社會中，人人都無法避免接受大衆傳播，但對於大衆傳播媒介(Mass Media)卻缺乏眞正的瞭解。

任何的一項訊息（Message）都會通過許多種「通道」（Channel）而傳播給一些大衆對象，例如一條新聞可以通過報紙發表，可以由電臺播報等。

重要的傳播媒介，屬於印刷方面：日報、週報、雜誌、書籍、小册子、直接郵寄的印刷品和印刷張貼傳單通告之類。屬於電子方面：廣播、電視以及電影。

本節所指傳播媒介之競爭，適用以及所討論的範圍，爲日報、廣播、電視三方面。有關雜誌以及電影方面，雖然在傳播媒介競爭中，居於重要地位，特別是電視在家庭娛樂佔有重要地位後，電影與電視二項媒介，也形成激烈的競爭，但不在本節研討之列。

具體而言，報紙、廣播、電視三者所形成的三個等邊三角形的競爭關係如下：

(1)報紙與廣播之間的競爭，

(2)報紙與電視之間的競爭，

(3)廣播與電視之間的競爭。

報紙爲最古老的傳播媒介，其遭遇第一個競爭的對手爲廣播，第二個對手爲電視。廣播歷盡艱苦，戰勝報紙的圍擊後，卻遭遇電視的沉痛打擊。

報紙與廣播之競爭

廣播訊號的出現，並未立即對於報紙形成威脅，直至三十年代以後，增加報紙窘困的是廣播電臺開始試步於報紙的機能，許多報紙的發行人如惡夢初醒，對於廣播中出現新聞及經營廣告，感到驚慌。報紙經營者以老大的地位，對於漸露鋒芒的廣播電臺謀取對策。主要策略有二：

一爲圍困它。企圖迫使廣播電臺成爲小局面的服務性質，而不能侵奪報紙供給新聞與出賣廣告的職責。

一爲經營它。報紙業者寄與於廣播電臺之經營，其始爲了協助報紙推動發行與建立與讀者之間的公衆關係，其性質實如同大型的擴大器。後來，因鑒於廣播力量日大，無法擊倒，又有利可圖，報紙發行人爲維護自己的利益，又爲擴展自己的利益，一石二鳥，乃以豐富的辦報經驗和雄厚的資金，齊跨廣播、報紙二界。

第一家廣播電臺的成立，是在一九二〇年，當時的呼號是ＷＷＪ，是屬於底特律城新聞報，也是第一家屬於報紙經營的電臺。不久，一般民衆，對於礦石收音機感到興趣，而開始購買。其後，堪薩斯市明星報，也以ＷＤＡＦ爲呼號，於一九二一年開創了另一家屬於報館的電臺。

自從一九二〇年以來，收音機由玩藝的性質，而變成家庭的新聞與娛樂的來源，發展極爲迅速，到一九三〇年增加到一千四百萬架，十年後擴充四千四百萬架。

擴音機時代收音機還聽不到新聞廣播，但不久就出現了廣播新聞。因此，我們可以說，當廣播成爲事業的時候，新聞廣播幾乎從開始便是廣播事業的一部份。

一九一六年有報導關於選擧結果的業餘廣播，四年後，ＷＷＪ及匹玆堡的ＫＤＫＡ曾經播報哈定當選爲總統的消息。

當電臺迅速發展時，棒球比賽的結果及重要新聞的空中實況報導，已甚爲普遍。

這時，廣播電臺的發展，對於其他媒介的利益，特別是對報紙發行人，構成了威脅。此種威脅，正如前面所指出的，一爲從報紙廣告客戶中瓜分了廣告預算，一是廣播新聞。而二者是一事之二面，也是二而一的。因爲報紙反對廣播爲新聞服務，除了恐懼搶走報紙的讀者外，還會吸引廣告客戶。

一些有先見之明的報紙發行人，一開始就認爲廣播新聞乃是對於報紙新聞企業的一項挑戰，特別是廣播新聞採取的方式是從報紙與通訊社搜集的。並且當廣播打入全國性廣告來源的時候，報紙起而圍困廣播，但是無法否認的，廣播也具有新聞媒介的任務。

廣播發展的早期，報紙與廣播之間的關係是融合爲一的。廣播爲一種對「讀者」的服務，在一九二二年，超過一百家報紙經營廣播電臺。

到一九二七年的時候，屬於美國報紙發行人協會的廣播委員會（American Newspapers Publishers Association's Radio Committee）指出：四十八家報紙自己擁有電臺或者部份所有，十八家報紙在不屬於自己的電臺內設有爲報紙服務的播音室，六十九家報紙支持電臺節目，九十七家報紙將新聞、體育消息、商情供給電臺以及其他許多消息在報紙支持下出現在空中。

總之，當時，約有全國第一流電臺的半數與報紙有一衣帶水的關係。

美聯社先穿上戰袍

新聞在空中出現，對於以服務報紙爲主的通訊社，頗爲驚奇，因爲當時電臺與通訊社之間，關於新聞的供應，並未有合同的關係。尤其是以會員組合的美聯社，更爲敏感，因爲會員之中，並非每家報紙都能從電臺獲得益處，多數兢兢業業的報紙經營者，紛紛要求美聯社保護他們的「新聞版權」，因爲電臺搶先播出球賽之結果，嚴重地損害了報紙號外的銷路。

一九二二年，在廣播與報紙競爭史中，美聯社首次穿上戰袍，向它的會員們提出警告，嚴禁把報紙新聞廣播出去，或者任令他人這樣做。自從美聯社擁有它的會員們本地新聞權利之掌握後，此項警告除了適用於以美聯社名義發出的美聯社新聞外，並且適用於會員自己的當地新聞。

在報導速度方面，報紙新聞的望塵莫及，是報紙與廣播交惡的導火線，尤其是人人關心的大選揭曉以及球賽結果的消息，廣播新聞搶盡了風頭。

廣播效力極為廣大

一九二四年關於總統選舉的採訪報導，約有二百萬的收音機聽衆在機旁聆聽動態。美聯社企圖把大選揭曉的消息，只准報紙發表，並且為此曾罰款奧勒岡人報（Oregonian, Portland）一百美元，因為該報曾將美聯社關於投票新聞報導通過電臺播報出去，但是仍然約有一千萬人係從當晚的廣播報導，得知柯立茲總統（Calvin Coolidge）獲勝的消息。

在報紙企圖將廣播驅除於大衆傳播媒介之外的初期中，最值得欣慰的一件事是美國報紙發行人協會屬下的廣播委員會採取的立場，認為新聞事件廣播對於報紙的銷路具有激勵作用，並且指出廣播是一個可怖的讀者推動者，後來的經驗證明，他們確有先見之明。但是報紙發行人協會對於廣播的敵視行動卻有增無減。在一九二五年年會中，他們就曾經作出以下決議：直接廣告用在廣播方面，已經使得它成為一個不受歡迎的競爭者。言外之意，廣播不應與報紙爭利。同時，年會還決定：發行人協會的全體會員們，應拒絕刊出有關廣播節目消息以及廣播廣告。不過，決議歸決議，實際上又是一回事，因為時勢所趨，無法抵擋，大多數報紙仍然繼續刊出廣播專欄以及節目預告等。

一九二八年的美國總統大選新聞，再度帶來廣播與報紙之間的白刃戰。

電臺擴展採訪機構

美國國家廣播公司（NBC）與哥倫比亞廣播公司（CBS）在全國性廣播網中，對於八百萬的收音機用戶提供了極佳的總統大選的採訪。而共和黨總統候選人胡佛（Herbert Hoover）和民主黨候選人史密斯（Alfred E. Smith）均出現在空中，並且兩黨在競選活動的過程中，投資在廣播宣傳方面，約有一百萬元，自然爲報紙發行人所眼紅。更令報紙老闆們難以忍受的，是三大通訊社——美聯社、合衆社與國際社，都把選擧的結果，完整無缺的供給了電臺。

由於食髓知味，對於大選以及其他重大事件採訪之成功，廣播電臺受公共利益之激勵，電臺開始嚐試擴張屬於自己的採訪機構。

一九二八年十二月，在內布拉斯加州的林肯市KHAB電臺，聘請了林肯星報（Lincoln Star）採訪主任負責處理一天二次的新聞廣播工作。在許多其他城市中，也有不少電臺開始訓練新聞人員爲廣播新聞的編輯與採訪工作。其中最爲突出的爲加利福尼亞州的Beverly Hill城的KMPC電臺，曾在一九三〇年佈置了三十名廣播記者在洛杉磯地區擔任採訪工作，同時該臺也派出其他外埠記者。

此時，代表全國報紙利益的發行人協會提出報告：不僅僅是全國性廣告被全國性廣播節目所染指，卽是地方性的廣告，當報紙與廣播交鋒的時候，也頗受折損。

尤有進者，發行人協會指出：同時值得重視的，由於通過廣播的新聞趨於明瞭，更能增加人們對新聞廣播的興趣。

事實上，廣播正在以廣播新聞的興起，而奪取了報紙廣告的客戶。

不過以一九二九年爲例，報紙對於新媒介的恐懼似乎是有欠公平的。那一年，全國報紙的廣告是八億六千萬元，而廣播只是四千萬元。在全國性的廣告分配中，報紙廣告仍然雄踞第一名，佔總廣告消費百分之五四，雜誌是百分之四二，而廣播只有百分之四。

報紙財務未受影響

二十世紀的三十年代開始，美國經濟遭受空前未有的不景氣，報紙廣告銳減，廣播的廣告收入卻加倍的增加。不過，在美國經濟艱苦的歲月中，廣播對於報紙的財務地位，並未產生嚴重的影響，它也沒有從報紙中搶去過多的廣告。大聲疾呼反對廣播經營的人，是屬於大報的大老闆，他們抱怨廣播已使得他們在全國廣告客戶中受到損失，但是事實上，在全國的廣告分配中，報紙仍然居於老大的地位。根據發行人協會廣告部門的估計，報紙廣告在全部廣告的分配率中，一九二九年是百分之五四，一九三三年是百分之五三點八，一九三五年是百分之五十。廣播廣告在一九二九年是百分之四，而一九三五年增加到百分之十四點五。所苦的是雜誌廣告，由於廣播廣告的繁榮，大受影響。

報紙老闆的眞正煩惱，是在廣播的競爭下，不得不對報紙作更多的投資，但廣告與發行費並沒有增加，或者增加幅度不够。也就是說：由於發行成本的提高，以廣告爲主的報社收入，對於應付巨大的開支，頗感吃力。

從一九二八年到一九三二年，四年之間，廣播的成長更令報紙經營者嫉妬。四年一度的大選，又帶來新聞界的風暴。

由於一九三二年總統大選的消息，美聯社將新聞供給全國廣播網，合衆社也將大選採訪新聞售給廣播電臺，報社老闆極爲憤怒。因此，發行人協會理事們曾經通過一項提案：在報紙尙未刋佈之前，通訊社不應將新聞售賣，也不應將新聞供給廣播界。同時，他們並且同意：爲了維護報紙在新聞方面的權益，不管是在新聞發表前或發表後，當需要時，他們勢須採取任何合法行動。對於廣播新聞播報之方式，發行人協會並提出建議：廣播新聞應限於簡短的公報，如此才能對於報紙之閱讀有所增益。

廣播節目視爲廣告

擁有電臺的報紙發行人們，發行人協會希望他們能犧牲小我，而以全體報紙利益爲前提。在播報新聞的時候，發行人協會建議：應該採取以新聞英文字母爲播報先後的次序。

發行人協會還加以結論：廣播節目刋登在報紙上，不應視爲新聞或專欄，應視爲應付費之廣告處理。

報紙發行人協會這些具有命令口吻的建議，頗引起通訊社、擁有電臺的報社老闆以及其他方面視廣播爲一項傳播媒介者之不快。雖然如此，報紙發行人協會的建議，在此後一年廣播與報紙爲新聞而競爭的日子裏，變成了一項指導原則，而產生暫時相安的力量。

經過一番辯爭後，在一九三三年美聯社年會中，會員們投票決定：今後美聯社不應供新聞給全國性廣播網，並且對於會員們供給新聞給廣播也有規定，只能每條以三十五字新聞公報爲度，而且，在這些新聞播出的時候，不應有廣告的資助。

同時，合衆社以及國際社也屈膝於他們報紙主顧的希求，不再將新聞賣給廣播電臺。

四面圍攻之下，廣播電臺唯一求生之路，是自力更生，開闢自己的採訪戰場，來回應報界的圍困。

廣播電臺自給自足的採訪，已不是「新聞」，在前面我們已經提到加州的一家電臺，曾經組織了一個龐大的三十名廣播採訪團。但是眞正對強大報界發生抗衡力量的，是全國性廣播網成立了全國性廣播採訪網以後的事情。

哥倫比亞廣播公司在一位曾任職於合衆社的新聞人員保羅・懷特(Paul White)的策劃下，首先建立了全國性的新聞採訪網。懷特因爲具有服務新聞界的優異紀錄，廣結人緣，乃駕輕就熟地展開工作，在他的同業們熱心相助下，乃在紐約、華府、芝加哥、洛杉磯以及英國倫敦順利地建立了採訪機構。並且與英國交換電訊社(British Exchange Telegraph News Agency)取得合作，而獲得國外新聞。

國家廣播公司也不甘示弱，組織了較小規模的新聞採訪機構。

廣播電臺會被控告

獨立性的地方電臺，因爲財力有限，在新聞採訪方面，自不能向全國性廣播公司看齊。不過，他們從未間斷正規新聞的廣播。由於通訊社拒絕供應稿件，乃抄寫早報的新聞。在此期間，南達科他州的ＫＳＯＯ以及華盛頓州的ＫＶＯＳ二家電臺，因侵害了美聯社的新聞所有權，而遭受控訴，在這二項控案中，美聯社均佔上風。

一條新聞刊出後的版權時限，從未有明文規定。由於通訊社與廣播電臺爲了新聞版權而訴諸法庭，也打出判例。新聞的保留時限，至少在刊印公開後四小時到六小時之內，受到法律的保障。

採訪新聞畢竟是一項大量消耗金錢的事業，而且人力也受到限制，重點採訪，更有顧此失彼之弊。廣播網對於新聞的採訪雖全力以赴，但是已感到精疲力盡。不過，廣播新聞的採訪精神，對於設法圍堵廣播新聞的報社老闆們，構成一項威脅。於是無法殺住它，只好容納它。

一九三三年底，全國廣播網、通訊社與報紙三者，達成了一項「和平共存」的協議，這就是歷史聞名的報業廣播局（Press Radio Bureau）的出現。在這項協議下，三方面作以下的約定：通訊社可以每日供應二個五分鐘的非廣告支助的新聞廣播，也就是十分鐘。至於通訊社對於廣播提供的新聞公報，應可包括重大事件之報導。

同時，廣播網以放棄獨立新聞採訪爲條件。

報業廣播局於一九三四年三月開始工作，一年以後，有訂戶二百四十五家。

很遺憾的，報業廣播局的誕生，就像一個先天不良的貧血症患者。因爲廣播是在小腳鞋約束之下，前進的步伐受到限制。報業廣播局所供給的配給廣播新聞，自然無法滿足他們的需要，於是留下一項缺口，使得有志於爲廣播新聞服務的人彌補這項缺口。因爲根據「和平共存」的規約，廣播界不能自設採訪機構，從事新聞的採訪，但對於從通訊社外獲得新聞的供應，並未有明文限制的規定。

廣播通訊社之成立

五個對於廣播新聞服務的採訪機構，進入新的競爭天地，其中以莫爾（Herbert Moore）領導的廣播報業界服務社（Transradio Press Service）最具成績。他們不僅對於廣播新聞有卓越的服務，同時也吸引了報紙的老闆。在一九三七年，此種廣播新聞通訊社，曾對全國二百三十家電臺提供服務，另外也與若干報社簽訂合同。

三大通訊社的權威而又完整的國內外新聞服務，對於廣播界始終是一項強大的吸引力。在兩廂情願之下，合衆社與國際社獲得報紙發行人協會的同意，而從一九三三年廣播報業協定中解脫出來，可以供應電臺完整的新聞，與廣播報業新聞服務社相抗爭。競爭必有進步。

合衆社與國際社都在推展對於廣播新聞的推銷工作，而合衆社開始特別供應適應廣播播出的廣播新聞。美聯社也參加了為廣播新聞服務的競賽，在一九四〇年，終於接受廣播電臺為副會員（Associate Membership）。

於是報業廣播局無疾而終，廣播界新聞服務社也由於自己不健全的表現，在一九四〇年以後就衰退下去，一九五一年正式宣告死亡。

此後是廣播由如日初昇而到第二次世界大戰中以及結束後四年的黃金時代，直至一九四九年由於電視事業的起飛，廣播的聲音趨於暗淡。

一九三〇年以來，廣播聽衆迅速地在膨脹。廣播建立聽衆有許多方式，但是對於主要新聞大事的實況報導使得廣播對於聽衆有極大的魔力。

自愛德華八世爲了愛情揮淚棄江山，他的告別國人廣播，通過短波，幾乎使得有收音機的聽衆，天涯海角，都能聽到這位愛情至上君王的淚影：「惟你們一定要相信我，當我告訴你們，我若沒有我所鍾愛的那位女子的襄助與支持，我將無法承擔重任以及君王的職責。」（“But you must believe me when I tell you that I have found it impossible to carry the heavy burden of responsibility and to discharge my duties as King as I would wish to do without the help and support of the woman I love.”。廣播對於人們的耳朵，已經構成了習慣性的魔力。

從慕尼黑的危機到第二次世界大戰爆發，廣播的國際採訪，已把人們的耳朵帶到無遠弗屆的地方。

約在三十年代的末期，美國的三大廣播網可以通過短波，傳送他們派駐海外特派員的新聞報導與分析。在這期間，眞是「時勢造英雄」，也出現了爲數不少不朽的海外廣播特派員，其中包括：卡特（Boake Carter），何特（Cabriel Healter），湯瑪士（Lowell Thomas）等等。

廣播新聞傳達迅速

二次世界大戰期間，美國雖然有幸本土未遭受戰爭的侵襲，但是人人受到戰爭的約束，也備嚐戰爭的艱苦。買報紙訂雜誌都需要現金的，聽收音機新聞隨手卽得。而且，美國子弟們在歐洲，在亞洲，在非洲，都在浴血作戰，他們的生死勝敗，爲千千萬萬國內父母妻子兒女及親友所關切。報紙的號外，永遠抵不上廣播新聞的速度。

廣播較報紙更爲人們所需要。

在這樣環境下，二次世界大戰期間，使得一百九十七家日報宣告死亡。到大戰結束的時候，報紙的數量降至廿世紀的最低數爲一七四四家，所幸銷數卻在增加。

廣播與報紙的競爭中，在第二次世界大戰期間，對於廣播界來說，最值得驕傲的，有幾件事情，而使得廣播構成了強大的勝利的聲音：

第一件事是一位極具吸引力的廣播記者使得邱吉爾的聲音變成不朽，幫助了英國獲勝。他是哥倫比亞廣播公司駐歐洲主任的愛德華・馬龍（Edward Murrow）。他的英倫報導（"This is London"），使得千千萬萬遠在大西洋彼岸的美國人，聽到了一位驕傲的偉大英國人在轟炸如雨之下的「永不投降」的呼聲。馬龍眞實而又生動的描述，使得美國人堅信：英國老大哥們最後是會獲勝的。

由於對於勝利信心之鼓舞，美國人才毅然站起來，併肩爲勝利而戰。

當馬龍去世的時候，美國報紙多以頭版顯著的地位，刋出他的病逝新聞及對廣播的貢獻。馬龍的聲音是不朽的，無數的廣播電臺以及大衆傳播學府裏，都保存了他的聲音，更有無數人還清楚記得："This is London"，英國人在大轟炸下的喘氣聲。

第二件是羅斯福總統通過廣播與他的同胞們閒談家常，羅斯福總統的「爐邊閒話」(Fireside chats)，使得這位民主國家的首長和三軍最高統帥與家家戶戶保持最親密與最接近的距離。

第三件是廣播歌唱紅星史密斯女士（Kate Smith），曾經以她誠摯的情感，使她的聽衆們極爲感動，而踴躍響應她的購買戰時公債運動，在十八小時之內，她成功地爲她的國家募集了三千九百萬的公債。

她令人感動的聲音，不是報紙文字所能寫出來的。史密斯女士的成功，解決了國家在戰時的燃眉之急，同時也爲大衆傳播學效果的研究，創下了一個令人鼓舞的例子。

聲音最能感動聽衆

史密斯女士爲什麼會募集成功呢？一方面她平時卽有無數的崇拜者，最主要的，她所吐露的心聲感人，正如受感動的聽衆說：

「她所說出的就正如做母親的對她的孩子們講的話一樣。」

「她的話實在精誠之至……。」

這位最能發揮美國立國精神，也享譽極高的美國歌唱家史密斯女士，終於一九八六年六月十八日去世，享年七十九歲。但她的愛國呼聲以及優美的歌聲，將永遠活在美國人心中。他的榮譽是不朽的：

——她一度被譽爲廣播界的「自由女神」，由於她的愛國心，使「天佑美國」變成第二首美國國歌。

——一九三九年，羅斯福總統將她介紹給英皇喬治四世說：「她就是美國的化身。」

——雷根總統曾說：上天賞賜美國，使它擁有凱特•史密斯。

——一九八二年，當她出席美國廣播電視界盛會艾美獎頒獎典禮時，全體在場貴賓及觀衆起立合唱「天佑美國」。

當她逝世消息傳出後，美國各種傳播媒介無不扼腕。今日美國報以頭版頭條地位，向全世界宣佈：凱特・史密斯：「上帝祝福她。」(Kate Smith—God Bless Her.)

在報業與廣播的競爭史中，除了以上的三件大事，廣播者值得驕傲外，以「有競爭就有進步的原則」而言，廣播新聞寫作之進步，其成果更是屬於大衆傳播媒介全體的。

我們現在所週知的倒寶塔式新聞導言寫作，是源於美聯社的新聞寫作。

美聯社在小心翼翼而有魄力的總經理史東(Melville E. Stone)領導下，創立了一個好的導言，必須要回答五W和一H。這是屬於美聯社導言型，因爲許多年來是史東與美聯社所堅持的一項新聞導言寫作的法則，而且爲一般新聞採訪者所慣用。

不過，把五個W和一個H全放在第一段中，固然包括完整，但不免流於過長，尤其是經過電臺播出後，足以造成混亂。

直到第二次世界大戰爆發後，美聯社的導言寫作方式發生動搖。在大戰期間，因爲許多影響力量，而使得新聞記者反對這種寫法。

廣播記者清楚地知道他們對新聞的提供，必須具有以下的特點：結構簡單，語言簡單和事實的聯貫性簡單。

捨棄美聯社的導言寫作，廣播記者很快地發展成爲他們自己的寫作方式。

廣播導言是根據美聯社的五W和一H的新聞要素，但在處理的時候，有所改革，選擇六項要素中最重要的一個或者一個以上放在導言中以代替全部的擠入。

簡短而有力的廣播新聞導言寫作之成功，對於報紙記者是一項挑戰，也是對於報紙記者的重大啓示，他們可否也用簡短的導言來代替美聯社型的五W和一H？嚐試與模仿的結果，而產生我們今天所熟知的新聞導言寫作。

一九五四年，紐約時報的總編輯曾對他的採訪記者們留下了一個備忘錄：

「我們覺得，在一個句子或者一段中擠入傳統式的五個W和一H的公式不再視爲必需，而且我們從未認爲有這項需要。」

報紙需具有可讀性

報紙受廣播新聞與新聞雜誌等的威脅，開始注意到報紙內容可讀性之研究。最饒有趣味的，最初主持此項研究的，是報紙發行人協會的廣告部門。這些研究的成果，不僅對於廣告客戶以及報紙廣告部門有重大的參考價值，也間接幫助編輯及記者瞭解報紙讀者的興趣。例如對於故事以及照片的重視等。

一九三五年以來，報紙必須與其他媒介分享全國的廣告預算。不過在這一年之前，報紙從廣告分配率中，始終獲得百分之五十以上的廣告。

大戰結束後，廣播累積大戰期間的服務經驗與信譽，獲得空前未有的光輝。但，好景不常，只有二年的「日正」時光，待一九四九年美國電視事業興起後，電視，即成爲大衆傳播媒介中最具有威脅的力量。

廣播與電視之競爭

電視吸引了報紙的讀者，更搶走了電臺的聽衆。

最令電視以外媒體關心的，是廣告。

就廣告來說，以電視爲假想的敵人，報紙與廣播是具有同病相憐的命運。一九四八年，報紙獲得全部廣告爲百分之三三點五，雜誌爲百分之三十七，而廣播爲百分之二十九點五。

電視介入後，全國廣告的分配中，傳播媒介的競爭乃帶入一個新的境界。以一九五三年爲例，報紙爲百分之二十八點八，雜誌百分之三十，廣播爲百分之十七點三，電視爲百分之二十四。

因爲廣播與電視的性質相似，電視的出現，最感到威脅的還是廣播，尤其是全國性廣播網的廣告收入銳減，聽衆也是一瀉千里。不過地方電臺，因爲汽車代理行生意競爭激烈，以及超級市場和百貨公司的廣告源源不絕，並未受到電視的威脅，而且廣告收入一直不停地往上爬。

在一九四八年到一九五三年的五年間，全國廣播網的廣告時間之賣出降低了百分之廿二，相反的，地方電臺的廣告時間卻增加百分之三十。

全國廣播網的不易維持，乃是無法同時吸收大量的聽衆。換言之，廣播聽衆化整爲零。例如，在人們的客廳裡未裝置電視機之前，晚上大多收聽全國廣播網的國內外新聞報告，但是現在已景況全非。

任何一個廣播網，恐怕沒有勇氣知道多少人在晚間同時收聽它的全國性節目。

廣播安全並未動搖

不過，廣播的安全並未動搖，因爲三大廣播網均已把財力與人力投資到電視事業上。在四大全國廣播網中：國家廣播公司、哥倫比亞公司、美國廣播公司(ABC)及共同廣播公司(MBS)，只有共同公司以較多精力發展廣播事業。

當電視成爲家庭中人人觀賞的瑰寶後，它的境遇與廣播剛剛出現的時候，可說完全不同，廣播與報紙之間的競爭，爲了新聞，爲了廣告，廣播是處在被圍困與被處置的地位。而電視則處於一個後來居上與赫赫驚人的大衆媒介地位。

廣播則生活在日夜恐懼於被取代的危險中。

報紙怕失寵於讀者與廣告客戶。

報紙獨佔與媒介競爭

廣播加上電視的壓力，對於基礎薄弱的日報生存，確實是構成嚴重的威脅。因爲，一個城市的工商企業的廣告客戶，必須本着媒介本身對於消費者的吸引力強弱，而把廣告預算分配到傳播媒介去。誠然，正如前述，報紙廣告的總收入有增無減，但在激烈競爭之中，報紙支出龐大，而廣告費上漲的幅度不如發行費增加之大。

財力不够強固的報紙，內部要應付報紙之間的競爭，外部也受着廣播與電視的威脅，生存的力量與勇氣，發生動搖。

自從一九三〇年以來，美國報紙家數的總數已在減少了。但是主要原因並不相同，三十年代剛開始的時候，是因爲經濟不景氣的關係，其後又是二次大戰的原因。二次世界大戰以後，報紙家數減少的主要原因，是無法抗拒電視與廣播的威脅，而被較強較富的報紙所併吞。

業已退休的美國明尼蘇達大學新聞學院教授尼克森博士（Raymond B. Nixon），自從一九四五年以來即不斷從事對媒介競爭之研究，其重心在競爭環境對於報業表現的影響。

自從一九五四年以來，雖然報紙總發行量在增加，有報紙的城市也在增加，但報紙總數卻在減少了，而大城辦報更難，在過去二十餘年中，美國十萬以上人口的都市，創辦新報幾乎是不可能的，也只有南方的密西西比州賈克城的密省時報(Jackson, Miss. State Times)算是例外。

然而，在競爭如此激烈的報業環境中，「今日美國」（USA Today）的出現，可謂是美國近代報業史上的奇蹟。

「今日美國」創刊於一九八二年九月，是一份全國性的報紙。創刊之初，由於該報龐大的開辦費、缺乏地方意識、技術人力的限制以及報導廣泛但不深入等缺失，幾乎無人對這份突破傳統的報刊，寄予任何的希望。

令人意外的是，該報創刊三年後，根據美國發行量稽核局(Audit Bureau of Circulation; ABC）的統計，發行量已超過一百一十萬份，高居全美第二位。

「今日美國」的新聞簡短易讀、標題醒目生動、圖表鮮明活潑；而該報四大主要內容——體育、新聞、生活情趣和股市金錢，更深深抓住讀者的味口，這也正是這匹美國報業界的「黑馬」，得以異軍突起的主要原因。

特別值得注意的，根據尼克森博士的研究，在他研究期間，至一九六一年止，在美國一千七百三十三份日報中，只有一百五十五家有本地報紙的競爭，並且在一千四百六十一市報紙城市中，只有六十一個城市是有二家以上報紙同時競爭存在的，其他的一千四百個城市，都是一家報紙雄踞獨佔的地位。

若干報紙獨佔城市

獨家報紙獨佔城市的報業表現如何？最爲從事大衆傳播研究的學者所關心。尼克森博士曾將獨佔報紙城市與非獨佔報紙城市加以調查比較研究，其結論是獨佔報紙對讀者的服務精神，並不減於處在競爭環境中。它們並不因獨佔而有絲毫老大之心。獨佔下報紙讀者，在接受這項調查的時候，對他們的唯一報紙感覺滿意，對他們報紙服務精神也頗感讚許。認爲這份報紙，對他們已有足够的服務，毋須第二家報紙的出現本城。

爲什麼獨佔城市報紙仍然兢業不休呢？其原因有三：第一、報紙之間雖無競爭敵手，但外在的敵人仍在耳邊眼前，廣播電視都是他們的強敵，若報紙服務不週，內容不能使報紙讀者滿意，彼等將把注意力轉到廣播與電視方面去。

第二、本城雖無競爭對手，但全國性大報以及外埠報紙仍有機會進入，只要獨佔報紙服務不週時，即會造成外來報紙攻入的危機。

第三、獨佔報紙更有充分財力與精力，從事更多的讀者服務。

因此，當廣播、電視與報紙同時爲傳播對象服務時，報紙獨佔城市，並不會產生「獨佔」的弊端。但是，如果報紙發行人在同時同地又經營廣播或電視事業時，則對「媒介聲音」(Media Voices) 會產生控制與壟斷的後果。

媒介間共存與共榮

二十世紀五十年代開始的時候，電視確實使得報紙發行人以及廣播電臺經營者寢食難安，倒不是怕被電視擊倒，而是擧止失措，不知道如何來競爭。

事實上，任何一個新的媒介的出現，均無法取代舊有以及現存的媒介。

廣播與報紙之間是如此。

電視與廣播或電視與報紙之間也是如此。

因爲每項媒介均有它的媒介的存在價值與無法克服的缺點。不同的媒介吸引不同的對象；不同的對象也作不同的選擇。

報紙提供了人們每日必需的知識，對於新聞作較詳細與較深入的報導與解釋。同時，也使人們適應生活環境。一份報紙在握，就會使得你生活在安全的環境中。一九四五年紐約主要八家報紙送報生的大罷工，使得紐約市民連續有二個星期無報可讀，使他們生活在極不安全的環境中。十三年後紐約報紙又發生第二次送報生大罷工，紐約市民又無報紙可讀。他們悶得幾乎發瘋，而大聲叫起來，「我好想念它們！」("I just Miss Them")

電晶體的出現，像奇蹟似地及時挽回了廣播的生命。廣播已變成隨時隨地爲「你」服務。以「新聞、氣象、音樂」爲主的廣播服務，就像自動錶一樣，分秒不息。廿四小時，都有音樂的聲音，都有氣象變化報告和國內外以及本城所發生的大事。不停止地播出新聞，使得「每分鐘都是截稿時間」的通訊社豪語，產生眞正的意義。

FM電臺的出現，使得人們從空中享受到耳福。

電視最具娛樂成份

在三大媒介之中，電視在娛樂成份方面，佔有絕對的優勢，但電視受節目製作成本之限制，服務時間有限；也受到空間的限制，只有在電視機旁才能看到電視。但是，電視在新聞提供方面，尤其是重大事件之現場報導，令人有耳聞不如一見之感。

以新聞傳播而言，可以得到以下的比較：

報紙給予一天新聞最完整、最權威與最深入的報導。

廣播給予最快的、最簡捷的報導。

電視對於國內外大事的發生，提供了一個最生動的縮影，在最短的時間內，吸引了最多的觀衆。

突發的重大事件，如日機偷襲珍珠港，國會通過對日宣戰，羅斯福逝世，日本宣佈投降，麥克阿瑟被免職以及甘迺迪總統被刺等，大多數的人都是最先從廣播中聽到的。但隨後的發展，報紙與電視的新聞報導及分析，爲人們所期待。電視新聞會較平常吸引更多的觀衆，報紙的出版，更爲人們所爭閱。

因此，我們可以得到一項結論：傳播媒介之間的發展，具有相互增益的助力。對於這項結論，我們也可以更進一步得到實驗理論的證明。

大衆傳播媒介吸引傳播對象與傳播對象使用媒介之關係，我們可以介紹以下二個原理：

廣播無害報紙存在

廣播媒介與印刷媒介之間的競爭，最令報紙經營者與廣告客戶關心者，爲會不會因爲廣播的吸引力而減少報紙讀者對於報紙閱讀之興趣與傾向力。

美國哥倫比亞大學教授保羅・拉查斯斐德（Paul Lazarsfeld），爲最早從事廣播聽衆與報紙讀者之間的研究，也是最具權威者。他在《廣播與印刷媒介》(*Radio and the Printed Pages*)一書中，根據調查的結果發現：當一個人對一種媒介有使用興趣的時候，也會對其他種媒介有興趣。若一個人喜歡聽廣播新聞，在通常的環境下，也就是那個人有水準以上的經濟與教育等條件，他也會對報紙的新聞關心，也會訂購報紙與雜誌。同樣的道理，若一個人對某種媒介厭倦，他也可能對其他媒介的使用缺乏興趣。當一個人不相信或者不喜歡某項觀念、信仰或者態度，他會從任何媒介中，逃避有關傾向於此類內容的報導或評論。例如：一位對科學生厭的人，他從任何媒介中，都會設法躲避有關科學方面的傳播。

拉查斯斐德博士這項理論稱之爲 All or none principle，尙無適當的中文譯名，本書把它譯爲「熱心或孤僻原理」。

大衆媒介對於傳播對象的價值如何，亦卽傳播對象如何選擇傳播媒介以及傳播內容？

史坦福大學大衆傳播學院教授韋勃．施蘭穆（Wibur Schramm），曾於一九四九年提出一項「報償理論」（Promise of reward），亦卽傳播對象使用傳播媒介，乃期望從傳播內容中獲得報償。

施蘭穆博士認爲一項傳播內容之被選擇，乃是因爲，該項內容被期望可以帶給被傳播者以最大報償。

報償分爲二種：一爲立卽報償（immediate reward），一爲延遲報償（delayed reward）。

所謂立卽報償，卽是被傳播對象，可以及時獲得滿足，如報紙的社會新聞，廣播及電視中的熱門音樂對於愛好的青少年，都可以卽時獲得滿足。

立卽報償迅獲滿足

所謂延遲報償，卽是傳播內容之獲得，不會立卽得到心理的快感，但是無形的收穫是遲緩的。例如，報紙的硬性新聞、社論以及電視評論等等。知識的收穫是無形的，也是緩慢的。

當然，一件傳播內容，對於傳播對象的反應效果，是極其複雜的，要看傳播那一刹那間被傳播者的受播環境，被傳播者的個人因素、社會地位以及心理情況。因此，同樣的一條新聞，對於甲可以獲得最高的立卽報償，但對於乙則變成遲緩報償。

施蘭穆博士的論文發表後，曾經引起爭論。事實上滿足程度以及滿足時限，因個別情況不同而異。例如，一條不爲人注意或引不起讀者興趣的古蹟發現的報導，對於一般人引不起絲毫的興趣，而對於一位熱衷於考古學的專家，則立即獲得報償。

從媒介之間的競爭歷史中，我們會很清楚地認識一點，即是諸傳播媒介之間，不是獨立的而是相互具有關聯的。傳播媒介之發展，由印刷媒介到視聽兼具的電視，不是新媒介取代舊媒介，而是傳播功能的引入與累積作用。例如電子媒介參加競爭後，印刷媒介的報紙，由傳統性的報導與解釋新聞爲主的事業，而伸展到新聞、廣告、娛樂的三項支柱。從一九四五年紐約送報生罷工而使得讀者無報可看的調查中，我們可以知道報紙除了新聞之外，娛樂與廣告也是不可缺少的。

拉查斯斐德博士的「熱心或孤僻」理論，給予很大的啓示，是大衆傳播的社會，二種不同媒介之間，對於傳播對象的吸引力，具有刺激的作用。

報紙獨佔城市的趣向，在電子傳播媒介威脅之下，有增無減。這一趨向最重要的說明，是傳播媒介必須盡到最大的職責，滿足讀者的需要與興趣，否則讀者會從其他不同性質媒介，而取其所需。

施蘭穆博士的報償理論，對於大衆媒介競爭之意義，是任何傳播媒介，均有存在價值，因各有其特質，而能吸引一些傳播對象，無法爲另一項媒介所取代。但媒介之間競爭求生存與發展之道，必須發揮本身媒介所長，同時還要吸取其他媒介之長彌補本身之短。例如：報紙媒介在對抗電視競爭中，發揮了印刷媒介之所長，在新聞報導方面做到翔實、深入與解釋，並加强解釋與分析的文字，爲讀者解答「爲什麼？」另一方面，也力求補己之短，注重彩色新聞圖片之刋出，娛樂性與趣味性文字力求生動與深入，以對抗電視之娛樂吸引力。

同樣的，電視媒介的致命弱點是無法深入，只是畫面上的浮動。因此，從事電視事業的工作者，都力求補救這項缺憾。正如美國廣播公司霍華德・史密斯（Howard K. Smith）所指出的：「電視不單單是一個畫面的媒介。它是畫面，加上文字再加上個性。」（"Television is not just a picture medium. It is pictures, plus words,plus personality."）

大衆傳播事業發展到今天，像類似「假定給你選擇，你要保有報紙、收音機或電視機」的問題，就無法答覆。

因爲這是無法脫離報紙、廣播與電視生活的時代。

報紙的內容像一所無所不有的百貨公司，它可以供應你每天所需要的精神食品。

廣播在不停止的告訴，你所生活環境中心及所存在的世界的變化，並且給你音樂。

電視是闔府之會的撮合天使，它使得一家大小，聚集一堂，聽取一天之間的國際與國內大事的生動說明。並且以多彩的娛樂節目，調劑一天的緊張生活。

這是大衆傳播媒介各展其能的時代。

《卷貳》

新聞觀念與編輯內容

律間賸念與編輯內容

〈卷貳〉

六·報紙內容之改變

不同的學者，站在不同的崗位上，來描述二十世紀的特色。若用兩個字形容二十世紀的生活，毫無疑問的，沒有比「改變」更恰當的。

大衆傳播學者施蘭穆博士，在《大衆媒介和國家開發》一書中，就曾很具體的指出：改變是無法避免的，是勢在必行的。發展中的國家業已決定的，就是改變。其理由是：爲了他們人民的好處，他們國家的命運，他們業已被決定是必須現代化他們的社會。

在整個變動的社會中，一個社會的傳播媒介具有先導與樞紐的作用；也就是說，大衆傳播媒介，不僅無法逃避變動，而且必須不斷的改變，它本身才能適應時代，維持生存與繼續不斷發展下去，對於整個社會的變動，才能產生推動的作用。

大衆傳播媒介的基本任務，是傳播內容；一條新聞的處理，一個社論的撰發，甚至一條廣告的刋出，都是測量一個報紙適應現代化敏感度的單元。

民國五十八年十月二日，臺北一家進入彩色化的日報，曾在刋登「報慶小言」的啓事中，足可看出對於改變傳播內容的警覺性。它說：「當然，報紙內容較諸印刷與發行更爲重要。對此，我們已訂有充實與改進的長期計劃，自當逐步付諸實施……」

事實上，世界傳播媒介無時不在改變其內容，連以保守自豪而居於權威地位的倫敦泰晤士報，也不得不向時代屈服。一九六八年十月七日，泰晤士報老讀者睜開眼一看，天下變了，連泰晤士報也被迫趕上時髦，硬綳綳、密密麻麻的頭版廣告失踪了，代之而起的是一版流線型的新聞版（包括新聞照片）。泰晤士報的改變意義，不只是一葉知秋而已，而是對於施蘭穆博士的「改變無法抗拒論」最有力的註脚。

一份報紙、一座廣播電臺或是電視臺，其功能是藉傳播內容而達到教育、傳達以及娛樂人民等功能。

一位傳播者必須知道帶給他的對象什麼樣的內容，以及怎樣來表達這些內容，都是傳播內容改變的重要課題。

這裡要分析的，傳播內容改變的動力以及如何決定內容改變，以供大衆傳播工作者在面對必須改變的傳播社會中，有效決定改變政策或實務的參考。

內容改變的動力

影響傳播內容改變，有三個主要的動力：一爲社會的環境因素；一爲傳播競爭的環境；一爲傳播工作者的改變能力。

先說社會環境：

改變現代人生活方式與條件者有三個基本動力，即是第一民主的興起；第二工業與技術的革命；第三是都市化人口的集中。對於傳播制度的改變以及對於傳播內容之影響，也是以這三項基本動力爲主。

1. 民主的興起

民主的興起對於人類的生活與文化和傳播制度，具有深遠與普遍的影響力。其中，對於傳播內容影響最大者，爲中產階級的中堅角色，而使得傳播內容以中產階級爲傳播對象，在人群中發生廣泛的影響力量。

以美國的傳播媒介來說，一般的傳播媒介的傳播內容（當然紐約時報例外），係以能適合中產階級人群的興趣與需要爲侍候內容，就是廣告內容也不例外。其中，在諸媒介的內容中，以電視媒介最爲顯著。

從歷史根源來說，生活以及思想民主化後，使得人人有參與政治的機會，關心選擧的結果，因爲任何一個成年人都享有參與政治的機會，其中最基本的權利爲選擧。而不像專制政體時代，政治爲貴族與知識分子的特權；因而，傳播媒介以少數人爲傳播對象，傳播內容也以少數人的興趣與需要爲範圍，有了改變。

政治民主化後，使得傳播內容擴大，傳播內容也能普遍與深入一般大衆讀者。

民主化運動對於傳播內容所產生的改變力量，可以追溯到十九世紀初葉，現代報紙萌芽之際。

十九世紀啓始之時，報紙的讀者開始轉向，也就是由少數的上層份子群到一個大量與普遍的公衆。

美國獨立戰爭後，大多數報紙發行的對象，乃是具有權勢與財勢的政治圈人士以及商人，而形成所謂政黨報業時代。此時代報紙的機能，是政治性評論重於新聞性的報導，但是，由於民主運動激盪的結果，而使得教育普及、經濟普惠。此時，能看報紙的人，擴張到小商人、機匠、農夫……報紙的讀者如雨後春筍似的在成長。報紙的發行人透視到一個新市場，他們開始在對這些生生不息的新群衆動腦筋，因此，毫無問題的，也無法避免的，報紙在內容方面必須跟着變——具有革命性的變。

一八三三年九月，是報紙內容改變歷史中的重要時刻。這一個月，由印刷人班吉明・戴(Benjamin Day)發行的紐約太陽報(New York Sun)正式誕生。一開始，這位印刷人就以低廉的售價，向平民大衆的錢包進軍，而開展便士報業時代。

便士報業的眞正意義，並不只是止於廉價而已，在內容以及推銷方面，都顯示新的手法。從此，報紙便成爲大衆的商品，沿街叫賣，於是爲便於叫賣，而爲刺激性的內容與誇大性的標題製作，埋下一根伏線。

當班吉明・戴的紐約太陽報出現的時候，其他六家報紙還走傳統的老路，以嚴肅與枯燥的政治新聞故事，供應讀者。戴氏在報紙內容方面，所走的是市井小民的大衆路線，以簡短、有力的短文，代替長篇大論的深奧文章，而其內容擴展到警察局、法院的活動、自殺、以及這個世界所發生的奇奇怪怪的事情，因爲前所未聞，而成爲新聞。一八三五年，由於蒸氣印刷代替手工壓力，報紙有能力應付市場的需要量，紐約太陽報的銷數爲一萬九千三百六十份。此時，戴氏自鳴得意的向全世界宣告：「紐約太陽報已成爲世界上首屈一指的第一大報。」

戴氏所創造的便士報業時代，却被後來者居其上，而發揚光大，而在報紙內容方面，帶來一些重要改變。

把報紙擺在街上賣以及沿街呼喊叫賣，對於報紙內容影響很大。報紙之間爲便士之競爭，由新聞採訪競爭，而演變成聳動與快速的惡性競爭。於是，報紙爲增加當地人的興趣，乃增加它們在本地新聞、人情味故事以及犯罪報導的強調。

民主運動的浪潮也產生二種副作用：其一就是女權的上升；其二就是教育的普及。

女權運動的結果，對於傳播內容，具有變動的力量，一方面使報紙的讀者，擴大其性別的領域；另一方面，在傳播內容方面，不再限於男人的事情，尤其是屬於男子方面政治新聞與評論受到抑制。就在便士報業時代興起的同時，女權運動的結果，毫無疑問的，一部份有關評論方面的內容被移出，而由有關婦女方面的內容塡補。班納特 (James Gordon Bennet) 所主持的紐約前鋒報，所開闢的更廣濶的報紙新內容，較同時代任何一位便士報人都要多，在此時期，他創造報紙內容的新觀念，他強調：報紙主要地是一個新聞的承辦人，而非社論意見(The newspaper is primarily a purveyor of news, not of editorial opinion.)。

這句話，不僅結束了報業政論時代的生命，也說明了報紙必須容納更多的內容，婦女感興趣的新聞故事，亦漸受到重視。

自由教育思想和制度是民主興起後最重要基本人權的發展。在過去，受教育的機會，並非人人都有，再往上推，且被視爲世襲階級的特權（此種思想與制度，在今日若干落後地區仍存在着）。

美國約在一八六〇年，在大部份北部的州以及極少數的南部幾個州，建立了國民教育的原則。而在南北內戰後，成爲戰爭最大的收穫是中學變成一個美國教育制度。此一制度的確立，對於美國影響很大，對於美國報紙的發展影響尤大。此後美國中學教育的發展頗爲神速。在一八六〇年全美只有一百個中學，一九〇〇年增加到六千個。而到一九一〇年就增到一萬個中學。而中學生以及中學畢業生也隨比例在上升。

中學生可爲報紙讀者的預備役，而中學畢業生，就成爲報紙的讀者了。美國報紙的讀者，乃是以中學程度爲平均教育程度讀者，也就是報紙內容以中學生能閱讀爲目標。

國際大衆傳播學者拉那（Daniel Lerner）曾經指出：一個社會傳播媒介的擴張有三個條件：教育、現金與購買動機。

中學教育制度的確立與推廣，不僅爲報紙訓練與培養無數讀者，同時，亦使報紙內容更爲廣濶，國內外新聞、文教、體育等新聞，能爲中學程度讀者所接受。

2. 科學技術的發展

現代的世界、社會與生活的改變，很少能和科學與技術發展脫離因果的關係，大衆傳播事業的成長，乃是科學進展的標竿；現代大衆傳播媒介的活潑與生生不息，實是科學技術與藝術滙合的結果。從平版機的發明到衞星傳播電視節目，每一個傳播事業軌道的邁步，都是技術創造所賜。可以大膽地說，若無科學的發明、工藝的創見，大衆傳播實無意義！

技術促使傳播內容的改變，重要者有以下三點：

第一、是使傳播內容趨於統一，傳送便利。

第二、是使傳播內容壽命縮短。

第三、是使內容精美。

報業的起源，是始自個人的意見表現，因此，早期的報紙，絕少有二報出現相同或相似的內容，但隨着傳播技術的發達，傳播內容相同的部份越來越多。

專欄作家的出現，是由於個人報業沒落的結果，但由於普遍供應專欄稿件，使得更多報紙，同時刋登相同的內容，而成爲大衆傳播發展的濫觴。

專欄作家起自一九二〇年以來的大衞・勞倫斯（David Lawrence），經過李普曼到皮爾遜（Drew Pearson），在這半世紀間，能獨步美國報壇的專欄作家，爲數並不太多，但專欄的供應範圍，却像日益隆盛的帝國版圖擴張——越滾越多。就以皮爾遜爲例，最初於一九三一年，他和羅柏・艾倫撰寫華盛頓圓舞曲（Washington-Merry-Go-Round），只有六家報紙刋登，到一九四〇年已發展到二百五十家，到皮爾遜臨逝世前，刋登他的專欄超過了六百家。

國際通訊社的新聞供應，也使得報紙內容在國際新聞方面有相同的面孔。

由於電傳設備的普遍供應與發達，甚至報紙在形式與鉛字字體和使用方式，也趨於一致。本來標準化是科學的特色，而系統化又是利用科學的先決條件。由於系統化的結果，而使得產品趨於標準。

最顯著的例子，由於紙型的迅速供應，不但影響報紙的特稿內容，連廣告尺寸大小和內容，都完全一樣。此種標準化的供應，曾致使臺北一家小型報紙被迫改版，即是一例。

其他傳播媒介，如廣播與電視的內容，其統一性，也非常顯著；此種原因，均是技術發達的結果。聯播網（Network System）即爲技術合作的成績，使得天下一統，其後廣播錄音帶與聲視二用的電視錄影帶的發明，更打破時空的限制，而使得內容重複出現，內容統一克服了技術上的困難。

關於第二點，由於通訊傳播器材之發達，技術發達之結果，使得傳播速度不受時空所限制，而令新聞壽命縮短，新聞眞正地含有最新的意義。華盛頓就任美國第一任大總統時，其就任的消息從紐約傳到費城要二天時間，傳到美國其他偏僻地帶，需時更久。再往上追踪，美國殖民地時代，報紙剛剛誕生時，要靠船上來到新大陸的旅客口中打聽家鄉消息，那個時侯的新聞，距離事實的發生，恐怕至少在二個月以上，但報導出來仍然是新鮮的東西。今天有什麼事情發生，不談衞星傳播，就是靠現有的通訊系統，全球各地幾乎立刻就知道了。

新聞壽命縮短的意義，也是由於通訊設備發達的結果。隨時都在供應新的發展，而迫使刋登出來或是播報出來的新聞，幾分鐘之內就變成舊聞，特別是突發爆炸性的大新聞，如羅拔·甘廼廸參議員在洛杉磯被暗殺，就是一個例子。第一條爆出來轟動世界的新聞，是遇刺身中重傷，其後不斷是傷情以及兇手的報導………。

一般而言，新聞的壽命隨通訊器具的發達及傳播環境的改變，越來越短。

當晚報出現的時候，日報的一條新聞，只能維持半天的壽命了。

當廣播新聞最初出現天空的時候，早報新聞的壽命，被註定保留時限，至少在刋印公開後四小時到六小時之內，受到法律的保障。

第二次世界大戰後，美國廣播電臺流行着一種制度，就是每時正，都可以聽到最新的新聞，其後縮短爲半小時，最近幾年，以新聞與音樂爲內容的電臺，幾乎取消了固定的播報新聞時間，只要有值得報導的事情發生，任何時間都可以聽到新聞，只要通訊社電動打字機打出來，每分鐘都是最新、最後的時刻！

如果一位採訪主任再問：今天有什麼新聞？他的頭腦就有點過時了，應該說：現在有什麼新聞？

大衆傳播本來就是高速地技巧與藝術的表現，不過現代科學技術發明創新的結果，可以說：沒有藝術不能表現的，也沒有技術不能克服的，眞是「有美皆備，無麗不臻」的世界。

傳播內容有如餐食，只求食飽是不够的，還要求其精美，主婦的手法才會獲得讚賞，食者的營養才會獲得保障，因而內容求其精美，吸引閱讀者的「食味」，乃是必然的趨勢，就連老大的泰晤士報，也不得不以新方式來表現報紙內容了。

過去，彩色報紙可說是報人的理想，但，今天的彩色製作技術，已克服了時間的困難，而能使得一張很漂亮的日報，在天亮的時候，隨着晨曦的光輝，送到訂戶手中。

總之，科學技術發達的結果，幾乎已使人達到無所不能的境界。

3. 報人的力量

傳播內容改變的第三個動力，就是人。

大衆傳播雖也有它的自然發展史，但歷史是由人來創造的，社會萬象的改變，總脫離不了人的因素。報業發展與演變，也不例外，因而前美國西北大學新聞學院院長，現已作古的奧魯遜（Kenneth Olson）教授，就以報人爲中心，寫了一部《歐洲報業史》（*The History Makers: The Press of Europe from Its Beginnings Through 1965*）。

我們論及任何一個時代報業，也是報人表現的結果，因此我們若談到美國報業的發展，就無法避免要研究：James Bennet, Charles Dana, Joseph Pulitzer, William Hearst, Adolph Ochs 等人。這些人具體的表現，就是傳播的內容，改變了傳統的內容，或使得傳播內容改變，而成爲新的報業時代。

我們試舉出幾個例子，以說明報紙、報紙內容與報人三者之關係。

班吉明．班奈特，被稱爲報界之天才，他也是美國報業史中，最可議的人物之一，但，無可諱言的，在新聞方面，他確有許多獨創之處。他是把新聞視爲企業的第一人。正如人人所知道的，他是紐約前鋒報的創辦人，在此以前，他曾任駐華盛頓特派員。班奈特最大的貢獻，可能還不在新聞創新方面，而是把新聞視爲無遠弗屆的企業，他是在一八三〇年和一八四〇年，這十年間，對於華盛頓以及歐洲採訪據點的建立，最有建樹的功臣之一。

「其最先以行動迎接新聞儘早與讀者見面者，班奈特應是第一人，他購置一小支船隊，巡弋於紐約港外，當攜帶新聞的郵船進入紐約港口前，卽搶先迎接，以收捷足先登之功，展開新聞競爭之世紀。

查理・丹納，在新聞發展史中，也是一位傑出的人物，他把紐約太陽報辦成「新聞工作者的報紙」，新聞寫作求其文學風格與優美，誠非當時任何大報所能比擬。新聞的通俗含義，大約到了丹納得到一個學理的定義。他曾說過：「新聞並不是別的，而是使得人們談論的東西。」("News is anything that will made people talk") 換言之，凡是將使人們談論的事情，都是新聞。

新聞學家並未有眞正的鼻祖，但是丹納可算是新聞定義之創始者。丹納講求寫作風格的編輯政策，對後來新聞內容品質之提高，不無影響。

普立玆與赫斯特，爲近代新聞史中不朽的鉅子，這二位是新聞新時代的象徵、代表者與開創者。

從新聞內容角度來看，普立玆與赫斯特所代表的，並不只是令人厭惡的黃色新聞，而是把報紙內容帶到一個新時代。如普立玆的世界報，除了大標題之外，人情味故事也是普立玆時代的特色，連環圖畫以及星期增刊等等，都是普立玆時代的特色。

普立玆強調把新聞事實往深處挖下去，對於後來所謂解釋性報導以及背景新聞，都有相當的啓發性。

赫斯特與普立玆不僅僅爲美國新聞史寫下一個新時代，而且對於世世代代都有深遠的影響，他們幾乎是黃色新聞、聳動性內容的化身。報紙內容是什麼以及如何表現這些內容，可以從普立玆辦報史中得到答案。

紐約時報的成功，給報人帶來無限的勇氣與信心。紐約時報是什麼？它是代表今天全部有價值的新聞，明天完整的歷史。

紐約時報的嚴肅內容，獲得知識份子的支持，而使得報紙以內容來分，可淸楚地劃爲大衆報紙與重質報紙二種。

紐約時報之所以偉大，是因爲它不管讀者喜歡不喜歡，而每日把嚴肅的新聞，完整地提供給讀者，成爲「紀錄的報紙」。它是奧克斯等人超人編輯政策的產物。

紐約時報不以黃色新聞取悅讀者，也不刺激讀者的情感神經，它所供應的，只是每天平淡的新聞。挽救了新聞知識的生命，這都是雷蒙・奧克斯等人合力改變歷史的結果。

這足以證明人是改變傳播內容的主要力量，因爲傳播內容是人決定、由人傳播的。

當我們注意到人對於傳播內容改變的力量時，我們不能只見樹而不見林，只看到報人而忽略了其他創造歷史的人。例如，在大衆傳播發展中，卡通大師狄斯耐（Walter Disney）對於傳播內容的改變力量也是巨大的。他以卡通方式來表現意念，不僅使無數孩童有了活動的讀物，同時，也使得報紙增加卡通內容，這可說是狄斯耐的力量。難怪施蘭穆博士在他主編的《大衆傳播學》一書中，把狄斯耐在一九二八年創造卡通成功，視爲大衆傳播史中的大事。

第四個改變傳播內容的動力，應是傳播媒介的競爭。

4.傳播媒介之競爭

我們要想瞭解傳播內容由於傳播媒介競爭而有所改變，首先我們必須明瞭傳播媒介競爭的簡短發展過程。先是各種媒介基於相同出版時間而競爭，如早報之間的競爭，其後晚報的出現，又形成同種媒介不同出版時間之相互競爭。然後，又發展爲同種媒介之間的競爭，如新聞週刊出現後，印刷媒介之競爭。廣播電視相繼興起後，更形成諸種媒介間的大競爭的傳播社會。

早期晚報的內容對於早報的內容影響較少，其原因，乃是日、晚報之間並無顯明的區分。美國日報，多是下午出版（至一八九〇年，美國的日報約有三分之二是下午出版的。）後來電訊發達，新聞增加，晚報隨之而起，許多日報兼辦晚報；而無晚報甚至有晚報的日報，也照樣在下午及晚上不斷地出版，日報的午、晚版，乃是極平常的事情。七十年代啓始之時，通常以三種方式處理下午的新聞：第一發行正式晚報，亦就是我們所通稱的晚報。第二、在早報所有權下，發行夜晚版（更改或不更改報名）。第三、發行早報的晚版。

晚報的力量不斷擴張的結果，對於早報的內容，也有其影響性。其一就是注重婦女的內容，因爲晚報首先注意她們下午閒暇的時間，也期待在孩子未放學、丈夫未下班前，找點東西看看，因而喜愛閱讀下午出版的「晚報」。其二、是輕鬆內容的增加，這也是部份受晚間休閒的影響。因爲晚報考慮到戲院的讀者，以及從戲院回來，帶點輕鬆的精神食糧，回來消遣一番。

就印刷媒介競爭來說，對於報紙內容影響最大的，還是新聞週刊。自從日報與起後，由於亨利．魯斯的出現，亦遭受新的挑戰。由於魯斯對於新聞創造與賦予新生命的成功，使得日報中的新聞，又恢復到週刊的時代。但對於新聞的新的解釋，使得人們對於零零碎碎的新聞，產生整體的觀念，這也許就是魯斯的「群體新聞學」(Group Journalism)的新技術吧！

一九二三年時代新聞週刊的誕生，它是新聞史中的另一章。對於報紙內容的改變有二：一爲週期性的，對於已發生新聞的整理和對未發生新聞的展望，其表現的方式，是星期特刊或是星期增刊，一是對於新聞寫作方式的改變。

誠然，美國報紙星期增刊，並不是時代新聞雜誌與起後的產物，而是早在魯斯誕生前就很風行了。例如一八九〇年，約有全美報紙總數的百分之十五，也就是二百五十家以上，有特大號的星期版。但那個時候，星期版的內容，和現在並不相同。正如一位英國觀察家所描述的，那種星期特刊，「是一種報紙、一種文藝雜拼、又是一種社會和家庭的刋物。」也正如普立玆初來紐約辦世界日報的時候，星期日版只是加刋些雜錄而已。

現代的美國報紙星期增刋，尤其是具有水準的日報，對於時事的分析，特別是背景新聞的提供以及對於新聞的深度解釋，構成增刋的主要內容，而使得匆忙的報紙讀者，對於一週大事能有扼要與完整的瞭解，對於未來一週可能的發展以及新事件的發生，也都做有根據的預測，其作用已不止溫故知新。無疑的，這些內容的表現方式，是承受了新聞雜誌的風格，而成爲報紙中的雜誌。

新聞雜誌處理新聞的方式，對於報紙新聞寫作，也有甚大的啓示作用。所謂「解釋性報導」雖不能取代倒寶塔式的寫作方式，但它足以補足倒寶塔式的缺憾，而仍維持故事敍述體的優美。

時代新聞雜誌誕生後十五年，也就是一九三八年，第一本有系統地完整的解釋性報導（Interpretative Reporting）出版，這本書是由西北大學新聞學院麥杜蓋博士（Cwtis D. MacDougall），根據他的舊作《採訪學初步》一書改寫而成的。雖然，解釋性報導被某些新聞學家視爲倒寶塔式寫作濫觴之結果，但，這種寫作方法，却肇始於新聞雜誌，事實上，它就是新聞雜誌體。

如果報紙是新聞的流水賬，而新聞雜誌却是分類賬，當報紙編輯人發現也需要把流水新聞，加以分類整理，對讀者交代的時候，就會很自然的使用分類賬的方式，處理報紙中的新聞以及報紙外的新聞（如星期特刊），新聞雜誌的出現，對於報紙新聞表現方式的改變以及生命再創造，實具有重大的力量。

近代新聞事業發生了二次大的革命。第一次革命是由於廣播的出現，第二次革命是因電視的升起。對於外界來說，也許是二次看不見流血的革命，但是對於傳播事業經營者與參預者來說，都是經過頭破血流的激烈衝擊，而得到和平的競爭局面，而結爲一體，是爲大衆傳播事業。

廣播與電視相繼出現，對於報紙內容均形成重大的改變力量。

先說廣播：

廣播媒介對於報紙內容的變動，也可分為二方面：一是改變了新聞寫作的方式；一是增加了報紙的內容。

任何從事新聞工作的人，都知道什麼是新聞寫作格式，什麼是五W和一H，但卻只有極少數人知道五W和一H其間還經過一番改革。我們現在的「導言」寫作方式，和開始的時候，就有很大的區別，就是因為廣播的關係。

新聞導言方式是始於通訊社的寫作格式，中間經過廣播新聞的改革，而成為今天我們公認的新聞寫作格式。

美聯社的總經理史東，要求他的記者們，在新聞起始的一段，必須要回答五W和一H，才算一條完整的新聞。這個美聯社導言型不久就被報紙採用，而成為新聞界通用的標準型。

廣播記者在撰寫新聞的時候，感到五W和一H擠在一起，對於聽衆的耳朶，構成嚴重的壓力，尤其是有關車禍等新聞，一湧而過，眞是不勝負擔。於是捨棄美聯社的導言寫作，廣播記者很快地發展成他們自己的寫作方式，那就是我們今天在採訪學中列為第一課的導言寫作：導言的啓始，以六項要素中選取故事中最強的要素，而毋須把六個重要元素擠在一起，使讀者讀起來，眼花撩亂；聽者聽起來，隆隆作響。

我們可以說：有導言寫作方式，才有今天報紙內容的質與量，廣播新聞的出現，使得導言寫作有所變革，廣播對於報紙內容的影響，實可想像的。

另外一點，就是由於廣播節目的定時播出，特別是在廣播競爭環境下，聽衆必須有依據，以便隨時選擇自己所喜愛與所需要的節目，那麼，廣播節目表的刋出以及節目內容的介紹，又成爲報紙新的內容，使得報紙內容的種類增加，這是廣播對於報紙內容改變的另一方面。

電視的出現，對於報紙來說，是相當吃力的競爭，但稍鎭靜一下，就可以發現：報紙還是報紙，電視還是電視，電視無法代替報紙。

不過，在內容方面，報紙爲了維持對於讀者的吸引力，還是受着電視的影響，不得不作若干改變。此種情形，曾任國際新聞學會秘書長梅葉博士，民國五十八年十一月，曾在臺北第二屆世界中文報業協會中，就指出一個努力的目標：「爲與日新月異的廣播、電視技術相抗衡，報紙應當深入且詳盡的報導新聞事件，並且提高紙張的品質，美化版面，改善印刷技術……。」這可說對於電視改變報紙內容力量的最好說明。

梅葉所指出的努力目標，也正是在其他先進社會中的報紙對抗電視的經驗，而報紙內容改變的結果，使得電視成爲報紙內容改變的動力。我們試看看在美國那個傳播競爭的環境中，報紙內容受電視影響是怎樣變的。

美國中西部的一份重要報紙，名叫明尼阿波里斯論壇報(Minneapolis Tribune)，至少在內容方面採取了以下的措施，而維持了報紙的存在地位：

一、不管是平日或是星期增版，他們都不厭其詳地介紹當晚的電視節目，星期增刋還闢有電視版，刋登未來一週的節目表、重要節目預告以及電影劇情片專欄介紹，因爲他們知道，讀者把一份報紙翻到最後，希望知道電視節目的最新報導，因爲人們脫離不開觀看電視而生活。

份二、一週報紙當中，有五天在頭版以及內版新聞畫頁，均有新聞彩色圖片，因爲他們發現，好新聞加上彩色藝術，會把五雙讀者眼睛吸引住四雙。

三、供應讀者較好的背景新聞以及較有深度的解釋新聞，因爲根據讀者調查的結果得知：在背景及解釋新聞方面，報紙遠較廣播與電視優越。

報紙在應付一九五〇年間的電視風暴，明城論壇報不過是其中之一例而已。明城論壇報在內容方面的應變措施，不僅順利地逃過暴風雨的襲擊，而且，由於內容方面的充實，使該報成爲美國二十個大報之一。

如何改變報紙內容

現代一份報紙的內容，被視爲百貨公司，尤其是科學技術能克服任何印刷與傳遞困難的時候，「有美皆備，無麗不臻」的報紙時代，雖不能及時到來，但應是報人努力的目標，而且此種目標之實踐，爲期不遠。

「百貨公司」的要求，是起自一位元老報人對於通訊社服務的要求。奧克斯成爲紐約時報最有貢獻的功臣之一，有一次要求美聯社成爲「百貨公司」，因爲美聯社是爲社員報紙服務的通訊社，訂戶要什麼，就得供應什麼。

奧克斯「百貨公司」的觀念，對於美聯社有多少影響，暫且不論，但對於報人服務讀者却有啓發性，而把報紙內容視爲百貨公司內的貨品，凡是進入百貨公司就可以買到他要買的東西；凡是一份報紙在手，就可以看到他要看的內容。

報紙服務讀者與百貨公司服務顧客，確有相似之處，報紙面積亦如百貨公司，並不是無限的，而是受到容積所影響。報紙內容必須隨讀者群的需要與興趣，隨時在改變，以便維持報紙閱讀的習慣力量。

成功的報紙亦如成功的百貨公司，必須隨時知道讀者需要什麼？加以補充，加以改變。

在今日傳播環境以及變動的世界與社會中，改變，正如大衆傳播學者們所一致指出的，是無法避免的，但留下的一個重大問題給報紙經營者，如何改變？

這是一個簡單的問題，但却是一個很複雜的答案。我們不能從某一方面着手去解答，而必須從幾方面，也就是傳播者、傳播內容以及傳播對象，來解答變的問題，因爲內容改變，並不只是報紙內容本身問題。

1. 傳播者方面

內容是由人來控制的，如何來和讀者見面，也是經過人來處理的，因此，報紙內容的改變，無論出自政策性，或是技術性的，都是出自新聞工作者的頭腦。報人創造時代，新聞歷史中不勝枚擧，毋須多作贅敍。

報社經營者，自然是報紙內容的主宰者，但是現代新聞專業化的結果，報紙內容的表現，是群體智慧的競賽。老闆只管經營政策，其他的事情，就靠大家合作的智慧。現代美國報業經營者，不像從前那樣直接決定版面，躬親決定內容取捨，甚至連自己的報紙，也很少能有時間仔細閱讀，但他的職責，是聘請好的經營人員、編、採人才以及主筆人才，讓他們去表現，讓他們去負成敗之責。

我國報紙內容如果能求有所不斷的改變，必須要有改變的力量，那就是人才，特別是創造的才能。無論是記者、編輯、或是主筆，都需要有精益求精的忍耐功夫，以及創造的智慧，報紙的內容，才會每天有不同新的東西吸引你的讀者，而不是一擲了之。

這裡有一個例證，說明創造力之重要性。

臺北有一位雄才大略的新聞事業家，爲了發揮中國人的智慧，立志創辦符合國際水準的屬於中國人雜誌。有一次一位住在臺南市的讀者，寄了一封信給該刊編輯，而在「讀者來信」欄中刊出，它的原文是這樣：

編輯先生：不知你們注意到沒有？貴刊的題目都太嚴肅了。比如六月號中的「不存倖進之心」……等，都不够活潑、生動。這幾篇文章的內容都是很好，很容易讀的，可以看得出作者曾花了一番工夫寫的。爲什麼不在題目上再多費點時間？

求才難，求具有創作之才更難，而能維持創作之才最難。這不是三言兩語可以交代清楚的，而涉及一個報社的制度以及所謂「統御術」。

2. 內容分析方面

用內容分析方法來研究內容改變問題，最能找出問題的中心答案，而內容分析近年來漸漸成爲獨立研究技術，就是它能對於傳播內容提供客觀的、系統的而又定量的描述，使得傳播者獲得一個明確的答案。

「內容分析」之用途甚多，而其研究之內容，亦非僅限於報紙內容，但對報紙內容改變最有用處的，是對於傳播內容趨勢之提供。因爲傳播媒介不能脫離傳播環境而獨存，必須瞭解傳播內容之趨勢，才能定下自己的發展方案，而傳播內容趨勢之提供，就是供內容改變最佳的參考依據。美人創辦任何事業重視「遠景」(Perspective)，而報紙內容趨勢之分析，即對於報業遠景(Press in Perspective)提供了科學的證據。

近代美國新聞史泰斗及新聞教育大師，已故米蘇里新聞學院院長莫特博士(Frank Luther Mott)，就曾根據一九一〇年至一九四〇年間的美國報紙內容，而求得美國報紙內容之趨勢。此種趨勢，驗證後來之實際發展是相符合的。當時，根據莫特博士之研究，美國報紙內容自從一九一〇年以來之主要趨勢爲下列新聞內容或表現方式之顯著增加：國外新聞和特稿、華盛頓新聞、漫畫、插畫以及婦女興趣等。

內容分析趨勢之研究，可說提供了鑑往知來的證據。

3. 直接瞭解讀者

內容分析之研究，只是根據靜態的已有資料，作爲研究之依據，沒有辦法瞭解動態的需求。

韋勃・施蘭穆博士曾經強調瞭解傳播對象之重要性，但如何瞭解，又是我們必須要確定的。

對於傳播對象意願之調查，廣播開始較報紙爲早，而電視廣告費用，耗資甚鉅，以秒計算，因而電視觀衆之調查方法，又較廣播更有徵信價値。但廣播聽衆與電視觀衆之調查，只是爲了純商業目的，因而，美國三大電視公司每季節目之變動，觀衆意見調查爲重要之依據。

美國有規模之報紙，多循二種途徑，定期的向報紙讀者徵求意見調查，以作爲內容調整之依據。其一是報社自己的民意測驗機構，其二是委託新聞或大衆傳播教育機構，如明尼阿波里市的明報系，就是採取二種並行的方式，不斷地徵求讀者及非讀者的意見，以求日新又新，而能在內容方面符合讀者願望的報紙。（自己本身的測驗機構，多以讀者爲對象，測驗題隨報附印或附送，而新聞教育機構，可擴大受測的範圍，不局限於自己報紙的讀者。）

明報系的研究部門是對於新聞以及言論部門提供一項繼續不斷的服務，他們除了不斷徵求讀者需要那些內容，或者那些內容表現方式不對外，另外，還運用民意測驗方式，探求讀者對於那一類問題特別感到興趣與需要，以便新聞部門擴大與加深那些問題的報導。研究部門可謂報紙編採及言論部門的耳目。

明報系與明尼蘇達大學新聞學院新聞研究部的合作已有數十年的歷史，明報系每二年與明大新聞學院簽訂一次合作合約，明報付出代價相當昂貴的，除了供給全部調查費用外，還長期支助該學院研究部門的發展，使得明大新聞研究部成爲美國最有成就的新聞研究學府之一，其收穫也是無法估計的，是報系靠着明大新聞學院根據讀者調查所獲得的分析，而對報紙內容作適當的調整，使得讀者們在忙於看電視之時，仍離不開伴隨他們已久的報紙——在電視威脅下，明城論壇報（早報）及明星報（晚報），越長越壯。

我們談到這裡，再看看我們目前的客觀環境以及傳播競爭，也許會同意施蘭穆等人的說法：

改變是無法避免的。

我們的社會制度在改變中，婦女在支配錢包方面，有更多的力量，青少年在家庭中的發言地位，受到更多的尊重。

我們的經濟環境亦在改變，穿衣服不再爲必須穿衣服而穿衣服，而是爲了美觀。

我們的教育環境亦在改變，過去以中學爲子弟升學目標，現在都有餘力，升入大學，夜間教育的普遍化，幾乎人人都有機會上夜間部。

我們傳播競賽環境，改變更大，商業電視的競爭，是一項巨大的浪潮，使許多忙于看熱鬧的讀者，若不是爲了看晚報有些什麼熱鬧的節目，看晚報的時間都沒得空。

報紙內容必須變，但眞正有領導力量的報紙，不是跟進，而是挺進。

但，報紙絕非令人眼花撩亂，事實上，若在花樣上求翻新，恐永遠會落在電視節目的後面。

報紙內容改變必須不能離開四個原則，那就是：求精、求實、求美與求深。改變的考慮目標，不能離開讀者。

讀者的興趣固然重要，但，讀者的需要同樣重要。

七・一個突破傳統的新聞觀念

根據紀錄，臺北市市民們曾有在三個月的時間，遭受了二次全日斷水的經驗。一次是五十九年十二月十八日，一次是六十年三月廿一日。

這二次全面性、不間斷的停水經驗，固然對於大臺北的市民們，造成相當大的困擾，但對於新聞界來說，卻是難得的經驗。

這二次停水的經驗證明了什麼？

證明了現代人的生活與新聞傳播媒介有密不可分的關係。

證明了新聞傳播媒介對於本地新聞關注力不够。

第一次停水與新聞報導

第一次全面停水發生在五十九年十二月十八日。那一天臺北市十二個地區和臺北縣永和新店兩個大鎮，一百多萬的居民，嚐到了無水的痛苦。但是當重見水流之後，帶來的不是臺北市民們的狂喜，而是一片的指責聲。

從新聞報導中可以看出來的，臺北市民們所抱怨的，不是全面停水，也不是停水時間較長，而是事前毫無所悉，使市民們措手不及來應變。此正如臺北市議會女議員鄭娟娥所指出的：臺北自來水廠作廿四小時的全面停水，沒有事先通知自來水用戶，使不少市民來不及儲水備用，這是不可原諒的措施。水是日常生活不可一日或缺的，水廠若要停水，一定要事先通知停水範圍內的每一個自來水用戶，使能提早儲水備用。

臺北市政府建設局主管水廠業務的官員說：他是主管水廠業務的人員，但事先對水廠的大規模停水計劃一無所知，直到昨（十七）天晚上聽到電台廣播後才知道。

一些市民們指責自來水廠對關係每一個市民一天生活的停水，竟按照往例停水處理，以致許多市民在十八日看到早報才知道這件事，一時措手不及，狼狽不堪……。

大多數市民責備自來水廠的，是這樣重大的家庭應變事件，不應只在電台廣播或在報紙上發一點新聞，就算數，實在有點大而化之。因爲並不是所有市民都收聽廣播，都看報紙的。

鑒於這次的經驗教訓，自來水廠負責人事後表示：今後若有類似的大範圍的停水，將儘早以通知單預報，並透過報紙、電台、電視台等大衆傳播事業機構，告訴大家，必要時，再以公告通知市民。

這一次史無前例的停水經驗，對於市民、對於新聞傳播媒介，最寶貴的經驗有二方面：

第一、現代生活無法離開新聞傳播媒介而獨存，否則卽會遭受生活的困擾。停水事件卽是一例。相信（雖無正式調查）經常接觸傳播媒介的市民們，在這次停水事件中，所受到的損失較輕，所遭受的困擾也較輕，甚至沒有困擾可言，因爲已有準備，尤其在心理上不會有突然之感。

第二、新聞傳播媒介如能提高警覺，不用慣常的手法，處理停水新聞，而能對於此一不尋常的新聞作不尋常的處理，如廣播、電視節目中的插播、報紙放在頭版等，則新聞媒介對於其所服務的社會，則能提供最大、最方便的服務，而免於市民生活的恐懼感。但，很顯然，我們在這方面的新聞處理，顯然不够。

第二次停水與新聞報導

三月廿六日大臺北市的市民們面臨另一次全面與長時間的停水。

由於經驗的教訓，這一次無論自來水廠、新聞傳播單位以及市民本身均有相當大的警覺性。關於停水的新聞，就時間上來說，早在前一天卽發出預告新聞，因此，臺北市各報「明天全面停水」的新聞，均佔有較多的篇幅，就內容來說，更擴大了停水報導的範圍，除了希望用戶預作儲存外，並在新聞報導中，呼籲市民提高警覺，如萬一發生火警，不要忘記先打「一一九」，另請市民自動關閉抽水用的馬達，以免水池無水，馬達仍然操作而發生爆炸的危險。

這次停水，由於靠近淨水廠附近的一個舊有管線接頭，承受不住驟增的巨大壓力，而突告脫離分開，迫使水廠不得不把已經開啓的水閘，再度關閉，致被迫延誤五個小時，使得停水新聞的價值，繼續造成另一高潮，而使得當日晚報及次晨日報，恢復供水後新聞，亦佔有巨大的篇幅。

毫無疑問的，第二次停水新聞的處理，無論公共關係單位以及新聞傳播媒介單位，均有良好的新聞服務。

作者檢閱了臺北各報中，一般而言，由於停水的經驗，均能重視水的新聞。因爲這個新聞與全市每一個人均有關係。間接也有助於提高本市新聞的地位。例如：臺北中央日報在短短四天中（三月廿日至廿三日），該報第七版，一連出現了四個水新聞的頭題，都是五欄長。這是任何重大新聞，均很難維持這樣久的重要性。大華晚報亦有相同重要的表現。例如停水之當日，該報用了八欄長通版的巨大標題：「北市今停水十九小時，家家蓄水以備應用」。

但，很奇怪的，像這樣人人關心，關心人人的巨大新聞，無法突破本市版的地位，足可以證明我們在處理新聞的時候，對於重要性的衡量，還是受到傳統的限制。

基於這個事實，試從歷史的角度，與報紙的實用價值，來分析新聞價值的發展。

從歷史角度看新聞價值演變

這是本書作者研究新聞發展史的心得：往昔的美洲報紙，新聞價值與距離成正比，即新聞發生越遠，新聞價值越大、越高，反之，新聞事業現代化後，新聞價值與距離成反比。

美洲殖民地時代的報紙，所刊登的新聞，多是國外，特別是歐洲大陸早已發生過的有關戰爭與政治的舊聞。

爲什麼會有此一現象？這和當時報紙發行的環境有密不可分的關係。

第一、報紙讀者均爲自歐陸來美洲的知識份子。因而他們關心那邊的變化。因之，海外新聞，成爲當時殖民地報紙的主要材料。那是基於讀者對於報紙的期望。英倫成爲當時報紙新聞的主要來源。因爲這些讀者大半來自英國，仍靠家族情感關係、商業及政治利益，與英國發生情感與實際利益的連繫，因之希望知道有關英國之新聞與影響英國之新聞。

第二、其時尙無城市規模，亦無城市生活，大家對其生活環境內所發生的事情，大都能親身體驗，因無新鮮之價值，不值得傳佈。

當時報人認爲週身所發生之事情，若刋登在報紙上，實爲不可思議的事情。唯一可用的，就是爲了塡補海外郵件無法抵達時，以土產暫時代替，使能維持報紙之出版。例如奧爾良公報在一八〇五年的一篇社評，卽有類似的建議：

「很抱歉，昨日無郵件抵達本埠，我們實不知該拿什麼來塡補本報，以使其具備新聞的外貌。如果我們得不到郵件又無其他任何來自海外報導，我們除了留空白外就是求之於本地製品。因此，我們不是想請求於本市的適當地設立一個「新聞製造所」，以常能充分供給隨時使用爲其經營的原則。」

這個出自報社編輯的緊急呼籲，被當時認爲笑談。大概也是出自編者的卽興之作。不過，像它所提出的「新聞製造所」的觀念，實卽是後來的本市新聞採訪部。

本市新聞的出現，實是現代報紙的產物。因爲現代報紙是以普通大衆爲對象的。因之，不能不顧及到一般大衆的興趣。

正如吾人所熟知，一般大衆對於政治殊少有參與的興趣，他們所關心的，不是嚴肅的政治新聞，而是週遭所發生的市井小事。他們所常常談，所樂於談的小事。

現代報紙的萌芽，係起自十九世紀的便士報業時代。

紐約太陽報能於一八三三年發刊，而能成爲便士報業第一份成功的報紙，就是因爲「本地新聞」觀念。當時，創辦人班吉明・戴，使太陽報的內容，具有一個清新的新聞風格，而這個新聞風格，乃建立在着重本地的事件，因而頗合紐約市民的胃口。

此一時期的新聞事業，爲報業史中的關鍵所繫。因爲有此一便士報業的出現，順利成功，才產生了現代的新聞事業。

特別値得後代新聞學研究者及新聞事業經營者注意的，爲此一時期報紙經營的成功，已改變了對於新聞的觀念。也就是美國新聞史泰斗莫特博士所指出的，由於廉價報紙出世，而導致新聞觀念的變動，發生了新聞革命。造成此次完全拋棄「重要的」新聞的舊觀念有三種要素：①本地或本市新聞的增加，②注重動人聽聞的新聞，③人情趣味新聞的出現。

由普立玆及赫斯特等人所主導的新的新聞事業，那更是本市新聞力量表現的全能時代。有一點足資證明本市新聞的重要性的，是本市編輯（我國報紙所稱之採訪主任）擢升到一個報館重要的位置。約在十九世紀五十年代的早期，本市編輯實不過是一位名副其實的主任記者而已，但到了七十年代的時候，本市編輯的重要性僅次於總編輯的地位。

直到一九一四年，美國現代化的報紙產生，實靠着本地新聞。

第二次世界大戰期間，是美國本地新聞角度的喜劇時代。

大戰期間，美國新聞界的表現，正如莫特博士所指出的，向美國人民報導第二次世界大戰的消息，從各方面看，是美國新聞界有史以來最偉大的成就。

美國新聞工作者所以能獲致此項史無前例的成就，與本地新聞的因素，有密不可分的關係。

先說報導環境，當時美國新聞媒介機構的記者們，雖然以世界爲採訪戰場，但處處均有美軍的足跡，均有美國的子弟參入，可以說來自世界任何一地的戰訊，均和美國利益與美國有關係，自然有關這一世界的任何報導，均爲美國讀者們所期待的、所樂讀的。因此，當時的世界環境，實爲美國國土之延長，本地利益的延伸。

再說報導內容與技巧。美國新聞人員巧妙地運用「本地新聞」的觀念，完成了雙道傳播的任務。

當時流行的美軍軍報的內容，充分反映出家鄉味的價值，而在另一方面，本地角度的戰地報導，使美國國內萬千讀者，共同分享期待任何來自海外的一條新聞，一張照片，因爲其中或有自己的子弟的聲音，自己家鄉人的笑容或是含有本州的榮譽。

一個遠離家園轉戰天南地北的海外士兵，他當然懷念家鄉的消息和懷念在家中所享有的生活習慣。基於此種需要，在二次世界大戰中，美軍士兵最需要補充前線的，除了彈藥武器和罐頭外，就是家信與讀物了。

因爲戰爭的關係，國內的報紙不可能及時地運上前線，因此發明了一種軍中報紙。此種軍中報紙，其重要性，正如麥克阿瑟所說的：「它們如同麵包和子彈一樣地必需。」

軍中報銷行軍中，而且像新英格蘭人報，曾銷到二百五十萬份的紀錄，眞是人手一份，更重要地這種報紙也照樣地要賣錢。

軍中報能風行軍中，能賣錢的原因，不是單靠軍事新聞，而是他們在本國所讀的專欄特寫和電影明星及封面女郎的照片。這些是他們離家後所失去的，而能從軍中報紙中獲得補償。雖然並不能享受如家之樂，但略可撫慰鄉思。

這實是本地新聞角度的發揚。

另外一方面，當時美國國內報紙，也是靠本地角度，而成功地報導在世界各地所進行的戰爭，否則，以美國戰場之廣大，我敢說戰事新聞，是無法滿足國內的讀者的。

最成功也是最具有代表性的例證，是具有戰地記者之魂美譽的安尼派爾，他能够成功，可說百分之百發揮了地方角度的風格。派爾在戰地報導中，與士兵爲伍，他寫出普普通通的士兵的日常小事。他舉出那些士兵們的眞實姓名和住址，就像是替他們鄉里報紙寫稿、寫家信一樣，他的專稿不僅被無數人一字一字看，而且被無數人一字一字讀，因爲家書抵萬金的。

二次世界大戰後，美國的新聞界和其他復員的商業一樣，把目標集中到國內，而大量地縮減國外新聞。

這一方面是因爲他們的孩子都回到家裡，一方面是受到廣告篇幅及商業地位之影響，還有一個重要的原因，就是因爲美國與世界的關係太密切，幾乎世界上很少有一塊土地，有一個國家，不和美國的政治、經濟或者軍事利害有關係，但是報紙的篇幅有限，以有限的篇幅應付無限的國際新聞，自然無法使國內關心國際動態的讀者所滿意。特別是，除了少數與美國有特別關係的大國，幾乎所有的國家，都埋怨美國的報紙，不重視他們國家所發生的新聞。

處在這樣一個國際報導情勢下，美國報紙編輯及駐外記者們，所能奉行不渝，作爲新聞取捨共同標準的，只有「本地角度」了。當然，美國新聞人員錯估了讀者的味口，而強調國際內幕新聞的權威性，而成爲今日美國及自由世界悲劇的原因，那是「本地角度」的濫用與誤用，除了引以爲戒之外，並不損及「本地角度」的價值。

以上是從歷史的角度，說明了「本地新聞」觀念的不變價值。現在再從現實的觀點，來研討本地新聞的可用性。

本地新聞的可用價值

爲什麼人們要看報紙？如果沒有報紙怎麼辦？這似乎是一個簡單的問題，但卻含有複雜的答案。

對於第二個問題，紐約市的讀者們曾經嚐過不止一次的沒有報紙生活的經驗。他們的感覺是：與現實世界失去接觸。他們的體驗是：實在太懷念了。

人們要看報紙，可從幾個角度來研究，有從動機來研究，有從經驗理由來調查……。

許多人對此問題的答案，可能與紐約市民們有相同的感受：看報成了生活習慣，無法改變此種習慣。

但從實際的觀點來看，每天看報還是有極大用處的。那就是對環境的瞭解與監督。

這個環境包括很廣，可從家庭環境到世界的環境，但從群體生活來說，我們最關心的環境，與我們生活最有密切關係的環境，還是我們群體生活的環境。也就是本地新聞所觸及的環境。新聞傳播媒介透過新聞報導與評論，達到環境的瞭解與監督的責任。

社會越進步，我們的耳目，越要依賴新聞媒介。因爲我們親眼所看到、所聽到的也就越少。甚至有關住在同一層公寓內所發生的重大事件，還是要靠報紙上登出來的。如果報紙上不刋登出來，也許我們永不會知道。記得幾年前，美國那個社會中，常常發生了孤苦老人，死在自己寓所中幾個星期，也不爲人知，也不爲經過的鄰人看到，直到報紙上登出來，才知道隔壁的老太婆死了。我們常常引爲奇譚。但，現在臺北市讀者會在報紙上看到鄰人被大搬家的新聞，亦是一例。許多近親好友結婚的事情，還是從報紙上看到的。這是因爲自己生活太忙了，無暇也無心去管別人的事了。

這眞是一個「比鄰若天涯」的社會。

同樣道理，社會越進步，所發生的問題也就越多。大家除了啞口無聲地聚在客廳中看電視外，聚在一起討論問題的機會，也就越少(不像古代的生活，幾乎任何問題出來，都可以大家聚在一起來討論，最後由長者來裁決。現代人無法享受這種生活)。因此，需要新聞媒介供給論壇的地域，發揮論壇的功能。

多年以來，也許我們的報紙受着篇幅的限制，所謂代表報紙輿論之地，只限於社論或短評。事實上，一個社論版並非僅止於「本報」的言論，輿論的表達，也非止於「本報」的社論而已。還有專欄、政治、漫畫及構成輿論最重要的部份——讀者投書。

「讀者投書」所以具有特殊之重要性，一方面因爲具有眞正的代表性，另一方面是雙道傳播的回饋種子。可以反映及證明報紙所刋載內容的眞正力量——是否有人看，讀者感受如何？從讀者投書中可以發現出來。

我國報紙的社論流於冗長，而第二次世界大戰後的美國報紙社論過於簡短，甚至一社論欄中排出三、四篇社論爲常事，短者三、二句話亦可拼成一篇社論。

就長短而言，美國社論是否比我們有效？比我們更具有閱讀的吸引力？美國大衆傳播學者貝克（Dean C. Baker）博士的一篇實驗對此持有相似的疑問，而在實驗結論中所得到的答案是否定的。卽社論是否有可讀價値與文字長短並無顯著關聯，而與主題和內容有關。

貝克此一發現，對於瞭解我國報紙社論機能頗有幫助：我們的社論，其値得研討的並非爲流於冗長，而是主題過於空泛，文字過求穩妥，往往失去可讀價値。

我想一般讀者喜歡閱讀報紙短評的超過社論，實非文字長短之原因，而是主題所造成的。短評所選擇之主題多與一般讀者利害攸關，且爲讀者所熟悉者，卽使評論國家大事寰宇要聞，亦是題目定得很小，範圍限於一隅，三言二語卽能見論斷，而非浩雲煙海，以天下爲範圍。

由此可見，評論文字可用或不可用，也是基於本地角度。

為什麼我們的報紙不重視讀者投書？這可能和我們的社會負責態度有關。一般讀者不太喜歡參與公共之爭，而要爭的多是個人之間之爭，因而讀者投書變成匿名信，報社不勝困擾。報社既不願意自找痲煩也不會甘心被利用，因而最重要的輿論來源，變成最脆弱的一環。

所幸，新聞媒介能瞭解社會的需要，並能引導社會的進步，而成為社會進步的動力。年來各報均重視來自民間的反應，且有民意版的出現。

這些年來，無論質與量，各報的「讀者投書」，都有相當的躍進。關於量的方面，那要完成設計統計後，才能有正確的答案。關於質的方面，特別值得指出的有以下三方面：

第一、臺北中央日報及聯合報，均分別以一封讀者投書為內容，做成報紙的頭條新聞。這不僅是在中國報業史中所罕見，就是外國報紙也少有這樣的處理。

中央日報是在民國五十九年十二月廿四日該報第五版，以頭題地位刊出了一位臺北一女中的高中二年級的學生一封信。這位女學生是因為第五屆亞洲杯籃賽後，籃球國手在國人責備下，球員喪氣地說「今後再也不打球了」，而寫一封充滿激勵的信，致中華籃球隊的全體國手。在這條新聞中發表了信的全文。而這條新聞的導言是這樣的：

「一位名叫陳瑞南的高中女生，昨日寫了一封信給籃球國手們，讚美他們為國家榮譽而奮鬪的精神。」

聯合報是在民國六十年三月廿五日該報第三版，以六欄長的頭題，發表了九名讀者連署的讀者投書。這九位讀者是鑒於東門小學二位小學生被卡車壓斃於綠燈路上，而車禍慘案發生後，他們默默的觀察這個社會各部門究竟有些什麼反應，可是很悲哀的，竟是麻木不仁！因此他們在投書中，條條提出七點建議。而「希望這個嚴重的車禍案，引起全面的檢討、革新與進步。」

這個亦悲亦壯的讀者投書，雖然沒有按照新聞體加以改寫，但卻是一個重大的新聞。雖然沒有導言，但在標題中已經道出了新聞的重點：

大人先生熟視無睹
稚子何辜死於車禍
讀者不甘緘默投書主持公道
殷盼知恥負責澈底檢討改革

第二、讀者請教編者，編者就教讀者，而構成緊密的雙道傳播關係。這是五十九年十月廿八日中央日報，由於一位讀者來信，要求該報加強犯罪新聞報導，「不要爲社會諱疾忌醫」，該報乃以「短評」的地位公佈報導犯罪新聞五大原則，並望「讀者諸君指教」。在這短評的同時，刊出了那位讀者「盼加強刼案新聞報導」的原函。可見讀者投書所受到報社當局的重視。

第三、讀者投書中會有重大的新聞。例如：民國五十九年一月七日，遠在美國加州的世界名語言學家趙元任，從報紙上看到「科學月刋」不久將在臺北創刋的消息。他閱後甚爲高興，乃寫了一封信給中央日報，並指出共匪早已葬送「科學」，這一評論，就具有重大的新聞價值。當時中央日報以顯著的地位，把趙元任的來函全文，以讀者投書的地位予以發表。

當然，讀者投書的內容，並不限於有關本國的或是本地的問題，但讀者們最關心自己生活環境所發生的問題則是無可懷疑的眞理。基於此，只要我們的報紙，能重視讀者的意見，即能使讀者知道與關注他們的生活環境所發生的問題，進而能藉報紙有參與的機會，而能發揮輿論的力量。

我們的報紙近年來受到天涯若比鄰的影響，若干國際新聞，特別是影劇、體育、藝術與生活諸方面，常常會打破國際版的天地，而進入本市版，例如巴黎或紐約流行的新式服裝的新聞照片，常會在本市版出現。但若干有價值的本地所發生的重大新聞，卻很難打破傳統，進入第一版，這是不可思議的。也難怪臺北有一家報紙副刊的專欄作家，在「大臺北的小問題」中質疑說：「各報的北部地方版仍把木柵列入範圍內，連景美的電

The Weather
MINNESOTA: Mild
NORTH DAKOTA: Cool
SOUTH DAKOTA: Mild
WISCONSIN: Cloudy
IOWA: Warmer

Minneapolis Tribune SUNDAY A

MINNEAPOLIS, MINN., SUNDAY, MAY 14, 1967

U.S. Gains Its Biggest Air Victory

Up to 9 MIGs Netted by Raid Over Hanoi

How's This for Openers?

Kansas City Overpowers Twins, 5-2

Glorious Day, Biting Fish Please Crowds

Mario Andretti Sets 1-Lap Record, Leads '500' Time Trials

Tough Civil Rights Bill Goes to Full House for Debate

By FRANK WRIGHT

Russ Protest; U.S. Calls Ship Issue 'Closed'

COMMITTEE ACTION

Abortion Bill Killed in House

By FRANK WRIGHT

Legislature at a Glance

250.000. March. Wave.

影院消息，也不能在本市版上找到呢。」

美國的報紙（卽使全國性的大報也不例外），常常會在第一版上出現很有人情味的照片，使讀者或訂戶，如沐春風地從報童或報攤拿到這份報紙。這張照片就是今天這張報紙特色所在。例如：美國明城論壇報（Minneapolis Tribune）就在一九六七年五月十四日的首頁，出現巨幅的兩孩童悠閒垂釣的照片（見第一六一頁）。這種打破傳統的膽量，作者以爲是我國報紙編輯值得嚐試與鍛鍊的。只要一次成功，膽子就會大起來，信心就會建立起來。

民國五十八年及五十九年我們少年棒球英雄們，揚威國際，個個都露出最珍貴的天眞可愛活潑健壯的笑容鏡頭，多數報紙都錯過了登在第一版的機會。例如：五十九年太平洋區少棒預賽中，中華小將以銳不可當的雄風，一二A比〇輕取菲律賓隊，次日（七月廿八日）中央日報第三版刋出四欄題一張戰勝菲隊的榮獲全壘打的三名虎將。是一張極可愛的第一版照片。七虎隊自美返國，也有二張極好的第一版照片。一張是救國團蔣經國主任冒雨在機場歡迎小國手回國，親切地爲小國手李宗洲撐傘擋雨。另外一張是嚴副總統接見七虎少年棒球隊，與小國手陳富雄等握手的照片。

這幾幅具有歷史意義、人情味價值很高的照片，都有資格登在第一版。這些照片在讀者心中都留下深刻的印象。例如一位讀者讚美說：「請看這幅照片！嚴副總統和藹可親，小國手必恭必敬，顯得多麼親切，表現得恰如其分。」

總之，本地新聞的重要性，其理由實已超過傳播之接近性理論，卽受播者永遠對接近自己的事情最關心、最有興趣。還有對報業競爭亦是一項理由。由於國際通訊社服務之週到，就國際新聞而言，鮮有競爭的餘地，所表現在版面上的國際新聞，可說大同小異。能够表現的，還是本地的新聞。

我們的生活環境越來越複雜，個人活動的範圍卻相對地減少。在這「比鄰若天涯」的生活環境中，所賴以維持耳目之聰明的，唯有依靠大衆傳播媒介。大衆傳播媒介之重要性在此，大衆傳播媒介必須積極負起本地報導與評論責任，亦在此。

報導的價值，固然在於已經發生什麼，而將要發生什麼，更具有備忘與實用的價值。二次全市停水事件，就是一個很好的例證。還有類似的證據，也是不勝枚擧。例如：現代的都市生活，幾乎每個人在週末將要到來的時候，都要知道怎樣以及到何處利用他的週末和星期日。(並不是指的夜總會之類之活動場所）一個基督、天主教信仰者，他要知道星期日宗教的重要活動。

很顯然的，我們在生活索引資料的供應方面，十分不够，因而降低了報紙的實用價值。

爲什麼我們的報紙，引不起街頭行人的注意與購買興趣？這固然和習慣有關係，但和保守的第一版不無關係。

爲什麼我們的報紙，在鄉鎭本來還應該有更多的訂戶、更多的讀者，但發展有限。這可能和適合他們需要與興趣的內容還不够有關係。

爲什麼我們的報紙外縣市駐在記者，一直士氣無法提高，這固然和待遇有關係，但，主要地，可能是因爲他們所寫的新聞，很難成爲報紙的重要新聞。長期工作下來，不免會洩氣的。

這些問題都會從「本地」這個角度找到答案。

八・編輯計劃一例

——回顧臺北報紙處理百慕達杯橋賽新聞

報紙，它的基本職責，在爲讀者提供新聞。而報紙所面對的社會，無論是世界、區域、國家或是它所服務的社會，特別是人類活動範圍伸延到太空領域之後，日以繼夜所發生的新聞，是無限的。以有限的版面，有限的人力，面對無限的新聞事件，如何處理這些新聞事件，這不是編輯實務，而是編輯政策。

編輯，在處理新聞的時候，當然，眞正的新聞，是無法預測其會發生的，但，也有許多重大的新聞事件，可以預知其會發生的。

例如：太空船的登月，聯合國大會……就是隨手而得的例子。

編輯在處理未來要發生的新聞的時候，自然是編輯政策的範圍，也就是編輯計劃的問題。

當預知一連串重大新聞來臨的時候，編輯表現成功與否，並不決取於編輯的臨稿機智，就正如士兵身臨戰場一樣，而取決於事先的準備計劃，也就是我們所熟知的編輯計劃。

所謂編輯計劃，有多方面的功用，一個新總編輯的上任，可能就有他的一套編輯計劃，一個新的年開始，總編輯所領導的編輯部門，也會提出一套未來一年的編輯計劃，一個新版面的開闢，也會有一套編輯計劃。

這裡所指的編輯計劃，是指一件預知的大事將要來臨的時候，編採部門如何通力合作，周詳部署，而把所發生的新聞，充分表現在版面上。

現在所使用的例證，是臺北報紙處理第十八屆百慕達杯世界橋牌錦標賽的新聞。

百慕達世界杯之背景

第十八屆百慕達杯世界橋牌錦標賽，係於中華民國六十年五月六日至五月十七日在臺北市中泰賓館舉行。

這些年來，臺北在世界的地位，日益重要。由於交通的便利、工商業的發達以及中國人的好客精神，國際性的會議，常常選擇在臺北舉行。但，世界性的競賽，在臺北比賽還不多見。特別是像橋牌之類的西洋遊戲，和中國並無特殊關聯。

因此，當第十八屆百慕達杯世界橋牌錦標賽，在臺北舉行的時候，即受到地主國的新聞界的重視與支持。

當然，橋牌賽所以受到重視，除了地主之因素外，還有一項更重要的因素，那就是我國代表隊行情高漲，可能有奪標希望。這是因為我國橋牌代表隊，自一九六九年起，參加世界性大賽，連年皆捷，一連獲得二次亞軍，因而，國人對於這個並不普及的高級益智遊戲，大感興趣，而期望中華健兒，能為中華爭光，在國際智慧的天秤上大放光芒。

無疑的，這是國際一場大賽，基於上面的背景分析，對於地主國的新聞界來說，這也是一個重大的連續性新聞。

那麼，報紙，在橋牌未開始比賽之前，如何擬定編輯計劃，來迎接這個大賽？

編輯計劃三個問題

編輯計劃之目的，旨在充分發揮新聞傳播之效果，而任何效果之達成，必須首先考慮到以下三個要素：

一是誰來傳播。

二是傳播什麼。

三是對誰傳播。

以上三個要素，是在新聞傳播過程中，不可缺少的，傳播效果之獲致，基於傳播之過程，因而我們必須從傳播過程來考慮傳播效果。傳播過程另一要素，通過何種傳播媒介，毋須討論，因爲是業已確定的，卽通過我們的報紙。

在未討論到以上三個傳播要素之前，我們必須注意到這個新聞事件之可變性。可變性會影響到整個傳播的效果，是新聞事件發展過程中的核心。

這次橋牌賽的新聞，有二個可變性。一個是屬於重要性方面，一個是屬於讀者興趣方面。

屬於重要性方面，是新聞的核心，中華隊會不會旗開得勝，會不會像期望那樣，坐二望一，這是可變的。這是在制定橋牌新聞編輯計劃的時候，要特別考慮到的。

屬於趣味性方面，是讀者對於橋牌的興趣，也會改變，這要看如何報導，這樣變——由沒有興趣而轉變成有興趣，對於報紙傳播效果之達成，有利的，也是成敗的關鍵。

現在，再讓我們從傳播三要素的觀點，來研討橋牌新聞的編輯計劃。

在這三個要素之中，首先要研討的，是報紙讀者分析，換言之，你必須知道你的報紙到底有多少讀者喜歡橋牌，然後才能決定報導內容以及什麼人來擔任傳播的職責，才能勝任，才能符合讀者的需求。

大衆傳播學者，如韋勃·施蘭穆，曾一再強調：瞭解傳播對象是傳播者第一要事。原因很簡單，我們所以經營報紙、編輯報紙、採訪新聞，乃是爲了讀者。

瞭解讀者，在我國報紙普遍遭遇困難，因爲對讀者瞭解的資料，靠平時建立、平時完成的。但我國報紙既缺乏讀者的基本資料，也缺乏讀者的動態資料。

在擬定編輯計劃的時候，需要報社研究部門提供的，是我們的讀者中，有多少人喜歡橋牌？

這個答案也許不會輕易得到，但也可以從間接推知，橋牌的愛好，大致與讀者的教育程度，經濟收入，成正比的，與讀者的職業也有相關性。

這個讀者瞭解的最大關鍵是，面對這樣重大的新聞事件，如果不能給予愛好讀者的起碼滿足，可能絕裾而去，這是報紙面對的危險邊緣，因而，卽使這些讀者是極少數，也當珍惜與愛護的。

問。當然，我們對於自己報紙的讀者，究竟有多少人喜愛橋牌，喜愛的程度又如何？是無法獲得正確的答案，恐怕連粗估的答案，也不是一件可輕易獲致的事情。

不知道自己報紙有多少橋牌讀者，我們再退而求其次，瞭解社會一般的讀者愛好，作爲瞭解自己讀者的根據。

這也是一個未知數。不過在百慕達賽中，別國選手遇到機會，總要問中華民國臺灣地區有多少人打橋牌？據我國橋協的概略估計，大約是五萬人左右。

就以五萬人來計算，在整個人口中，還是相當微小的。

至此，就瞭解讀者來說，只有極少人玩橋牌、懂橋牌，這是我們可以肯定的。

由這個答案，我們再談編輯計劃中另一個問題：什麼人來傳播以及傳播什麼，如何傳播問題。

什麼人來傳播？自然是記者的責任。因爲記者身負採訪新聞的責任。但橋牌比賽並不比普通的新聞，它不是一般記者、一般體育或是文敎記者所能勝任的。

毫無問題的，要想把一件事情報導得清清楚楚，自己必須先明瞭清楚，就像一個人把聽來另外一個人的話傳到第三者一樣，必須先聽懂，才有資格傳給其他人，才不會傳錯，否則囫圇吞棗，會傷到胃口的。新聞報導也是一樣，如果記者不懂，就沒有資格承擔報導的責任。

誰來報導，對於這項橋牌賽來說，在整個編輯計劃中，是非常重要的一環。

如果不是隸屬原路線記者來採訪，勢必另循其他途徑：

一是從其他懂得橋牌記者中調任。

一是從編輯甚至編譯人員中調任。

一是外面聘請橋牌專家來充任。

無論採取那一個方式，必須要考慮到的，是通俗性，因爲這是能否達成效果的關鍵，除非寫給行家，精通此道的人，當然又當別論，越專越好。

因此，如果邀請專家來寫一般稿件，最好通過改寫的程序，否則不容易收到傳播效果的。

傳播什麼以及如何傳播，這是新聞的內容。

這個橋牌大賽，有正面的新聞，也就是比賽的經過，這應是新聞的本質、新聞的核心，還有就是側面的內容，如慶宴以及選手休暇活動等等。

當報導正面新聞的時候，因爲外行人（一般讀者）太多，就必須考慮到如何報導，否則不僅無法引人入勝，還會望牌而生畏的。

這如何報導，不外乎從二方面着手，以達到通俗易懂之目的：

第一、多給讀者預備時間，使讀者先有準備，然後求其期望到來，也就是心理的因素。此正如一個從未見面的新產品上市之前，必須先知道此種新產品性能、使用方法是一樣的，否則稍縱卽逝，當正式比賽開始時，讀者才有機會領悟，老實說，一般讀者是無此耐性的。

第二、多用解釋文字，使讀者便於學習，有機會也有興趣學習。特別是對於規則及專有名詞之解釋，那是絕對有必要的。

的。以上是我們在做編輯計劃的時候，應該考慮到的。現在，再看看我們臺北報紙實際如何做

臺北日、晚報中，無論就量方面、表現方式，臺北大華晚報，在此次橋牌賽新聞中，是處理較有週密計劃的。

橋戰期間，大華晚報曾先後或同時以三種方式，來向讀者介紹或報導橋賽新聞：

一是專訪。這是由該報記者李昌緒、陳世宗分別擔任的，內容有世界橋藝冠軍杯介紹，各國代表隊之實力分析、橋牌玩法，橋牌世家以及如何培植國內橋藝好手等。這些文字是內行人及外行人都會感到與趣的，可讀性也高。

二是專欄。在比賽期間，大華晚報特闢了二個專欄，一個是由該報外交及國會記者湯宜莊所寫的「橋賽探軍情」。湯宜莊除探軍情外，還寫了一篇世界橋藝大賽論戰及橋藝賽圓滿結束。

湯宜莊是政治大學外交系出身，他本身可能通橋牌，探軍情頗能知己知彼，他分析固然「中華壯士個個不凡」，但「與賽各隊俱非弱者」，因而預測中華隊坐四望三，不幸而言中。還有一個專欄是由陳家駒按日撰寫「百慕達杯橋賽觀戰記」，從五月七日一直寫到五月十九日。

陳先生完全是名副其實的專欄，是外行看不懂，內行有興趣。

三是專題座談。該報曾在五月九日「紙上座談會」中，以專訪漫畫，來談玩橋牌的好處，以及如何玩橋牌。

大華晚報和其他報紙一樣，對於橋牌的讀者，並無較精確的瞭解，但它把讀者和其他報紙一

樣，也分成二類：懂的與非懂的，而分別予以供應內容，分別得到滿足，而且是有始有終的報導。

一般而言，臺北報紙在處理此次橋牌大賽新聞，就編輯計劃與執行編輯計劃來說，並不成功。從內容表現出來的以及讀者的反應，我們可以看出以下幾個缺點：

第一、對主隊估計過高。這是普遍積存已久的現象，從楊傳廣參加世運起到這一年亞洲籃賽止，本國新聞界往往寄予過高的主觀評價，而其結果却出乎意料，造成一個賭博式的報導。於是讀者除了埋怨參加者不爭氣之外，也就放棄閱讀之興趣。

此次橋牌的實力分析，新聞報導方面仍把中華隊放在一個較高的天秤上，是坐二望一的。而根據的事實，是去前二年都蟬聯二屆亞軍。其實，並不如此單純。此正如沈君山在「世界杯橋賽各隊實力分析」一文中所說的，讀者或者會奇怪，去前二年我們不都是世界亞軍嗎？今年得到地利之便，爲什麼還預測爲外圈的黑馬呢？這要追溯到去前兩年崛起的緣由。……

沈君山在賽前曾一再要求讀者不要高估中華隊的實力。

科學家終究是科學家，沈博士是比新聞同業冷靜、客觀。

很不幸，報紙把焦點放在中華隊奪魁這個可變的重要因子上，開賽的第一天，中華隊卽敗於實力甚差的巴西隊，三天後再度遭遇亦只打成平手，讀者未到最後，卽見到勝利無望的時候，繼續閱讀的興趣，卽隨之瓦解。因此，從報紙版面及報導上看，百慕達杯橋賽，似乎隨着中華隊的出師不利，早已提前結束。難怪，一位新聞同業，這樣報導比賽的閉幕：「由我國橋協主辦的百慕達世橋大賽，終於落幕了。」

這言外之意，好辛苦，編者和讀者俱感辛苦，好不容易落幕了！科學家的沈着精神，情感與理智平衡的修養，是值得新聞同業學習的。當中華隊坐二望一之時，沈君山却盼國人爲中華隊打氣，但勿持過高評價。

第二、未發揮解釋作用。解釋報導不僅運用在新聞背景方面，凡是能增進讀者對於新聞瞭解的，均應使用。諸如國際新聞以及運動方面，似均應發揮解釋之功能，而有助於讀者對新聞之瞭解。

多少年來，臺灣讀者對於少棒迷成風氣，固由於少棒小將攻無不克之功，但，新聞報導之解釋力量，仍是不可抹滅的，再加上電視的現身說法，更使得棒球的專有名詞，像偸壘、滑壘、強棒……成爲人們的口頭禪。

很可惜的，在這次大家所不熟悉的橋牌賽中，新聞報導方面，解釋的力量未盡發揮，致使比賽報導中，專門術語，成爲新聞傳播的障礙，所用的術語，不易爲一般讀者所接受。例如：「有身價」、「公開室」、「關閉室」、「夢家」、「偸」、「蓋」、「敲」等，鮮能爲一般讀者所瞭解。如果闢欄加以舉例解釋，相信至少會有更多的想玩橋牌的讀者，會浸入到這次橋牌的大賽中，而迷於精彩的橋局。

第三、讀者熟知功夫不够。讀者迎接新聞事件之來臨，亦如運動員之熱身一樣，在事前必須有準備功夫，才能就熟。顯然，這次橋牌賽，就橋牌本身而言，新聞報導方面未能充分發揮預備熱身功夫。

橋牌賽是在五月三日開幕的，按理，五月六日之前的三天，應該把讀者引入期待的境界，特別是橋牌玩法介紹，規則以及橋牌引入我國之經過，玩橋牌之好處……這些內容都可能是引入讀者期待之境的好題材。

第四、橋牌內容無法歸類。從此次橋牌賽中，我們可以發現到一個不爲人注意却是很重要的事實，就是橋牌新聞在我國報紙內容中，並無正式與統一之地位。

若干報紙，因爲它是一個國際性的比賽，採訪工作由外交記者擔任，儼然屬於外交活動的新聞。亦未能集中，致使讀者翻閱起來，頗感不便。如中央日報在比賽中，經常分刋於三、六版，新生報分在三、五版上，九版亦出現過，這都是因爲橋牌在我國報紙內容，並未佔有固定地位所致。

從讀者成份來看，橋牌放在文教版上頗爲妥當。

橋牌亦是一種競賽，但不是體力上的競賽，而是智力的比賽，正如圍棋一樣，屬於橋棋類。

如果把這次比賽，單獨闢成專刋或專欄來報導與分析，亦不失爲較好的方法。

總之，臺北報紙因爲重視此次國際橋牌大賽的重要性，而以大量篇幅來報導此一國人陌生的比賽(就量而言，比賽期間橋牌的新聞量，約在百分之一點五至百分之二點五之間)。但因爲中華民國隊未能達成預測之名次，而使其比賽繼續之重要性減少，讀者閱讀之興趣遞減。如果能從趣味性作爲整個大賽之重心，或許此次新聞報導的成績，更會令讀者滿意。更會發揮傳播的效果。

新聞界失去了這個重要新聞的趣味價值，是十分可惜的。

《卷參》

言論報國與言論人才

九・我國報紙社論之流變及其影響

動盪的時代需要勇敢、負責而有遠見的言論，作爲觀念的先導、思想的歸向、以及精神的安定力量。主筆的責任，其評論文章，不僅是歷史與衰存亡的忠實記錄，也是反映天下衆生憂患奮鬥的眞摯寫照。

中國，是多患難的國家。歷史上，堅貞之士正氣凜然，奮死抒臆，爲天下籲，斑斑血淚光照丹青；及至現代，報業興起，秉承此一嚴肅傳統，知識份子前仆後繼，獻身評論，挽狂瀾於既倒，救國家於傾危，宏言讜論足與前人爭輝。這些充滿憂患、良知、與智慧的感人評論，不僅是中國報業史上的珍貴資產，同時，也是中國代代子孫尋求思想引導、精神激勵，以建設富強中國的無盡寶藏。

盱衡中國歷史，以評論立言，而爲世人所肯定、推崇者，於古，則有宋朝呂祖謙的《東萊博議》；於近代，則有清末民初梁啓超的《飲冰室文集》；北伐抗戰時期有張季鸞的《季鸞文存》；剿匪遷台時期，有程滄波的《時論集》；復興基地建設時期，有《中央日報五十年來社論選集》、《中國時報社論選集》、以及聯合報《邁向七〇年代的獻言》社論選集等。宏言巨著，每一本皆反映出每一時代的癥結問題，也蘊涵著每一時代的歡愁悲喜。閱讀這些評論，不僅能使我們瞭解中國歷史的源流發展、中國社會的病根所在，同時，更能使我們自先民的愛國愛民的呼聲中，激發對民族的熱愛、對國家的關懷。

《東萊博議》的不朽見地

《東萊博議》爲宋朝名醫呂祖謙所撰。

呂祖謙，隆興年間進士，又中博學宏詞科，歷官太常博士，與朱熹、張南軒常交遊，時人有「中國三傑」之稱，是南宋時期著名的學問家，也是士林仰重的德者。

《東萊博議》係呂氏指導諸生課試而作，計分四卷，共八十餘篇，舉凡國家興替、社會安危，事無大小皆在評論之列。呂氏爲文習引歷史實例剖析論辯，其博聞廣知固爲人敬佩，而其筆下之議論雄奇、豪氣磅礴，則更爲人所難以望其項背。

《東萊博議》所反映出來的，不僅是呂祖謙對宋朝社會病態的指陳，也顯示出他對治國之道的領悟、洞見。

就以現在的國與國間政府代表交往關係的外交而言，「東萊」的見地就不朽：

「共患易，共利難。患者，人之所同畏也；利者，人之所同欲也。同有畏心，其勢必合；同有欲心，其勢必爭。」

「一兔在野，百人逐之；一金在野，百人競之，況一國之利乎？」呂氏並引用春秋時代，齊、魯、鄭三國聯合打敗許國，齊居首功卻辭功不受，以贏得魯、鄭二國友誼，締造更大、更久之和平的史實，贊許齊國的睿智。

談治國，呂祖謙援引春秋五霸之最者——齊桓公，畢生尚功利、行霸道，死後卻因諸子樹黨爭位，以致屍停在牀六十七天腐敗生蛆的借鏡，忠告為君者：

「王道之外無坦途，舉皆荆棘；仁義之外無功利，舉皆禍殃。」

這對目前風雲詭譎、霸道揚頭、尚功利而棄正義的時代，是多麼鏗鏘有力的警語！

論用臣，呂祖謙強調：人君應洞察臣之惡，善用其能而避其惡。他說：

「愛而知其惡者，天下之至善也，亦天下之至不善也。」

「知而遠之，善之善也；知而近之，不善之不善也。」

他舉唐明皇之用李林甫、唐德宗之用盧杞為例，說：

「德宗之用杞，愛而不知其惡也。不知其惡而用之，猶人情也！若明皇則既知林甫之妒賢嫉能，反尊寵信任至十九年之久，謂之人情，不可也！」

「意在於用賢而不知其惡者，德宗也，誤也；意在於用姦而不恤其惡者，明皇也，故也。受欺者其罪小，自欺者其罪大。德宗不過為杞所欺耳，是杞之罪大，而德宗之罪小也；明皇洞視林甫之惡，如見肺肝，是林甫本不能欺明皇，而明皇自用之，罪豈在於林甫乎？」

這兩則例證，使我們亦想起唐朝的另一對君臣——唐太宗與魏徵。魏徵以忠直敢諫著稱，但是若無唐太宗的識人之明與涵容度量，魏徵又何有發揮之地？唐太宗用魏徵之直而避其魯莽，君臣相輔，創造了光耀史册的「貞觀之治」；唐玄宗知李林甫之惡而不能避之，遂將開元盛世毀於安史之亂，呂氏之言，誠然不虛！

《東萊博議》不僅是呂祖謙對歷史的針砭，對當代的評議，更是他對後世的忠告警惕。他的道德良知，值得我們效法，他的筆觸簡明有力，更是值得我們學習！

梁啓超是評論救國先驅

近代，中國遭遇到歷史上空前未有的巨大變革，推翻帝制、創建共和，爲維護熱血換得的民主果實，中國面臨著國際間四面八方的覬覦、阻撓。中國報業在爭取民族獨立的挑戰中誕生，知識份子在民族情感的召喚下，以筆爲刃，獻身評論。

梁啓超是評論救國的先驅，他的著作《飲冰室文集》，一直是有志評論者的學習典範。

近代中國主筆，幾乎無人不讀《飲冰室文集》，也幾乎無人不受梁啓超的影響。梁啓超通古今中外，文白兼施，理智與感情交替，議論與敍述並用，就成爲近代社論體的宗主。

梁啓超對當代、後世的影響見諸三方面：

一是提倡「新民」，啓廸民智，推動中國億萬百姓做好棄封建而就共和、摒落伍而求進步的心理建設。

一是厘定論說準則，提出「公、要、周、適」四原則，作爲撰述評論之準繩。

一是創新報章文體，突破八股文言之窠臼，融合俚語、駢語、及外國語法，自成白話體例。近代，中國知識份子獻身評論，以梁氏帶動風氣之盛，而至評論準則之訂立、報章文體之革新，又卓然成於梁氏之手。因此，閱讀《飲冰室文集》，不僅使吾人感同身受清末民初中國社會之巨大轉變，亦使吾人親覩中國報章評論最重大之創新改革。

近代中國史，是一段可歌可泣的歷史，在梁啓超「筆鋒常帶感情」的文字魔力下，愈益令人熱血澎湃感動不已。

感時局之艱危，憤清廷之庸懦，梁啓超在〈論進步〉一文中揭竿高呼：

「然則救亡求進步之道將奈何？曰：必取數千年橫暴混濁之政體，破碎而齏粉之，使數千萬如虎如狼如蝗如蝻如蜮如蛆之官吏，失其社鼠城狐之憑藉，然後能滌盪腸胃以上於進步之途也！必取數千年腐敗柔媚之學說，廓清而辭闢之，使數百萬如蠹魚如鸚鵡如水母如畜犬之學子，毋得搖筆弄舌舞文嚼字為民賊之後援，然後能一新耳目以行進步之實也。」

行進步之實，何其不易！

滿清腐敗，力不足以克禦外侮；朝廷昏瞶，智不足以論文制衡，中國一千一百四十二萬平方公里土地，四萬萬人民，坐待列強宰割、欺凌，如無父無母之孤兒，無護無依。

滿清政府無能，梁氏乃慨然呼籲人民自新、自立。在〈論新民為今日中國第一急務〉中，梁氏慨言：

「今草野愛國之士，往往獨居深念，嘆息想望曰：『安得賢君相，庶拯我乎？』」

「若以今日之民德、民智、民力，吾知雖有賢君相，而亦無以善其後也。」

「夫拿破崙曠世之名將也，苟授以綠旗之惰兵，則不能敵黑蠻。哥倫布航海之大家也，苟乘以朽木之膠船，則不能渡溪沚。」

「然則爲中國今日計，必非恃一時之賢君相而可以弭亂；亦非望草野一二英雄崛起而可以圖成；必其使吾四萬萬人之民德、民智、民力，皆可與彼相埒，則外自不能爲患，吾何爲而患之？」

民國創建，中國革命於國制政體上雖然獲得成功，但竊謀恢復帝制者有之，列強擁立傀儡皇帝者亦有之，中國民主尚在學步階段，然環視內外，横梗實多。梁氏對於自私自利，罔顧天下公益之野心家，每每口誅筆伐，無情痛擊。其中，尤以民國四年袁世凱圖謀稱帝一事，衝突最爲激烈。

斯時，袁氏暗中策動楊度組織籌安會，發動變更國體請願運動，朝野不肖份子受其利用，請願書電如雪片飛至。有識之士見勢如此，噤不敢言。獨梁氏不計生死利害，撰述＜異哉所謂國體問題者＞一文鳴鼓攻之。

梁氏後來在＜團體戰爭躬歷談＞一文中，曾回憶此事。他說：

「當吾文章草成尚未發印，袁氏已有所聞，託人賄我以二十萬元，令勿印行。余婉謝之，且將該文錄寄袁氏。未幾，袁復遣人來以危詞脅喝，謂君亡命已十餘年，此種況味亦旣飽嚐，何必更自苦。余笑曰：余誠老於亡命之經驗家也，余寧樂此，不願苟活於此惡濁空氣中也。來者語塞而退。」

該文刊出後，梁氏復發電文，告諸天下：

「啓超一介書生，手無寸鐵，捨口誅筆伐外，何能爲役？明知樊籠之下，言出禍隨，徒以義之所在，不能有所憚而安於緘默。仰天下固多風骨之士，必安見不有聞吾言而興者也。」

袁氏竊位僅八十餘天隨卽垮台，梁氏之文喚起天下良知、公憤，使袁氏獨夫孤立無援悻然自退，實居功厥偉。

《飲冰室文集》之所以爲中國報業視若寶典，實在是因爲其中有太多對中國民族命運有重大影響的評論之故。

清末報人之中，若論風範巍然，楷模足式，梁啓超當爲其一，不爲權勢所迫、不爲金錢所誘、始終保持言論之獨立、不黨、不私。

梁啓超在當時被譽爲「言論界之驕子」，他喚起青年群衆，突破現狀，對國民政治思想之開發進步，不無貢獻。

除了政治論著外，梁氏在所辦的報刊中，大量介紹新知，使一些受了舊式教育的青年，讀了梁氏主辦的報紙，眼前頓現一萬象星羅的新世界，因而被譽爲「當時每一位渴求新知的青年的智慧源泉」。

陳布雷與張季鸞的貢獻

八年對日抗戰，是繼清末列強入侵以來，又一次轟轟烈烈的民族禦外聖戰。八年之中，中國受戰禍之害的領土較清末猶廣，因戰爭而死傷的人數較清末更多，黎民百姓所受苦痛，不言可喻。

在這樣動盪的局勢下，在這樣苦難的環境中，報業論壇再度出現了兩位偉大的主筆——陳布雷與張季鸞。

陳布雷隨侍總統　蔣公，指導黨報言論；張季鸞執掌「大公報」，領導民間輿論，一在朝、一在野；一在南、一在北，相輔相成，爲抗戰勝利留下了不可磨滅的貢獻。

陳布雷先生早年從事新聞工作，因表現卓越，受領袖器賞，援用主持中央宣傳部，負責黨報社論之督導工作。陳氏主持中宣部期間，延聘博學能文之士多人，輪流撰文，文成之後，交由中央通訊社以無線電拍發至各地黨報，因之黨報社論水準漸高，見解亦齊一獨到。

陳氏對黨報社論，多作政策提示、意見指導，即或親自撰文，以其謙沖之襟懷，又不居名，以致文章傳世者甚少。《陳布雷先生傳》中，附錄陳氏評論六篇，立論皆在解釋政府政策，增進民衆瞭解。

抗戰期間，黨之主張、政府決策所以能夠獲得廣大群衆支持、響應，與黨報評論之深入人心關係至大，而布雷先生實成其功。

張季鸞與陳布雷同享盛名，而張氏之輿論影響力，尤超過陳氏，是中國主筆獲得米蘇里新聞獎章的第一人，這不僅代表國際報界對張氏的推崇，亦是象徵對張氏言論影響的有力肯定。

張氏以「三寸之舌，七寸之管」，從事言論報國，導致了我國近代報業脫胎換骨的轉變。近八十年來，我國的報業人才輩出，惟談及文人論政確能對國家當局產生直接影響的，除張季鸞氏，還未見第二人，當張氏主持大公報期間（民國十八年至卅年），幾乎百分之八十的知識份子、公務員、官吏是該報的讀者，張氏的影響力，由此可見一斑。

要公、要誠、要勇，是張氏立言的志趣，他以爲做爲一新聞人，要執筆時，必須是動機無私，做到無我、要有誠意、要不畏強權、不媚時尙。

季鸞先生在大公報的言論與作爲，所體現的精神，可分三點陳述：

一、把報紙事業與國家命運相結合，共休戚。

二、維護報人尊嚴、表現報人操守。在金錢賄買、武力高壓的環境中，張氏以「四不」告示國人，卽不黨、不賣、不私、不盲。

三、堅持信念終生不渝，對於自己標揭的主張，不在於坐而言，貴在於能起而行，且終生信守。

張氏文章的特色，陳紀瀅先生分析了三個特點：卽議論公正、詞義圓通、富於情感，而季鸞先生言論，見於《季鸞文存》，有一百零七篇，三十餘萬言，從這些僅存的文獻中，可見他的言論主張不外乎：維護國家領導中心、強調革新政治保障民權、洞燭日本軍閥野心、主張抗戰到底。

張氏主持大公報期間，該報消息權威，立場超然，具有獨特的地位。重要國家大事，全國上下，常以大公報的態度取捨，儼若一國言論的中心，其地位絕不亞於英國倫敦的泰唔士報。

民國二十五年，中國爲加速國家建設、厚植國力，以謀國家富強、人民幸福，對日寇之挑釁一再隱忍，不到最後關頭，絕不輕言戰鬥，日寇詭計圖窮，謀心益急。

是年十二月，張學良、楊虎城思想迷誤，竟在全民齊心服膺領袖、建設運動如火如荼進行之際，遽然挾持領袖禁於西安。外敵壓境，全國人民頓遭巨變，憤怒、憂急，惶惶無措。

張季鸞在〈給西安軍界的公開信〉中，苦口婆心地勸說：

「你們趕緊去見蔣先生謝罪吧！你們快把蔣先生抱住，大家同哭一場。這一哭，是中國民族的辛酸淚，是哭祖國的積弱，哭東北、哭冀東、哭綏遠、哭多少年來在內憂外患中犧牲生命的同胞！你們要發誓，從此更精誠團結，一致的擁護中國！」

該文甫經刊出，立卽被政府加印數十萬份，派機散發西安。陳紀瀅先生在《張季鸞與中國報業》一書中，提到：

「後來，我遇見當時參加西安事變的幾位東北軍事首領，他們說：『一看見大公報的公開信，才知道這件事砸鍋了。同時見大公報不支持這種運動，頓感失敗的命運在眼前。所以，卽使張學良仍蠻幹下去，我們也要掉轉槍把了。』」

季鸞先生文字影響力之大，眞是勝過千軍萬馬。

陳布雷與張季鸞是抗戰時期中國論壇的兩大砥柱，他們的評論不僅對當時產生了重大的影響，並且也成爲現代中國報業評論家立言的典範。

《時論集》價值被肯定

抗戰勝利，外患甫了，內憂又起。

中央日報於此時，再度負起解釋執政黨立場，闡揚政府政策，導引民衆思想的艱鉅任務。斯時，全國民衆方剛熬過八年苦戰，重又落入更熱、更苦之深淵，青年人遂萌生幻滅心理，索性吃光、喝光，荒廢工作，縱情享樂。國家局勢在戰亂與笙歌逸樂的矛盾衝擊下，益發擾攘不安。

程滄波的《時論集》，集錄程氏在中央日報之評論，是當時重要而具有影響力的言論之作。在〈和全國青年相抱一哭〉文中，程氏痛切地說：

「中國經過八年的抗戰，政治與社會的機構與基礎，都因動亂而動搖。何況對外戰爭之後，繼之以空前的內亂，全國人民在政治經濟及社會各方面所感受的不自然與不愉快，亦爲理勢所必然。」

「近一月來，青年學生中一個觸目驚心的口號，就是所謂『吃光運動』。『吃光運動』就是擴大的『一切同歸於盡』，由『吃光』而『鬧光』『打光』。」

「我們全國的黃帝子孫，我們全國的錦繡山河，我們五千年的文明歷史，甚麼地方對不起我們這一代的人，而要把它吃光、鬧光！」

「吃光、鬧光以後，受苦受難的，仍舊是我們忠厚純潔的同胞。」

「大苦難與大破壞正在那裏等待我們，我們要製造自己的命運。掃除各種感情的衝動與發揮，讓我們苦笑。忍耐的苦笑。在苦笑中埋頭集合各種安定的力量，來安定自己的學校與工廠，間接直接來安定社會與國家。」

雖然，一支筆難以擎天，大陸終究變色，但程滄波的言論，仍有他的力量，甚至論理智、論感情，不會在張季鸞之下，況且程先生對於西洋政治與歷史的深厚修養，那又不是張先生所能相比的。《時論集》的價值仍爲大家所肯定。

復興基地報章評論特色

政府遷台之後，記取大陸淪陷慘痛教訓，痛定思痛，積極以三民主義建設台灣，作爲重光國土的民族復興基地。

三十年來，在政府苦心經營之下，台灣已儼然由落後海隅脫胎成爲國際經濟的要角。

今天，台灣是東方煥然新生的小龍，活躍於國際舞台，對國際事務的參與深入而多樣。台灣所擔負的使命，已不只是光復大陸國土，還肩負在國際上力爭上游，以開創中國人的世紀的歷史任務。

復興基地建設時期，報業論壇因此呈現截然不同的嶄新風貌。

論題多元化、執筆多專家、講求專業、務求精實，是此一階段報章評論的最大特色。

無論中英文、日晚報，都有其精神，也都有其特色。以中央日報、聯合報、中國時報而言，評論建言貢獻良多。對於政府遷台的初期，台灣新生報對於台灣省政的建設，也有它的言論貢獻。曾長期主持該報筆政的王民先生及汪民楨先生，也是中華民國在台灣時期最有貢獻的主筆之一。

台灣新生報的社論，有其獨到的特色，也開創了國內社論的新方向；該報對於重大和較複雜的事件，採用「系列社論」的方式，即在連續的幾天內，用同樣的篇幅，以不同的角度，探討同一個問題，以期引起社會大衆對此一問題的重視與關切。

「談實際的問題，少談空洞的理論」、「多談自己的問題，少談別人的問題」、「多談眼前的問題，少談過去和未來之問題」、「用顯微鏡，也用望遠鏡去分析事理」、「發掘問題，提出創見」是新生報社論的指南。該報嚴謹的作風，確使該報的言論獨樹一幟。

《中央日報五十年來社論選集》收錄民國十七年至六十七年中央日報重要評論，計一百二十篇，而以遷台之後評論文章爲主。

遷台初期，中央日報在信心建設上，發揮極大的功效。

在＜爲自由日而歡呼＞一文中，我們可以感受到強烈的振奮力量：

「今天零時的第一秒鐘起，數約二萬二千的中韓反共義士，已正式的恢復其平民身份，也即已正式的獲得了自由。其中一萬四千以上的華籍反共義士，且已乘風破浪，正在投奔祖國的途中。」

我們所曾高呼的『自由日』終於實現了，我們應爲『自由日』而歡呼！』

「『自由日』的實現，是自由的勝利，是聯合國正義力量的勝利，一樣也是反共義士本身的勝利！」

「今天所謂『自由日』，只是『自由日』的開端，所謂『實現』，也只是最初步的實現。二萬餘反共義士的自由是實現了，可是千千萬萬鐵幕後被奴役的人民的自由仍未實現，尤其是四億以上我大陸同胞的自由仍未實現。」

「我們應在英明的　蔣總統領導之下，爲大陸同胞的自由，爲全人類的自由而努力，使反共義士的『自由日』成爲全世界被奴役的人民的『自由日』，這才算是『自由日』的眞正實現！」

自民國十七年創刊以來，中央日報不論國家局勢如何逆轉，始終兢兢業業，善盡黨報言責。《中央日報五十年來社論選集》不但是復興基地建設時期心理建設的重要動力，同時也是黨報評論報國的最佳典範！

就時序而言，中國時報是繼中央日報、聯合報之後，在台灣興起的報紙，言論產生極大的影響力，選題之生動、內容之多采、文字之俏麗，更爲中外報業史所少見。

例如中國時報，曾以「哀貴妃」爲社論的題目，令數以萬計的讀者爲之驚訝。因爲取材於社會新聞中的酒家女，在傳統的觀念裏，這樣的角色、這樣的題材，不能登莊嚴社論的殿堂。然而，「哀貴妃」刊出後，在讀者驚訝的眼光中，引起無數的讚嘆和共鳴。

「在刀槍並擧，血染杏花閣的血案中，第一個正式身繫囹圄的人，想不到竟是那個可憐的薄命女—貴妃」。

「更可憐的是，她在杏花閣出事的那天，因爲不想陪客出去—誰都知道出去的意義—被惡客摔了杯子，嚇得躲到厠所去哭。泥濘中的落花，在猙獰的拳頭下顫慄，已足令人心酸。而事發之後，帶刀的、帶槍的、「青蛇」和「老大」之流，通通揚長法外，若不是議員們在議會裏質詢，報紙相繼砲轟之後，警方才認眞起來。而迄今爲止，爲什麼去吃喝玩樂要帶刀槍？那個逃掉的主犯居然還會開車送人到警局門口，爲什麼不追查這些線索？」

「我們對這一件令人扼腕的事件，最扼腕之處，老實說，還不在戾氣與驕狂。任何一個社會都免不了暴戾的、驕狂的無知人物。國家立法置刑，原本就是以待暴戾與驕狂。我們所最悲憂的，倒是執法者處理這種驕狂與暴戾的態度。其始也疏，其動也緩，其搏擊也有勢而無力。惟有一個貴妃，手到擒來，納諸狴犴，不費吹灰之力。我們怎能不爲這身世凄涼的墮溷花洒一掬同情之淚」。

「貴妃，貴妃，何其不幸！」

這篇以一個薄命女子爲主角的社論，指出法律的有欠公允，控訴社會的戾氣和驕狂，令人拍案、令人三思。

《中國時報社論選集》錄集論稿八十一篇，俱爲六十年代之作。此一時期，國際局勢風雲詭譎，動盪不安，國家前途再度面臨衆多挑戰：自尼克森訪北平、我國退出聯合國、中日斷交、中南半島淪陷，而至總統　蔣公在我全體國民哀痛中崩逝，國家面臨之難題來自四面八方，而中國時報在政治、外交、經濟、法律各方面，所提出之質疑辯難、做法建議，對於政府決策之擬定助益甚多。

因此，《中國時報社論選集》不但是反映六〇年代國家局勢的重要文獻，也爲民營報紙評議政府措施樹立了良好的風範。

近幾十年來，社會經濟的發展、國民知識的提高、世界各國的報紙，對社論均予以較多重視，尤其是規模較大、地位較高之報紙，對社論尤爲重視。是爲「質」的報紙的衡量標準之一。

《邁向七〇年代的獻言》，是聯合報創刊三十年中，一系列的精采社論選集，取材於關係國家和人民的重大事件，表明報社的立場和態度；對謬誤的言論加以駁斥，以導向健全的輿論。

快、穩、深、重，是聯合報社論寫作的四大要求，除了把握時效，對重大的新聞做立卽的反應之外，所謂的「穩」，並非不敢批評，而是力求正確公允，不失之偏頗。浮泛之論、人云亦云的文章，是該報所摒棄的。文章含義豐富，如擲地有聲，入木三分，是該報對社論的另一個要求。

社論，是最能充分代表一報言論立場的文字，撰寫社論的主筆，在報社更是有崇高的地位。在人選方面，聯合報更是十分愼重，除了學識淵博、經驗豐富之外，還要求思維有良好的邏輯訓練，爲人有高尚的人格修養，以期切實維護該報社論一貫的風格和品質。

在民主國家，無論政府與社會各方面，無不重視輿論或民意的動向，形成輿論的力量很多，而影響最大的則是新聞界，尤其是報紙的社論；因此，社論對糾正錯誤的輿論及締造正確的輿論，有著無與倫比的重大影響力。

期待新一代主筆的崛起

中國是一個歷史文化源遠流長的民族，中國亦有書生論政、評論救國的光榮傳統，每逢國家危急之秋，亦是一代的主筆崛起之際。

從清末民初梁啓超、北伐抗戰陳布雷、張季鸞、剿匪遷台程滄波、復興基地建設時期名家如雲，到近期海外報業的馬克任，中國面臨的局勢雖險，但中國人民從不畏懼，因爲中國向有以國家興亡爲己任的主筆作爲先導。

今天，面對著即將來臨的二十一世紀，肩負著「二十一世紀是中國人的世紀」的歷史責任，中國數億忠厚誠樸之百姓早已握緊拳頭準備作最後奮鬥。在中國即將奮起的關鍵時刻，我們企盼由先賢的評論巨獻中，汲取經驗、啓發智慧，我們也期待著中國新一代主筆的不斷誕生。

十・言論救國的脈絡

以現代西方輿論的觀念來衡量，我國可稱爲「民意」先進之國。早在春秋戰國時代，我國卽有縣書、條報等「博採衆議」的民意機能，至於淸末民初，則更進一步發弘，而有以現代報紙社論爲輿論中心的作法與力量出現。

「新民叢報」開風氣之先

我國現代報紙社論的誕生，以及報章社論體的建立，應以梁啓超的「新民叢報」時代爲起點。

梁氏早年追隨康有爲，致力維新，創辦「強學會」，結合有志靑年共爲中國之現代化而奮鬪。不料變法失敗，強學會亦遭封禁，盱衡時局，感於淸廷之昏懦、列強之囂張，中國人民身陷危境而不自知，梁氏乃慨然而興辦報之志，期以言論喚醒國民自覺，以新民再造新中國。因此，梁啓超係爲發揮言論影響力而辦報，所以他創辦報刋特別重視社論，不惟於社論內容別有見樹，卽於社論文體亦卓然而獨樹一幟。

梁啓超對輿論的重視與報紙責任的看法，在〈清議報一百册祝辭〉中曾明白的揭示，他說：「報業者，實薈萃全國人思想言論，或大或小，或精或粗，或莊或諧，或激或隨，而一一介紹之於國民。故報館者，能納一切，能吐一切，能生一切，能滅一切。西諺云，報館者，國家之耳目也，喉舌也，人羣之鏡也，文壇之王也，將來之燈也，現在之糧也。偉哉！報館之勢力。重哉！報館之責任。」

報紙欲盡言責，捨社論而莫由致力，故梁氏於社論每躬親執筆，務求發揮「對於政府而爲其監督，對於國民而爲其嚮導」的作用。他並且提出「公、要、周、適」——「第一以公爲主，第二以要爲主，第三以周爲主，第四以適爲主」——四點作爲撰述立論的準繩，這些都非常合乎現代評論的原理。

梁啓超對社論地位的重視、社論使命的看法，以及撰述社論基本原則的認識，固然是開風氣之先，深受各方推崇；然而他更爲人稱道的，則是用以撰述評論的文體——「新民叢報體」。「新民叢報」時代，梁啓超爲文打破舊文體約束，大膽融合俚語、韵語及外國語法，文言與白話兼容，敍說與議論幷用，於文理則井井有秩，使人信服；於文氣則「筆鋒常帶感情」而感人至深，故讀者深深受其文字魔力所吸引而不能自已。各報見狀乃競相仿效，一時之間蔚爲風尙，各報文體紛紛改爲「新民叢報體」。「千千萬萬的士君子，至此不知不覺都受梁的筆鋒驅策，作他的學舌鸚鵡。」（潘公弼「望平街之回憶」）如陳布雷，尤喜披閱「新民叢報」。

梁先生的理、文、氣成爲報章體的宗師，誠如《飮冰室文集》序言所述：「五十年來，凡著名之士，其操筆爲文，幾無一不含有梁先生文之氣息。有神似者，有貌似者，一鱗半爪，已足稱雄文壇。」

「神似，貌似」，誠哉，斯言。

梁先生在中國報業史中的貢獻，固在「報章體」，但這只是「貌」；而眞正的不朽，則在其精神，也就是追求中國現代化的「維新」精神。

在〈論新民爲今日中國第一急務〉中，梁先生曾指出：「吾以爲患之有無，不在外而在內。」誠眞理之見也，他說：

「今天下莫不憂外患矣，雖然，使外而果能爲患，則必非一憂之所能了也。夫以民族帝國主義之頑強突進，如彼其劇，而吾猶商榷於外之果能爲患與否？何其愚也？吾以爲患之有無，不在外而在內。」

「然則爲中國今日計，必非恃一時之賢君相而可以弭亂；亦非望草野一二英雄崛起而可以圖成；必其使吾四萬萬人之民德、民智、民力，皆可與彼相埒，則外自不能爲患，吾何爲而患之？」

欲使我四萬萬人之民德、民智、民力，皆可與列強相抗衡，則捨「新民」而不爲功。但「新民」之義爲何？「新民」又當採取什麼作法呢？梁先生在〈釋新民之義〉中，有以下的精論：

「凡一國之能立於世界，必有其國民獨具之特質。上自道德法律，下至風俗習慣，文學美術，皆有一種獨立之精神。祖父傳之，子孫繼之；然後羣乃結，國乃成；斯實民族主義之根柢源泉也。我同胞能數千年立國於亞洲大陸，必其所具特質，有宏大高尚完美釐然異於羣族者。吾人所當保存之而勿失墜也。」

「惟其日新，正所以全其舊也。濯之，拭之，發其光晶；鍛之，鍊之，成其體段；培之，濬之，厚其本源，繼長增高，日征月邁；國民之精神，於是乎保存，於是乎發達。」

梁先生主張在固有本原上淬礪更新，其見解較諸固守傳統而食古不化者，以及媚愛西學而竟致主張全盤西化者均較持中，尤爲高明。因此，他的想法雖未能爲當時環境所接受，但對後來中國現代化思想的形成實有莫大貢獻。

梁先生對中國報業的貢獻，不唯在乎提升社論之境界、地位，創新報章文體，更重要的是他撰論執筆的慧見和精神。幾十年來，學習、模仿梁先生文筆的人難以數計，然而鮮少能出其右，因爲，他們固然依樣繪形習得了梁先生的「貌」，但梁先生磅礡的氣勢、精到的見解，却是旁人很難學得來的。

梁先生在中國報壇上能够屹立長青，正是因爲他的精神不朽！

大公報張季鸞的一代呼聲

梁啓超之後，在社論天地中，能承襲梁啓超之神與貌，發弘議論、理直氣壯，滙爲一代之呼聲者有：

大陸時代中國報業之張季鸞、陳布雷。

經歷過八年抗戰的人，無人不知張季鸞與陳布雷。陳與張，一在南、一在北；一在朝、一在野，兩位均貢獻並享譽於抗戰期間。因此，輿論界乃有「南陳北張」之美稱。

以成就論，陳布雷隨侍蔣委員長，進謀獻策，其過程外人所能得悉者較少；而張季鸞主持「大公報」筆政，日日撰論立說，其言論影響力，人人可得而見。因此，二人之中，以輿論機能而論，張季鸞之成就較受矚目。

張季鸞、大公報和八年浴血抗戰是一段充滿書生義氣與民族情感的悲壯歷史。

張季鸞和梁啓超一樣，處在一個外侮凌虐，民族存亡的關鍵時刻。所不同的是，梁啓超所擔負的是「民族新生」的責任，而張季鸞所承當的則是「民族復興」的使命。

感時局之艱危，恨中國之復興建設受外敵阻撓而不能伸，張季鸞執筆爲文，處處充滿對領導中心的支持，對四萬萬同胞的鼓舞，以及對國家前途再現光明的堅定信心。

不讀其文，不能感受張季鸞先生書生報國、憂時爲民的眞摯情懷。

對日抗戰進入第四週年，國力損耗甚鉅，民心盼勝甚殷，張先生在大公報發表〈最後成敗全在自己〉一文，他說：

「抗戰眼看要到四周年了。世界任何民族能以擔負四年大戰而不疲不衰，根本上就不多。」

「迄今爲止，作一初步結算，究竟我國是成是敗？我們敢毫無遲疑的答覆：是成功。」

「凡是自己的問題，只有靠自己處理，絕不能望朋友援助，因爲援助無用。我們簡單評論國家的大勢，可以兩句話來概括，就是：前途十分光明，同時也十分艱苦。我們勝過這難關，就是最後成功；倘因自己功虧一簣，努力不好，則依然有失敗的可能。大局眞相就是如此。我們誠摯希望凡我軍民同胞，務必認清大局，一致努力，保持成功而避免失敗。」

在＜無所私無所畏＞一文中，他復提到：

「我們必須明瞭，一切樂觀自信，都應以本身努力奮鬬爲唯一前提；我們對於最後勝利應有自信，但不應有迷信；因爲勝利不能自天而降，亦非計日可待，必須我們能刻苦奮鬬，向前迎取，方能完成此歷史偉業。」

張先生不但對國內情勢有極深入的了解、極堅定的信心，對於國際局勢的觀察亦有極精到之處，他曾說：

「我們願正告僑胞，在世界風雲變幻的當中，惟有祖國的力量才是最可靠的保護。」

「在風雲動盪的當中，不能靠人，而應靠自己。」（＜祖國與僑胞＞）

「現在面對我們的國際局勢，還是優勝劣敗、弱肉強食，沒有僥倖，不容躲閃，國際均勢不足恃，條約尊嚴已失其拘束的力量。一切要憑自己的眞本錢、眞實力，才能應付此大時代。」

因此，他鼓勵全國同胞要拋開私圖私見，連手同心，共同奮鬬：

「只有無所私的人，才能無所畏，才能俯仰無怍，坐言起行。革命必須犧牲，而貫徹抗建偉業，尤賴全國民衆以至誠至純之信念，本大智大勇之精神，一心一德，全力以赴。一切應以民族至上國家至上爲鵠地，不容有一些私見，更不能有一些私圖。」（＜無所私無所畏＞）

民國二十五年十二月十二日，震驚全國的「西安事變」，張季鸞亦發揮了社論的高度影響力。

在現代化運動逐步推行、在國家建設逐步進展，在中國前途充滿一片光明的時候，領袖突然蒙難，國家頓失領導中心，全國民衆莫不憂心愴惶、焦急憤怒。張季鸞以其鎮定的態度、充滿情感的筆觸，冷靜地寫作。這段期間，他所寫關於這方面的社論至少有四篇：〈西安事變之善後〉（十二月十四日）、「再論西安事變」（十二月十六日）、〈給西安軍界的公開信〉（十二月十八日）、及〈國民良知的大勝利〉（十二月二十六日）。在〈給西安軍界的公開信〉中，張先生說：

「我們是賣報吃飯的，誰看報也是一元法幣一月，所以我們是無私心，我們只是愛中國，愛中國人，只是悲憂目前的危機，馨香禱告逢凶化吉，求大家成功，不要大家失敗。今天的事情，關係國家幾十年乃至一百年的命運，現在尙儘有大家成功的機會，所以不得不以血淚之辭，貢獻給張學良先生與各將士，我想中國民族只有徹底的同胞愛與至誠能挽救。我盼望飛機把我們這一封公開的信快帶到西安，請西安大家一看，快快化乖戾之氣而爲祥和。萬不要使華淸池西安等地在中國歷史上成了永久的最大的不祥紀念，我們期待三天之內就要有喜訊，立等着給全國的同胞報喜。」

這篇社論立卽被政府加印數十萬份，派機散發至張學良、楊虎城的軍隊中。

張季鸞的文字，爲什麼能够發揮這麼大的力量呢？質言之，因爲季鸞先生操筆爲文，總是能先籌幄國家的利害、研究問題的得失，動機公，立意誠，因此能夠贏得全國人民的信賴，而成爲輿論的領導中心。五十年後的今天，我們讀張先生的文字，仍然要爲他愛國的志懷、高尙的操持、敬業的信守，感動不已。誠如曹谷冰先生在《季鸞文存》序言中所說：「其爲文如昌黎、如新會，無僻典、無奧義，以理論，以誠勝，故感人深而影響遠。」

誰說百無一用是書生？

張季鸞以一介書生，執如椽之筆，堅定政府抗戰到底的決心，激發四萬萬同胞的愛國情懷，挽狂瀾於既倒，救民族於興衰邊緣，他的貢獻難以估計，亦無法形容。張季鸞在報業論壇上的地位，已儼然而成「主筆之父」、「報業之神」！

陳布雷憂時謀國卓識不凡

與張季鸞先生同一時代，並且同樣貢獻卓著，爲中國知識份子深念不已的，是陳布雷先生。

陳布雷與張季鸞同有一隻健筆，並同樣見重於先總統　蔣公。所不同的是，張季鸞主外，擔任民營報紙對政府的言責任務；陳布雷主內，擔負領袖文稿的撰擬與黨營報刊的宣傳工作。「南陳北張」，眞是抗戰期間輿論界的不朽佳配。

陳布雷文名，較張季鸞尤早。武昌起義，陳布雷自浙江高等學校畢業，入「天鐸報」工作不久，即主述評論，撰「談鄂」十篇，引起各方矚目。　國父孫中山先生就任臨時大總統時，撰發〈告友邦人士書〉，初稿使用英文，由王寵惠先生携至上海發表。此事恰爲「天鐸報」總經理陳芷蘭所悉，推薦陳布雷先生擔任中譯。王寵惠先生起初猶豫，先命布雷先生試譯一段，竟能執其要旨，不失原意，遂將此份極具歷史意義的重要文稿，託付陳布雷翻譯。其後，陳布雷復服務於「商報」，以「畏壘」筆名撰述評論，才華四射，見重報壇，文章既出，人皆爭讀，以是逐漸爲領袖注目。

民國十五年，國民革命軍北伐進展神速，邵力子銜黨命至上海，並携蔣總司令親筆簽名玉照贈陳布雷，並說：「蔣公對君極慕重也。」茲後，陳布雷乃逐漸脫離新聞崗位，爲領袖引重入爲幕府。

八年浴血抗戰，遍地烽火，日本野心未已，國際間又多袖手旁觀，置之不理。蔣委員長一人肩挑國家興亡重任，困心衡慮、安內攘外，艱苦可知，而布雷先生則是領袖身邊運籌帷幄最得力的智謀。陶希聖先生曾說：「他每次有由杭州到南京之行，政界與新聞界人士立刻推測政局將有變動。看吧！大文章就要出來了！」陳布雷之受當局倚重，並爲時人欽敬，於此可見一斑。

是什麼原因使得陳布雷的一評、一論如此受各方重視？一方面固因他文筆流暢、說理分明；但更重要的是：他承襲了梁啓超卓特的氣勢、精神。徐詠平先生在《陳布雷先生傳》中提到：「「先生以後課餘恒喜讀『新民叢報』、『新小說』、『警鐘報』、『浙江潮』等刋物（皆梁啓超主政之報刋），及各種新出譯本戀愛或偵探小說或歷史故事。」陳布雷最可貴的，就是他不但能繪梁氏之「貌」，更能抓住梁氏之「神」，「神」、「貌」兼具，直可說是梁氏之繼承人。

隨侍　蔣公之後，陳布雷幾少撰述社論，但他對社論的觀念與作法，仍可見於平日對中央日報言論的提示。追隨陳布雷多年的蔣君章教授，在〈布雷先生對中央日報社論的提示〉中，有以下的回憶：

「他要我首先認識中央日報的性質，那是代表本黨中央的一份報紙，其言論也是有代表性的。寫社論，不是自己寫文章，而是爲黨的要求，面對某種問題發表意見。」

「先生指示我：中央日報的評論，是黨和知識分子之間溝通時局見解的橋樑，其立論必須是堂堂正正的，平平實實的，不可標新，不可立異，更不可走偏鋒。中央日報的評論，與大公報不同，大公報（按其時的大公報左傾色彩尚不濃厚）可作建設性的批評，中央日報切不可有此等論調，使讀者懷疑黨的意見之不統一，或中央決策尚有變更的可能，此點尤應注意。爲中央日報寫社論，必須導引讀者對中央的決策，自然而然的認爲『應該如此』，其次認爲『原來如此』，如果只能發生『不過如此』的感想，那就不能算成功的社論了。替中央日報寫社論，用字措辭，必須周密，不能使讀者發生模稜兩可的感想，而作反面的揣測，那是失敗的社論了。」

雖然不能親見布雷先生的宏論，但是從以上的談話，可以感受到他是一位心地光明、立場正直、見識不凡的人。其文章之能令人信服、使人感動，可以想見。

布雷先生也好，季鸞先生也好，其一貫精神皆在表現「憂時謀國之深情、愛人濟世之用心」，他們的言論至今仍然充滿生命，他們的精神百代仍將不朽，他們將永遠是大陸時代報業史上的熠熠巨星！

臺灣中興時期人才濟濟

社論雖屬集體、甚至輪流主筆非署名之作品，但個人風格仍是形成社論力量或權威的主因。特別是各主筆長期主持筆政或撰寫社論，更也能形成並影響報紙社論之權威，如程滄波、陶希聖等與中央日報的關係，就是一例。

程滄波先生以其學貫中西的基礎，文采敏銳，正是主筆最佳人選。他在大陸時期所撰寫的社論，從抗戰到勝利行憲，亦有數百篇。其社論選集，曾多次在臺出版，例如中央文物供應社印行的《時論集》第一編及第二編，就是其中之一。

社論之能否影響時代，能否成爲時潮代表，歷久不衰，甚至成爲歷史文獻，有三點因素非常重要：一是時代環境、一是報紙份量、一是主筆功力。唯有動盪的時代，才能孕育出偉大的主筆，也唯有偉大的主筆，才能夠提高一份報紙的份量，二者是互不可分的。

政府遷臺後的臺灣報業時期，是否出現偉大報紙或偉大主筆，尚待歷史予以評斷。但這一時期的報業，除了張數較少美中不足外，就現代企業經營而言，應是另一輝煌時期。

就評論而言，臺灣報業時期的社論，較少個人色彩；而其影響，不限於政治，更擴及於經濟、社會層面；評論的方式也較少採取突出的手法，而傾向以漸進的方式進行。

臺灣中興時期報紙的社論，如有個人色彩，從臺灣新生報、聯合報到中國時報，應以王嘯生(民)時代的臺灣新生報較爲顯著。

繼臺灣新生報之後，有中央日報遷臺。崛起的聯合報與中國時報，是中國報業史上罕見的報業。兩報皆因主持人的企業眼光、現代化的經營方式，發達成功，而成為現代中國龐大的新聞文化事業。

以人才而論，兩報眞可說是人才濟濟。于衡教授在所著的《聯合報二十年》一書中，有一節提到「二位能幹的總編輯」，曾有如下的描述：

「聯合報的另一個長處，是她的人事安定，在過去二十年間，除了關潔民擔任過短時期的總編輯外，截至現在為止，劉昌平做了十二年總編輯，馬克任做了七年總編輯。」

「劉昌平做總編輯的時代，馬克任是副總編輯兼採訪主任，在劉昌平做總編輯的十二年中，是聯合報開創局面的時代，他兢兢業業的十二年中，不僅為聯合報奠定了良好的基礎，在版面上也樹立了獨特的風格。」

「劉昌平是安徽人，復旦大學新聞系畢業，他今年只有四十八歲。他為人忠厚，有統率能力，對於新聞處理，堅守原則，一絲不苟。」

「劉昌平自五十三年九月十六日升任副社長，繼任的是他的副手馬克任。」

「馬克任是山西人，和劉昌平是復旦大學同學，而且也是新聞系畢業，馬克任自五十三年九月接任總編輯後，在人事上注重培養新血，在編輯政策上，以國際第一流水準的報紙為目標。」

「馬克任是很精明幹練的人，反應很快，他的統御能力也很強。而且遇有大事，常能當機立斷。」

「馬克任接長總編輯後，仍然重視政治新聞和社會新聞以及地方新聞。此外他並提倡了體育新聞。」

「馬克任今年剛好五十歲，他接任總編輯後不久，曾應邀訪問美國，他在美國訪問各大報。」

「馬克任也是最負責的人，編輯部不論大事小事，有人向他請教，他總會立卽給你一個切實可行的答案。」

「劉昌平和馬克任，都是對新聞事業，有着高度熱忱的人，他們都被報社當局倚爲左右手。」

馬克任樹立社論新風範

民國六十五年，聯合報秉其雄厚、穩固的人才、經濟基礎，向國際進軍。於當年二月十二日，在美國第一大城——紐約，創辦「世界日報」，以馬克任爲社長，主持筆政。這份報紙立刻成爲美國華人社會的一股巨大力量、一股巨大的安定力量、巨大的鼓舞力量。

在美國發行的世界日報，臺北的人，只能久聞其名，很難看到。

祝振華教授，在舊金山研究期間，每天看世界日報。拿到博士學位，返國回到臺北後，曾告訴友好，世界日報好極了，尤其是社論，傳神之至，簡直就是張季鸞的大公報再生。

本書作者聽後心動不已，還追問是不是馬克任先生執筆？

祝博士說：不知道，但實在好。其後證實，其人其文，的確不虛。

當中美外交陷入黑暗的時刻，馬克任以其豐富的熱情、濃郁的民族情感，敏銳的分析能力發而為文，篇篇血淚文字，不僅安撫了在美千萬華人同胞的心靈，並且也激起了全美華人的愛國情操，使他們挺身而出，集會、抗議，不再甘於沈默。這是在美國的僑胞都刻骨銘心、永難忘懷的回憶。

中美斷交那天，馬克任以「中華民國萬歲」為題發表社論，提出「中華民國萬歲的奮鬥中，不能沒有你！」與全美僑胞相期勉。這段感人的文字是這樣的：

「在這一天，當天色破曉，或晨曦顯露，人們開始新的一天生活的時候，我們建議全美各地的華人：父母朗聲告訴其子女，年輕的母親抱起嬰兒低禱，同時之間齊聲高呼：中華民國萬歲！……在這一天，在中華民國與美國關係史上最壞的一天，當象徵三民主義理想的中華民國國旗從美國政府機構黯然卸下，我們不要哭！當代表共黨暴政的五星旗在美國政府機構出現時，我們不用急！這場戰鬥還有得打哩！……中華民國開國六十八年的元旦，在全美各地華埠的大街小巷，我們會看到青天白日旗夾道飄揚的；在大人們抱着的孩子們的手上，會看到青天白日旗揮舞的；在比喻為各地華埠市政府的中華公所或會館的集會中，會看到青天白日旗，還有中華民國國父孫中山先生、先總統　蔣公、今總統蔣經國先生的肖像的；在華人羣眾支持中華民國的大遊行中，更會看到青天白日一片旗海的。來參加呀！來參加華人社會支持中華民國的各項活動。中華民國萬歲！爭取中華民國萬歲的奮鬥中，不能沒有你！」

他並且號召全美僑胞挺身而出，團結一致，發揮在美華人的影響力。他說：

「在美華人此刻是表現民族大義與愛國情操的重要關頭，中華五千年文化的存亡絕續、中華民國的國脈國運、臺灣一千八百萬自由人民的未來，決定於這個重要關頭。此時不救國，何時救國？此時不表現民族大義與愛國情操，更待何時？居留美國的華裔華僑和留學生們，一致團結奮發起來，打電報或寫信給白宮、給國會參衆議院，投書給報館、廣播電臺、電視臺，表達我們大家反對犧牲中華民國而與中共建交，表達我們大家要求繼續維持美國與中華民國共同防禦條約的意願。居留美國的華裔華僑和留學生們，勇敢堅決地站起來，參加反對卡特政府對華新政策的示威行動，讓卡特政府和美國人民聽到在美華人的正義之聲，看到在美華人眞正的民意所在。」（〈爭取美國人民友誼的努力絕不終止〉）

世界日報雖在美國，但馬克任的文字却是爲全世界的中國人而寫。他不但期勉美國僑界，並且也積極的鼓舞在臺灣的復興基地政府。在〈中華民國政府與人民必須堅強團結〉一文中，馬先生說：

「如何在預期的最後一次打擊中屹立不搖，如何在嚴多的最後一場大風雪中挺立不倒。我們從遙遠的海外向中華民國政府和人民大聲疾呼：團結，團結，一千個團結，一萬個團結！團結在自由民主的大旗下，團結在反共復國的國策下，團結在蔣經國總統的領導下。……卡特政府承認中共並不會使天塌下來，太陽今天還普照在臺灣島上，我們期望中華民國政府和人民心連心、手挽手的緊密團結在一起，自救、自立、自強。」

美國與中共建交後，第一件重大行動，是鄧小平訪問華府。華府爲「歡迎」鄧小平來訪，在白宮周圍旗杆上，都插上五星旗。

孰可忍，孰不可忍！

馬克任在世界日報，以〈青天白日的光輝照耀華府〉，向美國人宣示、向全世界宣告：

「一月廿九日這天中午，一反氣象報告中的預測，它不是一個多雲的陰天，却是一個近來難得的好天氣。它沒有下雨，沒有飄雪，青天白日的光輝照耀着華府。」

「青天白日的光輝不是由於鄧小平的訪問而來，不是發自白宮周圍旗竿上插着的五星旗，而是白宮正門前面拉法葉公園中密集的一片青天白日旗海，在藍天下耀眼生輝。」

「當今的白宮主人爲歡迎他的共黨貴賓，在白宮周圍每一根旗竿上插了三面旗——美國的星條旗、華盛頓特區的旗和中共的五星旗，他以爲這樣定可取悅於貴賓，使貴賓進出白宮時感到窩心。他可能做夢也沒有想到，一月二十九日在白宮正門外面與藍天白雲輝映的，竟是一片青天白日的旗海，竟是千千萬萬、大大小小屬於中華民國的青天白日國旗。」

「拉法葉公園一片青天白日旗海，靜止時像美國東海岸深邃平穩的大西洋，翻飛時像美國西岸波濤壯濶的太平洋。華府建都兩百年的歷史上，當今這位總統就職兩年的任期內，幾曾見過這樣旌旗蔽空的場面？幾曾見過這麼多的青天白日旗？」

「在自由祖國多難，祖國同胞的呼喚之下，在眞理必須闡明，正義必須伸張的激勵之下，在美華人反共的正面戰鬪剛才開始。」

「『我們在偉大的祖國愛、崇高的民族情操、淵博的文化精神感召之下，反共戰鬪必將獲勝。』『我們一定勝利！』所有參加這次華府大遊行的可敬可愛的同胞，所有因故未能參加遊行的愛祖國、愛自由的全美華人，所有本報的每一讀者，大家記住：『我們一定勝利』，但戰鬥方在開始。」

「青天白日的光輝照耀了華府，這是我們贏得勝利的吉兆，也是我們投身戰鬥的一個新的起點。」

天下事，有弊必有利，有反必有正。美國與中共建交、鄧小平訪問華府，表面上看，是我國外交上的一次重大失利與難堪；但却激起了海內外中國人同仇敵愾的決心與高度團結的戰鬥意志。經過這次衝擊，祖國更堅強、僑胞更愛國！這恐怕是美國與中共，乃至全世界人民均始料所未及！

在馬克任的字裏行間，我們彷彿又看到了當年的張季鸞。不錯，馬克任的文字能够這樣感人、動人，正是因爲他承襲了張季鸞精神，並能加以發揚光大的緣故。

馬克任先生在＜社論寫作的革新＞一文中，曾明白的提到他繼承梁啓超、張季鸞的寫作傳統，並思加以革新的想法：

「在本報籌備時期，當我們研討言論政策時，就早已確認社論在一份報紙上所佔的重要地位，並決定社論在本報的內容中所扮演的主要角色。」

「社論文字的寫作，中國新聞界曾有過光輝的傳統，清末民初那段中國新舊思想交替轉捩時期，梁啓超先生在新民叢報發表的文章，被讚爲筆鋒常帶感情，因而獲得知識份子的廣大共鳴，對當時的思潮造成強烈的衝擊與震盪。『西安事變』到『七七抗戰』那段期間，大公報的張季鸞先生，在當時文言文與白話文之爭尚未塵埃落定之際，使用不文不白的文字、通俗簡勁的筆調寫出社論，也曾引起知識份子的普遍讚譽，當時大公報的社論隨之洛陽紙貴。張季鸞先生之後又幾十年過去了，中文報界早已面臨讀者要求社論革新的挑戰。」

世界日報出版第一千號的時候，馬克任就把他在世界日報所寫的社論，集成一本專書——《中美外交評論兩百篇》，「爲歷史留下紀錄、爲世事樹立典範」。在這兩百篇文字中，我們不但可以感受到自梁啓超以來所樹立的士人論政高貴情操，同時我們更可以看到新一代的中國主筆正在誕生！

我曾有幸見過馬克任先生。從前，我在大學新聞系時代，只知道他以督促採訪記者的嚴格而出名。

七十三年四月間，華航環球航線開航，我亦參加首航，當一行人抵達旅程第一站——紐約時，已是深夜，但馬克任伉儷却在機場守候迎接。馬先生不愧是記者本色，他第一件就告訴我奧運會轉播權的新聞。當我們要離開紐約續飛歐洲時，國內財政部一位年輕有爲的署長不幸爲太太殺死，馬先生在機場又告訴我們這件新聞。

馬克任，眞是一位天生的新聞記者；他也是一位天生的主筆。

為培育傑出主筆再接再厲

民國以來，出現過張季鸞、陳布雷、以及晚近的馬克任等多位出色的主筆，中國應是一個主筆人才鼎盛的國家；但主筆人才難求，又是報界由來已久的問題。爲培育更多、更傑出的主筆，充實並豐富撰述評論的基本資料，也是不可或缺的。

本書作者在政大新聞學系及新聞研究所時，先後受敎於王民先生及成舍我先生門下，二位先生都一致推崇《東萊博議》，並要我們用心細讀。

《東萊博議》是孟子後的一本辯論奇書，數百年來，研習論說文者，以《東萊博議》一書，爲攻取學問之敲門磚。該書爲諸生課試而作，文采斐然，所敍一切，切中事理，舉凡國家之興替成敗，社會之安危起伏，人民之奸邪賢良，藉生花妙筆均能傳神阿堵作一針見血之論。

除了《東萊博議》之外，可供作爲評論的敎材，程滄波先生在《時論集》第二編自序中，曾經提示：

「十餘年前我在重慶復旦大學主持新聞學系，曾特設『社論研究』的學程。從抗戰中以至復員上海。我在復旦新聞系，先後斷續擔任這一個講席。常常有人提出評論記者的修養問題。我的答覆：這一個問題，非一言可盡。我在這一學程中所用的敎材，相當可說明這一問題的答覆。選修『社論研究』的學生，必須熟讀的書爲：東萊博議；陸宣公奏議；古文辭類纂；儲選唐宋八家文；及唐詩別裁。此外必須參閱之書爲：資治通鑑，史通，文史通義；菲孝：歐洲史（*A History of Europe*; by H.A.L. Fisher）；白芝浩：英憲論（*The English Constitution*; by Walter Bagehot）；阿克敦：自由史（*History of Freedom*; by Lord Acton）及蒲徠士：歷史與法理的研究（*Studies in History and Jurisprudence*; by James Brce.）。」

本書作者在臺灣新生報服務時，有感於評論人才之重要，及評論人才培育之不易，乃出版「爲新一代主筆催生」叢書，先後選印了《季鸞文存》，及《梁啓超評論文集》二書，於今又看到馬克任先生的「中美外交評論兩百篇」問世，眞有天涯共此心之樂。

在《季鸞文存》序言中，曾有如下的三段話：

「季鸞先生在國步艱難、人心惶惑，政府困心衡慮以策定安內攘外大計的大時代裏，以他浩然的正氣，橫溢的才華，發而爲文，縱論時事，無不鞭辟入裏，鏗鏘有聲，既爲政府的諍友，也是民衆的導師，更是政府與民間的橋樑，民族之聲的發言人，同時建立了文章救國，輿論報國的風範。」

「他的宏文讜論，從時代性上來看，是當代歷史的見證，從永恆性上來看，是民族血脈的延續，而其內涵與基礎，則是良知、血性、器識、學問。」

「江山代有才人出，長江後浪推前浪，我們不相信我們這個時代，就創造不出一個張季鸞時代的時代，我們亦不相信，我們這個時代產生不了像張季鸞先生那樣偉大的主筆！」

張先生天上有知，看到新一代主筆人才的誕生，當會說一聲：後生可畏！

近百年來，我國的外交史，一大半都可以說是中美外交史。不唯中國如此，全世界很少有國家不和美國保持密切的外交關係。

卡特曾帶給我們中美斷交的惡夢。但至今，卡特早已消失得無影無踪。

中華民國的老友雷根，雖然不如期待中「够朋友」，但在內心裏，畢竟還是朋友。在錯綜複雜的世局中，在各方力量激盪的美國，雷根也有不得已的苦衷。

未來數年，是我們中美關係的關鍵時刻。

我們曾本着「民族至上、國家至上」「精神集中、力量集中」的精神，贏得對日抗戰的最後勝利，我們又靠着「莊敬自強、處變不驚」的堅強意志，度過聯合國退出、中美斷交的難關。未來，我們還要靠更大的決心與勇氣，擺脫對美國的過份依賴。跨此一步，我們就會成爲美國馬首是瞻的西太平洋強國；否則將永遠看美國臉色，而無昂首挺胸之日！

美國對朋友之不够朋友，已成擧世皆知的事實。越南淪陷的悲劇，從黎巴嫩落荒而逃的窘態，迫使埃及、沙烏地阿拉伯、科威特在內的中東保守國家，逐漸與美國保持距離，以策安全。甚至如埃及者，更和蘇俄建立外交關係，科威特與蘇俄簽訂軍售協定，即使最保守的沙烏地阿拉伯也開始試圖改善與蘇俄的關係。因爲他們感覺到：和美國做朋友，實在不安全。

美國早已失去英雄地位，並已喪失英雄尊嚴。戰後的美國，既不懂強盜心理，也不懂流氓心理，因此，先後爲強盜（蘇俄）與流氓（中共）挾持，而逐漸失去朋友。美國已無羅斯福總統所揭示的「我們了解到一個簡單的眞理，如愛默生所言：『想要擁有一個朋友的唯一辦法，就是自己成爲別人的一個朋友。』」也失去了艾森豪總統所昭告的「我們全世界的友人都知道這一點：當我們受到威脅，則顯得更爲堅定果斷，而不致以恐懼、慌亂的態度面對它。」（見李本京博士審定《美國歷任總統就職演說集》）這等情豪、這等壯志，而今安在哉？

美國對朋友的做法與態度，幾乎背道而馳！更重要的，我們已不是弱者。

正如張季鸞先生在〈最後成敗全在自己〉一文中所指出的：「過去四年不可怕，今後還可怕嗎？」也正如他在〈祖國與僑胞〉一文中所形容的：「我們的祖國比以前任何時期都見光明！」

如今，我們要指出：中美斷交都不怕，還有什麼可怕的？值得怕的，是我們自己不爭氣。

眞的，「我們的祖國比以前任何時期都見光明。」

光明，在我們的心中，在我們對於民族再生的希望、與對國家再臻富強的堅定信念之中！

《卷肆》

報業的挑戰

十一·報業競爭與報業前途

我國的報業社會，正在面臨歷史所未有的激變。

可以斷言的，不管我們願否接受，不管其結果是好或是壞，受着這兩股巨流的沖擊，我們的報業社會，必然會發生重大的變化。

對於關心報業發展者而言，所欲解答的問題是：我們的報業邁向何方？對於報紙經營者所面臨的實際問題，是如何在激變的巨流中，成爲報業競爭的健者。

報業經營之類型

自從報紙成爲大量生產的商品後，報紙經營方式，即有了改變。集中，是這項改變的特色。約而言之，報紙經營方式有以下的幾個類型：

（一）報團（Newspaper group）：也就是我們所熟知的報系。此類經營方式，是不同城市、不同報紙由同一個老闆或公司所有或所控制。

（二）城市相互間有契約關係之日報（Inter-city daily）：此種經營之方式，係任何中、小城市的日報，通過相互間契約關係或是膨脹力之延伸，而在二、三個有緊密關聯的城市中，具有支配力之報紙。

（三）共同印刷報紙（Joint printing）：此種經營方式，乃是兩家報紙，基於契約行爲，採取編輯與經理、印刷分離原則，換言之，卽在同一家印刷，甚至有共同業務，但是，所有權是獨立的，編採政策是互不侵犯的，與兩家獨立報紙無異。

（四）「報紙聯合」（Newspaper combination）、或者稱爲「本市報紙獨佔（Local newspaper monopoly）：顧名思義，這種經營方式，是在同一城市（或是社區）中，有兩家以上的報紙，屬於同一發行人，最常見的，爲一個發行人同時經營日、晚報。

總之，所有權的集中，是傳播媒介經營改變的特色。

這一個改變的過程中，也有重心的轉移。

首先，形成報紙經營的風暴，自然是報團，也就是連鎖經營的出現。這種經營的方式，是起自本世紀啓始之時。

正如我們所熟知，現代報紙連鎖經營的始祖，應是斯克利浦斯（E.W. Scripps）以及一度成爲報業王國巨霸的赫斯特（William R. Hearst）。

二十世紀啓始之時，直接屬於斯克利浦斯的連鎖報紙有八家，另外有二十七家也受着斯克利浦斯報系的控制。當時，約有報紙總銷數百分之十，屬於斯克利浦斯旗下的報紙。十年後連鎖報紙增爲十二家，報紙發行總數目也增加了一倍。

一九二〇年代，是美國繁盛的時代，也是連鎖報紙激增之時。這十年之內，美國連鎖報紙將近六十家，日報的總數有三百餘家，佔全國報紙總銷數的三分之一。赫斯特報系曾同時經營了四十二家日報，但當第二次世界大戰爆發前，赫斯特的連鎖報紙僅剩下七家（至一九四〇年）。

雖然橫跨歐、美、非三大洲的報業大王湯普生（Roy H. Thompson）曾擁有八十餘家的日報，但報團的力量畢竟成爲強弩之末，研究報團的存在與發展，可謂歷史的意義大於現實的意義。雄踞報業的報業大王們，多成爲歷史研究的人物。

報紙獨佔城市

二次世界大戰後，研究報紙經營者集中的問題，發現了另外一個重大的趨勢，那就是這裡所要研究的重點——一個城市之內，報紙競爭的對手越來越少，而成爲一家報紙獨佔的現象，也就是我們所熟知的「一城一報」。

有關報紙經營變動的研究，其中較重要的結論，有以下的幾點：

第一、自從一九四五年以來，美國報紙發行總量雖然在上升，報紙的總銷數亦未減少，但由於相同城區競爭的結果，獨佔報紙越來越多，此種趨勢，經時間的考驗，越來越明顯。

第二、報紙的誕生機會與城市人口成反比，而與報紙死亡的機會成正比。

第三、報紙的總銷數雖然有上升的趨勢，但與人口增加比率比較起來，還是有距離。換言之，報份增加之速率，並不如人口增加之快。

雖然美國有報紙的城市，從一九四五年的一千三百九十六個城市到一九六〇年增加至一千四百六十一個城市，但是同一個時期內，報紙競爭的城市卻相對的減少。一九四五年有競爭報紙的城市爲一千一百零七個；而到了一九五六年時有百分之九十四的城市，沒有報紙競爭的對手了。一九五〇年至一九六〇年間，報紙在銷數方面的增加率，爲百分之八點九，而人口的增加率爲百分之十八。換言之，在這十年之間，報紙銷數增加之速率只有人口增加率之半。

一九四〇至一九六〇年這二十年間，絕大多數美國新創辦的報紙，多在加速發展的小城市，而在十萬以上的人口城市中，似乎只有減少報紙的家數，而無新報誕生——只有一家例外，那是南部密西西比州的賈克城的密州時報（State Times, Jackson, Miss.）。

根據聯合國一九七五年的資料，美國報紙有一千八百十二家，總發行量六千一百二十二萬份。到了一九八〇年，根據「編輯人及發行人週刊」的統計，五年間報紙減少了五十家，發行量增加了七十四萬份。

報紙獨佔的原因

從報業發展的因果關係來看，特別值得我們研究的有二點：

第一、從原因方面來說，爲什麼會有這麼多的城市失去報紙經營的競爭？

第二、從結果方面來說，這麼多城市失去競爭的夥伴，會有什麼影響？

造成報紙獨佔城市原因很多，歸納起來約有以下數點：

一、廣告客戶的意願：自從報紙經營商業化後，報紙經營方式即受着商業利益所操縱。很久以來，廣告日益成爲報紙的生命線。越發達的城市，依賴廣告的收益越大。一個城市中二家報紙，除非性質不同的報紙，如紐約市的紐約時報和紐約每日新聞，因內容不同，發行對象迥異。廣告客戶通常只願意選擇一家報紙刊登。二家報紙合併後，讀者激增，但廣告計價增加幅度小，甚至廣告費並不增加，如甲日報併吞丁晚報，二報不同版刊登相同廣告，享有極大的折扣，自然增加吸引力。

二、郊區城市的增加。世界許多大城市「鬧區」的百貨公司，均因郊區衞星城市的出現，而受到威脅。其原因是郊區城市發展到相當繁榮後，可自行維持社區小規模的百貨商店或百貨城，不只是爲當地社區服務，因爲貨品集中而多樣，地方寬敞，服務熱心，眞是近悅遠來。報紙亦復如此。郊區社區報紙的出現，對於大城報紙的存在構成威脅，而減少其存在的數量。如紐約就是一個顯著的例子。紐約附近的小城市報紙的成功，如長島的報紙，迫使紐約市原有的大報展開生死存亡的爭鬥，力量微小的就難逃被吞併之路。

三、來自電子媒介增長的競爭。傳播事業發展史中，曾先後出現廣播與電視，而這二種強力，無孔不入，電子傳播媒介的出現，無疑是經過二次傳播革命。而這二項媒介對於長久獨佔的報紙，均有極大的影響。

當雷蒙・尼克森研究美國報紙發展趨勢時，即曾發現美國城市競爭報紙之減少，受到電子傳播媒介之影響，幾乎爲最重要的原因。從另外一個角度來衡量，亦足以證明報紙獨佔爲什麼會在人口集中的大城市發生，因爲人口集中地帶，亦是廣播與電視台集中之地，報紙所遭遇電子媒介的競爭，亦相對地加大。

電子媒介所以成爲報紙獨佔城市之導因，有兩個理由：其一是報紙不僅無法獨佔廣告市場，而且遭受電子媒介的威脅，廣播的廣告費較低廉，且更能深入大衆；電視廣告費雖然昂貴，但卻有極大的魔力，有較報紙更高的吸引力。因此，一般以小市民爲銷售對象的廣告客戶，與趣放在廣播廣告；大廠商的廣告客戶，則把廣告預算分配的重心放在電視方面。這樣一來，原來幾家報紙可以平分秋色的廣告費，轉變爲以電視爲重心的鼎足而立。廣告客戶在分配廣告預算的時候，把報紙視爲諸種媒介之一種，只能在當地幾家報紙中選擇一家刋登廣告，換言之，以廣告客戶的胃量來說，只能容下一家報紙了。其二是，爲了應付電子媒介的競爭，特別是電視方面，使報紙成本費用提高，但廣告來源受到阻力，報費無法跟出版成本提高，這樣情形下，財力不够雄厚的報紙，除了被歸併外，實在無其他路可走。

四、報紙內容相似，使得報紙無多家存在的價值。由於通訊社新聞稿之迅速供應，專欄之普遍刋登，以及自動化排字設備之發達，使得報紙不僅內容方面日趨一致；就是外表方面，亦有面貌雷同之感。就讀者購買選擇而言，已無選擇的餘地，亦即實質上同一城市無兩家報紙存在的必要了。

城市報紙獨占之影響

報紙所有權之集中，和城市報紙獨佔之現象，既爲美國報業發展之趨勢，此種報業現況及報業經營趨向之延伸，對於報業，特別是從報業表現及新聞自由角度衡量，究有何種影響？

美國全國性報業調查組織，甚至英國的報業自由皇家調查委員會，均從責任的觀點，對於這種報業經營方式加以檢討。同時許多新聞學者，如史丹福大學的施蘭穆博士、明尼蘇達大學的尼克森博士、吉拉德教授，以及高級新聞學研究人士，開始注意到新聞自由、報業表現與經濟因素之間的關聯性。

簡言之，無論高度開發或落後社會，經濟因素對於報業生存與發展，其重要性越來越大。不過，在經濟命脈掌握之下，所造成城市報紙之獨佔，究竟對於報業表現與新聞自由，有何種影響？影響程度又如何？這是我們最關心的。

對於這一問題要求得正確的解答，不外從三方面着手：

第一、從報紙內容的實際分析、比較着手。這是較客觀的方式。

第二、以傳播者爲研究對象。調查獨佔報紙的編輯人，他們以何種態度及信念處理新聞內容（其中包括評論內容）。

第三、調查公衆的反應與感受，以便瞭解他們在毫無選擇的報紙供應下，是否遭遇到壟斷的弊害？

爲了解答第一個問題，美國前明尼蘇達大學新聞學院院長瓊斯博士及該院已退休教授（前新聞學季刊主編）尼克森博士，曾於一九五五年間聯合完成了一系列的「非競爭對競爭報紙內容」之比較研究報告。其中包括以下的四個調查研究：

①選取了九十七家具有代表性的報紙（其中有競爭報紙五十三家，獨佔城市報紙四十四家）

作內容比較研究，研究的內容爲一九三九年至一九五一年間。

②一九五五年間二週報紙內容比較，選取了十三家競爭與非競爭的報紙。

③以國際新聞爲研究基礎，比較一九五二至一九五三年間美國報紙內容與報紙經營類型之關聯性，受調查者共有九十三家報紙，其中五十家出自有競爭報紙的城市，二十五家在沒有競爭的城市發行，還有其他經營方式的報紙。

④以調查時間爲基礎（分第二次大戰前、戰爭期間及戰後），比較一九三五年至一九五一年間，美國一百二十九家報紙之內容。

綜合以上的內容比較研究，其結論如下：

美國四十萬人口以下的都市，競爭報紙及無競爭報紙之間，就報紙之新聞、社論和特稿之內容，以量作比較基礎加以分類，發現二者之間並無顯著不同。

自從一九四五年以來，報紙獨佔城市及報紙所有人集中之趨勢，會不會影響到報業表現？一般公衆對於報紙的觀感如何？這是就報業機能及報紙服務社會的功能來說，必須要知道的。

一九五四年，也就是第二次世界大戰後的十年，尼克森博士曾向美國各州州報業公會經理調查，以便知道公衆對於報業的察覺如何。

調查的問題是：自從一九四五年以來，公衆意見對於報業變成較有利、和原來一樣，或是變成更不利？

接受調查的有四十三位重要報紙經理人員，代表四十八個州。在這項調查中，發現有廿六個州的應答人員認爲：報業「氣候」業已變成更爲有利。

一九四九年至一九五三年之間，尼克森博士在這五年中，分別在美國四大城市——亞特蘭大(Atlanta)，梅因(Des Moines)，路易斯威爾(Louisville)和明尼阿波利斯(Minneapolis)，選取四組，從事民意對於報業表現之測驗工作。這四個城市的報紙，均是單一的報紙所有人。例如明尼阿波利斯經過併呑後，最後剩下了明城論壇報（早報）及明城星報(晚報)，均屬同一公司經營。數年後，論壇報與星報合併，成爲明城論壇星報（Minneapolis Star and Tribune），每日只發行早版。明城亦爲一報獨佔的城市。亞特蘭大有二家日報——新聞報（Journal)和憲法報（Constitution)，二報發行在同一城市，而二報百分之七十的股票，均操在前州長考克斯(James M. Cox）手中。尤有進者，他在其他三個城市也擁有報紙。

測驗的內容包括：報紙廣告、發行的表現、政策以及新聞和社論等。

以上同一城市報紙爲一人所有的四個城市的調查結果，更重要的，再與波士頓——具有高度競爭報業城市的調查結果相比較。

波士頓爲美國文化發祥地；以一九五三年當時調查的實況言，有八家報紙分成三個發行人聯線經營系統。地球（Globe）早報與晚報爲一家，前鋒報與旅行者報（Herald and Travellrer）爲一家，赫斯特的記錄報（Hearst Record）和美國人報（American）爲一家，另外分別加上郵報（Post）及基督教科學箴言報（Christian Science Monitor）二家，合成五個老闆八家報紙。

當時波士頓報紙平均發行數爲二十萬零五千零四十二份，恰好和其他四個城市八家日報平均報份幾乎相等（後者爲二十萬零五千六百卅一份），以此作爲競爭城市與非競爭城市報業表現比較之基礎。

這二種絕對不同的報業經營型態，經比較後發現，四個報紙所有權集中的城市，讀者們表示：他們的報紙一旦發現他們有任何錯誤，勇於改正錯誤的，四報讀者平均百分率爲九〇・四：反之，波士頓方面報紙雖爲不同的經營者，但讀者在上述方面的支持率只有百分之七三點三。

由上面這一比較測驗結果，足可支持以下的結論：

一個城市報紙獨佔擁有者，對於社會責任具有更深的觀念，絕不會低於有競爭的狀態。

另外，從立法方面亦可以得到另一面的證明。在上項意見調查期中，曾從各州立法措施，研討報業所有權集中，是否會危害到新聞自由？各州有否採取防止的措施？在這期中，只有三個州——喬治亞州、印第安那州及明尼蘇達州，曾有過法案或決議案，針對報紙所有人集中而試圖立法防止其弊端，結果均遭受擱置，未能最後成爲法案。

被否決的理由有二：一方面報紙內容，實際上並未因所有人集中而受到影響；另一方面，即使報紙內容受到集中的影響，良好報紙內容的維持與提高，應取決於公衆意見和編輯的裁決，而不能出自政府或法院的決定。

就社會責任理論的闡揚與事實的搜集，在現代大衆傳播事業史中，可能以韋勃・施蘭穆博士的成績，最爲卓著、貢獻最豐者之一。

施蘭穆博士在他的《大衆傳播的責任》一書中，曾擧出三個例證，說明獨佔一城的報紙，雖然沒有競爭對手，但依然強烈地履行社會的責任，對於新聞及言論作公正無偏的處理。下面是三個例證的要旨：

(一)一家獨佔城市的報紙，社論方面強烈反對一位全國性公職的候選人。另外一方面，很難得的是，該報經常出現的專欄中，卻強烈支持這位候選人，與報紙的立場背道而馳。該報總編輯表示處理意見與態度說：報紙的社論版，也應與新聞處理一樣，有把相反方面的意見刊登的義務。

(二)一家報紙接到一個欲藉報紙爲媒介發表意見的廣告，廣告內容所揭櫫的主張，既不符合該報立場，又危害社會公衆利益。面對這個問題的廣告，歸納起來，該報有三種處理方式：①拒不接受。②接受，但另在社論版發表意見評述。③接受不作評論。

當時，編輯部同仁有兩派主張：有人說：應把這廣告拋棄，還有人表示意見，認爲：應予接受，但必須加以評論，以表明本報之立場。

(三)某一財力雄厚的集團，在一家報紙刊登廣告，目的在攻擊某一教育局官員。被攻擊官員受辱，心有不甘，也刊登廣告答覆；但這位官員財力薄弱，只能刊登一次。於是這小城唯一的報紙，發揮了平衡的功能，以社論、讀者投書及專訪等免費義務來達到公正表達的機會。

多種媒介之競爭環境

我們於研討美國報紙所有權的集中與報紙獨佔城市的實際情況後，對於集中與獨佔的報業環境所存恐懼之感，自然會爲之解除，但卻連帶產生兩個問題：

第一、爲什麼獨佔經營不會產生獨佔的弊端？

第二、報紙所有人集中或獨佔經營下之報紙特點又是什麼？

這兩個問題，我們需要作一清楚與明白的解答與說明。

關於第一個問題，可從兩方面來解答。

（一）近年以來，美國獨佔城市報紙的發行人和編輯人，他們均不承認今天還有「獨佔」那回事情。主要的理由是，競爭的環境，改變了競爭的意義。因爲，雖然當地沒有報紙作爲競爭的對手，但仍有外埠的大報隨時會侵入，仍有新聞雜誌及其他全國性或專業性的報紙（如華爾街日報），以及廣播和電視台的強烈競爭。報紙編輯處理新聞及評論時，不能不顧及到廣播電台與電視台新聞的處理；也就是媒介本身雖無競爭對手，但媒介之間仍存有競爭。例如：一九五五年，當全美國城市有百分之九十四沒有城市報紙作爲本市競爭對手時，其中有百分七十一均有獨立性的廣播或是電視台。

（二）報紙在競爭狀態時，往往以報紙發行數字與廣告收益的漲落，來判斷與改變讀者的需要與興趣。兩家報紙爲了爭取讀者與廣告客戶，往往不得不作若干犧牲。例如：我國電視媒介有了競爭後，原來獨佔的商業台，首先遭逢改動的，就是若干嚴肅的節目，因爲再也沒有人看了，更重要的，再也賣不出錢了。報紙也是同樣的道理。這是競爭的弊害。

如果僅有一家報紙，報紙主持人或編輯人就會減少競爭的顧慮，會主動與放手力求克盡新聞工作者的職責。

報紙由於獨佔城市或合併經營，會有下述情形發生：

第一、獨佔城市的報紙，平均而言，廣告篇幅所佔比率，較非獨佔城市的報紙爲多。

第二、美國日報每日出版的次數，有減少的趨勢。例如美國中西部一家報紙，一九四九年每日出版五次，但至一九六六年時，只減爲三次了。其理由是，晚報與日報合併，成爲一個老闆所有，日報就沒有必要出晚版，與它自己所屬的晚報「自相殘殺」了。

第三、本城的日、晚報原來是兩組獨立的工作人員，合併後，大多只保持一個編採體系。在這樣情況下，編採人員的工作普遍加重，往往既要爲早報工作，又要爲晚報工作；一個記者既是早報的，又是晚報的，採訪到的新聞，同時供應日、晚報之用。當然，這種日、晚報合併，對於新聞教育機構來說，有損無益，自然無形中減少了畢業生就業的機會。

大衆傳播激烈競爭的世紀中，報紙獨佔城市，及報紙所有人集於一身，其結果並不像我們所想像的那樣嚴重，相反的沒有報紙競爭的報業，其責任表現，尚在有競爭環境的報業之上，這是出乎我們預料之外。

我們不欲對於我國報業的前途，作任何預測；但可以預料到的，報業社會在未來的歲月中，將展開前所未有的激烈競爭，報紙這一行業，將是極爲艱苦的事業。面對這樣激烈競爭的環境，報紙如何才能在生存威脅中求發展，是報人所面對的極爲嚴酷的長期考驗。根據上述分析，作以下的結論，以供關心我國報業發展者參考：

一、必須創造報紙內容之特色，並且維持其特色，是適應社會大衆選擇及需求的必要條件，亦是維持報紙生存與發展的唯一途徑。一家報紙失去特色，卽失去對讀者之吸引力，卽使免於被併吞，實質上這張報紙已經不存在了。

二、縮小服務範圍。唯有財力雄厚之廣播電視系統、全國性的報紙，才有能力與必要，作較廣濶範圍的服務。適應「本地」需要，爲求生存的必要條件。

三、擴大對市郊讀者的服務。特別對於郊區人口的瞭解，至爲重要。郊區之發展，如交通、經濟、教育、環境衞生等方面，報紙應密切關注，加強報導與服務。

四、內部士氣之鼓舞與經營制度之改變。現代企業競爭，經營者面臨來自員工的兩種威脅：一是員工對於享樂的追求，腐化了進取的士氣；二是在面對生死存亡的激烈競爭中，成本增加，員工工作量加重，但報酬並不能隨工作量之比例增加，而仍然停止不前，這對於報紙命脈會構成威脅。要解除這種威脅，除了靠領導人的士氣鼓舞外，還要靠未來的報償希望。員工所賴者，爲健全而實際的，共享未來遠景的收穫。

可以預料的，台北的報業將形成激烈競爭的漩渦，這個漩渦將是強者間之爭，和競爭利害範圍圈外的同業謀求合作，例如日報與晚報的合作，台北市報紙與外埠報紙的合作，將會繼續出現。

十二・我國報業面臨的挑戰

我國未來報業步伐所造成的軌道，也將和其他傳播媒介一樣；由大衆傳播服務，趨向個人傳播服務；由一般群體的選擇服務，而成爲特定群體服務。

今後新聞事業的「新聞」供應，很可能發展成爲今日通訊社新聞稿供應的方式，專門供應「你」所需要的那些新聞。

在這個發展軌道的形成與急速的行走，那就是「簡短、小型、供專業人士閱讀的通信報紙的成長，是二十世紀美國傳播事業中一個令人矚目的現象。」

如果「通信新聞」成爲大衆傳播中一種新興的事業，那毫無疑問的，報業已成爲受時代挑戰的事業。

報業在自動化的挑戰下，如欲生存與發展，必須使報紙「更美」，與報紙對於讀者更有用。

報業的生存與發展，自從報業成爲一支傳播力量後，始終遭受到威脅，一般人均重視另外一種媒介——不同的媒介，如廣播、電視等，而被視爲競爭的敵人。

事實證明，另一種媒介，無論廣播或電視，均無法取代報紙的地位，而且由於其他傳播媒介的出現，使得報紙本身的力量更爲增強，報紙本身的地位更爲堅固。

報紙眞正的威脅，報業眞正的危機，是來自報業本身。

報業自有其缺點，尤其現代報業，所以能成爲現代報業，就是因爲具備這些「缺點」。但是，很不幸的，這些缺點，却成爲報業生存的嚴重挑戰。

當然，通信新聞事業的形成，並不意味報業本身成爲陳舊的事業，而是時代發展太快，人們要更新、更多、更快的資訊，不是爲大衆服務的報紙所能承擔的。

這也就是報業今天所面臨的性格缺點，而迫使出現新的傳播媒介，提供舊媒介所無法承擔的傳播使命。

如果不是苛求，今天的報業最大的傳播缺點是：

報紙不是爲你辦的，而是爲大家辦的。

無論中外，再成功的報紙，每天都會從讀者處接到抱怨的電話或書信，指責報紙所刊佈的內容不是太多就是太少，而希望多供應一些，或少供應一些。

報社最感困擾的，就是要求多供或少供，都有相當充分的理由。

抱怨那些內容太多的，是認爲那些內容自己不需要或沒有興趣。

抱怨那些內容太少的，是認爲那些內容太需要太重要，但所供太少。

對於這項缺點，再以實際例子舉出，就知道我們今天的報業問題所在。

如果我們到飯館吃飯，不管人多少，也不管你的胃口如何，還未來得及點菜，侍者就送上八個菜，你再往其他桌子一看，也是同樣八個菜，大家花同樣錢，吃同樣菜（不管愛吃不愛吃。）如果你責問不合理，正要問侍者爲什麼我們沒有點菜，就送來八個菜。

這個侍者可能理直氣壯地說：見怪不怪，我們是百年老店，都是這樣方式上菜的，有什麼好怪的，我們這個餐館，是爲很多人開的，又不是單獨爲你開的。將就一點吧，揀點你想吃的吃一點吧。

這個例子看起來很膚淺，但是這就是今日報業問題所在，報紙不折不扣，就是用這種方式供應每天的報紙。

這不只是報業所面臨的挑戰，也是傳播的一大問題。解決這個傳播者觀念上的問題以及被傳播者實際的需要，不外二途：

第一、就是報紙由集體服務觀念改爲個人服務觀念。

第二、就是新媒介出現，爲個別需要而服務。

報紙的發展

儘管求新求變，是被普遍運用的原則，但歷史的發展，還是受到循環法則所約束。換言之，人類生活的歷史，不是直線的，而是圓形的，不說別的，就以變化最大的衣着來說，今日流行的新樣子，可能就是幾年前的舊樣子。

傳播歷史的發展，雖然原因不一，但是發展方向，還是循環不已的。

大眾傳播時代的形成，係經過個體傳播至群體傳播至大眾傳播。今日可能自大眾傳播回流到群體傳播再到個體傳播。

如果以循環系統來表達傳播發展，應該是：

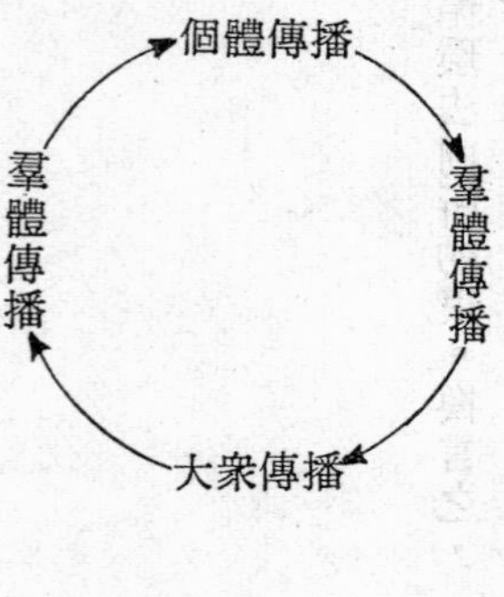

這一循環系統的發展，特別值得我們注意的，是媒介在轉變過程中，受着累積功能所影響，而不是淘汰作用。

今日「通訊新聞」的出現，是大眾傳播時代轉向群體傳播時代的訊號，再由群體傳播進入個體傳播。

研究「通訊新聞」的人，都會發現「通訊新聞」並不是什麼新發現，而是當初人與人間擴展訊息第一步，就是通訊社新聞，也就是我們所熟知的新聞信。

新聞信，實是今日報紙的雛型，報紙的起源，也是報紙機能的擴展。

新聞信演變的過程中，就是報紙機能延伸與形成。因爲報紙基本機能，是基於由少數人知道而讓大多數人知道的原理。但「知道」是要付出代價的，因而有大眾化報紙出現。

這一兩百年來新聞變遷史，就是新聞信擴大爲報紙的發展史。

現代報紙起源多處，嚴格而言，我國乃是報紙之起源，但就新聞工業與新聞教育觀點而言，美國乃是最具資格的現代化報業發源地。

在美洲殖民地時代，報紙未出現之前，就是靠新聞信彼此間傳遞所知，以增進相互間瞭解。

無論是本國或是國外，對於環境變化最關心的，莫過於商人或是與政治有關人士，而這些人也有能力製作新聞信，例如，新聞來源，在職業化未形成之前，完全依靠個人通信供應。就是報紙出現的初期，還未脫蛻新聞信的形式與內容。

在美洲第一份不間斷的新聞紙，一七〇四年創刊的波士頓新聞信，就是典型的例證。不但具有新聞信之名，而且還是手抄的供給少數人閱讀。在發行期間最高量，不過幾百份。其原因，一方面因印刷條件的限制，一方面也受着讀者的限制。以那樣的內容，只有那樣多的讀者。

也是基於內容與讀者的原因，大衆傳播的障礙，不易突破，例如，至一七六五年全美洲也只有二十三家報紙，而且均爲週報。

報紙現代化過程中，有二個年代是具有里程碑作用的。一個是十九世紀三十年代所掀起的便士報業，一個是十九世紀八十年代所創造的新報業年代。

這二個年代的形成與成功，使報業與商業、工業越來越接近，而和初期的新聞信價值，越來越遠。當然，從報業經營觀點，早期的新聞信，正如美國新聞史權威莫特教授所言的，似不容易激起現代讀者的興趣，但是新聞價值却不容忽視。

一八三三年到一八六〇年所謂廉價的便士報業時代的成功，無疑的，是新聞經營的一項革命。

無論如何，大量與大衆結件而行，是無法分開的。報紙由少數知識份子的閱讀物，一躍而爲大衆媒介，這是大量製造與大量推銷的結果。

代表便士報業的紐約太陽報，最大的成功，就是它的內容完全適合大衆口味；在寫作方面，有一種雅俗均能接受的風格；在內容方面，採用與大衆有關與大衆熟悉的題材，而能成爲風行紙，致銷數成倍數直線上升，如創刊二個月內就有二千份的銷數，四個月內就高達四千份。到了一八七六年太陽報有了十三萬一千份的銷數。這個數字，在當時是一個天文數字——聞所未聞的。

新聞能成爲時事事業的原因，實由於經營者把週遭所發生的事情，不惜一切代價，把它們採集與供應出來，以迎合一般大衆的口味。

這個時期，美國報紙越來越多，成爲最具繁殖力的「生物」，爲美國歷史中一項「奇景」。美國報紙的數目至一八七〇年時，總數約四千五百家。而且日報的繁殖速度勝過週報。到了八十年代，報紙，從美國新興的工業，跳升爲新興的王國，無處不在顯示它的力量。

普立茲與赫斯特之成就，絕非偶然，但能够成功，最主要的一個力量，還是歸之於迎合大家所好。

報紙服務範圍越廣，讀者越多，也就越容易失去個性，也就越不容易遷就個人，而成爲報紙與個人需求迷失。現代讀者不容易在報紙中找到自己要找到的，實是一項共同的感受。我們只要看看報紙讀者，在十字路上，在咖啡屋中，匆匆忙忙在翻閱報紙，又很快速地丢掉，這不只是代表生活忙碌而已，而是別無選擇，只有丢掉一途。

報紙在儘量討好多數人的大衆化過程中，並非沒有變化，也並非沒有改變的。在持續的歷史發展中，至少有二項變化，對於報業有極大的影響：

第一、就是精粹報紙的出現與成功。這些不靠大標題大照片而靠眞實與豐富內容而成功的有份量的報紙，如我們所熟知的紐約時報、基督教科學箴言報等，它們的生存價值，就是報業的存在價值。如果沒有這些還像報紙的報紙存在，報業究竟成爲什麼樣子，實令人不敢想像。

第二、就是新聞雜誌的出現。在傳播媒介發展的過程中，新聞雜誌的出現，是非常奇特的。因爲報紙本是源於雜誌，報紙是雜誌進一步的發展物。但是，新聞雜誌，在型態及出版日期方面，是屬於雜誌的一種，然而論其作用，却是報紙的滋生物。因爲報紙無法達成完全傳播的功能，而有新聞雜誌的出現。新聞雜誌與報紙處理新聞最大不同之處，就是前者把新聞加以意義化與分類化，也可以說是知識化。出現在報紙的新聞，就是新聞，而較少其他意義。

新聞雜誌的出現與成功，對於報紙有相當大的影響。最大的影響，一是寫作的技巧，一是新聞處理方式。自三十年代以來，所流行不衰的報紙首頁的新聞內容提要以及分段化，實在是受了新聞雜誌處理新聞的影響。

通信新聞與報紙

報紙向廿一世紀邁入的時候，出現了一股強勁的傳播媒介——通信新聞。

通信新聞，非但不是新的媒介，而是最古老的媒介。但以新的面貌出現，具有新的力量與極不相同的意義。

報紙源於通信新聞。

通信新聞却又源於報紙。

通信新聞的日漸風行，乃是因爲報紙機能衰退的結果，這是値得報業注視的警號。

報紙所積成的缺點，正好反襯出通信新聞的特點。

我們且看看人們爲什麼需要通信新聞：

一、找到自己要看的，避免自己不要看的。據每月出版的「通信新聞報導」編輯赫德遜分析：讀者與趣的精細分類和專門化的趨勢，在通信新聞的流行中有了部份的反映。讀者們知道自己要看的是甚麼，不想浪費時間與精力看自己不要看的東西。

二、逃避廣告與照片。通信新聞的特色，是沒有廣告或照片，這是一般報紙所無法辦到的。二者對於想從報紙得到有價値內容的讀者，都是極大的浪費。沒有廣告與照片的內容，使讀者以最低限度的閱讀時間獲得最大量的新聞。

三、保持自己的權威。報紙所刋佈的新聞，因爲大家都已知道，自無權威可言，「通訊新聞」可提供內幕性的資料，以滿足在其服務的行業中的權威心理。

四、節省讀者的時間。通信新聞的目標在爲讀者節省時間。

我們只要看到一些有地位人士，如美國白宮主人就是一個典型例子，聘有專人每天早晨在幾十份報紙中，摘錄重要新聞或評論，並加以分類與分析，就知道「通信新聞」的出現與受到重視，就不足爲奇了。

「通信新聞」使得每個人都有資格，付出極少的代價，而請一位專家「秘書」，提供精簡適合所需的動態知識。事實上，通信新聞處理資料的方式，就是秘書的手筆。吉伯林創造的通信新聞寫作範式，是用短而有力的文字，在一句中開始時的重要字句下加線，把重要的文字全部用大寫字母，用以表示出強調性。

此一強調，深具個性，也正是負責的「秘書」有力之筆，當然，只有體貼的秘書，才知道上司所要特別注意之處，這也是一般報紙讀者所無法享受到的。

特別值得注意的，目前通信新聞所處之地位，恰如報業興起時，所受到學術界與國會之重視：

在一九七三年，通訊新聞的編輯們，和一般報刊編輯一樣，有資格到美國參衆兩院的新聞席旁聽。

哈佛大學暑期班的有關出版的課程中，開有通訊新聞編輯一科，而且很受學生的重視，學生很多。

目前正式發行的通信新聞有五千種，而且通信新聞爲現代美國企業公司的重要消息來源。

無法避免的趨勢

隨着日益重要的通信新聞成長，對於現存的報業影響如何？這是我們所關心的，也是須面對的問題。

就「大衆」意義來說，通信新聞絕非報紙（雖然通信新聞已有日刋的出現），這是我們可以肯定的。

就個人獨佔來說，通信新聞絕非個體媒介，這也是我們可以肯定的。

它是群體媒介。

它是正由集體傳播走入個體傳播的中間媒介。

無論報紙未來走向如何，將來必有個體傳播媒介出現，這是無法避免的發展道路。個體媒介有其獨佔性，有其自動性，也有絕對的選擇性。這是無可懷疑的。未來的發展，任何人必能自動主動取其所需的資料。

報紙將如何求其生存與發展之道？

報紙將向二極發展：

還是在其內容。

鄰里報與地球報。

報紙也將向廣告發展。

鄰里報

先說鄰里報與地球報。

所謂「鄰里報」，並非鄰里報紙，而是報紙的內容，將更注重「本地化」。

「本地化」原是現代報紙的特色，也是幾乎成爲新聞採訪學的理論：越距離發行地越近的事情，新聞價值亦越高。

此一理論基於事實的需要，將更爲突出。

早期的報紙，並無當地新聞，這固然與讀者對象有關，但更重要的，是那個時候，生活簡單，範圍亦屬有限，鄰里所發生的事情，人人皆知，毋須再作報導。

現代人們的生活却極爲怪特，人與人間空間距離甚爲密切，緊緊相連，但人與人實際的關係，却萬山相隔，互不瞭解，此實爲比鄰若天涯的社會，如公寓式生活方式，就是典型的「冰山」生活。

鄰居還是鄰居。鄰居關係還是很重要。瞭解仍有必要，對於鄰居所發生的事情，仍有興趣知道。只是大家生活工業化的結果，無暇再顧到他人的事情，更不必說增加瞭解的責任，必然會落到傳播媒介身上，也是責無旁貸的。

未來的報紙報導範圍必然會越來越縮小，這是爲需要而傳播。

地球報

再談「地球報」。與鄰里需要相比，這似乎是極爲矛盾的事情。但，無可否認的一項事實，國際間生活關係越來越密切，尤其近年來所發生的能源問題、糧食問題、核子問題等，令人有世界一體之感，如一九八六年蘇俄所發生的核能電廠外洩事件，空氣、水、食品，影響所及，不只是核能電廠人員、當地居民，遠至歐亞，均有實際及心理上的威脅，就是一例。世界上任何地方所發生的事情，都和其他地方有密不可分的利害關係，我們不能不隨時注意世界其他地方的變動，而形成國際新聞的重要性。又如，流行服裝問題，就是世界性的影響。巴黎時裝市場任何新式樣的出現或落伍，對於世界其他城市的影響，就如同對於巴黎一樣；甚至對於一個國家的經濟與貿易都有影響。

這一世界的利害關係，正如大衆傳播名學者麥克魯漢所預言的，將成爲一個「地球村」。地球上的人，大家就如同生活在一個村莊一樣，息息相關。

這樣的一個世界，我們怎能不注意其他國家、其他地方所發生的變動呢？這一基本需要，就形成國際新聞的重要。

國際新聞非僅日益重要，而且重要得無法離開的地步。這一事實，就會打破目前可有可無的國際新聞處理方式。

「地球報」的意義，爲國際新聞專業報紙的出現，這可能是未來所謂大報最大的特色。

如果人們對於這種形式的國際新聞專業報紙仍不滿足，那就會導致世界報紙的出現。衞星已在等着幫忙，如今日美國報透過衞星版面的傳遞，歐亞亦發行「衞星版」，就是一個趨勢。但，這種報紙和所謂國際版最大的不同，就是不管在什麼地方出版，都是當地的文字。

廣告報

我們再談「廣告報」。

今日報紙最大的威脅，是來自廣告，是廣告的威脅。

報紙最大的危機，是：廣告可以使得任何很重要的新聞變成不重要。二次世界大戰後美國報紙就是如此面貌，致讀者很難在新聞紙中找到新聞。

但，另一事實是：報紙離不開廣告事小，而是人們無法離開廣告。在匆忙選擇社會中，唯一能幫大家忙的，還是靠廣告，無疑的，報紙廣告是可信程度較高的一種。

那麼，報紙廣告何去何從？

也許有二條路可走：

第一條路是報紙與廣告徹底分離，新聞是新聞，廣告是廣告，廣告版成爲報紙的附頁。

第二條路是「廣告報」的出現，如果廣告成爲人們生活中無可或缺，新聞事業工商化最後的結果，勢必產生廣告報。

報紙無法避免的路途，還是由大衆媒介轉回到個人媒介，只不過規模有所不同而已。此正如工業化後期社會相當於第五世紀的希臘雅典社會，祇不過奴隸改由電腦和自動化取代而已。個人傳播生活，由於電腦和自動化的服務，隨心所欲，隨時能得到自己要得到的日子，必然很快會到來。

大衆傳播媒介轉爲個人傳播媒介過程中，報紙是被淘汰，抑或很自然地轉爲個人媒介，這不只是報紙存亡的問題，而是人類生活所面臨的大問題。

自然，非常明顯的，這一答案，不取決於社會被傳播大衆，因爲趨於個人傳播媒介，乃是現代生活必然的結果，是無法避免的。因爲大衆傳播媒介不只是反映生活，而且生活在現實環境中，它是社會制度的一環，也是無法逃避社會制度與現實社會的影響。

問題是，報紙若能瞭解此一無法避免的趨勢，爲使報紙能成爲萬世不衰的媒介，報紙底道路，應該是朝向個人服務的發展。自然，這一任務非常艱鉅，而且越來越艱苦，因爲人類個人需要越來越強，惟越能滿足多數人的個人需要，就越有資格接近個人的大衆媒介。

十三・報業發展的道路

從報業的歷史發展和今天報業所面對的傳播環境，我們不難發現；報業正在面對一個極大的改變。

此一改變，也許是革命性的，也許是改革性的。不過，由於報業本身力量的強大，由於人們還是離不開報紙，改革的機會應重於革命的機會。況且，在正常的歷史道路上，改革總比革命順當，改革也是理所當然的。

本書作者曾提出「循環理論」。此一理論，乃是：大眾傳播時代的形成，係經過個體傳播至群體傳播至大眾傳播。今天可能自大眾傳播回流到群體傳播再到個體傳播。

這一理論之提出，頗引起研究者之興趣，並提出追索性的問題，甚至迫不及待地問：何時才能實現或出現？

本章乃作進一步的研討。

一個發展的理論

在未研討之前，必須作若干「理論」上的說明：

一、大衆傳播事業的形成，自有其條件與背景，但最大的特徵，乃是由於傳播媒介出現與服務而成功的。衆所週知，今日大衆傳播事業，係由三大主要傳播媒介所組成，亦卽：報紙（包括雜誌）、廣播與電視。或謂：印刷媒介與電子媒介。無論報紙、廣播、電視，在成長過程中，總是先以個人爲服務對象，再擴展爲群體，最後擴大至大衆，乃再回返到個體。不說別的，就以電視來說，最爲明顯，現已發展到卡式電視錄影機，對於個人收視來說，更爲方便，更不受「大家」所限制。當然，這還不算是最後的「電視媒介」，但，至少向個人的電視媒介，又向前邁進了一步，甚至是一大步。

二、循環理論，是一個發展的理論，因之，是進步的，不是後退的。在發展形式上有回流的現象，但本質上卻是進步的。例如，通訊新聞的出現，若說取代報紙，爲時過早，通訊新聞具有新聞信的形式與機能，但其本身，絕不是回到新聞信時代，而是達成新聞信的功能。

三、歷史發展，是緩慢的，是有階梯式的，而不是急進的。今天報業發展，雖有若干重大壓力，但還是離不開歷史的道路。

四、生存就是求進步、求發展最大的壓力與動力。儘管壓力往往是被動的，但仍能產生極大的動力。

自從新聞成爲事業後，「經營」乃是最大與最重要的問題，因爲經營問題也就是求生存（消極）求發展（積極）的問題。

今天報業經營受到兩種壓力：一是人的壓力，一是物的壓力。

人的壓力，就是讀者需要問題。

物的壓力，就是生產成本問題。

所謂讀者需要問題，簡言之，就是今天報紙讀者，已經不是過去的報紙讀者。

所謂生產成本問題，就是維持出報以及出報產生利潤，均遭遇嚴重的問題。

這兩個問題，看來是壓力，其實，是推動今天報業發展的兩大助力。

這兩個問題，事實上，就是一個報業發展問題。因爲：

昨天的報紙，無法滿足今天報紙的讀者需要。毫無問題的，報紙爲了生存，必須把昨天的報紙設法改成今天的報紙，而促成最大改變的，就是內容改變。

生產成本發生問題，必須尋求改進成本之道，才能維持報紙的生存。

面臨改革的壓力

無論是有聲的，或是無聲的，報紙正面臨極大的改革壓力，卻是一項事實。

這個事實，可從兩方面來看：

第一、報紙外新媒介重現。

第二、爲報紙生存所採取的生存措施。

所謂報紙外新媒介重現，就是通訊新聞成功。

通訊新聞所以對於報業發展有其命脈作用，這是因爲：

第一、通訊新聞是由於報業機能衰退而重現的。

第二、如通訊新聞像報紙一樣擴展，它很可能成爲報紙或取代報紙。

爲什麼有了報紙，還會有通訊新聞，有了通訊新聞，還會如此風行？

通訊新聞之所以風行，所以受到讀者之歡迎與重視，乃是因爲「它們行文簡短，但非常中肯，報導的全是讀者們要知道的事物。」

這是當今的報紙仍無法做到的。

無論形式或內容，通訊新聞和報紙有絕對的不同，這就是通訊新聞成功處。通訊新聞所具有的：

• 標準的通訊新聞，如同標準信紙，大約四至八頁，能使讀者在最少閱讀時間，獲得最重要最多的新聞。

• 通訊新聞，最大的特色之一，是沒有照片與廣告。

• 通訊新聞寫作方式，不像報紙那樣機器式報導，一成不變，而它們的風格變化很大。有的是純報導式的，有的發表意見，有的如私人之間對話。

• 通訊新聞之所以抬頭，因爲它們所刋出的資料內容專門，不能在其他媒體中見到。

• 通訊新聞被視爲最有價值的作用，乃在把新聞節短到便於閱讀的程度。

• 通訊新聞編輯們，所牢記在心的，就是知道讀者都很忙，必須致力於爲讀者節省時間的事業。

誠如研究美國通訊新聞的專家們所說的：通訊新聞並不是甚麼新鮮發明，早在十五世紀，在歐亞就很流行，十七世紀美洲殖民地還沒有辦法出版報紙的時候，就靠通訊新聞（新聞信），來傳遞新聞。

但是，爲什麼到了十九世紀被報紙摒棄之物，又會如此風行，這是值得研究，特別是報紙工作者，引爲警惕的。

因爲報紙做不到的，通訊新聞做到了。

報紙因爲是大衆媒介，太注重大衆口味，而忽略個性與專門化，於是報紙失去特色，失去吸引性。

殊不知每個人都有自己的胃口。不會由於機器產生而失去；每個人都有每個人需要，不會因爲大家有需要，而失去自己的需要。特別是在今日專門化的時代，出奇取勝者，不是靠大家都已知道的事情，而是靠大家不知道的事情，也就是情報時代。

報紙衆多，而又大同小異，實是通訊新聞復活的主因；當然，通訊新聞本身並無復活本領，它能够復活，主要是因爲人們，或者說是時代的需要使然。

在這大衆傳播籠罩時代，一位忙人，一位要人，可以不看電視，可以拒絕聽廣播，但不能不看報紙，因爲報紙代表知識。於是濃縮式的提要，乃成爲報紙代替品。當然，這是秘書的工作。但是，除了貴爲總統有新聞秘書外，一般既請不起秘書，更請不起一位懂得新聞的秘書，於是專業的職業的新聞秘書，脫穎而出，那就是通訊新聞的編輯。

當然，報紙與通訊新聞，都有可走的路。

報紙如能吸取通訊新聞成功的經驗，而能作適當的發揮，則報紙不獨不受其害，反蒙受其利。通訊新聞，如能公開發行、如能大量發行，打破「通訊」的瓶頸，則就不難成爲風行的專業的報紙，或迫使大衆化報紙蛻變成爲大衆時代的產品，供新聞史學家去研究得失了。

近年來，特別是石油危機所出現的經濟萎縮，報業生存特別感到困難。面對生存的威脅，人類求生本能就特別強烈，而收穫往往也會超過生存的界域。

美國報紙的改變

報業是極其複雜的事業，影響固是多面的，受影響也是多面的。影響報業生存的有：

一、紙的缺乏與上漲：新聞紙是報紙的生命體，因爲新聞紙就是印報紙。除非有代替品，或是不需要印刷亦可供應新聞，否則，新聞紙仍是決定報紙的生命。新聞紙價的上漲，幾乎是國際報業界感頭痛的新聞。這種新聞，也許讀者不知道、就是知道，亦不關心。但對於報紙經營者，卻是頭痛要命的事。而且不間斷而來，只是一個漲字。於是發生搶購或是儲存的現象。價格之高，就更不待言了。據紐約時報所發表的專文報告，自一九六五年以來，國際新聞紙的售價就不斷上漲。所幸年來已有緩和現象，總算不愁買不到紙了。

二、罷工的影響：工人問題對於新聞事業實是令人頭痛問題。因爲工人罷工，隨時可使報紙機器停工，或是印出好的報紙，因爲報童的罷工而無法送出。新聞業和其他行業不同的，就是面對各式各樣的罷工威脅，而且都會影響到報紙的出版。如碼頭工人罷工，印報紙就無法上船；如國際通訊工作者罷工，國際新聞電訊就有斷炊之虞。例如，一九七三年就因爲罷工造成新聞紙短缺，促使紙價高漲。

三、郵費高漲：美國新聞史中，最值得驕傲的一章，就是國會對於新聞文化類印刷品的郵遞，立有專法，享受特別的優待與保障；例如一七八二年與一七九二年的郵政法案，教育和報導性的文件郵費都非常低廉。這也是現代新聞事業能够在美國形成與發達的原因。

很不幸的，就是近幾年來，美國郵費不斷調整，享有特別優待的新聞紙郵費，自亦在調整之列，使得美國新聞出版者大喊吃不消。據時代雜誌的分析，一九七六年出版物所負擔的郵費，爲五年前（一九七一年）的百分之二百四十二。自然，連年美國出版物郵費之提高，對於雜誌打擊最大。例如美國展望與生活雜誌（已復刊）負責人一致表示，這兩份雜誌曾被迫停刊，郵費之不勝負擔是一基本因素。

四、受物價波動影響：報業之經營，眞如社會中有一髮被牽動，而全身爲之動搖。因連年受國際經濟之影響，物價有劇烈波動，均增加出報成本。特別是人工、水電等等，均隨社會變動，而有所調整，報紙實不勝負擔。

總之，就是報紙成本發生基本上劇烈的變動。消極影響生存，積極影響發展。

生存不是變戲法問題，而是極嚴肅的挑戰。

我們且看看報業爲了活下去如何面對劇變？

歸納而言，不外以下三種方式：

一、提高報費及廣告費。

二、縮減篇幅。

三、改變報紙形式。

就一來說，這是最直截了當的方式，也是在一切不作改變的前提下，最容易採取的措施。這是許多美國報紙所採取的方法，如包括紐約時報及華爾街日報在內的報紙，就將它們的日報價格於一九七四年提高為美金二角。十三年前只賣三分美金的「每日新聞」，一九七四年夏天開始提高為一角五分。

所幸處在今日新聞事業時代，如倒退到十九世紀三十年代，那為新聞事業展開多彩多姿的便士報業，便無法產生。

廣告費的提高，更會收事半功倍之效，因為報紙向靠廣告生存與賺錢的。例如銷數在一百萬份以上的洛杉磯時報，就在一九七四年不斷地調整廣告費，一年之內，漲了二次，共提高了百分之廿。

就二來說，縮減篇幅，不失為釜底抽薪方式，因為可立即節省不少新聞紙的支出。問題是減少什麼？一是減少新聞版面的內容，包括特稿、連環圖等，一是減少廣告篇幅。

就三來說，就是改變報紙版面的形式。例如，美國俄勒岡州的新聞紀事報發行人就在一九七三年六月九日出版的編輯與發行人雜誌指出：報紙的形式縮小、新聞內容也按比例削減，這樣可節省百分之十四的用紙量。美國費城詢問報執行編輯羅伯兹對於未來報紙的形式，描述成如同「

紙巾那樣大小。」

我們可以肯定地說：無論願意或不願意，美國報紙面臨必須的改變。此正如紐約時報馬丁・阿諾德所指出的：『在未來十年內，美國的報紙或許將變得更小、更容易閱讀，並刊登較少的廣告。』

問題是：這種被迫改革的結果如何？或更具體地說：讀者反應如何？

對於想把報紙改革成爲超越報紙的人，也許並不是一好消息：讀者反應非常好。

美聯社總編輯協會曾針對此一改革，作了一次意見調查，結果發現：

——若干編輯發現減張之後，帶來意料之外的好處。

——進行了以前所辦不到的改革。

——清潔了版面，消除版面的浪費。

——他們從此知道讀者要讀什麼。

這樣精編的結果，不是和通訊新聞湊上一大步了嗎？特別是像「紙巾那樣大小」，不就是通訊新聞的面貌嗎？

當然，以上只是美國報業的情形。回轉過來，再看看我們自己的報業。

我國報業的前瞻

相較之下，我們報業的情形，自較美國要慶幸得多。這是因爲我們的紙張負擔並沒有像美國那樣重。據國內一位新聞經理負責人估計，本省之新聞用紙，包括臺北市和各地方的報紙，全年總用量在四萬三千二百公噸到四萬八千公噸之間，這與美國洛杉磯時報一報每年的用紙超過卅六萬噸，實無法相比。這固是原因，但若干用紙量少的地區，也有因新聞紙缺貨，價格高漲，而迫使報紙連連停刊，印尼就是一例。

我們新聞同業應付緊急需要的能力，也是一大原因，還有一個重要原因，就是在出版法有關戰時新聞節約用紙條文下，新聞同業所發揮的高度自律，使報紙篇幅有所節制，而未遭受如同美國報業的危機。

當然，衆所週知，政府在經濟危機期間，對於報業用紙的幫助，尚有不少，使得報業能共渡難關。

美國報紙的無限篇幅，固然產生報業問題，而能趁機迎頭解決，渡過了報業的難關，報紙也趁機完成了一次蛻變；我們的有限篇幅，其所遭受的冲擊，無論問題與幅度，均沒有美國之大，但仍然有基本問題存在。更值得警惕的，就是並沒有像美國報業的機會，能被迫完成一次改革。

相反的，我們產生了新的問題。

問題之一，就是廣告篇幅的擴展，而與美國減縮廣告面積成對比，相對之下，新聞內容減少。

問題之二，就是內容可讀可用性，仍待增強。

問題之三，報紙經營成本雖增加，但盈利機會與利潤，卻並未減少。

這是當前我們報業的根本問題。

為了解決這三個基本問題，試探我國報業的道路。

一、報紙新聞與廣告篇幅，必須作一嚴格比例，而堅守其分寸。年來報紙廣告量之增加，應是一項事實，雖然並無統計資料作依據，這在出報成本上漲的過程中，也是不得已的措施，否則就會有增加讀者的直接負擔（如增加報費），這是讀者可以瞭解與諒解的。但廣告篇幅，在有限篇幅狀況下，無限制增加，絕非報紙之福，因為這樣會使報紙失去意義，甚至失去存在的價值。讀者所以要看報，要訂報，乃是因為有新聞在。

尤有進者，在企業觀念沖擊下，會賺錢的廣告，隨時而且輕而易舉的擠掉新聞或特稿，這是在報社新聞部門工作者，所不忍心與必須忍受的，因為誰都知道錢的重要。但是，誰不知道讀者的重要？相反的，新聞擠掉廣告，那就需要相當大的魄力與決斷。

有一位新聞同業說：廣告比新聞重要的多。其中含義固有相當大的同情份量，但也有抗議。

因此，為了維持報紙的生存，更為了維持報紙存在的價值，廣告版與新聞版，作一適當的比例確定，並嚴格堅守，實是今日報紙最迫切的事情。這個比例，至少要有兩個原則：

第一、報社利益與讀者利益兼顧，而有合理的劃分。

第二、新聞版應有最低容量，廣告版應有最高限制，彼此照顧，彼此遵守，共維報紙之生機，共謀報紙之發展。

二、內容可用、可讀性的增進。

就報紙可用來說，報紙新聞選取與寫作方向，無法避免的一條路，是朝着個人服務道路去發展、去邁進。這條路不只是通訊新聞所能獨走的，報紙也可以走，也必須走。

雜誌就有一個顯著例子，足可供報紙新聞處理類似內容的根據與參考。那就是《美國新聞與世界報導》的「你能用的新聞」（News You Can Use，按中文版譯爲「實用新聞」。）。這個專欄享有二十三年的歷史，是這個雜誌最受讀者所樂讀的專欄之一。這個專欄的助理主編史密斯（Donald E. Smith）因爲在選撰專欄特稿方面有傑出表現而獲得一九七五年 National Headliners Club Award。

「你能用的新聞」眞是名副其實。凡讀者所能用的，寫得明明白白，詳詳細細，如同你我請來的「新聞顧問」。這裏隨便擧出幾個例子，都可以知道它爲什麼會「叫座」：

·夏天來臨之前，冷氣大開，必然會增加電費，於是該刊編輯在「節省能源」標題項下，提出一些可行建議。例如：檢查你的冷氣機有無阻塞？同樣的冷氣機，一個受垢的冷凝器要化費較長時間（用更多電）才能達到同樣冷氣。保持照明器如燈泡等的乾淨，房間內牆壁可改刷爲較淡顏色，以能使房間更亮，而有助於電費減少。你儘可能利用戶外好天氣曬乾衣服，以代替使用烘乾器。

·大批越南難民湧向美國，其中不乏可用之才，而在這些可用之人才中，有些是醫生，但並不是所有越南醫生都是合格的。因此，該專欄在「越南醫生」標題中，對於那些想聘請湧向美國社會的難民醫生者提出警告：美國全國保健服務團主任馬丁博士提出警告：在大約二百五十名難民醫生中，有能力在最近三個月內拿到在美國開業執照的，不過二十人到三十人。欲知詳情，請

與馬丁博士連繫：5600 Fishers Lane Rockuille, Md. 20852

這樣新聞才有可用的價值，尤其是人名與地址的提供，這是我們國內所值得學習的一種報導方式。我們往往在這方面的報導是粗枝大葉的。例如，「在臺灣銀行領取」。就不肯把在那裏向那人洽領，說得清楚，致使讀者跑了許多寃枉路，受了寃枉氣。開會時間地點，更是不着邊際，常常是在「臺北市舉行」，這還不是等於沒有說。

像這樣的報導，才是「新聞服務」。

三、合理成本與利潤保持：近年來，受到經濟因素之影響，出報成本有顯著增加，這是無可避免的事實。就以臺北市某報為例：六十三年單位出報成本，平均每單位為二・八九九九元，較六二年度平均每單位二・〇一〇三元增高為〇・八八九六元，計增高百分之四四・二五。但合理成本，不僅可以維持而且必須維持，才算「合理」。其中，除了不可控制的項目，例如紙張漲價外，有的可用管理加強，使之支出合理化，該花的當花，該省的當省。

合理利潤保持，一方面可使報紙得到正常與不停止地營養，保持報紙發展；另一方面，亦可避免廣告無限制擴展。

道路是人走出來的，報業的道路，乃是報人開闢出來的。報業的生存固然重要，但報業發展更為重要。因為生存是今天的問題，而發展卻是明天的問題。

要想保持報業的力量，必須集中智慧，朝向明天的報業發展。

報業的道路，還是一條坦直的大道。

十四・未來的報業

這不是一篇預言性的討論文字。

這是一篇根據報業生存與發展的環境，試探未來報業發展的趨勢。

首先，對於「未來」的定義範圍，加以說明。

當六十年代將近進入尾聲的時候，經濟學家所指的未來，是未來的十年——即將開始的七十年代。科學家及社會學家在探討人類未來的生活環境之時，近者推展到十年之後，如「一九八〇年的人類生活」，遠者展視到廿一世紀，如聯合國在一項人口專家會議中，即曾討論到紀元二〇五〇年的世界人口。

新聞工作者對於未來的計算，雖然沒有像科學家那樣精確，沒有像社會學家那樣遠大，但未來是新聞工作者的生命線。因爲：

一、新聞傳播工作，無法脫離環境。未來的傳播工作，即取決於未來的傳播環境。

二、大衆傳播媒介是有改變環境能力。爲了發揮改變的能力，新聞工作者必須能展視未來，高瞻遠矚，才能居於前瞻的地位。

鋒。因此，新聞工作者若能瞭解未來的重要性，進而掌握未來，則新聞事業必能成爲時代的前鋒。

未來，對於新聞事業之重要，可從新聞學術研究的主題得到明證。一九五四年，當美國新聞教育學者參加新聞教育學會年會，研討未來的新聞大衆傳播事業與教育發展之時，卽曾分門別類的，邀請各方面的專家學者，展望一九五五年至一九七五年間之報業。這，未來的含義，係指廿年間。

民國七十年至九十年，這二十年間，我們在生活，在競爭中的報業未來如何，是我們從事報業工作者以及報業研究者，最關心的，其關心的程度，可能遠比二〇〇〇年的人類生活爲高；因爲我們不僅生活在這二十年中，而且，更重要的，我們將無日不在此二十年中，爲可及或遙遠的未來目標而努力工作。

本節的探討，卽在幫助達成這卽將到來的可及目標。

簡而言之，本節所指的未來，係未來的二十年；報業係指報紙的經營，編輯及採集而言。

報業專業化的動力——新聞教育專業化

世界中文報業協會第三屆年會於民國五十九年十一月在香港擧行的時候，討論中文報業的主題之一，是如何使報業專業化。

專業化，不僅是中文報業工作者努力的目標，也是世界報業久已存在的問題。

毫無問題的，專業化是未來報業的特質，也是報業免流於商業化的必要途徑。

一、報業專業化的途徑

問題是如何實踐專業化。當然，要想報業專業化，必先要報業人員實踐專業化；要想報業人員具有專業化的精神，則靠專業新聞教育的成功，其理非常明顯。

何謂專業化（Professionalization）？是爲完成某一種重要公衆服務的職業。此項職業的存在，是爲了表現某些重要的公衆服務。

專業化與專業教育不可分割的關係，是因爲專業人員在准許（請注意准許）從事某一種專業之前，須顯示出獲有專業的獨特知識。他們爲了獲得專業知識，需要花費很長的時間在專業學府中研習，是謂專業教育。每一專業人員都有良知，表現在行爲規範中。如果在事後，他未能盡到職業道德的責任，則職業自律團體有權禁止從事這一職業。

以世界公認的標準來說，只有三種職業合於專業的標準，那就是我們所熟知的：傳教士、醫生和律師。

新聞事業之重要性，自有客觀的評價，其重要性，絕不在宗教、醫藥和法律之下，新聞記者工作的影響人群之大，也具有與傳教士、醫生或律師之同等重要，不可或缺。

但，新聞事業視爲專業，只是努力的目標，新聞工作者視爲專業工作者，當是一項極嚴厲的挑戰。

爲什麼呢？這和我們職業的要求及教育的要求有關係。

就以一個律師的要求來說，就要比一位新聞記者要嚴格的多。

一位好律師，必須三通，即通法理，通事理和通文理。法理是法律常識，文理是表達能力，這兩樣都要苦學；事理則是人情世故，需時間磨練才能通達。『一個優秀的律師要有良好的學問，還要有豐富的實務經驗。就品德來說，一位好律師必須忠實可靠，收費合理。這與醫師要重醫德是一樣的道理。』

專業化的工作者，無論傳教士、醫生或是律師，都有共同的特色：那就是受過極嚴格的專門教育，且較一般的教育時間為長。一旦接受專業教育後，一生很難轉業；反之，未受過此項嚴格的教育，也無法從事此一行業。

專業工作者都有較高的社會地位，除傳教士外，也有較高的報酬，還有嚴格的制裁規律，以維護職業道德的神聖與尊嚴。

這些年來，這些專業化的教育，還有一個重要的發展趨勢，那就是社會越進步，工作越繁重，越感到道德教育的重要。

二、新聞教育的危機

反觀新聞教育與新聞職業，則情況完全不同。

新聞教育是近代才開始的教育。從米蘇里大學新聞學院成立起（一九〇八年），到現在才不過七十餘年的歷史，就學術發展來說，七十年並不算很長的時間。但在這七十年中，新聞教育不斷受到懷疑與挑戰。

就高等教育目標來說，學校教育應使學者得到深度與廣度的知識，使學者能在一生中，充分發揮所學，潛力無底，廣濶無邊。經驗的練達，那是就業後的教育。但，很不幸的，新聞教育的缺失，就在於太注重經驗的教育。

如果新聞教育得從職業學校開始，也許它的基礎會更穩固些，會一步一步提高學術研究的水準。

新聞教育最嚴厲的挑戰，始終是來自新聞事業。因爲新聞事業與新聞教育的關係太密切；所謂愛之深，責之切。

新聞事業，特別是有影響力的報人，希望新聞教育機構培養出來的人才，其所擁有的專業知識，不僅爲職業工作者所不及，而且，更重要的，除非進到大學新聞學系，否則，永遠學不到那些知識。

這雖然有些苛求，但也就是專業教育的本領。

但是，因爲初期的新聞教育，太注重訓練編採人員，而忽略了教育的眞才實學，爲新聞教育發展的濫觴。

直到一九二〇年以後，美國新聞教育主持者，才開始轉向，向深度與廣度求發展，而成爲今日新聞教育的面貌。

今日的新聞學府，與醫學、法律相比，還有一大段的距離，原因是無法解答以下的問題：

第一、就教學成果來說，一個受過新聞教育的畢業生，不像法律學院畢業生，取得了終生服務社會的候選人資格。

(二)第二、就研究的成果來說，新聞教育學府，並不像醫學院那種具有研究的權威性，成為小規模社會，甚至全國全世界的醫學研究中心。醫學院享有此項權威，但新聞學院則沒有。

關於第一個問題，新聞教育者或是關心新聞教育者，常從年限增進新聞教育的專業價值。主張延長在學年限，如同法律系學生，延長為六年，但均無法增進新聞教育之價值，反而浪費時間，徒遭在學學生的抱怨。

關於第二個問題，新聞教育已發展成為形式上的研究院教育，有大批的碩士、博士研究生，參與研究工作。而且這些研究生成為博士後，仍在學校參與研究工作。對於新聞教育的研究地位，大有增進，但仍無法與法律、醫學研究中心之權威相比。

三、新聞教育與新聞事業關係

再談新聞事業與新聞教育之關係。至少有三種關係是和專業化背道而馳的：

第一、一個受過新聞教育的畢業生，參加新聞工作後，很輕易地就離開崗位而去，並不自惜。

第二、一個未受過新聞教育的畢業生，也很輕易地有機會參與新聞工作，往往亦有傑出的表現。

第三、新聞工作是要人命的職業，據調查所發表的統計，新聞行業工作緊張，死亡率最高，平均壽命僅有五十三歲，易患血液循環、呼吸系統、胃部諸症及神經失常。但，新聞工作人員的待遇却很菲薄。

爲什麼新聞系畢業生不僅不能奉爲一生之專業，而且輕易離開崗位而去？原因自然很多，就我們目前環境來說，其中包括：㈠出國深造；㈡待遇菲薄，改從他業；㈢爲名所惑；一時無法成爲名記者，一生無望成爲大老闆，因而離去。

四、新聞教育的革命

未來的新聞專業化，基於新聞教育專業化，如何從新聞教育專業着手，而成爲新聞專業化的時代。應從二方面着手：

一、新聞學府是培養新聞專家之地，打破傳統的常識教育與職業教育。因爲未來的傳播工作，是專家的時代。如果在這方面，新聞學府不能早作努力，將來新聞教育不僅與專業教育相去甚遠；還會遭遇淘汰的危險。

所謂專家的教育，爲如學習法律學系的入學資格與教育基礎。此一構想，遠在四十年前，已故美國西北大學新聞學院院長歐森（Kenneth Olson）卽已提出，並在西北大學新聞學院付諸實施。

此一方式將祝爲新聞教育的革命，循下述二種途徑邁進：第一種爲溫和的革命，卽新聞教育仍維持現在的學制，但畢業生必須具備專家之專門學識及基礎學識，自第四年及第五年（延長一年），再接受新聞專業教育。所謂專業的學識及基礎學識係指社會科學、自然科學及人文科學而言。如一位科學記者，他的專門學識可能是數學或物理，基礎學識則爲社會科學。第二種爲眞正的革命。即完全採用美國法律學院之入學方式，入學資格爲大學畢業，自第五年開始接受新聞專業教育二年。而且入學生標準要提高，有嚴格的淘汰制度。

對於新聞基礎教育，在未來特別具有重要性的，就是美國的所謂 Liberal Arts 教育，將日益重要。因爲人文教育在科學的時代中，有漸被淘汰之勢，但，文藝氣息及藝術修養，對於未來的新聞工作者具有特別的重要地位。此正如一位物理學家所指出的：『藝術與科學在危機時期決不可忽略。相反地，更應努力於藝術的創造和科學的鑽研，研究我們生活的世界和拓寬我們知識的領域，乃是一種極大的人類價值。』

此也正如大衆傳播大師麥克魯漢對於藝術家地位推崇之一樣道理：『所謂的藝術家便是能够在任何方面，無論是自然或人文科學上，把握住他行動的意義和他自己時代新知識的人，藝術家是能從整體上去認識事物的人。』

可見具有藝術修養的新聞家仍是明天的新聞工作成敗的重要條件。

關於新聞學府的教學使命，還有一個發展的趨勢，就是由於新聞事業的領域日益廣大，需要各色各樣的新聞工作者，甚至於是純技術工作者，因此，選科生的增加，乃是必然的。但對於這些選科生，如果有意參與新聞工作，則必須把新聞道德倫理或責任一類的課程，列入必修的，才能有輔助於新聞事業，而無損於新聞專業的精神。當然，這個必修能否收到實際效果，也要看新聞事業單位是否認眞要求，出示成績單。

二、新聞學府，心無二用，專心一致的成爲新聞研究的權威中心。

新聞教育功能的發展，其先後次序爲：教學、服務、研究，而形成新聞學府之三重功能。研究功能的形成，雖挽救了新聞學府的存在危機，但並未能建立專業化的權威，充其量，只是爲專業化鋪路而已。

爲什麼呢？我們只要看看每天醫學研究所發表的新聞而言（別的不說，就以臺大醫學院爲例，經常有新手術實驗），就知道我們新聞學府研究能力的薄弱，權威基礎的不够穩固，實在距離專業化的標準相去甚遠。因而，研究是達到新聞教育專業化，新聞教育權威的建立，必須的途徑，甚至可以說，是唯一的途徑。

研究，不只是爲了維持新聞教育學術之尊嚴，從新聞事業專業化與新聞教育之間關係來看，研究，更是發展未來報業的良圖。換言之，未來報業，能否得到發展，能否建立專業化的新聞事業，端視研究的成績。

不僅是醫學，近代凡是進步的事業，凡是向前推展的事業，無不具有強力的研究機構，作爲向前邁進的動力。例如美國的RCA，日本的Sony，以及執世界電信事業之牛耳的美國貝爾電話、電報公司等，他們最值得自豪的，不是精美產品，而是所擁有的智慧參謀作業集團，無不擁有第一流人才、巨量的投資和最新設備，從事日新又新的研究實驗工作。例如貝爾電話、電報公司自從一九三〇年以來，投資在研究及技術發展方面，就遠超過十億美元。據該公司總裁宣佈，今後他們還會花更多的錢用在研究發展方面。

報業，不僅「也要研究」，而且未來的報業，乃是決定於報業研究。

問題是如何來研究，什麼機構來研究？

五、報業研究的幾個途徑

報業研究不外幾種方式：

第一、是報社本身研究，成立研究發展機構。美國若干大報，就成立強而有力的研究發展機構。如美國北部一份極有影響的報紙明尼阿波利斯報系（The Minneapolis Star and Tribune），即發揮了研究的力量，因爲該報主持人相信：報紙研究是價值非凡的、有用的和需要的。

第二、是委託傳播研究機構從事研究。

第三、是職業團體從事研究。如中華民國編輯人協會及世界中文報業協會，都可以網羅專門人才，從事有系統問題的研究，特別是接受個案委託研究，更有價值。

第四、就是新聞教育學府。

以上四個方式，就我們目前的報業環境來說，第一條路是很難走得通。一因報社本身工作太忙，無暇研究；二因缺乏人才，高級研究人才不易羅致；三是缺乏設備；四是更缺乏研究的信心。特別是我們的研究發展機構，多視爲一種酬庸或養老的冷庫，更是研究發展的阻碍。

第二條路，至少目前還是很難走得通的。這是因爲我們目前尙無法培養出權威的企業傳播研究機構（至少報業未成爲專業之前，這幾乎是奢望）。商業利益重於一切的傳播公司，往往成爲傳播媒介單位的御用工具。研究的出發點，多是基於宣傳的立場，談不上研究價值。

第三條路是可以走的路，而且在美國及日本，都收到相當的效果，特別是廣播的研究。例如，日本放送協會的研究工作，就有廣播文化研究所、廣播電視文化研究所和輿論三個研究機構，成就很是可觀。就以正在計劃中的四大研究計劃，足可解決或供解決廣播問題的依據。（這四大計劃是廣播語言研究、廣播工作研究、廣播科學研究及廣播史編纂研究）。

全球性的中文報業協會，已經有了很好的起步。但是，職業團體研究能否產生效果之前提，是：必須依賴研究教育機構，否則何來研究人才？（光靠經驗是不足的，而且沒有方法整理經驗，往往會事倍功半的。）

因此，未來的報業專業化，端賴新聞教育學府研究的成果。因爲，新聞教育學府，具有權威性與客觀性，更有師資、研究人員、研究設備，足有能力成爲新聞事業的智慧顧問機構。

此正如一九六四年諾貝爾物理學獎得主的名物理學家湯斯博士，自述及勉勵後學的研究經驗：「要有啓發性、研究性，自動地找問題，主動地找答案。」這就是一位物理學家成功的要訣。努力和專注，就代表了研究的一切。

新聞教育研究機構也是如此。未來的專業化報業，就建立在研究學府的努力和專注方面。

如果報業所面對的問題，都能獲得權威的答案，這不就是專業新聞教育的實現嗎？如果權威的答案，都從新聞教育研究機構研究出來，未來的新聞系畢業生，還怕沒有出路麼？

從事報業工作的人員，都能來自受過嚴格的新聞教育機構，這當然是專業化報業。

未來報紙的內容

未來報業的形式，決定於報業的內容，換言之，報紙提供了一個什麼樣的內容，即成爲何種形式的報業。

報紙的內容，是集編輯、採訪記者等新聞工作者的智慧與努力，合力而成的。但，報紙的內容，並不能完全取決於新聞工作者的主觀條件。客觀環境以及傳播媒介的競爭環境，都會影響到報紙內容；都是決定未來報業內容的動力。

歸納而言，未來新聞工作者表現內容方式，應循以下的六個方向：

第一、新聞寫作及編輯方式，將逐漸形成一個自由體的時代。

第二、專題報導及專欄記者之出現。

第三、就新聞內容來說，將逐漸注重人類社會環境問題爲重心的報導世紀。

第四、就新聞寫作來說，將着重背景與解釋新聞，以代替傳統的純粹新聞報導方式。

第五、非文字傳播的內容將日益重要。

第六、廣告內容及廣告地位將更爲重要。

現就以上的六個發展方向，一一說明如下。

一、自由體時代的來臨

新聞寫作及編輯方式，趨向於自由體，不僅僅基於人們對於所謂倒寶塔式新聞寫作的厭倦（新聞記者往往也討厭公式化的新聞寫作），更重要的，是人們的思想及生活，將越來越接近自由化。最現實的一個例子，是未來的世界，乃是以青年人爲主的世界。（無論就量的比例及地位重要性，廿一世紀將是一個史無前例的青年人世界）。而青年人的特色，就是要打破一些規範。例如，就服裝來說，他們需要較「自由」的服裝，不偏於時尚，而比較舒適。

這個自由的意向，自然會影響到報紙處理新聞的方式，因為報紙雖然不能一味迎合讀者，但也不能與時尚背道而馳。

還有形成一個自由體時代的重要因素，就是文藝時代的來臨，另一個文藝復興正在啓始，人們開始逐漸擺脫生硬的科學規律，而逐漸恢復人的思想與智慧。因之，無論是報導或是編撰，創作藝術有較多發揮的餘地，而不再侷限既定的規格。人雖然還要繼續依賴機器，但人的頭腦，將掙扎脫離機器的呆板。

事實上，臺北的報紙，無論報導或編輯方面，都不斷有新的表現，打破傳統的手法出現。

就編輯方面來說，臺北的若干報紙，標題處理廢除了硬板板的配字方式，幾乎動搖了新聞編輯學的嚴格規律。過去，一位初登編輯臺的新手，如果忘了帶標題用字配當表，幾乎就不敢上班，不敢坐在櫈子上寫「題三文二」，因為配字不合規定，怕被排字工人打回票、總編輯打官腔。但，今天就有許多老練的編輯，不按長、短配字，無匠心而有藝術創造之氣，這就是自由體。

打破五W和一H的導言式的謹嚴新聞方式，臺北報紙時有出現別具一格的新聞寫作，而且無論閱覽或是讀出，都會顯得格外有生氣。這方面，尤其中央通訊社的國內新聞，時有佳作。例如民國五十九年六月廿七日臺北各報均出現了一則別開生面的「陳源教授追悼會」的新聞。這條新聞的「導言」，是這樣寫的：

「後天文教界人士將在臺大醫學院外科教室聚會，共同追悼他們的一位和善、慷慨、忠於正義的朋友——陳源教授。」

這是一個具有文藝創作意味的新聞。

二、專題報導及專欄記者之出現

爲什麼未來的記者，需要專家的知識？因爲未來的記者，將是專家記者，以別於今日流水式新聞的記者。

未來的記者職業，正如人類其他的職業生活一樣，工作量將越來越輕，但工作的重要性，却越來越重。像今日若干報社的採訪部，硬性規定每位記者至少要交出××字，才算交差，可能成爲明天採訪學教室中的笑話。

這足以證明今日的新聞記者不是在擔負重要的工作，否則何能以量計？（只有手工產品才以量計。）

爲什麼未來的記者，不是「新聞記者」，而爲專欄記者？這有幾方面的理由：一是新聞的快速，已不再依靠報紙媒介，新聞記者若不改「行」，將會被辭退，二是受到專欄作家之影響。專欄作家是二十世紀新聞媒介的特產，也是新聞工作階級中的貴族。但專欄作家將成爲退役的職業，一因代價太高，二因到處皆有刋出。一個有份量的專欄作家，在數百家報紙同時刋出不算稀奇。因此，報紙必須開始培養出自已的專欄作家，作獨家的分析報導。

專題報導的興起，正如美國新聞學家賀柏教授（John Hohenberg），在專業新聞家（The Professional Journalist）一書中所指出的，是當代美國新聞學最令人鼓舞的局面之一。其原因，是由於美國生活方式在改變，和大衆傳播事業之間爲爭取讀者興趣而不斷增長的競爭壓力之下，古老的方法已經不合時宜了。

當然，不止是讀者的興趣，還有是讀者的需要。讀者需要對一個問題的有系統的瞭解。尤其在今日新聞競爭和通訊社熱心服務之下，無論國內外新聞，不僅很少有獨家報導，而且越來重複越多，甚至編排地位，都有大同小異之感。所賴以維持的特色是什麼？不是新聞，而是專題報導、專欄分析。

也許美國報紙有用不完的篇幅，他們對於專欄報導特別重視，專欄記者也高出一般新聞記者之上，不僅待遇、地位有別，最主要的，他們不必去爲每天所發生的鷄毛蒜皮新聞而奔波，而有足够時間，廣泛、深入去研究、調查問題。甚至呆在圖書館的時間，比一般記者呆在公共關係室要多；和專家學者聊天，要比訪問新聞人物要多。因而，他們能寫出不同於每天新聞的內容。爲讀者所期待，所樂讀。

報紙也花不少地位，爲專欄記者的專題，刋出預告，並登出記者的巨幅照片，其照片之大，往往有甚於第二次世界大戰勝利邱吉爾在第一版出現的照片。甚至刋出整版專題預告宣傳。

第二次世界大戰後，美國報紙無不盡量向專欄記者方面求發展，特別是科學記者，業已成爲專家的記者。而美國新聞界足可與原子彈發明，具有同樣光采的，就是也產生了若干偉大的科學記者。特別是有「原子畢爾」之譽的紐約時報科學記者威廉・勞倫斯(William L. Lawrence)，其貢獻更可與科學史一樣不朽。美國政府宣佈原子彈製造的新聞，就是出自畢爾之手。

我國報紙近年來也開始注重專欄報導，也有若干成功的記者退居為專欄記者，但那終究屬於半玩票性質，似不能屬於專業的範圍。若干報紙正在培養科學記者，但尚無科學記者的專業訓練，更無專業知識的需求。

中央社近年來所發出的若干專欄報導，頗具價值，將是專欄記者的先驅者。特別是有關法律、司法特稿，非屬一般的報導。那就是由於該社擁有專學法律的記者。如果在日常新聞採訪方面，能減輕其負擔，就具有專欄記者的身份。

若干新聞發生後，往往從平淡無味的新聞報導中，實在找不出問題的答案。實在需要有份量、有系統、深入的專欄報導。

專欄記者固然是新聞記者功成身退後最好的安排，但，那個時候，未免有點遲了。何不早點開始?!

預料科學、經濟、法律三方面，都會出現大量的專欄記者，而成為專欄記者的先河。

三、人類社會環境為重心的內容

報紙最重要的機能，是為新聞而服務。未來的報紙，亦脫離不了新聞的內容。

未來新聞報導的重點，將是未來人類所面臨的生活環境，這個生活環境所發生的許多複雜的問題，將是報紙內容組成的重點，由於此一重點之形成，可能會推翻了今日新聞分類的方式，如政治、經濟、文教，國內、國際新聞等，而成爲變動時代報紙的新聞重心。

可以預見的，未來的生活環境，將是不尋常的環境。人類所面臨的問題，也就是報業所面臨的報導環境。歸納而言，未來的生活環境，勢將遭遇下面幾個主要的問題：第一、人口爆炸，第二、環境汚染，第三、道德問題，第四、教育問題。

人口問題眞是爲擧世所關心的問題。根據聯合國統計的資料預測，如果人口這樣膨脹下去，三十四年之後，也就是公元二〇二〇年，世界的人口將達到七十九億人，將較現在多出幾近一倍。

這是什麼樣的世界？這是問題最多的世界。自然生物學家警告人類生存面臨威脅，如果人類不能自制和自覺，能否安度二十世紀，頗感憂慮。

十年、二十年後，預料美國將變成一個交通擁擠、寸步難行的社會。總之，由於人口、敎育及就業問題，將帶來許多新的問題，諸如：治安、交通、社會……。解決人口問題及由於人口所發生的問題，將是未來報業的重要內容。

人口問題的解決，端賴人類的自制，也就是節育問題。報紙不僅負主要的推銷家庭計劃的責任，還會增加若干專欄，指導一般人民以及新婚夫婦，怎樣成爲家庭計劃的一員，其中包括藥品的指導、墮胎的法律與道德責任等……。

環境衞生問題，正面臨人類繁榮與毁滅的抉擇。空氣汚染是人類環境最嚴重的問題，也關係到人人的健康、生命。

就新聞價值來說，沒有比關係到個人生命安全的新聞，更有新聞價值，因此，除非空氣汚染能獲致神奇似的解決，今後該類問題，將成爲報紙新聞、評論、專欄的最多、最重要的內容。和環境衞生發生關聯的，就是預防空氣汚染疾病的特效藥之產生，如同今天的維他命和各種補藥，這些特效藥的問世，將較諸環境問題本身，造成更多的社會問題，更會危害到人身健康，加速生命的死亡。

因此，醫藥方面的內容，也將成爲報紙的重要內容。多年前臺北中央日報曾刊出短評，呼籲「指導民衆識別僞藥」，隨後，臺北一位婦幼專家曾公開希望政府能成立詢問中心，以便利民衆認識藥物。可見藥物本身已成爲危害人類健康不斷出現的問題。

最近美國報紙對於環境問題，特別注意，常常以環境衞生作頭條新聞。廣播和電視也不例外。新聞雜誌更是積極，如時代周刊爲適應生態環境需要，特別開闢了「環境」一欄，就是例證。這都是過去所不曾發生過的事情。

我國的報紙也開始注意到「我們的環境」。漸漸從雜誌和副刊的專文中，擴大到報紙新聞和評論。特別是曾在民國五十九年五月間，由於小小一瓶放射性同位素鈷，惹出一場大痲煩，造成輻射汚染報導的高潮。這個「鈷一三七汚染」事件，雖發生在普通住宅，牽涉到的新聞人物有計程車司機、放射科醫師、原子能專家，而成爲前所未有、前所未聞的環境汚染新聞。報紙競相刊載。有新聞、專欄、評論和照片。

件。可以斷言的，像這類環境汚染事件，將會不斷發生，不斷成爲新聞事件。

四、背景與解釋新聞的時代

談到背景與解釋新聞寫作方式，無法避免地，要涉及到純新聞的寫作。缺乏靈感的導言寫作，使一位年輕的新聞記者，望而生厭，而投筆從「文」，變成爲本世紀最偉大的作家之一。

海明威能成爲當代的文豪，這也許是純新聞寫作的不朽的貢獻。

海明威之所以開始動起寫書的念，是新聞寫作失敗的結果。

一九五八年秋天，海明威應一位美國天主教神父的邀約，與一群高中學生談論的對話。下面是對話錄音的問答：

問：海明威先生，你是怎麼開始寫起書來的？

答：我一直就喜歡寫作。在學校時，就曾在校刊上寫，我最早的幾個工作，也都與寫作有關。高中畢業後，我去到堪薩斯城，在「星報」工作。那是正規的新聞工作；誰殺了誰？誰破門而偷去了什麼？何處？何時？如何？但從沒有提到「爲什麼」？從沒有眞正提到「爲什麼」？

第二次世界大戰後，美國新聞同業努力在捕捉「爲什麼」，而形成一種新的「新聞寫作」。那就是背景性與解釋性新聞時代的產生。

這種新的「新聞寫作」，無論國內外日益成爲明顯寫作的趨勢，而成爲未來報紙新聞的正規寫作。此一趨勢，正如美國元老記者、新聞學家賀柏所指出的，「已非常明顯，大部份的美國新聞界人士對於新聞寫作的責任已採取了一種新的觀念，在履行這一責任時，使用的方法較前更為廣泛。」

這「責任」的歸屬，實在是對於背景與解釋新聞的產生，最適當的理由。因為許許多多新聞事件，從直線新聞報導中實在找不出發生的理由，也就是：為什麼會發生的？例如：

杜魯門為什麼免除麥克阿瑟元帥的職務？眞正的理由？隱藏在背後的理由？

甘迺廸為什麼會當選美國總統？

詹森總統為什麼不競選連任？（當然不是他那皇皇的聲明，還有眞正的原因。）……。

幾乎所有轟動一時的新聞，在新聞報導中，很難找出眞正的發生理由。

這也許就是為什麼像「美國總統的誕生」以及「一個總統之死」，能够洛陽紙貴的原因。

新聞需要解釋，需要背景報導的理由，除了「為什麼」外，還有一項理由，就是今日的新聞事件的發生，太突然，太複雜，非經解釋與背景說明，是不易瞭解的。這也就是賀柏教授的責任論。

這裡且舉出幾個例子，說明背景與解釋寫作的日益重要性。

第一個例子：當時美國副總統安格紐於民國五十九年元月二日來華，作二十二小時的訪問。

安格紐訪華之時，適值美國醞釀改變對中共政策，中美關係正蒙上一層陰影，因而對於安氏的來訪，國內外輿論界均寄予密切的注意，對安氏在華的活動，曾詳為報導。

安氏訪華期間，曾晉謁　總統並與　總統舉行會談。

報紙讀者們所關心的是：安氏爲什麼此時訪華？訪華的最重要使命是什麼？是否圓滿達成任務？

對於以上問題的解答，見於正式的新聞是有，但並不深入，眞正的答案，是當時各報的專欄文字，對於安氏訪華任務及訪華成就，作背景性的解釋報導。而資料來源，係出自安格紐專機空中記者會背景談話。例如元月三日聯合報專欄「安格紐臺北行」透露：他將對中華民國政府重申美國的堅定承諾，並不因爲參院拒絕撥款提供新型飛機而減弱。他並設法澄清尼克森對提供我國新型飛機之立場，指出尼克森並不反對這件事。他將把這些話，直接轉達我政府。

元月三日中國時報「安格紐談美對亞政策」專欄一文中，引述飛往臺北途中，安格紐與隨行記者談到他將與 蔣總統所談的問題：亞洲政策以及對中共放寬貿易。安氏答覆說：「亞洲政策的整個觀念，以及美國對於涉及臺灣澎湖的條約義務的承認，是 蔣總統和中華民國最關切的事情。我在我們會談中的目的，是向他保證，我們不會在那裡降低我們的姿態。這只是一個達成它的不同方法問題。」

第二個例子：美國中期選舉結果，於十一月五日（臺北時間）揭曉。

這中期選舉就有二個問題需要解釋：

第一是何謂中期選舉？這是許多人所不能瞭解的，需要背景說明。

第二是中期選舉的結果，有何影響，特別是對於我國有何影響，這是一般讀者最關心，也是不易明瞭的，需要解釋的。

中期選舉結果分曉後，臺北主要報紙，都刊出了背景性解釋專欄。分析選舉結果。特別着重對於我們的可能影響之解釋。

對我們關係最大的，就是外交政策的影響，中國時報於十一月五日「國際瞭望」專欄，以「尼克森外交政策仍受箝制」爲題，解釋選舉之外交影響及尼克森對選舉目標有無達成：

「尼克森的第一目標當然是要想控制參議院，這個目標在選舉前的民意測驗就證明不可能，現在揭曉後證明民主黨仍將繼續控制參院。但共和黨實力畢竟較前增加了一些。

……

「從整個局面來看，美國政權除了白宮仍在共和黨之手外，其他都是民主黨天下。看今後兩年的情形，尼克森政策仍將受制於國會。」

……

「在外交方面，參議院外委會仍在傅爾布萊特之手，有影響力的那些人物如曼斯斐德、愛德華・甘迺廸等，都重入參院，美國參院最講究年資：大權把操在他們這夥人手中，尤其重要的委員會中，根本沒有新議員插足的餘地，所以新當選的議員中，縱有同情尼克森的，也難能爲力。」

第三個例子：十一月四日，臺北有關方面，發表了中共政權「憲法」修正全文，同時並發表了中共問題權威方面的分析新聞，成爲轟動世界的中國大陸大新聞。

這件新聞的解釋意義與價值勝過中共憲法本身新聞的價值。

這中共憲法草案的荒謬程度，誠如臺北一位記者在分析特稿所指出的：「任何一位民主國家的憲法學者，恐怕做夢都『編』不出來的。」

爲什麼毛澤東編出這樣一部「憲法」？爲什麼確定毛是「元首」，林彪是他的「接班人」，而毛思想「是全國人民一切工作的指針」。這些問題都不是常人所能瞭解的。因此，臺北有關方面公佈中共憲法修正案全文後，臺北大陸問題專家曾對中共憲法修改的內容、修改的動機和對內對外可能引起的影響，加以分析，成爲權威的解釋新聞，這個中共憲法的修正經過，也不是外界所能瞭解的。因而該條新聞本身，也成爲極權威的背景新聞的範例。

事實上，當時臺北各報在不斷加強背景及解釋新聞之專欄，特別是在：國際、政治、外交、國會等方面。以「瞭望」、「剪影」或「幻燈」等定名之。

同時，偶而也可讀到幾則解釋新聞，特別是文教方面，常見不按「文法」的新聞寫作，頗有可讀的價值，也發揮了新聞記者的寫作與採訪的責任感。下面一條就是屬於解釋新聞之一例：

【本報訊】國家科學委員會昨天公佈第一屆「研究教授」、「研究副教授」名單，共一七二人。這項名單，國科會原來決定不公佈，只是個別通知學校和本人，不公佈的原因，在顧及那些被推薦而未聘請的教授們，再則也不願使外界對教授區分成「研究教授」或「不是研究教授」。由於外界的批評，國科會第六十二次常會決議全部予以披露。」

五、日益重要的非語文傳播

第二次世界大戰後，非語文傳播（Non-verbal Communication）成爲傳播研究的一門新學問。尤其是社會、教育學家特別具有興趣，也產生了若干權威的非語文傳播的著作與學者。

非語文傳播，事實上，並非是新的傳播技巧，而是較原始的方式。因爲語言、文字未產生之前，即靠動作來完成傳播的過程。我們不過重新拾回這個傳播器官的研究而已。

今日原始的社會，相互間的傳播，還依靠非語文的傳播。値得特別注意的，就是將來越發展的傳播社會，非語文傳播的地位也越重要：傳播領域越擴大，非語文傳播的力量，也就越大。

非語文的傳播方式，在報紙內容表現方面，日益重要，乃是基於以下的幾個理由：

第一、是受到電視傳播媒介的刺激。

第二、是印刷器械的進步而引起的。

第三、是國際傳播時代所形成的。

第四、是老年、少年及婦女讀者增加所引起的需要。

電視傳播媒介的內容表現，可說是綜合的藝術。其中報紙、廣播所缺少的，爲動作的表現，亦即非語文的傳播，如蔣光超早期的電視節目「你我他」的演出，多靠動作的表現。

報紙的表現智慧，也會受到電視傳播的啓發，而補文字的不足。攝影能成爲攝影新聞學，即證明非文字的力量，日益強大。

印刷技術的進步，可說已達到無所不能，無麗不臻的境界。無論黑白或彩色；最能表現印刷藝術的，還是屬於動作傳播的天地。如臺北市隨着彩色報紙的到來，內容表現最爲突出的，就是圖畫和照片部份。

影響動作傳播最重要的一個因素，就是國際傳播的範圍日益擴大。國際傳播有極大的障礙，最主要的是經驗的障礙。對一個遠在亞洲的讀者，無論如何生動的報導，仍不容易體會出非洲土著的人獸雜居的生活，但一幅照片就可以「說」得清清楚楚。往往若干報紙大量湧現「空」前「絕」後的國際新聞，如果用文字描述，也不容易使讀者體會出到底暴露到什麼程度，怪到什麼程度，只有看到照片才一目瞭然！

國際傳播正在向太空傳播時代邁進。而太空傳播的先決條件，是世界性語言的出現，文字的統一。世界性語言文字能否做到完全統一，實是一大疑問。一是受到政治力量的阻礙，敢說世界上沒有一個政府，能讓它的國家失去語言的；一是受到情感的阻礙，因爲「根據近代的史實，證明任何民族都對自己的語言特別偏愛。」語言一如交通工具，我們只能說國際間通行的語言。無論此種語言，如何通行，變成世界的語言，仍是一種理想。但我們可以看到事實是：「世界各地的衣裳和房屋的款式，大衆娛樂和交通的方式，日益相同，而愈來愈難作辨別。」這就是非語文傳播的力量，也就是非語文傳播能大顯身手的國際傳播環境。

預料，未來的讀者中，少年、老年和婦女所佔的比例，將較現在爲多。這些人，所能接受或所願接受的報紙內容，爲非文字的內容，也就是圖畫、照片之類的動作傳播。

六、廣告的世界

廣告，在未來的報紙內容中，將更爲重要。它的理由，倒不完全基於報紙存在及發展的經濟依靠，而是未來的讀者，將越來越與廣告不可分，而成爲經濟生活的依靠。

美國幽默專欄作家包可華（Art Buchwald），在對＜來賓的適時警告＞一文中，曾有下面的一段遊戲文字：

「有什麼東西在我的國家買不到而在美國可以買到的？」

「槍是其中之一。關於買槍我們沒有法律限制，你甚至不需進一家店舖。你可以看了報章雜誌廣告函購。」

這絕非戲言，而是今日美國經濟生活的抽樣素描，也是我們未來社會的經濟生活。我們所需要的東西，都可以從廣告中知道，而用最簡捷的方式函購（不增加額外負擔，相反地，可以省去時間和車費）。未來的經濟社會，將成爲顧主與顧客相互信賴的預售生活，尤其大經濟社會，那更是靠預售與函購。例如，美國任何一個偏僻的小鎮農夫，都可以買到紐約出產的最新耕耘機，就是靠預約與函購。廣告也就成爲顧主顧客之間不可缺少的媒介物。

當然，所謂廣告，並不限於報紙廣告，但是，只要報紙廣告，繼續維持廣告的效果，廣告則成爲未來報紙讀者的重要內容。

未來報業的面貌

未來的報業，既決定於新聞工作者表現報紙內容而形成的報業，那麼，未來的報業，究竟是怎樣的一個型態？

吾人欲明白此點，必須明白未來報業的型態，還深受兩方面的影響：

第一、未來的生活環境影響報業型態。

第二、未來的其他傳播工具的使用方式，也會影響報業型態。

一、未來生活與未來報業

首先，吾人必須瞭解，本世紀結束前，人類生活將面臨接近完成革命的階段，那就是人類的頭腦直接地與電子計算機連接起來，也就是我們所熟知的計算機時代的來臨。完全靠機器來操作，也完全靠機器來替我們選擇與安排的工作。其特色是個方便選擇自己所需要的，且不必花費太多時間與腦筋。今日的「還原」生活，將大爲減少。例如，圖書館將永無舊書，任何書籍閱後即可棄之，因爲可以很方便地獲得新拷貝本。主婦不用爲洗汚髒的碗筷而煩惱，因爲用過一次的碗筷，即隨垃圾而去。

省力、省時、省頭腦，爲廿一世紀人類生活的特色。

這生活的特色，必然會和我們的傳播媒介、傳播生活、發生關聯。

二、播傳媒介革命的時代

事實上，從電話到電視，均向廿一世紀的傳播事業而大邁其步。例如：

電話方面：就全球來說，完全打破時空的限制，已越來越接近。就以美國來說，可在美國任何地區與美國國內任何電話用戶直接通話，不必勞動接線生，而且其快迅、其清晰，就像和鄰人通話一樣。這個直接通話（Direct Distance Dialing）的制度，據美國貝爾公司總裁預料，將可實現於全球。

這是空間距離打破之一方面，另一方面，也出現了電視電話，這還不足爲奇，早在一九七〇年博覽會中就出現了彩色電視電話。聞其聲又見其人的時代，已經到來。

電話工業也已向打破時間的目標邁進。各工業國家正在大量生產錄音電話器，即，接話人不在時，仍然利用錄音機器，達到通話的目的。而且這種通話器，已風行世界，我國民間也已相當普遍，半代替了秘書及工友的工作。

廣播方面：FM電台及電晶體收音機的即時出現，挽救了即倒的廣播事業，今後當會向更豪華的音樂會邁進。

電視方面：自從四個德國工程師成功地製造了一個具有威力的發明：世界上第一個視聽錄音片(Picturetone Record)問世。這表示任何人都可以在家裡，看到自己所喜歡的歌星爲他唱歌的時代到來。

電視機本身也有令人興奮的發明。美國無線電公司曾製成一架電視機，主要畫面爲二十五吋，彩色，另外在旁邊有五個黑白的小畫面。這就是說：同時可以看到五家電台的節目。

明日的電視機，沒有節目表的煩惱，更不必擔心會漏掉那一家精彩的節目，因爲同時可看到五家電台的節目。

電子畫面錄影放映系統，正在擴大它的服務範圍。每個人都可以錄下他所喜歡的電視節目，留下來慢慢欣賞，而不必要求或期待電視公司重新播出一次，這也不是理想與期待，早已成爲今天電視生活的方式。如我國很多家庭，在晚上八時面對二家精彩的連續劇時，一面在收視一台，一面在錄下另外一台，留待第二天上午有時間慢慢看，這眞是魚與熊掌可以得兼的時代。

作爲報紙的友伴或勁敵，都不斷地向廿一世紀邁進，而報紙呢？除了日本「朝日新聞」曾在一九六九年九月廿四日開始發行實驗性的電視傳眞報紙（卽將報紙用電子傳眞到家庭去）外，似乎乏善可陳。

但，報業無法停止不進的。因爲，整個人類社會的環境及傳播環境，都是在向前邁進的。未來報業步伐所造成的軌道，也將和其他傳播媒介一樣：由大衆傳播服務，趨向個人傳播服務；由一般群體的選擇服務。而成爲特定群體的服務。

在以上的大勢所趨之下，未來報業發展，將呈現二個特質：

第一是新聞服務底時代的到來。

第二是專業化報紙的相繼出現。

三、從新聞集體批發到個人零售

新聞服務的觀念，是基於三個事實：一是各種傳播媒介趨於個人傳播的服務，二是未來的生活，是屬於自動化的世紀，自動機器取得所需，三是今日報紙的內容，已顯露出浪費的弊端，必須改轍易弦。

就第三者略加說明。不僅美國報紙讀者，就是臺北報紙的讀者，常對新聞內容產生貧乏之感，卽自已所需要、所有興趣的內容，所見太少，甚至不易讀到，而不要看的內容，卻是充斥版面，造成供需雙方的浪費。在美國，看報是件浪費的事情，因爲頁數過多，從頭到尾，尋找你要找的標題，也要用去不少時間。因之，多數讀者，看過第一版，瀏覽一下內容，即刻丟棄，在臺北，本書作者早在六〇年代，曾做過一次非正式的調查；在所調查的讀者中，有許多讀者，拿到報紙，幾秒之間，就翻到「副刊」，「因爲正刊新聞沒什麼可看的」。今天可能更爲普遍。

因之，今後的新聞供應，很可能發展成了今日通訊社新聞稿供應的方式，專門供應你所需要的那些新聞。這是由大衆傳播時代恢復到個人傳播的時代，這看起來是一個傳播機能的倒退，事實上是進步的現象。歷史發展常有「重演」的現象。例如：復古常成爲進步的運動。衣着服飾的流行，尤爲明顯。幾年前的過時樣式，說不定幾年後變成最流行的時尚。因之，這是不但不足爲奇，而且是很正常現象的。

當然，從集體批發的事業，突然改變成個人零售的事業，自然有不可思議之感，但這是水到渠成的。一方面零售有零售的工具，即靠自動機器販賣，速度極快；一方面歷史的發展，是緩進的，會有步驟，使你不知不覺達到那個時代的彼岸。

四、從大衆報紙到專業化報紙

專業化報紙的陸續出現，就很可能是到個人新聞服務站的一個中繼站。

這裡就有一個例子。美國「國家觀察者報」(National Observer)是專門供知識份子閱讀的週報。這份報紙乃是居於一般大衆報紙與新聞周刊之間。它在《美國新聞與世界報導》週刊裡大登其廣告。詞曰：「這份報紙並不是爲每個人而編的」(This Newspaper isn't written for everyone)。

這也就是未來報紙的造型。報紙不是爲每個人編的，而是爲一些特定人編的。

另外一家聞名世界的財經專業化報紙「華爾街日報」(The Wall Street Journal)，有類似的廣告，也有類似的詞句出現在《美國新聞與世界報導》。詞曰：「我們所謂新聞，是當你在這世界上忙得不可開交時有特別用處。」(We mean news that is especially useful when you don't have all the time in the world)。

這也就是未來報人的辦報方向。

可以預料的，大衆化的報紙，將越來越少，代之而起的，是各種各樣的專業報紙，有經濟、教育、青年、婦女……。

未來時代的到來，並不是突然躍入的，而是隨着時光，一步一步，一日一日抵達的。因此，未來的報業鑄型，始自今日，甚至早已開始。這是報業工作者應有的認識，也是應引以爲警惕的。因爲，各種傳播媒介，除了報紙外，均在大步向前邁進中。我們自然不甘心報業成爲廿一世紀落伍的事業。

無論電腦機器如何精明能幹，無論未來報紙接觸讀者類別如何縮小，但，可以斷定的，未來的新聞工作者地位，將較現在更爲重要；未來的新聞工作，也更爲重要。只要有眞才實學的專業人員，必有更多機會表現於工作，但，仍不是獨腳戲的表演，而是群體的合作。因爲現代的趨勢，對於人類進步的「集體的貢獻」，比一個人的成就還要重要。報業尤其如此，因爲報紙是靠集體密切合作才能有高度智慧的產品。

十五・我國大衆傳播事業往何處去？

我國大衆傳播事業往何處去？

這並非一個孤立的問題，更眞實地說，這無寧是我們社會發展取向問題中，一個重要的部份罷了。

四十年來，民主政治的進步，國民經濟的繁榮與社會結構的變遷，處處顯示中華民國在台灣的成就，是我國近代史上的奇蹟。

當然，當我們享受這個現代化社會的繁榮與開放時，也同時面臨了隨之而來的新問題。做爲其中重要一環的大衆傳播問題，亦復如此。

像大衆傳播在商業競爭中，如何保護公衆的福祉；像大衆傳播在新聞自由的保護下，如何善盡其社會責任；像大衆傳播在國際資訊交流中，如何避免強國的文化壟斷；又像大衆傳播在溝通管道的運作中，如何反映多元的公衆意見，如何協助行政機構推行公衆事務……等。這些問題隨着社會的高度繁榮，和大衆傳播硬體的普及與進步而益顯重要。

這些問題，粗看起來是政府主管機構與大衆傳播業者間的問題，其實，它更是整個社會取向與文化價值上的問題。它與每個人的生活有利害關係，也與國家民族的興衰有密切的關連。

商業自利取向引起批判

盡其從大衆傳播的發展歷史來看，傳播工具的不同，其所牽涉的問題層次也不同。

先談以「出版」爲主要傳播工具的時代。

其中「出版」是較早被開發利用的大衆傳播媒體。它以書籍、雜誌、報紙爲主要內容，我們又稱之爲「印刷媒體」。

「印刷媒體」的發展初期，以有文字閱讀能力的知識份子爲訴求對象。隨着教育的普及，及印刷硬體的進步，出版業者以大量發展圖片版面，通俗文字內容，降低單位成本等方式普及傳播對象，因而使印刷媒介快速發達爲早期大衆傳播的主要工具。

在這一階段中，出版業處於以「政治」爲主導的一元社會背景下，所以，其所涉及的問題，也主要地發生在「政治」層面上。於是，像「新聞自由」或是「出版自由」這類的爭執，便成了橫亙在那一時代，最主要、也最顯著的問題。

到了「電子媒介」出現的時代，大衆傳播所面臨的問題重心，從政治層面轉向社會層面、經濟層面。

所謂「電子媒介」，以電影、廣播、電視爲主要內容。

電子媒介時代的到來，是社會現代化的表徵之一。經濟的繁榮與大衆傳播工具的發達，本身就有一種互動的關係。這一切也帶來了社會結構的巨大變遷，根據社會學家的一般說法，這些社會變遷的特點是：一、工業化，二、都市化，三、普遍參與，四、大眾化，五、高度的結構分殊，六、高度普遍的成就取向。

事實上，當電子媒介成爲大眾傳播的主要工具時，它已經相當地置身於迥異於往昔的新社會中。直接面對着更大、更多樣的調適中社會成員，電子時代大眾傳播事業的問題重心，已經湧向社會的每個層面，甚至無孔不入的每個家庭、每一個人。

由於大眾傳播事業與社會大眾的關係日益密切，它受到的關切也就日益強烈，而受到的批評也日益嚴重。

這些關切與批評的意見，主要來自知識份子。揆其原因，並不只是由於知識份子較具有表達意見的能力而已，主要在於他們往往是社會的精英份子與領導人物，更能察覺大眾傳播的社會功能，而不能不寄予更高的重視。

在我國，儘管知識份子不免會從高層次的精緻文化角度，來批評以通俗文化爲特質的大眾傳播事業。但是這正是其珍貴之處，因爲，這正意味着一種文化的理想和期許，足以形成爲提昇大眾傳播事業的主要動力。所謂「以天下爲己任」，自古以來，我國知識份子的理想、熱情和道德，就是在這樣一種形式下，推動了一個社會的進步。

大眾傳播受到的批評項目很多，但是主要問題指向的，是它的「商業產品」性格及「市場競爭」作風。

電影講的是票房，電視講的是收視率，報紙講的是銷數，書籍講的是版數……。這種講究以量取勝的價格觀，正是美國模式的大衆傳播經營哲學ABC，也是標榜自由競爭的商業社會的特色。

大衆傳播事業的過度傾向「商業產品」性格及「市場競爭」作風，不免會散播一種短視的、世俗的、功利的價格意識，這對長遠的社會建設及文化發展而言，將形成嚴重的人文危機。即使稱之爲看不見的「傳染病菌」也不爲過。

然而，這份憂慮，絲毫不妨礙我們看出，適度競爭是有意義的，因爲透過這一方式適足以激發其快速進步的潛力。主要的問題倒是如何排除其過份的商業自利取向。

好在，電子時代的大衆傳播工作者，在基本上，也仍然是知識份子，各方對商業自利取向紛至沓來的監督和批評意見，對於強化他們的社會責任和文化使命的自覺，實有不容忽視的正面作用。

新聞自由與社會責任

大衆傳播事業，以美國起步最早，也最發達，但也最先受激烈的批評。

遠者不說，近自一九一一年歐文（Will Irwin）在「柯里爾」雜誌，發表一系列批評美國報業的文章後，大衆傳播事業，就逐漸成了備受矚目與非議的對象。正如大衆傳播理論權威施蘭穆（Wilbur Schramm）博士，在《大衆傳播的責任》一書中所指出的「大衆傳播事業，現已陷入不斷受人批評的浪潮之中。」

基本上，這些批評，針對了美國大衆傳播的新聞自由過度擴張後，所產生的弊病。原來自由主義精神、理論和制度，是促成美國大衆傳播事業發達的主要動力，然而，在它過度濫用這份特權後，出現了如大衆傳播學者彼德遜（Theodore Peterson）所述的七項缺陷：㈠濫用新聞自由以達成自私自利的目的；㈡內容受制於廣告商，爲大企業所操縱；㈢抗拒社會革新；㈣內容過份偏重刺激性和娛樂性；㈤危及公共道德；㈥侵犯個人隱秘，有失公正；㈦造成事業的兼併與壟斷。

對於美國報業制度檢討與批評有悠久歷史的時代雜誌，在一九八三年五月九日出版的那一期，發表了美國堪薩斯州「坎城星報及時報」（Kansas City Star and Times）的唐納斯・仲斯一篇「讀者爲甚麼不信任報紙」的報告，仲斯的職責，專門接聽讀者的電話報怨。仲斯提出讀者不滿報紙的八大類抗議：不正確、自大、不公平、忽視隱私權、輕視地方新聞、缺乏感情、頌揚犯罪和怪人、寫作和編輯太差。

仲斯同時指出二點：「一、讀者不信任我們，包括報紙、廣播、電視和雜誌在內，他們不相信任何一種新聞媒介。二、最近一次蓋洛普民意測驗的結果顯示，讀者對報紙的敵意，較蓋洛普開始問這個問題以來的任何時間爲深。」

美國的立國精神是自由主義，但是自由主義表現在大衆傳播事業的發展上，竟出現了這些「副產品」，自然激起了美國知識界、宗教界、教育界的衞道之士的大力撻伐。爲了矯正，也是保護新聞自由，這一美國社會的基石，經過長期的批評與檢討，終於在二十世紀四十年代，產生了一種源於自由主義的新傳播理論，那就是我們所熟知的「社會責任」論。

施蘭穆博士解釋這一新觀念說：「從性質上看，與它的母體—自由主義的理論，已有相當的分別，主要的一點，厥爲媒介自身有了較多的責任感。」

彼德遜會在著名的《報業四種理論》一書中，對於「社會責任」論，有以下的詮釋：

「自由與所連帶的責任俱來，報業在憲法保障下有一種特權的地位，因此有義務來完成大衆傳播的主要功能，以對社會克盡責任。報業如能體認自身的責任，並以此作爲營運政策的基礎，則自由制度也不難滿足社會的需要。但報業如果無法克盡其責任，其他的團體便應出來干預，使大衆傳播的主要功能得以完成。」

換句話說，社會責任論的觀點是，新聞自由的目的，在於實現其社會功能，而不在於僅維護一種特別的權力。過去的自由主義者，一向認爲新聞自由是大力而長期爭取得來的，因而着重對外界干預的防範，然而現在的新自由主義者，提出了新的概念，主張達成社會的需要以充實新聞自由的眞義。

隨着傳播自由的消極膨脹，隨着外在社會的巨大變遷，美國大衆傳播理論重心轉向社會責任層面的時代已經到來。

然而，「社會責任」論，從學者書房逼進美國的大衆傳播業者的面前，在一九四七年，當時的美國「新聞自由委員會」(Commission on Freedom of The Press)在主席霍金斯 (Robert Hutchins）的領導下，提出了一份對美國報業的研究報告—「一個自由而負責的報業」（A Free and Responsible Press）。

這份報告認爲，大衆傳播媒介所產生的巨大影響，已超出自由報業所依據的「有權追求眞實」與「有權採訪新聞」的觀念，將「社會責任」的義務加之於現代報業是絕對必須的。

新聞自由委員會的這份報告，所以爲美國大衆傳播業者，帶來極大的震撼與風暴，同時，成爲大衆傳播發展史上的里程碑，是因爲這份報告，建議政府在某些方面可以制定法規，藉以保證報紙接受並執行它的社會責任。同時，還進一步建議政府，必要時對大衆傳播採取「補充性行動」，報告中說：

「在現有的私營媒體，不願或不能宣揚政府的政令，以及配合基本的政策時；或是現有的私營媒體，不願或不能在國際上充分介紹本國國情時，政府卽可採取補充性行動。」

新聞自由委員會這一報告，對飽享特權、號稱無冕之王的美國大衆傳播業者而言，當然是一次捋虎鬚的不敬舉動，引起的騷動自然不在話下。

在事隔近三、四十年之後，可以肯定的，新聞自由委員會的報告提出，是有先見之明的。

在法規制定方面，爲了使大衆傳播媒介遂行其社會責任，新的判例和州法律先後出現了。在「補充性行動」方面，早期主管國際宣傳的美國新聞總署，大量動用專設的全球性大衆傳播系統，以及後期由國會撥款成立的「公共電視網」等，都是顯然的例子，正足以印證當年新聞自由委員會的報告，並非開倒車之擧。

事實上，美國早已有許多人覺得，其大衆傳播事業規模如此之大，力量如此之強，而其離社會「期望」又是如此之遠，除了政府，已沒有別的力量能出面管制這類托辣斯，這一情形，與歷史上爭取新聞自由，反對政府干預的年代，只有一些未成大氣候的雜誌與報紙，在社會背景上，實不能相提並論。

美國傳播演變堪為借鑑

值得我們注意的是，美國新聞自由委員會的那份報告，並非對「新聞自由」的價值做了一次重創，而無寧說是一次充實，倒比較接近事實。

因爲「新聞自由」是美國文明的基本價值之一，而「社會責任」這一觀念，也只有在「新聞自由」這一前提之下，才能顯示其積極意義。換句話說，「社會責任」應該出於從業人員的自覺，才能落實於傳播工作中，有了這種自覺才能肯定「新聞自由」的價值。

如果，從這一角度來分析新聞自由委員會的這份報告，我們正可以發現，事實上，美國人對「新聞自由」的維護一直不留餘力。

包括那些私營大衆傳播業者在內，政府在何種情況下才允許干預人民的自由？正是美國歷史上的一個衆說紛紜的大問題。直到一九一九年，大法官荷姆士(Justice Oliver Wendll Holmes)提出一個原則，而後又爲美國總統所任命的「公民權利委員會」所通過，那就是一種「明顯而立即的危險」(Clear and Present Danger)，也成爲一種至高無上的標準。

不過，判定何者爲「明顯」和「立即」的危險情況，是十分困難的。美國聯邦政府的行動，多由州或地方政府主動，有趣的是不管地方政府願意實施媒體檢查與干預；不管民間團體對媒體發出指控或施加壓力，聯邦最高法院仍不十分輕易承認媒體已造成社會「明顯而立即的危險。」

主管全美廣播電視監督業務的，是聯邦傳播委員會，也就是我們所熟知的 FCC。根據美國「傳播法」規定，對於廣播電視執照的換發，FCC 有權根據其「責任」的履行與否，作爲許可的依據。但是，在尊重「新聞自由」的精神下，從一九四六年該會發表，名爲「廣播執照持有者，對公衆服務的責任」，這一有名的「藍皮書」以來，極少有受到吊銷執照的處分。

美國政府和人民所以維護傳播自由的原則，其主要的着眼點，認爲透過從業人員的自覺與主動，來促成其克盡社會責任，才是較實際的策略。施蘭穆博士曾說：「如果我們希望政府儘可能不干預大衆傳播事業，最好的辦法是：媒體應全力表現負責的態度。」其用意也在此。

當前我國的大衆傳播事業，在社會責任、文化使命和國家義務方面，正面臨着比美國更迫切的期待，與更強烈的批評。我們在這個時候借鏡美國大衆傳播這段發展的歷程，也許是有意義之舉。

三民主義共和傳播的大道

在大衆傳播理論上，有極權、自由、蘇俄共產與社會責任等四種理念或制度，它又可簡化爲兩個基本類別：一爲源自自由的社會責任論，一爲源自極權的蘇俄共產論。

這兩大基本類別，事實上，也正符合世界勢力兩極化發展的現況。一是以美國爲首，標榜自由主義，却不免陷入財貨兼併，資本是尚的個人主義窘境。一是以蘇俄、中共爲首，標榜共產主義，却陷入思想鉗制，物資壟斷、權力腐化的絕境。

這兩種理論與制度，已經造成了人類文明的危機，也引發了嚴重的全球性衝突。人類社會將何去何從，大衆傳播事業又何去何從，都是全世界有識之士，操慮不已的大問題。

任何一個社會與文化，表面看來，也許具有一些特殊性與獨立性。但是，基本上，它仍是三個要項，互相激盪交融的結果。若以一條奔湧的河流爲例，一爲傳統的歷史文化，可稱爲其上流部份；二爲社會現況，可稱爲中流部份；三爲外在世界的衝擊，可稱爲是滙流部份。

根據以上三個要項來盱衡我國社會與文化的發展問題，國父的三民主義正是整合中外古今思想制度精華的偉大結晶。

歷史學家房龍(Hendrik Willem Van Loon)，在《人類的故事》一書中寫道：「對於任何歷史的問題，都沒有固定不變的答案。」

這一使歷史學變得無意義的說法，也許正代表着一些西方人的想法，就我們中國人的立場來看，這句話應做修正，我們對中國問題，只有一個固定的答案：中國必須富強起來。然而使中國富強康樂的方式，也只有一個答案：不是第一世界的資本主義的舊路，更不是第二世界的共產主義的絕路，也不是第三世界的南北對抗主義的窄路，而是以解決中國問題爲本位的三民主義大道。

當今之世，也只有三民主義，能夠從我國民族文化的傳統，當前社會的現況，以及外在世界文化的沖擊，三個不同的要項，對中國的前途問題，做出了整合性結論。捨此之外，沒有使中國富強康樂起來的更好答案。

日本在戰後，它的企業界能有輝煌的成就，而有「日本第一」的美譽。其原因，就在於日本企業界，根據其傳統文化特質，企業社會現況，及兼採西方管理的優點等三方面，發展出一套最適合日本的企業經營哲學與技術。日本在這方面的成功，可供我們在體會三民主義價值時，做爲一個啓發性的注脚。

正如在本章一開始時所談到的，大衆傳播問題，只是社會發展取向問題中的一個環節而已。我國的大衆傳播事業究竟何去何從呢？在光輝的三民主義社會取向中，它的答案只有一個：那就是奔向民治、民有、民享的共和傳播世界。

在傳播的理論上，它以倫理、民主、科學的精神爲歸依；在傳播的制度上，它既不是全部私有，也非全部公有，而出之於一種相成互濟的運作模式。這就是本書作者所稱的三民主義共和傳播世紀的基本特色與精神了。

《卷伍》

電視的競爭與合作

十六•電視事業之發展及其檢討

人類對於電視的研究，早在第二次大戰前即已開始。而且於一九三六年已從實驗室中搬出電視臺，準備在大衆傳播事業領域中一顯身手。但因爲第二次大戰的發生，使美、英、日三國，對於電視的發展，遂告中斷。

二次大戰後，人類在飽受戰爭苦痛之餘，並未享受戰爭之果實，反而遍嘗苦果，此種苦痛，即使科學發展到極限，亦不例外。

今日是科學的時代，科學所帶給現代人的物質文明，幾已達到隨心所欲之境地。惟天下事沒有完全盡善盡美的，弊端常成爲利益的雙生兄弟相伴而生。

大衆傳播事業之工具，爲高度科學之產物。人類由手寫的時代而新聞信，而報紙，而廣播，最後發展成視聽兼備的電視時代。人類這項發展，不啻是一項長距離的多節火箭傳遞，凌雲穿空。人類在大衆傳播事業的發展，實已抵達太空之境。

大衆傳播事業發展的特徵，並非淘汰與取代性質，而是效能的積累作用。

報紙的發展，乃是經過無數次的奮鬪，而有今天的結果。

廣播自從一九二〇年世界第一座電臺在美國畢次堡誕生後，所遭遇的困難，並不像報紙那樣嚴重，因爲它是現代文明社會的產物。但是，它的發展，也經過一番掙扎才顯露出光芒。

電視的發展，已被視爲內在的敵人。它雖然以取悅大衆爲職志，但沒有像電視這項工具，令有心人望而生畏的。甚至在電視極度發達的美國，由於電視所帶給人們的困擾，而懷疑到科學是一位創造文明的好母親，抑或是一個無孔不入，家賊難防的惡僕！

眼前的世界，即是科學的成就。科學的善惡之爭，由於忽視一句話的結果：「人爲萬物之靈」。因爲事實上，科學的本身，並無善惡之可言，但看我們如何運用而定。用於善則爲善，用於惡則爲惡。

許多我國學者，說到科學爲善爲惡的問題時，都喜歡以汽車作比喻：科學本身，就如一部汽車，可以開往容易犯罪之處，譬如到酒家去，但亦可以開到學校去。不論到那一個目的地去，都可以由於搭乘汽車而提早到達。但人生的價值，則酒家與學校之間，自然不可同日而語。

電視與汽車在現代文明中，同樣是二種恩物，但以汽車來譬喻，對於臺灣來說，或可更容易瞭解，因爲馬路上跑的汽車，是人人都能看到的，大大小小的汽車其舒適，其快速，也是人人所能經驗到的。

電視的來臨，不啻窮人有部汽車，但是要它是有益於自已的汽車，必須握好駕駛盤，大路上跑，作有效的利用，而不可以超速度，變成製造罪惡的利器。

我們可以肯定的說：科學只是工具，並非目的，同樣的一件事，將因趨向的迴異，而產生不同的後果。電視也是中性的，本身實無善惡，却是可以爲善，亦可以爲惡。

電視機是可能有益於世道人心、國家與社會目標的達成。

今日的電視世界中，電視運用的成績，可大致分成三種類型：

其一，乃是極度自由經營，發展最快速的國家，美國可以稱得上此類之典型代表。

其二，乃是在穩健經營中，而本着社會利益，國民福祉爲原則，來推動電視事業，其步伐雖然很緩慢，但是却能發生積極的爲善作用，可以英國爲代表。

其三，因爲科學技術的落後，社會活動力不够，種種條件的限制，使電視機成爲一道黑暗無光的死牆，可謂聊備一格，此類以亞非落後地區較顯著。

我們在火燭危險的信號中，觀望了數年，幸而尚未落入美國的電視危險社會的後塵，也幸而未落入第三類的死氣無光之境。我們的電視世界，已懸有一盞明亮的燈光，照耀着我們走我們自己的道路。

電視事業若有正確的節目政策，妥善的運用，不僅不會落入前轍，而且可能產生奇異的效果。因今日電視之出現，而造成的電視問題，雖屬千端萬緒，但不外以下二點：

第一是爲迎合廣告客戶之需要，大量販賣低級趣味節目，所造成對社會之危害。

第二是由於製作費用之貧乏，而造成節目內容之空洞，使電視無法作急速之推廣。

是故，電視節目之成敗，實在卽是電視事業之成敗。

電視節目之製作方法，或因國情，或因社會背景不同而互異，但他山之石可以攻錯，前車之鑑足可借鏡。是故，我們將對英、美的電視發展，作一重點式的批判，以使我們能取他人共同之優點，而達到後來居上之勢。

問題最多的美國

(一) V與TV

美國電視事業的發展約可分成三個階段：

自一九三九年四月卅日成立電視實驗臺起至一九四一年太平洋戰爭爆發止，可以算是第一個階段，也是美國電視的萌芽時期，因技術的未成熟，播送節目又少，放映幕呈現一片朦朧，所謂電視尚不能稱爲事業，只不過聊備一格而已。在此一時期，美國奇異(G. E. C.)等幾家電器公司，卽試驗製造電視機，但總共售出不過五千架而已，直至一九三九年曾在電視世界製造業中，翹居覇首的RCA勝利公司，以後來居上的姿態，宣佈它所出品的電視機，採用普及價格，每架減至美金六百九十元。但此時期的電視機，在一家庭中所能發生的作用，不過是向客人們耀誇的現代古玩而已。

一九四一年十二月八日，珍珠港事變後，美國各行各業在全國動員令下，都把人力與物力推到戰爭的洪爐中。人們不是扛槍上陣，就是爲求勝利而貢獻智慧，一切所能支助戰場勝利的物品，均在被徵之列，電器公司自亦不能置身戰爭之外。

此一時期國家社會所全力追求的目標是V，而非TV，同時，在戰爭中，快速第一的前提下，廣播新聞搶盡風頭，幾使得傳統的傳播工具——報紙有難以招架之勢。自然非需要大量金錢、大量時間從事製作的電視節目，所敢抗衡的。

基於客觀環境之限制，主觀條件之困難，使此一尚未落地的大衆傳播事業的嬰兒，在炮火交熾的世界中，陷入冬眠狀態。

(二) 節目、娛樂、金錢

二次大戰結束後至一九五〇年，愛我華州立大學創辦教育電視臺止，可算是美國電視事業的自由發展期。

這一時期的美國電視事業，其威猛之勢，進展之神速，實如一支天降神兵，以秋風掃落葉的姿態，而雄踞世界傳播事業的覇首，美國娛樂事業之巨擘。而在娛樂至上，金錢第一的金律下，其影響之廣泛與深入，眞是令人嘆爲觀止。

二次大戰後的美國朝野，他們有兩種精神最值得稱道：

其一，繼續對世界負起建設的責任；

其二，以越戰越勇的精神，投入創造事業的另一個戰場上。

許多人抓住這千載一時的機會，而冒險創業。在此一工商業極度發達，人們需要娛樂，需要消遣，來排除精神緊張的科學社會中。控制美國社會的，不是政府，控制人民錢包的，不是國會，而是工商業人士。

電視，這一在冬眠中成長的嬰兒，在戰爭結束後，它有如脫籠之猛獸，怒吼而起，在戰後的短短數年中，爬到了娛樂事業的領袖地位，而佔領了美國人的心靈。

戰爭剛已勝利，幾家在戰時掌握全國耳朵的廣播公司，即在擴展營業的旗幟下，開始經營電視，惟正式工作直至一九四八年才開始播出，在十數年的發展中，只能以無孔不入來形容它的滲透的效力。根據一九八六年六月十六日時代雜誌分析：美國全國有九百四十一家的商業電視臺和三百家公共電視臺，除了五大電視系統而外，其餘均是獨立臺。

在一自由社會極端競爭之中，是激烈而緊張的。

大衆傳播事業的媒介（包括報紙、廣播、電視），本來是具有社會、商業、文化的綜合事業，而以文化爲重心，社會利益爲前提，但在商業社會中，賺錢爲最高原則，在此一原則之下，電視的後臺老闆，廣告客戶支配了一切，因之，成了頭輕脚重的危險事業。

美國紐約郵報，曾於一九六一年十二月十九日刋出了一幅諷刺不顧大衆死活的電視老闆們的死挖金蛋，標題是「更多更多的商業廣告」，在漫畫中一群肥頭大耳的巨商們，在搖打着鐵鏟，無情的向觀衆身上挖取金蛋，他們並高聲大叫着：「讓我們獲取更多的金蛋。」此一諷刺畫是抨擊營利電視「殺雞取卵」的傑作。在電視商的利刄之下，人人都成了無可倖免的待宰羔羊。

在這一自由商業之下，人間最危險的事，莫過於把文化事業當作商品來經營。

㈢　節目內容問題

美國的電視事業，其危險雖來自廣告，但並非廣告本身的過失，而是用盡一切方法，吸引人來看廣告的誘惑品——電視節目。

因此，美國的電視問題，實即是完全的電視節目問題，或更明白地說，乃是節目內容問題。節目問題的核心，實由於短視商人抓住人類的弱點加以表現、強調，企圖痲醉人類的心靈。美國電視節目之爲害，是廣泛而又深入的，因爲這項新奇的大衆傳播媒介，具有銳利的滲透性，家庭又是群體的基點，電視機又是自備的家庭娛樂場，其對於家庭的影響，實至深且鉅。對於兒童來說，這是現代美國最感苦痛的問題，因爲家家都有一架電視機，於是家家都有一本難念的經。

在一項愼重的測驗中顯示出：「簡直不客氣地說，很少值得兒女們看的節目，簡直就是沒有。」

家長們說：許多關於戲劇，神秘與西部武打的節目，對於兒童來說，都是粗暴的不堪入目與不道德的。

這些節目的結果，令兒童們表現匹夫之勇、令兒童們在情愛方面過於早熟，也把人性與社會的弱點，不斷的、有計劃的、有方法的，向青少年們展覽。於是電視機在家庭中，就如同定時炸彈一樣危險，父母們或視而不見，或想盡一切的方法，不讓孩子們自由觀看電視節目，但「家賊」是防不勝防的。

誠然，廣告商人在「鐵面無私」之下，以痲痺兒童心智爲能事，而截取來自消費者的錢袋，固屬危險，但電視節目在違背公衆興趣、適合與需要的三大金律之下，爲害之甚，尚不止此。

電視節目對於成年婦女的損害性，也應負有責任。戰後的美國女性，因爲在第二次大戰中，所負的國家社會責任，與成年男子同等重要，而成爲「男子能做什麼我們也能做什麼」的地位。這應是時代進步的表現，但發展的餘波，却是可慮的。

戰後的美國女子，在心理上與行爲上的過度解放，固然出於戰爭給她們的經驗證明，但黃色電影與開放的電視節目，實應負主要的傳播責任。

「爲什麼不？」正是美國上電視節目女子的口頭禪。這句話的可怕，是言出必行，說出來就能做出來。

美國受心理學家佛洛衣特洗禮的女子相信，無拘束的性關係是健全精神的主要因素。她要享受愉快的生活，她就得依從本能的衝動。因此，牧師說教，以克己勸人，受到普遍的攻擊，以爲這是違反人性的頑固擧動。這種內在心理上的變化，再配合着工業社會裏種種外來的其他影響，美國女子這幾年在生活習慣上的改變實在太大了。

這種改變的極點，也許就是傳統中國婦女們誓死抵抗的名詞；不安於室。

美國人把自己的空暇時間，都交給了電視節目，享受着低級的樂趣，而造成了「迷失的一代」。

自從電視發達後，袖珍書籍跟着沒落了。因爲電視節目佔去了許多人的空閒時間，而使人「懶得看書了。」這種懶得看書的風氣，卽使以讀書爲職業的學生們也不例外。目前一般美國青少年在上課時，往往功課尚未完畢，大家就看手錶，好像很不耐煩的樣子。等到離開校門，書本亦就忘了。到了晚上，也都只看電視，不看書本。他們渾渾噩噩的，束書不讀，到底何以一至於此？

電視節目早該被打倒了，事實確該如此。但，鳴鼓而攻之與徹底而摧毀之，二者究有極大的分別。原因是：電視本身不僅無絲毫的不當之處，而且在促進人類瞭解與社會進步，負有重大的任務，應是百利而無一害的。

(四) 糾正錯誤運動

美國人面對這種利令智昏的危險社會，一點也不害怕，一點也不消極，原因在美國歷史中也有這類畸形的發展，但不久因疏導得宜，不僅氾濫未成嚴重災害，而且頃刻間變成永恒的肥田之水源。

「利之所在，心亦隨之」的前例，構成傳播事業最大的歷史警惕，爲美西戰爭後的特產黃色新聞。在美國報業史中，赫斯特之流於一八九六年以紐約爲中心開啓了以黃色爲標榜的報紙後，旋即於一八九八年迅速地蔓延於全國的其他各報，此一世紀之尾聲眞正成爲世紀之末，即一八九九年至一九〇〇年間，直達到了它的最高峯。就一九〇〇年廿一個大都市中報紙加以精密的研究發現約有三分之二的報紙顯然是黃色的。

黃色新聞雖然以製造虛僞爲能事，稱霸一時，但最大的黃色販賣者赫斯特，還是被公衆所遺棄。最大的證明，是赫斯特被驅逐於公職生涯之外，他在一九〇九年競選紐約州長失敗了，次年他仍圖求其次，但副州長的競選也遭受同樣的挫折，赫斯特眞正成爲「一個說謊的人」。

這段史實的敍述，並非空言冷語，旨在證明一項眞理：錯誤必會被糾正，眞實才能永存。狂風雖然蔽蓋了天日，但天日的光輝，永遠會照耀人類的心靈。赫斯特的巨掌，雖然使人心靈遭受到一時的創傷，但更大的力量，不僅關閉了黃色的大門，而且帶來的是更多的光輝。澳克斯（Adolph S. Ochs）伴隨紐約時報挺身而出的時候，正是黃色競爭大退却之時，而使美國報業進入強而有力的，具有現代報紙特色的成熟期。

電視節目的爲惡，又使有頭腦、有人性的偉大美國人挺身而出，作挽狂瀾於既倒的工作。事實確令人難以捉摸，魔鬼的脚步總是跑在上帝的使者前面，電視節目的出現，即是上帝在嚴厲考驗人的智慧。惟在一自由民主社會中，合法的營業，雖無人有權加以封閉，但要求改革的呼聲，却從四面八方而來。

美國電視從此一覺醒力量的形成，而進入撥霧見晴天的改革階段，這個階段的特色是教育節目與商業節目的對抗，而構成美國電視發展的第三個時期。

首先起來發難的，是一些家庭主婦們的救救孩子們的呼聲。她們畢竟是勇敢而有理智的，她們在對抗商業電視節目的運動中，並未打破自己的電視機，亦未向電臺樹立起憤怒的旗幟，而是以積極的行動，以積少成多的方式，自動把錢袋拿出來，向商業電視臺買時間，作爲孩子們的精神食糧。

女士們的錢袋裏所裝的零用錢，畢竟有限，不能發生太大的實際作用。但此一行動，却發生了精神的呼應力量，而引起全國婦女及其他各階層有心人士的注意。

最具有影響力量的，莫過於教育界。他們因身負衞道責任，義無反顧，也責無旁貸，紛紛起來對抗商業化運動。

小學教師對於兒童們的影響力不下於父母，他們對於兒童看電視問題，採取以下的行動：

1指導兒童們如何收看有意義的電視節目。

2爲當地商業電視臺捐獻節目，並以義務顧問的身份，告訴他們那些節目不必賣弄色情與耍弄槍柄，同樣可以獲得觀衆的欣賞，兒童們的喜悅，譬如：ABC公司在推出艾森豪原著的「歐洲十字軍」節目後，教師的投函如雪片飛向電視公司的大門：這就是你們可以賣的，我們可以買的，大家都有益處的節目。

發展教育的基礎，雖落在中小學教師身上，但眞正能對教育電視臺的形成有直接催生力量的，還是身負高等教育的事業家及學者們，因爲只有高等教育機構，有這樣大的財力與人力，從事對抗商業節目的工作。

㈤教育節目與電視臺

美國的第一座教育電視臺，愛我華大學教育電視臺於一九五〇年二月廿一日誕生，此後卽獲得空前的神速發展。其發展意義至少有五：

1教育電視臺的數量激增，如一九五四年只有四座，一九五五年十二座，一九五六年十九座，一九五七年十七座，一九五八年三十座。

2教育電視節目之增加：每週的總時間變化如下：

一九五四年：一九七個小時；一九五五年：三四〇小時；一九五六年：四六八小時；一九五七年：六四五小時；一九五八年：八〇〇個小時。

3教育對象之普及：自啓口學語的幼兒至衰邁的老年人，本天無縱生之才與活到老學到老的原則，而給予書本教育與精神教育。

4教育意義之推翻：傳統書本教育已被推翻，凡有益於身心發展與充實生活內容的節目，均是教育節目。在此一新意義之下，教育通常有三種性格：知識的尋求、技術的訓練與態度的影響。

5電視節目已打破空間的限制，「追悔莫及」在字典中已產生了新意義，凡是任何人想進大學，都可以在空中完成正式的大學教育。美國大學和學院，利用電視辦理正式空中教育，而擴展大學校園的領域者，具有成績的有密歇根大學等多校，而開風氣之先者爲西方預備大學（Western Reserve University），該校遠在一九四二年卽作電視試驗教學，而在一九五一年於WESUS臺開辦空中課程，並收取學費給予學分。

雖然因傳統教育的影響，美國著名的學府：耶魯、哈佛、普林斯頓和哥倫比亞大學等，並未開放空中課程，供社會人士自由選讀，但它們對於電視教育節目的貢獻，也是非凡的。都有特別的教育電視節目，供教育電視臺或商業電視臺巡廻使用。如普林斯頓大學就曾與美國國家廣播公司訂立合同，就該校的研究範疇中作有連續的電視教育節目的製作。

一般而言，美國教育電視臺有下列三個類型：

1社區教育電視臺，由當地文化機構共同組織，而經費來源由各方捐助。

2學校電視臺，一方面作學生教學與實習之用，並開放爲社會服務。

3州政府教育部門設立的州立教育電視臺。

其中最有成績而影響力最大的要屬第一類了。

推展美國教育電視節目主要地，有四個全國性機構：

教育電視共同會議（THE JOINT COUNCIL ON EDUCATION TELEVISION）。它的職責是協助教育電視臺的發展，和協助新臺的技術發展與法律顧問。

美國教育會議電視委員會（THE COMMITTEE ON TELEVISION OF THE AMERICAN COUNCIL ON EDUCATION）。這一機構的主要職責，乃是鼓勵教師們參加電視的活動，並且組成教育家的顧問會議，以使得電視在教育上有更大的用途。

教育廣播家全國委員會（THE NATIONAL ASSOCIATION OF EDUCATIONAL BROADCASTERS）。是職業性的教育廣播的運動機構，它的服務範圍，已擴展到大學廣播部門，而對於教育電視臺作技術性的顧問。

教育廣播電視中心（EDUCATIONAL TELEVISION AND RADIO CENTER）。這個中心是主要的推行電視教育機構，是幫助建立全國性的電視教育節目網，它的方法是把優秀的電視教育節目，巡廻全國放映，並對於現有的教育電視臺的節目，作經常不斷的研究與調查，以求更大的發展。

為教育電視臺尋找好節目，並使得教育電視臺獲得財務支持，是該中心的二項基本使命。這個中心所供給的教育電視節目，多半是連續性的，但是單元節目也有，它的製作原則有三大原則：正確、權威並揉合興趣。

爲了達成以上的三個理想，這一中心不斷聘請傑出的專家學者，作節目製作之顧問，這些人或親歷其境，或作幕後英雄，無不盡心竭智。它們不僅有充實的內容，而且運用一切生動的方法，務使觀衆感到興趣而非說教。他們要把呆枯的希臘骨，講得入神，而吸引人們對於考古與歷史知識的興趣，勝過牛牪冒險(Cowboy Baga)。

廣播電視教育中心的一項重要責任，是想方法找錢，並且把錢根據各電視臺的能力與狀況供給他們。但這個中心的本身並無生財之道，也無政府的補助費，而是從公益財團機構中捐獻得來的。

因此，教育電視臺的後臺老闆，不是廣告商，而是那些肯爲公共利益而花錢的人或團體。

福特基金會(Ford Foundation)在這項捐獻行業中也稱大王。這個基金會曾在一九五二年於成人教育基金中撥出美金五百萬元給廣播電視教育中心，來發展電視教育之用，其後又在一九五二年秋季拿出三百萬美元給該中心，作爲購置教育電視設備之用，並且另用了一百五十萬元在密歇根建立一所電視廣播節目製作中心(A Central Television and Radio Program Center)，此後直到一九六〇年止，福特基金會又奉獻了六百萬元作爲這一中心的養成費。

福特基金會在協助教育電視臺的興建，實在功業非凡。福特基金會在這方面用錢的精神，是有原則可循的：卽是自助人助，本着二一添作五的算盤原理：「你能出多少力量，我幫你多少。」

除了福特基金會外，對於教育電視臺的財務補助公益團體，可以數出的至少還有五十五個單位。

對於教育電視臺的發展，還有一根棟樑，卽是美國聯邦傳播委員會(Federal Communication Committee，FCC)，此一機構曾採取以下的措施，來幫助教育電視臺的成立：

1曾於一九五二年四月十四日宣佈，劃出二百四十二波道（後又增至二百五十六波道），專供教育電視臺發展之用。

2在可能範圍內，聯邦傳播委員會，對於教育電視臺的設備標準，將儘量予以放寬的便利。它願盡所能，幫助教育電視，而建立一個全國性教育電視網。

到了一九八六年美國已擴展三百家公共電視臺。

(六) FCC的嚴厲挑戰

FCC所要做的事情，尚不僅僅止於此。

曾在甘迺迪政府，擔任聯邦傳播委員會主席閔諾（Newton N. Minow），當時以卅五歲之青年，初生之犢不懼虎的精神，在一九六一年五月八日，舉行的全美廣播業者第三九屆年會席上發表演說，猛烈地攻擊商業電視節目所從事的危險工作。他對於在場的全美三百餘名電視業者提出最嚴厲的警告：必須在增進製作水準與卸去天線圖徑上任擇其一。他說：還是你們自己清除一下，不然就要勞動政府開刀了。

閔氏以甘迺迪的口吻說：「諸位不必要求廣播界能爲你做些什麼，而撫心自問，你能爲廣播界做些什麼！」

「你們必須幫助爲了一個後代的偉大決定而準備，你必須幫助一個偉大國家充實它的未來！」

「諸位應該告訴你們的廣告主顧，不必對於千百代價而計較，而應對於千百萬人的瞭解寄以更大的關懷，各位應提醒你們的事業投資者：一個在廣播電視方面的投資，是購買公共責任的利益！」

閔諾且預測說：一個偉大的環球性電視網卽將來臨，政府決不容忍以現在的節目形式而揚惡聲於海外。

這樣對於全美國商業電視節目的挑戰，曾激起電視界憤怒的抗議，責駡他用了一百零五個「我」字的官僚主義者，而因爲閔諾這篇演說，視爲電視史中一個可恥的黑色星期二。

這次年會，美國總統甘廼廸也偕太空人謝巴德（Commander Alan B. Shepard）蒞臨會場，甘氏除了讚揚電視界對於謝巴德成功報導的成就，認爲「謝氏成功後出現在電視上，可能是在近代歷史中最有價值的早晨節目，」並且讚揚說：「廣播電視界是最有力量與最有效果的大衆傳播媒介。」

因此，美國電視業者認爲閔諾目空一切的程度，實近於瘋狂。

但，閔諾這一勇敢的挑戰，却受到無數美國人的讚揚與支持。

㈦國會重視節目影響

美國國會站在維護人民利益與社會公德立場，對於電視濁流氾濫是不容袖手旁觀的。對於電視節目所造成的少年犯罪後果，曾經組織小組調查之。

在一九六一年這個小組曾發表一項報告稱：過去數年來，描寫犯罪和暴力行爲的電視節目，增加至爲神速。當時擔任這一小組召集人陶德參議員（Senator Tmomas Dood）稱：「比較一九五四年和一九六一年的電視節目，可以發現：在某一週中，當數以百萬計的青年在電視的黃金時間觀看電視時，這類節目之出現，在全部表演時間中所有的百分比，已由百分之十六點六增至百分之五〇點六。」

這一個小組的總幹事皮雷安在一項聲明中也說：「電視機上的暴力行爲表演，愈來愈多，看這種節目的兒童，也愈來愈多。」

還有宗教團體和其他的慈善事業機構，對於電視節目的改良亦有重大壓力。

就以早期美國電視發展而言，美國的電視節目路線，應令我們引以爲鑑的。

英國電視節目之特色

英國的電視事業，脫胎於英國國家廣播公司（British Broadcasting Corporation），而仍然是母體的一部份。

英國電視事業的分期，實與廣播發展史相似。電視的發展可以分爲四個時期：

實驗創始期（一九三六年至一九三九年），

中　斷　期（一九三九年至一九四六年），

推　廣　期（一九四六年至一九五五年），

競爭期（一九五五年九月起至今）。

英國電視事業的開始，是在一九三六年十一月二日，比較美國在一九三九年四月卅日在紐約世界博覽會中所開播的電視臺，要早三年之久。

二次大戰爆發後，電視的訊號是敵機最好的轟炸導引目標，同時也像美國一樣，在動員令之下，電視人員和設備都變成從事戰爭的一部份，英國的電視事業，也因二次大戰而停止。

大戰結束後，百業待興，耗費金錢的電視事業直至一九四六年六月七日，才開始與觀衆見面。

㈠ 節目製作特點

在世界各國電視節目中，最能反映表現民族精神與社會文化的電視節目，莫過於英國的BBC電視部。

英國的電視節目具有以下的幾個特點：

1積極負起教育的責任：英國國家廣播公司，本着廣播的優良傳統與業已獲得的成就，利用這最新的傳播媒介，而對於觀衆們作更有效更廣泛的服務。事實上，BBC的符號，即是克盡職責服務公衆的一顆象徵。

若就廣義的教育來說，BBC所播出的每項節目，每分鐘都會考慮到教育的後果。英國正如世界任何地方一樣，電視的發展對於兒童的效果，是最令人關懷的。

電視對於教育的挑戰力量，英國早已具有防患未然的信心，而沒有電視問題的發生。他們一開始的時候，就小心地計劃與有技術地對於在校或校外的孩子們，提供有意義的兒童節目，以充分利用來代替接受挑戰。遠在一九三六年電視草創之時，即有專供兒童觀賞的節目出現，而在一九五〇年以後，電視節目的製作水準提高與電視機之普遍化後，此時的兒童節目由過去的每週一小時增加到一天一小時。

英國國家廣播公司的電視兒童及少年節目，依照年齡不同，而分做五種，每種具有獨特的適合他們成長的節目：

學前時期兒童，

五至七歲兒童，

八至十一歲兒童，

十二至十五歲少年，

十六至十九歲少年。

播送的時間，也因對象的不同，而有清楚的劃分。學前兒童的時間爲每星期一至星期五下午三時四十五分至四時，而從下午五時至六時，是給五歲至十五歲年齡看的。

世界上最瞭解兒童是國家未來主人翁者莫過於英國。不僅致力於此業的BBC當局深知兒童重於一切，而且觀衆們也有同樣的瞭解。有一個例子可以充分得到證明：英國是一個體育活動極爲發達的國家，觀賞球賽是人們共同的嗜好，而足球大賽多在下午舉行，每場球賽的舉行，正是電視機利用現場轉播對於觀衆球迷服務的黃金機會，但是有一項無法打破的傳統，即是不管這場球賽如何精彩，如何扣人心弦，但到了兒童時間，電視公司毫無猶疑的把轉播現場關掉了，千萬電視機旁的觀衆們，也乖乖地把位子讓給孩子們，因爲，這是「你們」的時間。

這充分證明：任何精彩節目，都沒有兒童節目精彩；任何認爲重要的節目，都沒有兒童節目重要。

一九五〇年九月，是英國電視教育中一項新的里程碑。因爲從這個月開始，每天有一個小時的時間爲兒童而設的。同時，就在慶祝這項新的里程碑的時候，一項類似電臺中的電臺成立，少年節目部正式從節目中劃出，而另成立一獨立單位。此一部門的組成，就實際意義來說，較之獨立教育電視臺的成立更有價值。因爲在英國，實在無法培養出像BBC這樣有良好的設備，豐富的經驗與信譽的傳統，來支持教育電視臺的發展，因此，這一少年電視節目部之成立，較諸一個教育電視臺的誕生，更有意義，更具有不同的重要性。這個節目部的組織是相當龐大的，包括代表各項知識的十二位少年節目製作人，遇有必要時還會得到從戲劇、音樂部門的大量協助。少年電視部的經費預算，也較成人部門爲寬裕。

自從一九五〇年少年節目部成立後，兒童節目所使用的新聞片，也從新聞電影部門中劃出，而成立一個特殊單位來供應。有六個專職攝影師專司其責。

孩子們的福祉，是BBC電視當局最爲關切的。但有一點值得注意的，卽是重視兒童教育並不是一味提倡傳統教育，而忽視少年娛樂。因爲事實上，一個兒童戲院的環境與學校教室具有同等的重要，深爲BBC所注意。

因爲英國廣播公司的有聲部份，對於學校廣播節目，已做到了盡善盡美的地步，此項成績誠如曼徹斯特文法學校校長所指出：「這些節目已經變成了在許多學校生活中一個完整的，有價值的，而幾乎成爲不可缺少的部份。」

因此，電視教學的進行雖然很遲，但進展却很神速。學校電視節目，最初於一九五七年試辦，後來英國廣播公司與獨立電視公司（ITA）通過學校廣播委員會，已在一個固定的基礎上供應這些節目。雖然觀看這些節目的學校數目，仍然只是那些登記的收聽聲音廣播的學校的一個少數，但這項電視的補充教材，在教室中的用途，已不再會引起懷疑。有一回，在英國上議院中辯論，代表政府講話的牛頓爵士曾指出二項電視教學可能的發展：更多的學校電視節目或許會產生出來，更多的學校或許會裝備電視機。

對於電視教育的發展，即使以娛樂爲旗幟的英國獨立電視公司，亦不放鬆其職志，也編製了約佔總節目的百分之廿五的嚴肅節目，以生動的形式表現出來，目的在於趣味化和教育性。時事教育也獲得相當注重，若干連續的節目，都是作專題討論的。

2英國國家廣播公司的電視製作精神是謹嚴的，對於輕鬆節目的製作，他們顯然缺乏美國企業家的一諾千金的勇氣，這是因爲製作經費的限制，而在娛樂節目表演方面令人有不够氣魄之感。但是，從基本上透視，BBC的分工是細密的，組織是龐大的，製作態度是嚴肅的。

BBC電視中心，曾被該中心的主任描述爲一座工廠，「它是萬有的大工廠」，從無奇不有古玩道具，至規模龐大的化粧室，都是世界上罕有其匹的。單就演員化裝室來說，就有卅六間，可以同時容納六百個演員化裝之用。

BBC掌握節目素質方法之一，是不要電視作家、演員或其他工作人員，做過多的出產或表演，以防止粗製濫造的危險。英國這項重質不重量的考慮，深爲美國電視學者所稱讚。

3美國電視社會的一項重大貢獻，是把 Television 縮減爲TV，而使「電視」大衆化、電視世界化。英國在這方面的貢獻，是另一個字 Eurovision 的創造，而使得電視節目國際區域化，英國在此一區域節目交換網的形成，是國際節目網構成的前驅。

國際電視歷史中，首先開創區域性交換節目的，是以英國BBC爲中心的西歐九個國家：義大利、瑞士、法國、西德、荷蘭、比利時、丹麥、奧地利。

英國國家廣播公司發起這項計劃，實在含有二個重大意義：

⑴從這個交換計劃中，求得對於BBC在較弱的娛樂節目方面取得彌補。

⑵BBC由這個交換計劃中，可以構成在電視天地中的英國領導地位。

這與其說是交換，不如說是對於克服技術困難與政治難題的一個聯合解決。在促成國際瞭解方面，這個電視節目交換網的貢獻是非凡的，也正是聯合國文教組織所追求的目標，借用這個電視交換網的互助，而形成了在本區域內無遠弗至的望遠鏡。

㈡接受娛樂的挑戰

英國電視節目的革命，和美國恰恰相反，美國是企圖以教育節目來冲淡娛樂節目之危險，而克盡大衆傳播事業的教育職責；英國乃是以娛樂節目來刺激節目的市場。這個問題必須從英國獨立電視公司的組成作爲研究的基點。

英國獨立電視公司（Independent Television Authority，ITA）的出現，對於英國廣播電視史來說，不啻是一次旋風式的革命，使BBC結束了獨佔生涯。

獨立電視公司的誕生也是頗費一番功夫的。當一九五四年在保守黨努力之下，英國下議院通過了「電視藝術案」的時候，工黨的大亨們曾發出恫嚇。當時的工黨副領袖莫理遜坦白的告訴下議院，如果工黨再度執政，他們將撤消這個法案。

英國爲什麼會打破傳統成立商業電視臺，這是一個很複雜的時代問題。可作二點解釋：

1因爲人民對於獨佔的事業，感到厭倦與不耐煩，而認爲英國電視事業在二個機構經營之下，總比獨佔好。

2英國國家廣播公司所負擔的主要責任是教育，教育公衆與供給嚴肅娛樂節目，而無法製造更多的娛樂與輕鬆節目，非但受政策的限制，財力也不允許。於是只好把娛樂節目的責任，讓給以廣告商爲後臺的獨立電視公司來承擔。

總之，獨立電視公司的建立，是基於人們深信：商業電視系統的出現，會帶給觀衆更多喜歡的節目。至於BBC電視在獨佔的二十餘年中，自然免不了犯了若干錯誤，或氣勢凌人，而老氣橫秋的道學面孔，因爲任何行業，都避免不了犯錯，當然BBC也不能例外。不過，BBC在獨自控制電波的三十餘年中，並未有虧職守，至少沒有使得觀衆因看電視增加而增加犯罪紀錄。

英國獨立公司的出現，確是虎虎有生氣，它有雄厚的資本，現代化的設備，是集英國BBC、法國與美國設備與製作精神之大成。它的特點可以這樣下結論：比BBC更生動、比美國更有把握，乃是以英國人的頭腦與美國人的企業精神來製作電視節目。

創辦的第一年，ITA和幾個節目供應公司都準備賠本，而且事實上他們也眞賠本，惟賠本也有方法的，獨立公司的方法，是儘量少賣廣告時間而把節目做好，建立觀衆與顧客的信譽。玆擧創辦的一月中，二月廿六日起的一週中爲例，出賣的廣告時間如下：

星期一：七分鐘，星期二：十九分鐘，星期三：六分鐘，星期四：十九分鐘，星期五：十九分鐘，星期六：三十八分鐘，星期日：卅三分鐘。

創辦的三個月中，日入爲一萬五千英磅，日支爲二萬英磅，日損約爲五千英磅。

BBC的輕鬆節目只佔百分之十五點七，而獨立電視公司在它開辦頭幾個月的輕鬆節目中佔百分之卅七，比較之下，相差有一倍之多，這個力量對於一向持嚴肅姿態的BBC電視具有重大的影響。在ITA創辦的二年中，BBC與ITA觀衆相較之下，頗有相形見絀之勢。BBC與ITA觀衆變化對照如下表：

	一九五五：十月	一九五五：十一月	一九五五：十二月	一九五六：一月至三月	一九五六：四月至六月
BBC	二一·六	二〇·五	十七·三	十六·五	十四·三
ITA	十六·六	十六·一	十八·二	二三·九	二〇·〇
BBC與ITA對率	五七：四三	五六：四四	四九：五一	四一：五九	四二：五八

同時，另項測驗也顯示出獨立電視公司的壓倒性，即是倫敦觀衆在所選取的頭十名最佳節目中（Top Ten），多爲獨立電視公司所奪去。

但是，ITA 成立三十年後，英國電視收視市場有了變化。以一九八六年四月七日至十三日這一週內，前十名爲例，BBC 與 ITA 就平分秋色。這固然與看久了 ITA 有關，但 BBC 本身，一方面不是弱者，另外一方面，也同樣引進美國的節目，詳如附表（來源：Broadcast 9 May, 1986）

Source: BARB	Channel	Co/Country	Day	Time	millions	TVR
1 (1) EastEnders	BBC1	BBC	Tu, Th, Su	—	22.59	45
2 (2) Coronation Street	ITA	GRA	M, W	—	17.47	35
3 (5) Auf Wiedersehen Pet	ITA	CEN	F	21.00	16.02	31
4 (—) Three Up Two Down	BBC1	BBC	M	20.30	15.83	31
5 (—) Jaws	ITA	US	Su	19.46	15.50	30
6 (10) Boon	ITA	CEN	Tu	21.00	14.64	29
7 (15) Question of Sport	BBC1	BBC	Th	20.30	13.40	26
8 (11) Dallas	BBC1	US	W	20.14	13.05	26
9 (15) Crossroads	ITA	CEN	Tu, W, Th	—	12.82	25
10 (9) Antiques Roadshow	BBC1	BBC	Su	17.49	12.56	25

獨立電視公司雖然靠廣告費來致富，作爲取悅觀衆的資本。但，獨立電視公司在節目內容

上，並未因廣告客戶的光臨，而遭受重大的侵害，這就要歸功於ＢＢＣ的牽制力量了。

㈢美國化的趨向

在美國商業電視節目遭受普遍攻擊的時候，ＢＢＣ對於美國人是一個令人嚮往而值得仿效的記號。但是，同樣的，美國電視節目也是英國觀衆所嚮往的。尤其獨立電視公司成立後，從美國購買了許多節目，且享受着同樣的歡迎。如「我愛路茜」(I LIKE LUCE)的家庭綜合節目，獨立電視開播的幾年，在一九五六年四月的觀衆所喜愛的節目中，在倫敦和紐約一樣同列入「觀衆所最喜愛的節目」第三位。

在大勢所趨之下，ＢＢＣ爲了爭取觀衆，亦在增加其美國式的西部節目，刺激性的節目以及喜劇的節目。美國製的電視片，佔ＢＢＣ全部節目時間百分之九，而美國商業電視節目時間中，美片也祇有百分之十二。

英國電視節目的美國化，不時受到嚇阻與攻擊。如獨立公司曾經把美國的兒童教育影片，在兒童節目時間放映，曾遭受到猛烈的批評，認爲該公司在利用電視節目爲美國人教育英國兒童。

英國電視節目的總體是這樣的：英國國家廣播節目，在戶外廣播（現場轉播）、傳統戲劇、文獻影片、談話和兒童節目，有非凡的成就，惟在大衆娛樂節目却欠成功。但很幸運的，獨立電視公司正好在這方面補救了公營電視臺的缺點。因此，就整個英國電視事業來看，英國的觀衆畢竟是世界上最幸運與最安全的觀衆，因爲電視會培養他們成爲一個有品質的、快樂而健全的人。

英國廣播公司正在前進的路線，是值得我們追尋的，它，一方面能擇善固執，一方面又能合而不汚，給觀衆娛樂生活中一點調劑，誘導觀衆以更多的時間看BBC的節目。

臺灣電視運動的道路

臺灣的電視運動，由醞釀期而示範表演期，而進爲實現與成熟的時期。在時間上，我們已落後了很多，就以民國五十一年十月十日臺視開播，我們的落後時間約略如後：

與美國相較：十四年，

與英國相較：十六年，

與日本相較：九年。

但是時間上的落後並不是一件眞正落後的事。卽以日本而論，日本的電視事業，若以時間來說，不僅較諸歐美國家落後若干年，也較東南亞電視國家落後好幾年，但是却能以逸待勞吸收歐美的經驗，而在短短的幾年中，已走上世界電視頂層的地步。

國父一生奔走革命，要中國現代化，要中國駕御歐美之上，其要訣只有四個字：迎頭趕上。電視事業創辦，是建立民生社會最有力量的傳播媒介，實在是我們三民主義傳播大顯身手的好機會。

迎頭趕上電視時代，必須注意的一點，卽是記取他人的經驗教訓以免吾人再陷於泥淖中。所謂前車可鑑，就是這個意義。

臺灣電視運動的中心思想是什麼?毫無疑問的，是教育文化理想的追求。時代以思想為重心，而思想乃是以人物為主體。我們看看推動臺灣電視運動的幾個中心人物，就足以證明「思想與人物」之正確性。

臺灣電視運動第一個開創風氣之先，而率先倡導者為曾虛白先生。

曾氏於民國四十二年九月至四十三年一月，應美國政府之邀請，赴美考察新聞事業。彼於訪美期間，一方面應中國廣播公司前任董事長張道藩之託，留意美國電視事業之研究，一方面因自己興趣所在，而對美國電視事業曾作實際的研究考察。彼返國後，曾從美國帶回二部在臺創辦電視的計劃，一部是由美國無線電業公司RCA設計，一部是由聯合電業公司(United in-corporation)設計的，這是中國有史以來，二套最早的興建中國電視事業的藍圖。

曾氏訪美期間，除了參觀電視臺外，並深入電視機製造工廠，作一技術性的研究，如費城的飛歌廠的裝配工廠。曾氏除留心於NBC、CBS的發展，並對新興的電視教育臺，有濃厚的研究興趣，先後訪問聖路易城的KETO，洛杉機的KTHE與以加里福尼亞大學為中心的KOED諸教育電視臺。

曾氏在「迎頭創建電視事業的重要」一文中，有這樣的一句話:「電視對社會貢獻之大，不在其娛樂節目之動人，而在其新聞與教育節目之能溝通思想，灌輸智識技能。」

曾氏以新聞事業家與新聞學者的資格，積極鼓吹以最新的大衆傳播工具，在消極方面解決了目前各級教育與成人教育所遭遇的困難，更期發揮電視的積極作用，而對於教育有普遍性與深入的貢獻。

因此，當時，曾氏所攜回的方案，雖因種種條件未臻於成熟而未能實現，但他不愧爲中國電視事業的播種者。

張其昀先生，在教育部長任內，是不遺餘力來推展電化教育，而其理想的極致，是假電視工具以達到節省師資、節省時間與節省經費的目的。

當民國四十七年五月間，一位旅美華商青年蔣一成氏，攜帶RCA創辦臺灣電視的合作計劃，返回臺灣和主管磋商開辦電視事業時，張氏曾親赴機場迎接此一無名青年的中國商人，可見張氏對於電視創辦興趣之濃厚與期望之殷切。但，結果是失敗的。惟張氏在任期間所建造的國立科學館，卽是民國五十年十一月由國立交通大學電子研究所學辦的電視示範表演的發射臺，而於民國五十一年二月十四日開播的教育電視試驗臺，也在科學館的七樓上。此一發展證明張氏雖未辦成電視臺，但這個接力棒並未丢下，仍由接任部長黃季陸氏接着跑下去。

張氏可算是中國電視運動的開導者。

被新聞界譽爲臺灣電視的催生者魏景蒙氏，對於臺灣電視的創辦有實際的貢獻。

魏氏不僅深知國家的需要，亦知觀衆的興趣所在。因此，在臺灣電視醞釀期，曾出面反對此時此地創辦臺灣電視：因爲花大錢的娛樂節目，與臺灣環境不調和，而且大量製作費的維持，卽是一個大問題，如果單向教育電視臺路線的發展，必會流於枯燥，因觀衆興趣的減低，而窒息了臺灣電視事業的前程。

魏氏這種先天下之憂而憂的精神，是穩健企業家應有的頭腦，考慮至爲週密。惟時過境遷，中華民國臺灣省的經濟環境已獲得相當重大成就，可以維持臺灣電視事業的成長，彼乃毅然而出，做臺灣電視的催生者。

魏氏所採取的節目政策，乃是不以教育爲招牌，而收到教育的效果。先以全力把每天三小時的節目作得有聲有色，吸引觀衆的興趣，建立起人們對電視的信心，再加上有關經濟與教育等各方面的內容。

從以上臺灣電視運動的主流中，我們可以得到一個結論：

中國電視節目必須做到動人的表演，與豐富的內容，二者兼顧，才是中國電視節目含英咀華的新道路。

臺灣的電視，由臺視、中視而華視，歷經二十五年，已經走出了一個商業電視的社會。就以美國爲中心的西方社會而言，也許有所不足，但就我們的教育文化的背景，以及國家社會的使命而言，今天我國的電視，距離我們當初創辦電視的目標，也許越走越遠。

今後電視工作者的職責：

提高品質。

提高教育文化的地位。

提高道德的力量。

欲提高節目品質，必須提高從業人員的品質，觀衆的品質。

商業電視發展到今天的地步，欲改變商業與娛樂份量，一靠政策、一靠經營者、一靠電視制度的改變。

電視制度的改變，途徑之一，也就是增加公共電視網，以降低商業電視的競爭，公共電視網與商業電視網若能齊頭並進，並駕齊驅，則是一個社會的福祉。

十七・電視新聞經營之體認

構成電視新聞的權威性，有四個因素非常重要：一是專業教育；二是工作精神；三是敬業樂羣的工作態度；四是音效與剪輯等精湛製作技術的配合。而其間關係是不可分的。

專業素養和工作精神

先就第一點來說，電視新聞的權威性，最重要的，就是建立在專業教育上，也就是素養上。新聞之貴，貴在精確、快速、客觀、完整，電視新聞更須綜合立體之處理，較報紙與廣播之新聞，尤爲複雜。新聞工作者，一如醫生，準確、專業要求極嚴，不能有絲毫疏失或差錯。如外科醫生之手術，生死一髮間，豈容有錯？有良好的專業素養，才可能有優秀的成績，才可能有突出的工作表現。如果說一家電視台新聞部的每一位同仁，不論是擔任採訪的、主播的、編導的、剪輯的、操作的，在工作崗位的專業素養及表現，都能勝過別人，那麼大家結合起來所形成的就是超乎他人的力量，就是一股不平凡的力量，一股永遠領先的力量。

再就第二點來講，在美國電視上活躍的那些電視新聞巨星，男的既不特別英俊，又不十分瀟灑，女的也不是很漂亮。但是，爲什麼他們能够吸引住全美的觀衆呢？我認爲，最大的動力，就在他們投入工作時的精神狀況。他們在螢光幕上處理新聞時既有氣勢，又有力量，這種氣勢和力量造成他們的權威性。

全美最權威的主播人

曾是全美著名的電視新聞主播人華特．克朗凱（Walter Cronkite），他擔任哥倫比亞廣播公司（CBS）電視網的晚間新聞主播工作達十八年之久，被公認是全美最具權威性、最有影響力的人物。哥倫比亞廣播公司前任總裁弗萊利，特別推崇克朗凱幫助美國人度過最困難的時刻——一九六三年甘廼廸總統被刺之時。當時，美國人民爲甘廼廸總統之死，陷入極端的情緒狀態，但是，克朗凱坐在那裏以平靜沉穩的聲音一連播報了四天新聞，成爲一股安定人心的巨大力量。克朗凱這股不可思議的精神力量是怎麼建立起來的呢？這該歸因於早期他在記者生涯中，傑出的採訪歷練。

第二次大戰期間，克朗凱就是一位活躍在歐洲戰場傑出的戰地記者，他是參與採訪轟炸西德任務的少數記者之一。他所作的報導件件出色，給觀衆留下了深刻的印象。他更令人稱道的是，在一次電話訪問埃及總統沙達特的機會中，發現沙達特願去以色列，於是便打電話告訴以色列總理比金，促成了後來的中東以埃和談。

克朗凱的成功過程，給予我們一個寶貴的啓示，他讓我們了解新聞主播人的權威感不是建立在外形上，而是奠定在平日的採訪表現上與對於新聞的認識上。一位肯用心、肯使勁工作的記者，必將逐漸獲得大衆的信任，成爲一位成功的新聞主播人。

主播人的成功之路

廣播電視都是舶來品，廣播電視的術語，自亦不例外。主播（Anchorman）的意義，根據台北市新聞記者公會印行的英漢大衆傳播辭典的定義，是「壓軸人」，自有其意義。但 Anchorman 眞正的意義，是「下錨的人」，也就是把來自四面八方的新聞最後決定下來的人。一九八二年冬天，克朗凱宣布退休，「主播」工作交由唐雷瑟(Don Rather)接任。唐雷瑟也是一位優秀的記者，他因報導甘迺廸總統被刺新聞展現才華，而被調往華府採訪白宮新聞。他並且製作、主持新聞性節目「六十分鐘」，使這個節目成爲有史以來唯一擠進黃金時間、收視率最高的新聞性節目。唐雷瑟的才華、表現雖然受到肯定，但是因爲觀衆對克朗凱的離去，感到不能適應，所以在唐雷瑟接任初期，晚間新聞的收視率呈現顯著的下降趨勢，幸虧唐雷瑟有堅強的實力作後盾，所以後來還是迎頭趕上。

在這期間，還發生了一件傳奇的趣事。在一個寒冷的冬天夜裏，播音室裏空氣寒冷，唐雷瑟在外套下加了一件毛衣上台播報新聞。不久之後，收視率逐漸上升，唐雷瑟很快地就「迷信」起來，以爲穿毛衣和收視率上升有關，他甚至幽默的暗示在夏天裏也要在外套下多加一件毛衣。

唐雷瑟的成功和工作時穿毛衣以及對人隨和，是不是有關，這點姑且不論，至少，從克朗凱和唐雷瑟的成功過程，我們能夠肯定的，主播的首要條件，在於懂得新聞，不但要懂得新聞，更要懂得如何處理新聞。而這些則有賴豐富的採訪經驗作基礎，唯有豐富的採訪經驗，主播者才更有能力綜合各種採訪角度、掌握新聞脈絡，做更有系統的報導，這樣才能在有限的時間內，將每條新聞處理得恰到好處，並且使觀衆感受到每一則新聞都是他最想知道的「天下大事」。

敬業樂羣的好榜樣

第三點決定權威性的因素，是敬業樂羣的工作態度。宗毓華小姐就是一個典型的例子。宗小姐擔任美國國家廣播公司的主播工作，她是第一位——也是唯一主播全美聯播新聞節目的華裔女主播。在美國，一位東方女性、一位中國女孩能夠像她這樣地出類拔萃，的確非常不容易，也非常不平凡。

香港「新聞天地」周刊有一篇關於宗毓華的報導，其中一段提到導播諾曼・庫克對宗毓華的看法。他說：「宗毓華爲人和善，負責盡職，而且從不犯錯，非常具有專業水準，但卻不是一具唸新聞的機器，她對新聞的安排與取捨很有見解。」「她爲人很和善」，這表示她的人際關係很好；「負責盡職」，就是你把一件工作交給她，她都會盡最大的力量把工作做好；「非常具有專業水準」，就是她不但把事情做好，並且還做得超越一般水準；「但卻不是一具唸新聞的機器」，則反映出，她不僅播報新聞、並且懂得新聞。她了解新聞的輕重，能夠掌握新聞的脈絡，所以她不是一個播音員，而是一位傑出的主播人。在美國競爭非常激烈的新聞界，能夠將新聞的主宰權交到一位東方女性手裏，足見她具有非常不尋常的條件，而她最大、並且最爲他人所樂道的條件，就是這種敬業樂羣的工作態度。宗毓華每天至少工作十二小時，她說：「我永遠都帶着一份內疚感工作，因爲我總是覺得自己做得不够。」又說：「我每年有六個禮拜的休假，但我從來沒用完過。新聞工作是如此日新又新，每天都有不同的變化，我眞不敢想像如果離開工作崗位幾個禮拜，還能不能够立卽再進入情況。」宗毓華是如此的敬業，無怪乎她能够這樣地出類拔萃！

由於宗毓華的成功，又有幾位中國女性在美國新聞界竄起，這對從事新聞工作的中國女性，是很大的鼓舞。就是在我們中國社會當中，要出現宗毓華這樣的人，也是很不容易的，在優越感很重的美國傳播界尤難，除非她有非常的條件。我國從事電視新聞的女性爲數不少，而且都非常的傑出，只要能以宗毓華爲榜樣，人人都可以成爲中國的宗毓華！

任何細節都不容忽視

電視記者能够受人尊重，乃是建立在專業工作精神與恰如其份的儀態擧止上。

電視記者，因爲地位突出，如果不能謙遜大方，甚且姍姍來遲，到達新聞現場，就更不易受人敬重，徒增反感。

至於衣着方面，尤其是女性記者，更易爲人品頭論足。我國電視記者，不管你再有名，或再漂亮，衣着以樸實大方爲好，作爲社會之表率，不能暴露誇張。如美國著名女記者芭芭拉·華特絲(Barbara Walters)，無論儀態與衣着，往往有些誇張，面對他的新聞人物，常常感到受不了。太造作不好，但是太隨便也不妥當，例如穿牛仔褲出現在正式訪問中，就不很莊重。

第四點影響權威感的因素是：剪輯與音效等製作技術。不論是電影也好，或是電視也好，剪輯和音效這兩個工作都很重要。我們可以看到奧斯卡金像奬，那些引人入勝的最佳影片，十之八九都因爲在剪輯上、在音效上的成功。剪輯要快、要緊湊、要天衣無縫；音效要強、要有力、要扣人心弦，能够做到這樣的功夫很不容易。向來，我們的新聞好像都不太重視剪輯和音效的重要性，其實，這兩個環節也是不能忽略的。

電視新聞努力的指標

如何維持電視新聞的權威性呢？以下三點可作爲我們努力的指標：

一是充實、充實、不斷充實。

二是隨時待命、預作準備。

三是全心全力投入工作、融入工作，以工作爲樂。

關於第一點，在今天這個競爭激烈的社會裏，「實力」已成爲決定勝敗的最重要關鍵。我國著名女實業家吳舜文女士曾提到了實力的重要。她說：「雖然不認識任何歌星，不過，只要聽到好的歌聲，再向司機求證，所得到的答案多是以實力見長、享譽海內外的名歌星，如鄧麗君等，且屢試不爽。」這就說明了實力決定一切，實力最爲重要。只要你有實力，那麼儘管是外行人，也會一眼看出你的不平凡來。

永不止息的充實自己

新聞事業是非常的事業，尤其需要非常的人才，以非常的功夫去做，這就得靠平日不斷地投入工作、不斷地充實自己。

聯合報副刊曾經一連串登了好幾篇「胡適晚年談話錄」，其中引了一段胡先生說的話，他說：「做工作的人是沒有假期的。像我，從來沒有假期，我就不知道暑假寒假，今天是星期天或是星期幾。」像胡先生這樣望重儒林的學者，尙且天天孜孜不倦，努力充實自己，更何況是凡人呢？當然，我們並不是說，電視記者沒有休假，但是，作爲一個記者，要知道新聞事業的特質，新聞有其突發性，也有其連續性，新聞發生的時候，尤其是電視記者，必須在現場，或在最短時間內，趕到現場，新聞的發生，尤其是突發的社會新聞，如火災，是不分上下班，也無分晝夜的。有時新聞連續幾天進行下去，一開始採訪那條新聞的記者，卽使輪到休假，也理當繼續工作下去。在下班後，不論任何時間，一有重大新聞發生，就必須趕到公司或新聞現場，同時與採訪組密切連繫。新聞工作，不是平常也不是正常的任務，要想做正常工作的人，不能做記者。台視體育記者傅達仁在訪問瓊斯杯籃球賽巴西隊神射手豪登西亞的時候，這位小姐就說，她天天不斷地練習，並且要練五個小時以上。這就是她成功的地方。所以，作爲電視記者，尤其是年輕的一輩，千萬不要因爲在外面人家稱呼你是名記者，「久仰大名」，就認爲自己是名記者，而忽略了充實進修的重要，就算你是一位名記者，更要充實，更要謙遜，才能爲人所器重、所敬愛。

隨時待命，預做準備

第三點應當努力的指標是：隨時待命，預作準備。從事新聞工作，不但要採訪得快，也要處理得好。要採訪得快，就得隨時待命；要處理得好，就得預作準備。日本、韓國電視新聞部門的作業情形、工作精神、值得學習。他們的攝影記者，人手一機，隨時待命，好像是進入戰地機關槍陣地一樣，這種精神非常值得我們效法。

世界童子軍創始者貝登堡氏，就是以「永遠準備」的精神享受生命。另外，松下幸之助先生的大作《路是無限的寬廣》一書中，也見他提及類似的例子。松下先生回憶說，有一次他應美國一家雜誌社記者的邀請，拍攝一張照片，登在這家雜誌上。當他準時抵達約定地點時，卻意外地發現，這位記者已經先到了一個半小時，他研究場地、做好各種準備，準備工作之周全，着實令人吃驚。而在爲松下先生拍照的前幾天，這位記者又曾爲了拍攝金門八二三砲戰的實況，親歷金門、馬祖等地，在漫天砲火中，抱着相機在戰壕裏打滾，搶了不少珍貴的鏡頭。這件事情使松下先生留下了深刻的印象，他說：「原來專家就是這種爲了工作而賭命的人。……爲了工作，不這樣就不能成爲專家。無論那方面的專家，爲了工作，就得要有這種獻身獻力的熱忱。」這些例子在在都啓示我們「隨時準備出動、預先做好準備」的重要。新聞部門的人員，明天要去採訪，今晚就要想好怎麼去做；今天要做採訪，在採訪前的一段時間，就要提前到達現場，勘察地形、了解狀況；並且，不單是你個人要做準備，和你同去的伙伴也要預作準備。這就好比一組飛機出動去轟炸目標一樣，在出發之前，大家要商量好目標在那裏，我們要怎麼去達成這個任務，然後同心協力，把工作做得又好又漂亮！

全力投入，全神貫注

第三點可以作爲電視記者努力指標的是：投入工作、融入工作！有一本書叫做《成功法則一百條》，第一百條裏有一段話，談到全神投入是成功的最大關鍵。這段話是這樣的：「達爾文、康德都是在六十歲以後才完成他們的重要著述；日本的三井財閥開山祖，也是在六十歲以後才展開他的事業；而今年八十一歲才獲得藝術大獎的日本油畫家地主悌助，他在六十五歲時，才開始專心於繪畫，他說：『當我看見一塊石頭時，石頭的心和我的心融成一體。』」這段話看似玄妙，其實根本用意則在強調全神投入的重要。將這段話應用到電視新聞採訪與播報上，便是應該時時自問：「我的心能不能融在新聞裏邊？我能不能使廣大觀衆的心也融在我的心裏邊？」如果這條新聞和你能够渾然化爲一體，所有的觀衆也能和你渾然化爲一體，那麼這條新聞才一定會有最多的眞實感，同時造成最大的氣勢、形成最強的吸引力，如此，自然地也就形成了新聞的權威性。由此可知，從事新聞工作，全力投入、全神貫注，這一原則的澈底實踐，正是尋求自我突破、自我超越之道的不二法門。

十八・電視制度與電視節目

節目競爭毀譽參半

我國有三家電視公司。台視是民國五十一年十月十日開播，中視是民國五十八年十月十日開播，華視是民國六十年十月卅一日開播。當年只有台視一家的時候，「羣星會」之類的歌唱節目比較多；到了中視開播，才有每天晚上八點鐘的連續劇，相信大家還都記得「晶晶」這齣連續劇，一個小女孩（李慧慧飾）到處找媽媽的故事。後來華視開播，三台到處都是連續劇，本來半小時，後來一個小時、兩個小時，最後導致政府主管官署出面，對連續劇的數量、時間、語言、題材加以明文約束。這個轉變過程，反映了我國電視節目競爭情形的激烈性與嚴重性。

很多人談起電視深感頭痛，也有很多人談起電視非常興奮，也有很多人說，沒有電視他們就沒法過正常的生活。電視好像是個天才兒童，使得大家爲他驚喜；電視又好像是一個低能的兒童，使得大家爲他難過。

基本上，世界上有好幾種不同的電視制度，不管是在那一種制度下，電視事業都面臨着不少的問題。

比如說，電視最發達的國家，像美國，電視就一直面臨着很大的問題。不論從宗教方面、從教育方面、從政治方面、從家庭方面，電視節目所受到的責難都很大，尤其它對青少年的影響、對婦女的影響、對道德的影響等負面的作用上，備受各方所物議。自從好萊塢式的西部武打片及床上煽情戲瀰漫之後，電視在美國早已受到社會上最大的關切和最多的責難。這是一個進步、繁榮的社會裡，電視媒介的狀況。

大陸電視看了難過

另外一個社會，就是距離我們比較近，卻遠爲閉塞、落後的社會——中國大陸。他們那邊問題更大，電視的狀況，也和他們的政治、經濟、教育制度一樣，是非常落後的。他們的電視節目和我們剛好相反——完全不吸引人。我們這裏的痛苦是電視太好看了，從下午六點鐘起，可以看到午夜十二時節目結束，電視關起來了，才能睡得着覺。而他們卻是相反，一看就難過。

曾經有一位美國學者，受美國科學學會的聘請，到中國大陸訪問，去看他們的新聞與大衆傳播教育，去看他們的大衆傳播事業，去看美國的記者在大陸上的生活情形，特別是採訪的環境。在北平，他看到中共的電視，他就跟陪同的一位中共人員說：「你們處處要跟臺灣比，我看還差得很遠。就拿電視來講，我剛剛看了你們的節目，我的頭都要昏了！你看看你們播的這段節目，當中停斷了多久？有的中斷了一分鐘，有的中斷了兩分鐘，有的甚至還要長！」這位中共人員說

：「這有什麼關係？停一停再看不是很好嗎？」後來，這位朋友到台北來，知道我們電視廣告，黃金時段，每三十秒六萬八千。他說：三十秒六萬八千，如果給中共的人聽到的話，他們絕不會相信，世界上竟有時間這樣值錢的傳播媒介。這就是效率與效果的問題，一個從社會觀念與制度衍生出來的效率問題。

如果有國外旅遊的經驗就知道，在拉丁美洲，七點鐘的約會，你八點鐘去可能還很早，九點鐘去主人可能才來；而我們七點就是七點，只有參加結婚典禮，大概才有半小時的伸縮時間。這就是說，觀察社會不能夠單單從現象去看，還要看它過去的歷史，看它現在的狀況，看它未來的動向，更要看這個社會的根在那裡。比如說，西方很多國家的根是在宗教，他們很多標準都從宗教做出發點，也從宗教來判斷。而我們的社會，我們的根是在儒家文化，我們的電視遭受許多批評，主要是因爲從儒家的觀點來看。我們現在三家電視公司的商業性格，不能爲知識份子所滿意，這是很自然的。

電視制度都有問題

從以上的事實，不論是在先進的社會，或是在落後的社會，不同類型的電視制度都各有缺點、各有問題。大致上來說，世界上的電視制度有好幾種，有公營電視、有商業電視，也有公商並存的電視。其中並存的制度也許是比較令人滿意的。因爲並存的制度，它的優點和缺點可以互相彌補，所以是比較理想的一種制度。所謂「並存制度」，就是公營和民營，公共和商業電視並存的一種制度，像英國、日本就是採行這種制度的。

早期，英國的電視是公營的，後來英國民衆反應天天看BBC這種學院式的節目太過枯燥，他們要看美國的影集。但是BBC認爲：這就是英國的傳統，不能輕言妥協。所以，英國政府只好又在BBC之外，另成立一個私營電視，叫做「獨立電視系統」(ITA)。因此，現在英國的電視是公私營並存的制度。另外，就拿商業電視最盛行的美國來講，美國三大電視網固然都是商業電視，但是後來也經過國會的立法，成立一個 PBS ，也就是公共電視網。

商業與公共並存的電視制度，還有一個顯著的例子，就是日本。日本的 NHK 是一個公共電視機構；而富士和另外好幾家電視公司是商業電視，商業和公營並存，產生一種互補的作用，互相彌補對方的缺點，吸收對方的長處。商業電視要學習 NHK 的新聞節目、紀錄性節目，具有歷史文化的戲劇節目，因爲這類節目 NHK 做得好。而另外 NHK 也表示要學習商業電視重視現代戲劇節目的精神，因爲這方面商業電視做得好。這是一個互相截長補短的電視社會，在目前來講是比較理想的一種制度。因此，我們可以看到，不論東方、西方社會的電視制度，都有朝向公私營並存制度發展的趨勢。

「地球村」和「小衆化」

電視發展的另一個趨勢，就是「地球村」。這個名詞是加拿大學者麥克魯漢在幾十年前所提出來的。「地球村」的意義就是說，全世界在傳播介紹的連繫下，任何一個地方發生的事情，立即都可以傳送到世界各地，就好像知道隔壁家裏發生什麼事情一樣地迅速方便。比如說，此時此地，如果透過衞星轉播，全世界在這個時候，一樣都可以看到、聽到同樣的內容。這也就是說，大家雖然散佈在全世界很多地方，但是和住在同一個村莊一樣的關係密切，一樣的消息靈通。

電視發展的第三個趨勢，就是節目日漸小衆化。以美國來講，過去美國的電視爲三大電視網所控制，幾乎每個家庭都只能看這三大電視網的節目；但最近這幾年因爲有線電視（Cable TV）的興起，所以觀衆開始能够看到一些特殊化、精緻化的節目。觀衆如果特別喜歡某類節目的話，就有專屬的頻道，我們可以選擇專門播放長片的頻道，每天晚上都可以觀賞到長片。爲什麼這些年來電視節目會朝向少數化、特殊化的方向去發展呢？主要原因就是：近年來，開放系統電視節目的過度大衆化趨勢，愈來愈不能滿足一些特殊層面觀衆的要求，於是，提供觀衆特殊品味和需要的有線電視乃應運而生。

電視面臨新的衝擊

美國電視事業的發展趨勢，對於我國電視節目製作方向自然也有或多或少的影響。在國內，往往一個節目推出之後如果造成轟動，其他兩台也就跟着一窩蜂地如法泡製，觀衆毫無選擇餘地被強迫接受。然而，這種情況近來也有了變化，一如美國三大電視網最近受到有線電視影響，而不得不改變一般。我國電視事業近來也因爲面臨新的衝擊，而不能不調整步伐。所謂新的衝擊是什麼呢？就是錄影機和港劇。

錄影機對我們這個社會的影響，遠勝過任何一個社會。因爲在我們這個繁榮均富的社會中，不論城市或鄉村，錄影機可以說是家家戶戶都買得起。有了錄影機，觀衆可以看他們自己喜歡的節目卡帶，他當然更有能力拒絕不喜歡看的電視節目。另外一項新的衝擊是港劇。自從民國七十一年三月「金鐘獎」港劇搬出來觀摩之後，立卽造成轟動，從此港劇便成了熱門的節目。

錄影機的普及、港劇的吃香，對我國的電視影響最大的就是綜藝節目。最近幾年來三台幾乎都很少有傳統性的綜藝節目。至於像「巨星綜藝」這類由一位歌星從頭表演到尾的節目，現在更是難以生存。爲什麼呢？第一，因爲它的內容缺少變化。這個星期唱這首歌，下星期還唱這首歌，觀衆看膩了，當然提不起興趣。第二，由於「巨星」索價越來越高，管的越來越多，電視公司難以滿足他們的欲望，只好停做這類節目。

除了綜藝節目之外，電視台的其他節目多多少少也受到錄影機及港劇的影響。在這種情況下，電視節目該怎麼辦？對抗港劇！對抗錄影機！應該要做錄影機放不出來的東西！爲什麼「台視新聞」這麼強？就是這原因。

華視曾有一個考察團到日本，回來之後有一位年輕朋友在報紙上寫了一篇文章，他談到日本有三種節目非常受歡迎，一種是新聞節目，一種是體育節目，還有一種是才藝節目。這三種節目是目前日本電視的主流，剛好，這三種節目都是錄影機很難取代的。

國內的電視節目，情況大致與日本相似。像台視「五燈獎」這類的節目，播映這麼多年爲什麼還能這麼受歡迎呢？原因很簡單，因爲它符合「新」的原則，每個星期參加的人都不一樣，能夠不斷吸引觀衆的注意力，所以「歷久彌新」。台視公司的節目，包括「我愛紅娘」、「強棒出擊」在內，基本上都是「五燈獎」的延伸。

推展體育新聞節目

體育節目方面，我們現在發展體育節目的環境比起過去好了很多。現在我們對球鞋、球拍、球衣等等比過去要講究許多，打網球的人就知道，一支球拍上萬，還有很多人要買。當然，這種奢華行爲並不值得鼓勵，但是從社會大衆對運動裝備的講究，我們至少可以肯定一點，那就是：現代人比過去更重視體育休閒活動！這對於體育節目的推展，是非常有幫助的。不過，另外也有一些未成熟之處有待我們去推動：第一就是我們的民族性，基本上我們不是一個活潑好動的民族，我們喜歡待在家裡，不喜歡到戶外去，這點對於發展體育是有妨礙的。另外一個弱點，就是我們缺少體育明星。不論棒球也好、籃球也好，我國都沒有大家特別崇拜的明星。像美國人看到明星就哇哇叫，日本人看到王貞治像看到天皇一樣興奮；但我們較缺乏，我國沒有這種令人狂熱的場面。爲什麼呢？道理很簡單，我國看體育節目就是希望你喜歡的明星勝，如果沒有你喜歡的明星，你如何能夠看得下去？就可看可不看了！

新聞節目方面，最近這些年來，新聞節目的收視率是越來越好。爲什麼呢？這和我國社會的進步繁榮很有關係。通常，新聞節目的收視率大致和收視對象的教育、經濟、社會地位有關。教育程度越高、經濟收入越高，社會地位越高，就越喜歡看新聞節目，這是一種有調查統計依據的一般說法。已故船王董浩雲的故事，就是傳播的利害所在，有人對董先生說：「您好厲害，您的船四海都跑，到處都有啊！」董先生就說：「您看我好啊！我痛苦死了！世界上任何地方有天災人禍，晚上我都難以安眠。因爲那兒可能就有我的船啊！」這就是新聞的力量。爲什麼我們關心中東的戰事？因爲我們的石油從那裡來。爲什麼我們關心產油國會議，因爲開會的成敗，與我們的油價有關。這也是新聞吸引人的地方。所以，新聞節目不但被日益重視，而且它的發展潛力也在繼續擴張中。

節目和「觀衆導向」

我國電視的觀衆和市場大概有幾個特色，是其他國家、其他社會少有的。一個就是我們報紙的讀者是以城市爲主，而電視却是以鄉村爲主。現在我們的電視節目比較賺錢的，一是歌仔戲，一是布袋戲，一是閩南語劇。爲什麼呢？因爲中南部的觀衆喜歡！由於經濟、交通、社會各方面的因素，使得我們的電視節目和電視廣告以廣大的鄉村爲主要對象，這在世界各國幾乎都找不出來的，在美國更是難以想像的。一個相對的例子，像「大學城」這個節目，品質很好，收視率很好，但是廣告客戶却沒有興趣。若提醒客戶：「很多大學生都看這個節目、很多知識份子也喜歡這個節目。」但是廣告客戶說：「大學生有什麼用？大學生經濟還沒獨立，消費力低，又不會根據廣告來買東西！」這就是廣告投資的「市場導向」觀念。這種來自廣告業務的驅力，導致商業的電視節目勢必要竭力爭取最廣大層面的觀衆喜好，而有所謂「觀衆導向」的說法。

歸納起來講，電視所帶來的問題是整個人類文明的問題，而不單是某一國家、某一社會的問題。目前，世界上還找不出一種完美無缺的電視制度，而公私營並存的制度算是缺點比較少的一種制度。近些年來，由於傳播科技的突破，諸如：直播衞星、有線電視、錄放影機的問世，不僅改變了觀衆的視聽習慣，同時也迫使現有的電視節目求新、求變，往新聞、體育、才藝等等，新科技媒介所無法取代的節目特色上去發展。傳播科技的挑戰是永遠不會終止的。

大家應關心和鞭策

展望未來，電視事業應當如何去面對接連不斷的挑戰呢？最重要的還是在人才。不管是連續劇，或是新型的綜藝節目，任何一家電視台，能作出一點成績來，都是因爲掌握了人才，以及優秀的製作群！而這種人才、這種製作羣並不多。這些年來，台視有一位林福地先生，他所製作的連續劇像「巴黎機場」、「不要說再見」、「再見阿郎」、「天地良心」、「星星知我心」、「星星的故鄉」、「我心深處」等都很受到大家歡迎，也有很高的社會價值。另外，還有一位就是黃以功先生，他製作過的連續劇有「秋水長天」、「海角天涯」、「秋潮向晚天」，是表現美感的電視劇。從這兩位的例子可以說明，電視事業一定要靠人才，一定要靠優秀的製作羣，有人才，有優秀的製作羣才會有好的電視節目。

儘管電視在世界各國都曾引起知識份子的指責和爭論。但是，只要我們大家對它寄以更大的關心和鞭策，我們的電視事業一定會比現在更有作爲。當然，所有的電視從業人員，更應該抱着「以天下爲己任」的胸懷，獻此心、獻此力、獻此身，把一切力量和目標，以中國文化爲根本，放在做出全世界最好的電視節目上，以此來報答國家、社會的托付和期許。

十九・爲我國電視之明天探路

一臺、二臺、三臺

我國電視事業已有將近四分之一世紀的歷史。

這二十四年的電視歲月是充滿歡樂與艱辛的。電視經營者與工作者，由一臺獨佔，到二臺競爭到三臺鼎立，其間的滋味，眞是「歷嚐酸、甜、苦、辣。」一隨着電視獨佔到競爭，電視觀衆的味口也有不同的變化。從好侍候到難侍候，甚至現在已到了不要侍候的邊緣。

電視觀衆的心理變化，其間甚爲奇妙，其狀況有如兒童，由農業社會的兒童到工業社會的兒童，現在漸漸地似乎又回到農業社會時代了。

不管怎樣，二十年來的我國電視，有其變化與成長的。電視機與錄影機遍及寶島，這是電視事業力量成長的最有力的證明。

中華民國七十五年元月三十一日根據出版的《中華民國電視年鑑》報導：依照台灣電力公司

在民國七十四年刊行的「台灣地區家用電器普及狀況調查研究報告」顯示：我國電視接收機共有五百零二萬八千餘架，普及率高達 93.1%，是各項家電產品中，僅次於電扇(普及率 94.1%)的生活必需品。

此外，電視年鑑指出，一九八五年出版的「世界廣播電視手册」中顯示，台灣地區每千人有四百一十三部電視機，換言之，平均每二點六人便擁有一部電視。

這二十四年：

電視機由小小的十三吋的二千架擴展到今天五百餘萬架。

最大的變化，變化最多的，是電視經營由賠錢到賺錢。電視的今天，就是源於此一變化，今天的電視，就是由此一變化而來。

我國電視的貢獻

儘管一般人對於電視的評價，有了變化，儘管知識份子對於電視有激烈的批評，回顧電視的昨天，仍然有其貢獻。

我國電視的貢獻，可以分幾方面來說：

一、推展少棒運動：由一支紅葉隊奇蹟似地少棒運動在臺灣興起，幾乎一夜之間成爲亞洲少棒天地之勁旅，成爲世界少棒無敵能手，這不僅是中華民國運動史中罕見的現象，就是世界運動史中亦不可多見。少棒能成爲家喻戶曉的運動，固然歸功於體育界領導人士之努力、熱心體育者之教導，但傳播界之功亦不可沒。

記得第一次少棒得到世界冠軍之賽，係透過中廣越洋轉播，其後每年由三家電視公司輪流轉播一次。透過電視轉播，對於運動比賽來說，最具有眞實性與感情凝聚性。無論遠東賽或是世界大賽，每一場比賽，無數觀衆透過現場實況轉播之觀看，不止是欣賞了中華小將的無敵威風，尤其是民族精神之鼓舞。

從少棒到青少棒，中華小將能一代比一代強，一棒比一棒猛，少棒能成爲人人嚮往之運動，電視之功實不可沒。除了少棒之外，對於其他運動之推廣，如籃球比賽之轉播，如電視記者隨隊遠征之國泰訪紐澳，亞東訪美、中華女籃遠赴莫斯科等，無數的觀衆，透過電視媒介的傳播，共同享受現代中華兒女之驕傲。

國外一位電視同業曾說：奇怪，我們的電視臺不像貴國電視業對於少棒轉播之狂熱。言下之意，像少棒比賽，我們電視業花了這樣大的錢和力量去轉播，似大可不必。其實，這就是我們少棒能獨霸世界的原因。這個代價是值得的。這個代價是在民族成長歷史中，有其不朽貢獻的。

二、衞星轉播：世界所發生的大事，本國觀衆可以透過人造衞星的傳播，立即知道是怎樣發生的。這是現代人的驕傲，也是廿世紀的人，生活在這個地球上的特權。我們在這方面，有資格做現代人，這也是電視所賜。生活在現代的中國人，他的知識，可能比任何時代的人，都要豐富，這除了歸之於時代所賜之外，就是我們有了利器可以眺望世界知識之窗。

我國新聞界先進曾虛白先生，當年熱心鼓吹創辦電視事業，其理由之一，就是要參與世界衛星傳播的偉大工作，這點我們電視事業確實辦到了。我國的電視觀衆也享受到了現代人之福氣。像太空人登陸月球，那是現代科學智慧的神奇表現，也是現代科學家的壯舉。唯有電視發達的社會，民衆才有資格立卽欣賞到這種壯舉，看到了科學奇異的成就。就舉登陸月球轉播一事來看，我們說，電視賜給現代人文明，並不過份。至少，它賜給現代人的耳目，立卽看到了世界上任何地方所發生的任何大事。

唯有電視發達的社會，才是現代社會；也唯有電視發達，社會的人才有資格做現代人，這句話實不過份。

現代兒童對於月球的知識，可能比他們的父母知道得多，他們知識的來源，不是從書本中，因爲書本沒有那樣新的知識，也不是從他們的老師，因爲他們的老師，並不比他們早知道這些知識，而是從電視轉播上，從電視中看到的，學到的。

三、電子工業：我國電子工業，近年來有神速的發展，這固然和我們國家的工業發展政策與世界經濟環境有關，但本國電視事業之環境，也是電子工業發達之相當重要之因素。

我國電視機由陳舊的日本二千架起家，而發展到今天，成爲威脅日本在美國市場的勁敵，這是日本商人做夢也想不到的。

臺灣隨處可見的電視機所造成的電視環境，正是電視工業發展的溫床。因爲外銷電視機，固然出自於在臺設廠的外商之外銷工廠，但本國電器公司也相當活躍，如大同、聲寶等等，他們內銷發達之餘，也有力量拓展外銷。

四、文化輸出：近年來由於我國電視節目製作水準，受到國際重視，本國電視節目不斷地有大量輸出，這對於文化交流與僑胞嚮往祖國之心，均有助益。

這一電視節目之輸出，是基於主觀與客觀條件相輔而成的。先由試驗播出，而成爲正常供應，先由點的供應，而演變成爲面的播放。在東南亞華僑集中之社會，如新加坡及馬來西亞等地，電視業者對於臺灣電視節目，其製作水準與題材，均相當滿意，以交換或選購方式，節目出口很多。近年來，節目輸美也成爲本國電視業熱門的出路。像舊金山、洛杉磯、紐約、華盛頓、夏威夷的電視觀衆，都能看到臺灣出口的電視節目。內容有綜藝、戲劇等。

身在國外的僑胞和學人、留學生，能經常看到祖國的秀麗景物和他們所熟悉的、健康的、美麗的人影，對於心嚮祖國，自然有相當貢獻。

這些年來政府特別重視與全力推展的文化輸出，總算是在電視經營方面得到一些收穫。

當然，這方面尚待努力與加強的地方很多，但我們電視節目有足够的出口吸引力，則是電視業者對於國家的一項貢獻。

濫仗與牌理

電視由一家獨佔，到二家競爭，到三家鼎立，競爭起來是相當辛苦的。

一位電視同業很巧妙地說：螢光幕上放出來的東西，是有規則的，但電視却是在濫仗中殺出來的。

這句話，也道出了電視經營者、電視製作者的辛酸歷程。

當第一家出現的時候，大家都以好奇的眼光，等着瞧，好像什麼都是好看的。

當第二家出現的時候，大家都以好玩的眼光，看你們怎樣比武。有得好瞧的。

當第三家出現的時候，大家都以好笑的眼光，看你們還能有甚麼新花樣。

電視雖在打濫仗，但依然有其牌理的。

二家攻守之爭

民國五十八年十月卅一日，中國電視公司的出現，結束了我國電視的獨佔局面，經營多年，由苦境進入佳境的臺灣電視公司，有了競爭對手。

從中國電視公司開播的啓事廣告來看，從董事長到各部經理，一共排出三十四個名字，這個壯觀的名單，給人印象是很講究團隊精神的組織。

總經理黎世芬在開播詞中，指出節目作風上希望做到三點：

㈠節目是屬於大衆的，節目決策人的理想，要和廣大觀衆的願望相結合。瞭解多數人的需要，決不憑一己的愛好發展節目。

㈡節目是要求進步的，因此無論內容的安排，製作的方式，表現的技巧都必須新穎而生動。

㈢節目是屬於國家的，應站在國家的立場。激勵人心向上，娛樂大衆而不忘弘揚文化及推行社教。

黎先生在結論中還特別強調：「時代是不斷前進的。我們相信一代比一代強，必有新起的一代，超過前的一代。」

這初生的精神，有令人可畏之感。

中視展開凌厲的攻勢。

臺視則採守勢的攻勢。

因為電視是表演的事業，而表演是靠演員的，當時，為了應付未來的競爭，臺視幾乎擁有所有的電視表演人員，面對這次競爭，而成為以逸待勞之勢。

中視開播的環境，以電視製作人員來說，要比臺視創世紀時代幸運得多。

大體上，中視網羅了國內外電視人才從事了電視工作，國內則以光啓社訓練出來的人員為基幹，中、上級節目人員則來自美國、香港及日本等地。

節目戰略上，中視採取了攻強與攻虛雙重戰略。黃金時間的對抗，以及以娛樂節目對待新聞及公益節目，成為完全商業節目。

中視備有四種資源，構成封鎖式的電視戰場：

第一種資源是來自日本：其中包括每日必看的連續劇，在日本製作高水準的翁倩玉時間以及模仿式的節目如「上上下下」等。這是由翁炳榮所領導、所策劃與所啓發的製作羣。

第二種資源是來自香港：這是由節目部副主任杜弘毅所領導的製作羣。「每日一星」是其代表作。這個每日出現的歌唱節目，確令人耳目一新。製作助理詹小萍之歌，其清新悅耳，至今仍有空谷足音之感。

第三種資源是取自地方：這也是競爭的主戰場，就是我們所熟知的歌仔戲與布袋戲。中視試播期間之預擬節目表，幾乎每日均有布袋戲，後來眞正的節目表，作了大幅度的改變。此一策略，使得臺視在這方面提高警覺，而組成堅強的布袋戲陣容。

第四種資源是取自美國：那就是電視影片。中視開播初期，確有幾部够水準的影片，成爲特色，如我們所熟知的「聯邦調查局」、「彩色世界」、「時光隧道」、「少年音樂會」等等。頗爲家庭觀衆所歡迎。這一影片之特色，成爲後來中視發奮圖強之資本。

中視所強調的另一特色是彩色化，爲了不讓後來居上專美，臺視乃駕輕就熟地做起彩色電視節目，而使得中國電視彩色世界的早日到來。

中視表現最爲突出的，還是國語連續劇，開創了中國電視的新時代。每晚「晶晶」、「晶晶」……傳遍街頭巷尾。

對於競爭者來說，那可能「眞不是味道」，於是臺視也忍無可忍地跟進，而開闢電視小說。成爲共同創出了一個中國電視的連續劇時代。

以臺視的雄厚實力，戲劇方面應該有所發揮，但在電視小說方面，收穫有限，甚至連最重要的主題，都未掌握得很緊。清新的崔苔菁脫穎而出，後來在歌唱及節目主持方面成爲臺視的一塊瑰寶，也許是台視電視小說的一項意外收穫。

像一陣旋風式地，中視的出現，確實成為一股威脅的力量，也造成多角的競爭。和臺視，除了節目上的對壘與攻虛之外，尚有演員之爭。例如左豔蓉與李芷麟的跳槽事件，成為當時報紙不斷出現高潮的新聞。

中視因為放映國語影片，而形成影視之爭。後來中視在有關方面協調之下，還是採取識時務之途，暫把國語片束之高閣。最後來個緊急剎車，把已經要放映的國語長片(好像是「愛與罪」)，臨時拉下來。

電視的二強之爭，實際上就是戲劇與娛樂節目之爭，尤其是歌仔戲與布袋戲，觀衆看得如入無人之境，似醒似迷。當時因看布袋戲、歌仔戲入迷而發生新聞的，比比皆是。像：

農夫不種田，工人不上工，學生不上學之事，迭有發生。

立法院教育委員會為了這個電視問題，召開了幾次座談會，當時的教育部長鍾皎光、次長孫宕越、文化局長王洪鈞及二家電視公司負責人均赴會報告，並受立法委員們的質詢。當時的立法委員們，心情却很沈重，尤其女立法委員，多以教育家的精神，呼籲電視業者要對良心負責。

會中，質詢者與被質詢者的心情都很沈重。唯一的揷曲，是當時的教育部次長孫宕越，在會中說出了他家不備電視機的理由。

家家有了電視機，成了家家有本難念的經！

三臺競爭之局

民國六十年十月三十一日起，臺灣電視觀衆有了第三個選擇——中華電視臺開播。華視——教育電視臺的前身，從最老的身份轉變爲最新的一個臺；從極不受人注意到極受人注視的一個臺。

環境，對於一個人和一個機構的生長及成長，有極大的影響因素。

像華視誕生的電視環境——激烈的電視競爭，對於華視、對於整個電視界來說，只有二個途徑，一個是突破它，一個是順從它。

因爲華視也要靠自食其力去求生存、去求發展，於是很難突破當時商業競爭的電視環境，而只有很輕易地加入競爭的漩渦中。

當第三家電視臺出現的時候，也正是電視連續劇與電視小說洶湧黃金時間的時候，於是華視也就毫無選擇地，以連續劇爲武器展開黃金戰場的爭奪戰。

這個時候的電視，對於觀衆來說，眞是好不辛苦。

華視新組成軍，它的人員大致來自三方面：

第一、軍事教育機構。因爲華視是由教育部、國防部投資擴充而成，因此，它的管理人員係借調有關之單位，從事籌備工作。

第二、學校。因爲華視有其教學部的，因此有不少管理及節目製作人員，是來自學校。

第三、國外學成人員。有不少電視、新聞、戲劇專業人員，是來自國外。有的是已經在國內的，有的是從國外聘回來的。當時，華視履行嚴格的考試制度，惟對於在國外學有專長者，却用甄選方式，致有大批自國外紛紛投効，包括美國、日本、歐洲等國家及地區，參加華視工作，聲勢頗爲不凡。

另外，節目各部的負責人及製作人員如：製作人、編導等等多來自電影界。有極有成就，有經驗的製作、編劇、導演、或是潛力很強的編導新人，這點對於華視的戲劇發展，有很大的影響，構成華視的生命戰線。因爲：

第一、電影技巧充分用在電視上，而造成電影的電視時代。

第二、電影題材，亦用在電視上，而能抓住觀衆味口。

華視的「開國」戲，大將軍郭子儀連續劇，未能成功，非常可惜，對於該臺以後的發展，有很大的影響。

「郭」劇是主題正確，頗合該臺性質的歷史戰爭、教育大戲。充分表現了華視是國防、教育二部合作建臺的獨特風格。

這個戲無論業務、收視，均欠理想。不成功的原因，自然不是受主題的影響，因爲郭子儀功業彪炳，光耀史册，頗爲人們所熟知的大將軍，而未能成功，是戲劇的處理。

戰爭劇最重要的是戰爭場面，但該劇在處理上可能因受開業維艱時，精打細算財務環境所限，無法作較大的發揮，只能在攝影場中方寸之地坐而論戰，代替了千軍萬馬。自然引不起觀衆的興趣。同時推出的閩南語連續劇「大地之春」，成績也是平平。

電視是無情的曝光事業，那是一點都無法掩蓋的。

爲了生存，爲了發揮電視的力量，華視開始嚐試鄉土路線。電視是大衆的事業，鄉村是有廣大的消費羣。他們有潛在的消費力量，但是他們沒有機會進城市中百貨公司，也無識貨的能力，全憑看到的電視廣告，來適應選擇的生活。

像旋風，像春雷，華視的鄉土路線是有其特色的。就題材選取角度來說，也是成功的。鄉土劇該受到批評的地方很多，但有一功績還是不可沒的，那是透過生動的戲劇方式，完成了民族教育：原來我們都是一家人，我們都來自大陸。

第三家鄉土劇得到觀衆激賞後，大家爭先恐後地跟進，於是閩南語連續劇氾濫電視螢光幕，賣錢的電視廣告，由於惡性的競爭，而變成不值錢的濫造？電視廣告成爲電流傳播的汚染劑。

電視節目，電視廣告，成爲大家關懷的電視問題。

這時，批評接踵而來。

陳立夫、陶希聖、薩孟武諸先生，都出來講話。

大家雖然講了很多話，對於電視業者提出很多批評與建議，但，只有一句話，就是原籍福建的薩孟武先生所說的：「方言的劇愈少愈好，殘酷神怪的電視劇愈少愈好，哭哭啼啼的電視劇也愈少愈好，廣告聲音不要說得那樣大聲。」

電視受到批評的壓力，而有自律的出現。

就在民國六十一年間，重要者有三次：

第一次是六十一年四月十六日起，三電視臺自行協議自律，決定淨化節目內容。要點如下：

㈠嚴格遵守方言節目時間不得超過全部節目時間的百分之十六。

㈡電視節目的內容，摒除神怪、武打與殘暴等情節。

第二次是六十一年七月一日起，三家電視臺達成業務協議，不再贈送廣告。協議後的電視廣告，根據中央日報的抽樣統計，熱門的節目，幾乎出奇地離譜，協議前與協議後相比，少者多出二倍，多者有三倍之多。這次協議，正式結束了大贈送的生意，難怪有一家報紙的新聞標題指出：從此觀衆耳根清淨多了。

第三次是六十一年十二月七日，這次是最澈底的一次，是三臺為響應節目淨化運動，所作最澈底的一次。

這次淨化運動規定：每臺每天只能有二個半小時的方言節目，對於節目內容淨化，也有澈底的規定。

未來發展之路

由於電視工作者的努力以及社會的積極批評，而有今天我們螢光幕的面貌。今天的電視，也不會停留在今天，它還會繼續往前走下去。

有人擔心說：電視的路將會越走越窄，因為電視節目的題材，都被用光了。電視，還是一種新興的事業，直到現在，它還是最新的大衆傳播媒介，它的路，應該越走越寬，越走也應越有深度才對，因為電視觀衆的水準也在提高。

我國的電視，會朝着以下的幾條路走：

㈠新聞與政令宣傳的加強：廣播電視的主管機構，已自民國六十二年八月一日起，由前教育部文化局移至行政院新聞局。二者之性質頗有不同，前者重點在文化教育，後者則在新聞宣傳。因此，隨着管理機構之移轉，電視事業對於新聞與政令宣傳方面之配合，必隨之加強。

㈡廣告新面貌之出現：廣告問題是大家看得見的，也是電視存在的根本問題之一。由於社會之需求，管理機構之加強（如對於醫藥廣告），今後電視廣告勢必有所轉變。將朝着靜、美、眞三個標準去追求，廣告費用也許會提高，醫藥廣告將逐漸減少，汽車廣告將隨之增加。

㈢本國製電視影集將出現：這是爲適應海外市場之需要。本國電視業能製出水準很高的電視影集，只是因爲成本很高，只爲了一家放映，頗爲不值，亦無此需要。目前國內電視台節目出口，均爲錄影帶，因標準不一，並不能完全適合所有市場之標準。我們將可看到很有水準的電視影集出現。

㈣綜藝節目之水準提高：我們的電視節目，受到連續劇的沖擊，綜藝節目未見水準，且成爲擺地攤式原始叫賣的娛樂，千篇一律，令人生厭，這與我們目前的電視水準，不能相稱。第一代的電視歌星唱了太久，今後要看如何用新人做新節目。節目內容與表現方式，可能勝過表演者。

㈤非娛樂高水準節目之增多：這是必然的趨勢。因爲人們一樣的戲劇，綜藝的東西看多了，總要看看有益處的內容。像過去「追追追」，像「走馬看歐洲」，都能活躍在黃金時間，而且有很好的廣告，這都表示我們的電視社會水準在增高中。「追追追」是具有龐大的製作羣，實際上是結合了電視、新聞、商業的集體智慧，對於社會的一項貢獻。製作羣的中心人物，是已故的今是公司負責人顧英德，他是製作電視節目的能手，他是雄才大略的高手，他所做的，都是屬於他自己的節目，廣告商對他有信心，是這樣有水準的節目，能够出現的原因。也證明：能製作受歡迎的大衆娛樂節目，也能製作出高水準的非娛樂節目，照樣受到歡迎。相信，今後類似有水準的節目，將在黃金時間內不斷出現，激烈的電視節目競爭，似乎有了一個競爭的理論，那就是：強者越強，弱者越弱。展開眞正的、有意義的競爭。

電視是影像的綜合事業，你給觀衆什麼，觀衆就會得到什麼，就會有何種感受。過去的電視之競爭，固然有損傷，但亦有收穫。最大的收穫，可能告訴我們今後應該怎樣走，走那一條路，才能對於電視本身、電視觀衆、社會全體有益。

《卷陸》大眾傳播教育

二十·一個百科雜誌的構想

現代高等教育發展的結果，漸漸形成了三個目標，那就是：教學、服務與研究。就發展次序來說，「教學」是初期的大學教育目標，繼而擴大教育之領域，而產生「服務」之功能，最後，特別是自從研究院教育形成之後，而發展成爲「研究」的機能。此三者之形成，誠如文化大學創辦人張其昀先生在「自強不息的夜讀生活」講辭中所稱的，「爲一種綜合的學術，綜合的教育。」

教育目標之發展，雖有先後，形成有早晚，但教育的成果，如文化的演進，乃是累積的。因此，這三個大學教育的機能，演變爲一個整體，其間也有密不可分、相互支持發展的關係。

教學、服務、研究

教學（Teaching）：這是各級正式教育的目標，從小學到研究院，雖然教學方式有異，但教學目標則一。教師與學生之間，具有教與學之間的關係。雖然「教學相長」，那是教師的意外收穫，也是教師的一種警惕，但對於學生入學的目的，卽希望能從教師處學習一些知識。

顯。教育專業化發展的結果，也往往使學校成爲單純的知識販售之所。此種教學之功能，至爲明

學校爲求知之場所，即基於此項目標。

服務（Service）：「人生以服務爲目的。」服務之重要性，自不待言。此處所講的服務，乃是知識的服務。即：大學教育機構，以其人力、設備及學術權威性，對於它的社區、社會及國家，提供知識的服務，而擴大教育的成果，「也就是學以致用，是現代大學的共同精神。」

服務的範圍至爲廣泛。最常見的一種教育服務，是提供師資及場地，舉辦在職訓練。這是現代教育奠定基礎，產生信心後，對於現存的職業社會，具有最大的誘導作用與貢獻。新聞教育的發展最爲明顯。自從二十世紀啓始，新聞教育成爲正規的大學教育後，在職人員多存觀望與懷疑的眼光，後來稍具信心後，新聞學院即成爲在職的新聞工作者最大的嚮往地。於是新聞學院乃利用假期舉辦在職新聞工作者講習會，使他們也有機會接受新的專業知識，接受書本中的溫馨。這是新聞教育機構的新里程碑。撇開服務的意義不說，而因爲這一服務機能的貢獻，建立起新聞學府與新聞事業之間一座橋樑。新聞學府也成爲全體新聞工作者之家。老報人也會回到校中翻翻新雜誌，或借二本有關新聞學的書，拿回去進修一番。新聞教育機構與報業社會維持繼續不斷的服務關係。

新聞教育學府與新聞事業關係至爲密切，因而這種服務關係，極易建立，也必須建立。但，事實上，這是鷄生蛋與蛋生鷄的問題，因爲有這種服務關係，二者之間關係，才維持緊密。非但

新聞教育學府與新聞事業之間，有這種服務關係，其他的教育學府與其事業社會及人羣，也有服務的關係。教育學府也負有服務的機能。

例如，法律學府與社會服務關係至爲密切。美國的大學法律學院（Law School）常常由教授及學生組成法律服務隊，專門接受收入在一定水準以下的人的法律案件，免費解答問題，甚至義務進行訴訟。我國政治大學等設有法律系所的學校，也有法律協助會的社團，專門替社區或特定對象服務。

這種服務的教育效果，正如我國一位留美的年青法學家所指出的：「這樣積極地把書本上的智識用於社會，無論對學生的學識或其人格養成，都有幫助。」

研究（Research）：從大學研究所的設立，即可窺知研究的意義。研究所之設立，使得「大學乃是培養高深學術之地方」，產生眞正之意義。學習之生活，不只是接受，而是潛研。經過接受，吸收而有所發現與創見，這就是研究的生活，而不同於一般的大學學術養成教育。

研究，字典之意義爲精密之事實探索，其目的在經過系統之整理，而成爲原則或原理。所用之方法爲歸納或演繹法。因之，韋氏大字典對於研究有以下之解釋：以調查或是實驗方式，目的在於事實之發現和解釋，以新的事實來修正已接受之理論或律令，或是對那些新的或是修正過的理論或律令的實際運用。(investigation or experimentation aimed at the discovery and interpretation of facts, revision of accepted theories or law in the light of new facts, or practical application of such new or revised theories or laws.)

研究的本身，實包括對問題的調查、論據的搜集和分析，以及獲得新的結論。

可見研究重在創見，而創見之建立在於方法。因而研究生活是緊密的與客觀的。

研究之動機，多由於問題之存在而引起的，往往由於思想的懷疑，亦卽產生研究之動機。發掘問題，尤其是科學研究之首要。

研究教育，不但爲大學教育之上層教育，而其條件亦較大學教育更爲複雜，師資、設備乃爲不可缺少者。尤其是翔實而權威的資料，那更是研究不可或缺的。因而，權威的學術性雜誌，乃是不可缺少的。

研究之問題，約可分爲靜態問題與動態問題，後者尤具有現實的學術利用價值，對於社會、國家之貢獻尤大，爲學術報國之珍品。我們常常會以現有價值的重大問題發生，急待學術機構從事研究，將其成果貢獻給國家、社會。如：

當年釣魚臺列島問題發生後，私立文化學院創辦人卽曾請海洋系關主任世傑「就研究海洋學術立場設法前往實地考察，採集標本，蒐集海洋學資料拍攝照片以供研究，俾對國家有所貢獻。」就是一例。

從蒐集到報告撰寫，這一系列研究過程之完成，其研究成果，必能對國家有所貢獻。

例如：農藥與成藥問題，前者影響人類生存環境至大，後者危害人類的健康，像這些現實的重大問題，均值得權威的研究機構加以研究，而增加人類福祉，增進全體社會之利益。

每一種事業都存在着若干問題，急待專門學術研究機構去研究。

教學、服務與研究三者，是緊密相連，互爲因果的，其間的價值，是三位一體的。試擬一例以明之。

當臺灣電影面臨空前未有不景氣的時候，其原因甚多，如何克服困難，開創中國電影之前途，實是每一位電影工作者、經營者日夜所求的。於是電影事業組織乃委託政治大學新聞研究所，就臺灣電影問題進行專題研究。政治大學新聞研究所接受委託後，卽請一位教授領導一個研究組，其中有研究生若干人組成，展開調查工作。

這個電影調查的工作，是屬於研究的工作。而電影調查的意義，是屬於服務的性質，因爲政治大學以政大新研所爲例，對其傳播社會提供了知識的服務。

至於教學的功能，更爲明顯。第一、這研究工作，事實上就是在教學，指導教授告訴研究生如何確定假定，搜集資料，研判資料，統計分析等，這都是教學的範圍，只是和傳統的書本傳授教育方式相異而已。第二、研究報告完成後，除了一份送給委託機構外，立卽就變成很有價值的教材。這個教授可以把他的研究成果，在有關的課程中，用來講授。

從以上的過程中，我們可以知道「教學、服務、研究」三者相互支持之發展，而成爲完整的高等教育機能的體系。

學術傳播媒介

從「教學、服務、研究」的三重機能中，我們也可以知道，現代的高等教育目標，已超越了書本的教育，並不再以培養未來的人才爲滿足，而是對於現存社會人羣，提供更多的知識服務。

簡言之，現代高等教育的特色，是向前的，向外的，而不再是保守的象牙塔的教育。

爲了達成「教學、服務、研究」的三大目標，相互支持，共同發展，則必須有學術性的傳播媒介物，提供研究的園地，最新教學的教材和對於廣大的知識社會提供服務。

學術性刋物的出版是提高學術研究水準的最佳途徑。例如：近五十年來美國新聞學研究能有今天的成果，可說出自《新聞學季刋》(*Journalism Quarterly*)的成績。這一刋物，不但是美國，也是世界性的新聞研究刋物。重要的新聞學研究著作，多刋載在這個刋物上，它是新聞學圖書館必備的雜誌、新聞學人必讀之雜誌、也是新聞系學生教材的來源。因此，專業性學術刋物的定期出版，是對於學術社會的極大貢獻。

我們在這裏提出比專門學術刋物更有廣泛用途的學術刋物，那就是綜合學術雜誌，相當於今日的美國時代雜誌。它的特色是分欄編輯。代表着最新專門知識的發源地。

先說時代雜誌。時代雜誌已有四十七年的歷史，它由創辦期的一萬二千份增加到每週五百五十萬份。它是凡是有專門職業的知識份子，幾乎必讀的雜誌，否則他就會與世界、國家及他的學術圈子脫節。尤其美國的社會，競爭相當激烈，如果他的知識不能趕上時代，就會被時代所淘汰，成爲無法適應社會的落伍者。時代雜誌成爲知識份子的私人顧問，簡報秘書。每週所發生的大事（不止於時事新聞），均用簡潔的敍述，綜合的分析，使讀者獲得縮影的瞭解。

時代雜誌將近半世紀的發展爲二十個左右的專欄。其中經常出現的有：藝術、書評、行爲、電影、教育、法律、醫藥、里程碑（報導生、死、婚、喪）、現代生活、音樂、人情趣味、報業、宗教、科學、表演、體育、電視、劇院、美國、商業世界、世界商業等。還有屬於索引性的統計專欄如：傳播市場浮沈錄、最佳電影票房記錄、最佳暢銷書、一週股市等。另外「時代專論」爲不定期性的。近些年來並注意人類及社會環境問題的探討。

時代雜誌爲獨步世界的新聞雜誌。其實，它的內容與性質，已經不是我們所瞭解的時事新聞雜誌，而是新聞知識雜誌。

想走時代雜誌的路線的人很多，想創辦第二個時代雜誌的人也很多，但世界上只有一個時代雜誌。其原因是時代雜誌事業是一個很龐大的學術事業。它的成功，並不完全在於資深的記者、權威的編輯，而是學術顧問及研究員。例如時代雜誌經濟委員會的委員們，爲七人所組成，網羅了美國第一流的經濟學者，其權威、其龐大，甚於美國政府的經濟顧問委員會，其中曾包括：前美國總統甘迺迪的首席經濟顧問海勒(Salter Heller)，哈佛大學經濟學教授愛柯頓(Otto Eckstein）等。他們除定期與時代編輯們見面外，並且長期擔任諮詢工作。就研究部門來說，單以圖片研究部爲例，就有十二位小姐擔任工作。

時代雜誌的研究精神，可與世界上任何第一流學府相比，它的組織體系也絕不在一個大學組織之下。至於接受時代雜誌的教育者，那更不是任何權威大學可與相比。

因之，世人雖有心創辦另一個時代雜誌，但卻無法維持這樣大規模的智慧集團。唯有體系龐大具有雄厚智慧資源的高等學府，才有能力，也有必要創辦一個綜合性的知識雜誌。它是新時代的時代雜誌。

以文化大學爲例，我們試試這一個新時代的時代雜誌的構想。

百科雜誌的構想

文化大學除了學術性研究所不計，曾經有六十二科系所，其中：博士班五所，碩士班十三所，文科十一個學系，農法商科七個學系，理農科十個學系，工科三個學系，城區部十一個學系和五年制專修科三個科。

這六十二所系組科中，以每一科、系負責主編、供應一個學術專欄，至少可得五十個專欄。以這五十個專欄爲基礎，以後視實際需要，尙可逐漸擴大、分工。美國時代雜誌就是一個明顯的例證。它的專欄是逐漸在發展。例如：一九六二年起，「世界商業」專欄從「商業」專欄分離出來，成爲一個獨立的專欄，並增加「環境」一欄。

試把這一完整大系的學術專欄雜誌的欄名及主編科系列擧如下：

1. 三民主義（三民主義研究所），
2. 歷史（史學研究所），
3. 地學（地學研究所），
4. 世界地理（地理系），
5. 中國文學（中國文學研究所），
6. 創作藝術（中國文學系），
7. 西洋哲學（哲學研究所），
8. 國際政治（政治研究所），
9. 國際經濟（經濟研究所），
10. 法學（法學研究所），

11藝術（藝術研究所），
12家政（家政學研究所），
13現代生活（家政學系），
14西洋文學（西洋文學研究所），
15中國哲學（哲學系），
16文學生活（中國文學系），
17東方語文（東方語文系），
18新聞學（新聞學系），
19音樂（音樂學系），
20美術（美術學系），
21戲劇（戲劇學系），
22國內政治（政治學系），
23國內經濟（經濟學系），
24司法（法律學系），
25市政（市政學系），
26勞資關係（勞工關係研究所），
27觀光世紀（觀光學系），
28企業管理（企業管理學系），
29氣候（氣象學系），
30地質（地質學系），
31海洋（海洋系），
32土地資源（土地資源學系），
33園藝（園藝學系），
34體育世界（體育學系），
35應用數學（應用數學系），
36畜牧（畜牧學系），
37建築（建築及都市計劃學系），
38化學工業（化學工程學系），
39彩色世紀（印刷學系），
40舞蹈（舞蹈音樂專修科），
41國劇（中國戲劇專修科），
42國內、外新聞（城區部的新聞學系），
43廣播與電視（大眾傳播學系），
44行政管理（行政管理學系），

45社會環境（社會工作學系），46國際貿易（商學系），
47宗教（由天主教、回教、基督教等宗教研究所輪流提供）。
48書評（圖書館），
49語言教學（語文中心），
50醫藥衞生（藥學組）。

這五十個專欄，較世界最權威的時代雜誌多出一倍半，這可能是世界上最完備的學術專欄雜誌。當然，每期不必全備，就以半數而論，也超過時代雜誌的內容。

這樣規模宏偉的知識寶庫雜誌，因分工精細，每一科系承擔的工作有限，但集合起來，就能發生取精用弘的作用，成爲世界最完備的百科雜誌。也因爲這個雜誌的創辦，每科系全主動地搜羅本科內的專業性雜誌。其作用又超過雜誌的本身。於是「教學、服務、研究」三者齊頭並進，則能集天下之大成，而爲「天下之華岡。」

二十一・新聞教育與傳播媒介

一個社會，是由許多不同的人，在一起組合而成；由兩個人組成的小家庭、一些人組成的小群體，而到無數人組成的社會、國家。

在無數個的組合當中，新聞社會不只是在其中，而且是重要、主要的社會。我們每天早上第一個接觸到的報紙，和無所不在的廣播和電視，對我們的社會均有極大的影響。新聞社會，便是由這許多新聞媒介所組成的；而這許多的新聞媒介，又是由新聞人所組成的。

新聞人是從那裏來的？毫無疑問地是新聞教育所培養的。

以感恩心情回顧學生時代

提到新聞教育，我可以說是以一種感恩的心情去回憶我所受過的新聞教育，以及從新聞教育到新聞崗位工作。在這行業中，我感到很自豪的，不是因爲我在國內、外接受新聞教育，而做到了一個報社的社長、一個電視公司的總經理，而是因爲我受過新聞教育，使我有機會，一生爲新聞服務。

我個人的教育背景，民國四十八年從國立政治大學新聞學系畢業，畢業之前，有一門課叫「報業管理」，當時的老師是宋漱石先生，他是一位立法委員，曾經在漢口辦過武漢日報的老報人。學期考試的時候，宋老師給我們出了個題目—「一份理想報紙的經營」。那個時候，看到這個題目，覺得很容易，也很好笑，因爲不要當堂考試，而是讓大家回家去寫，而且沒有時間限制。可是，在當時，我們都覺得要一個學生寫這樣的題目，簡直是紙上談兵，寫寫也就算了，誰還會想到眞有機會去辦報紙。但是，多年後我却眞的面對那樣的「考驗」。這就是我大學教育的背景。

大學畢業，受完軍訓後，民國五十一年，我從國立政治大學新聞研究所畢業，畢業的碩士論文「臺灣電視節目製作之實際研究」，當時也是紙上談兵，臺灣只有一家電視公司，就是現在我所工作的臺視。

如何成爲新聞社會的一份子，教育，對我來講，實在是很重要、是很幸運的。恐怕不但在中國的歷史上，在其它的地方也很難找得到，一個人所接受的教育，能在他的工作崗位上，完全用得上。我覺得非常的幸運，也就因爲這份幸運，使我時時刻刻督促自己，要把在新聞教育中所學到的、老師所教給我們的，能在新聞崗位上有所貢獻。

新聞教育，給了我一個機會，使我進入新聞的社會。如果政大沒有在臺復校、如果當年我沒有進到新聞系，大概今天我也不會有新聞專業知識，有機會從事新聞事業。所以這是一個機會，賦予我一生的責任。

前後在國內外接受了將近十年的新聞教育，使我有一種責任，全心全意爲新聞社會服務；新聞教育也給了我能力，讓我可以在新聞崗位上工作。

如何在一個工作崗位上，將事情做好？我們常聽有些人抱怨：如果我去做某件事，我一定可以做得很好。言下之意是：我今天之所以做不好，是因爲我沒有得到我要的位子。其實，做事是一樣的，不管你在任何工作崗位，只要用你的心，努力去做，一定可以把事情做得好。

有一位記者曾問到一個青年人怎樣才能成功？大概這位新聞界的年輕朋友，看我沒什麼背景，卻能夠有今天的服務機會，覺得很好奇。我說，很簡單，你能不能比別人早半個小時上班，晚半個小時下班？他笑了，沒有答覆我這個問題。我說：如果你要是眞能做到的話，便可以成功。這是最簡單的道理。

天下有艱苦的事業，但卻沒有艱深的道理。儘管一個事業再艱難，但經營事業的道理是很單純的。

新聞人的形象與責任

爲什麼新聞教育對我這麼重要呢？我記得，民國五十年，在我研究所還沒有畢業的時候，臺灣新生報的南部版要獨立經營，成爲今天的臺灣新聞報。在這以前，新生報的南部版，由新生報協助在臺北發稿，而南部版一旦要獨立，臺灣新聞報便需在臺北成立採訪辦事處。當時，臺灣新生報的社長謝然之先生，他是我們政大新聞系主任，也是中央委員會第四組的主任，請新聞報的社長趙君豪先生，在耶誕夜裏，給我打了個電話，他以濃重的上海口音告訴我：臺灣新聞報要成立，獨立經營，總社長說，第一個就要找你，請你參加台北的採訪工作，不但要擔任記者，而且要採訪國會和政治要聞。

所以，我一直覺得自己很幸運，有這樣的環境、這樣的機會，和這樣好的師長、長者和前輩。

新聞教育能夠塑造、培養出何種人才，成爲何種新聞人，是每位關心新聞教育、從事新聞教育，和有志接受新聞教育的人所關心的。然而，新聞學府究竟能爲我們的社會造就出什麼樣的人才，更是我們社會大衆應該關心的。

中國人的形象，因爲「李表哥」的出現，曾引起熱烈的討論：

蔣復璁說：「李表哥」的形象是青年中國的形象，說明了吾們上下齊心，努力工作的實際情形。我這老邁無能，八十八歲的老人，照樣教書讀書，照常寫作，盡我的本份，做一個青年的中國人。

林懷民說：我所嚮往的是唐朝的造形，那是個大方有信心的時代，所留下的形貌便是從容大度。……一百七十公分的高度，國字臉，眼睛要大一點，穿西裝打領帶，整體的感覺是大方而端莊。

祝基瀅說：勿讓李表哥代表我們，要讓我們代表李表哥。

「李表哥」的風潮，除了成爲大家茶餘飯後談話的資料外，更重要的，是給我們一個反省的機會。外表的美醜並不重要，中國人的形象是畫不出來的，重要的是中國人的心。中國人的心到底是怎麼樣的，和其它的民族有什麼不同，這種不同是好的，還是壞的，這才是眞正的中國人。

從「李表哥」到新聞人，究竟我們的社會要新聞教育塑造出什麼樣的新聞人？新聞人是什麼樣子的，一個受過新聞教育的新聞人，和沒有受過新聞教育的新聞人是不是不一樣？如果不同，就有價值了。

從「李表哥」的形象，到新聞人的形象、到新聞人的責任，是「新聞教育與傳播媒介」極爲重要的一點，因爲他們對我們這個社會，有相當程度的影響。

美國報業道德信條有七條：㈠明責任，㈡重自由，㈢守獨立，㈣誠信確實，㈤大公無私，㈥求公允，㈦崇風尙。

我們中國新聞記者信條，是在抗戰期間，由新聞界的元老，也是政大新聞系的創辦人馬星野先生所立的，其中：

第八條：吾人深信：新聞事業爲最神聖之事業，參加此業者，應有高尙之品格。

第十一條：新聞事業爲最艱苦之事業，參加此業者應有健全之身心。故吃苦耐勞之習慣，樂觀向上之態度，強烈勇敢之意志，熱烈偉大之同情心，必須鍛鍊與養成。

第十二條：新聞事業爲吾人終身之職業，誓以畢生精力與時間，牢守崗位。不見異思遷，不畏難而退。

這是一個專業的問題，一個 Career 的問題，受過這個教育，便在受過教育的工作崗位上，以此資格、以此條件去充實這個行業，就好像醫生一樣，很少改變行業，反之，沒有教育的條件，也就不能從事這個行業。

假定要爲我們中國的新聞人確定一個形象的話，應該是：正直、誠懇、熱誠、負責、盡職、好學。這些條件，看似苛刻，但新聞工作是非常艱難而重要的，因此，這些條件是必需的。因爲報館的新聞人和教堂裏面的牧師是一樣的，他是社會的牧師，在社會上負有敎化的責任，所以須要具備相當高、相當好的條件，接受相當嚴格的敎育。

記者皆應接受專業教育

新聞人從那裏來？這個問題如果問當前的新聞社會，他們一定說很簡單，任何一個人都可以做記者。這或許是經歷五十年的新聞教育，還沒有辦法專業化的一個挑戰、一個責任。這說明了我們的新聞教育還沒有成熟。一個人，沒有接受過新聞教育，照樣可以做記者，在新聞崗位上負責，他不需要條件，在我們這個社會，是個可怕的事實，也是很大的挑戰。

新聞教育的必要性，不難從現在的記者、編輯中看得出來。但很遺憾的，現在社會，給人一個錯誤的印象，好像會寫字的人，就可以做編輯；會跑腿的人，就可以做記者，能玩照像機的人，就可以充當攝影記者。可是，如果我們知道今天社會上最重要的三種職業，就知道新聞教育的責任重大。社會中有三種職業最爲重要，一是醫生，一是律師，另外就是記者了。這三種職業中，醫生、律師均需要執照。如果不是法律系的學生，十年、廿年前，可能還是個「大律師」，今天可能只淪爲司法黃牛。醫生的專業訓練，更重要了。爲何唯獨記者那麼重要的工作，卻沒有條件的限制呢！

有件值得高興的是：民國七十三年納稅，排名第二的，是陳長文律師。懂法的人如玩法，按說就很容易，而陳律師不玩法，且以納稅爲榮。陳長文說：「我們每個納稅義務人都希望國人能多納稅，使國家更富有，人民生活更安定。但是去年到今年，社會治安趨惡，大家生活更無安全感，而反觀酒廊中花天酒地的人更多，但從來沒人問他們錢怎麼來的。」

我們的社會律師很多，上千甚至更多，但是，頂尖的律師，能夠這樣的話，我們的社會才能夠平安。醫生的情形，亦復如此。

很遺憾的，我們的記者，什麼人都可以做，這是我們社會最大的問題，當然，這種情形，我們的新聞教育是要負起責任的。如果一個人，必須要經由新聞教育，才能培養做記者的話，沒有接受此種教育的人，根本無法勝任。就好比醫生的工作，並非換上醫生的制服，就可以爲病人開刀的，那怕是替個小動物開個刀的能力也沒有。可是，今天，好像任何一個人，只要拿起筆來就可以做記者。記者的重要性，比起律師和醫生，只有高，不會低，爲何會有此種現象，便是新聞教育的責任了。

新聞教育有三個主要的目的：一個是教學，一個是服務，一個是研究。事實上，任何一種高等教育，須兼具上述三個功能，才在社會上有存在的價值。這三者應是並重、循環的關係。

新聞教育可區分爲三個階段：報學的階段、新聞學的階段和大衆傳播學的階段。報學的階段以文史爲主，新聞學的階段以政治、法律爲主，大衆傳播學以行爲科學爲中心。

我國新聞教育的發展

國內新聞學的研究，和美國相比，在時間上，雖然晚了一點，但仍有相當多的進步。就「質」而言，國立政治大學新聞系所，可授予碩士和博士的學位，教授多有博士資格，師資精良，人才輩出；以「量」而言，國內新聞教育不管是大學或專科，各校均有各校的特色。

今天，大陸上流行學台灣，認爲台灣什麼都好，把劉紹唐先生所創辦的「傳記文學」也照本宣科地抄了過去。如果拿中華民國在台灣的新聞教育和中國大陸相比，大陸同樣地是望塵莫及。

現代的新聞教育，幾乎完全源自於美國，其它國家的新聞教育均很薄弱，而且若干保守的國家，也不相信新聞教育的價值與重要性，像英國、德國，新聞教育都不很發達，認爲要從事新聞工作，只要在報館做學徒就好了，根本不必接受四、五年的新聞教育。

現代的新聞教育，可說是百分之百的，從美國擴散而來。因爲近代美國各方面發展得太快，南北戰爭後，社會力量急速膨脹，報館、雜誌，這些傳播媒介太多了，但是人才缺乏。人從那裏來？才想到要從學校中培養。此乃美國新聞教育產生的背景，各行各業的發展，各行各業的出現，一定要有人才。

我國新聞教育的出現，和美國也有許多類似之處。時間有先後，方式幾相同。一八六九年，美國華盛頓學院，由 General Robert E. Lee 開了印刷方面的課程，後來，康奈爾大學在一八七五年亦有類似的課程。一八七三年，坎薩斯大學有印刷的課程。一八七八年到一八八四年，密蘇里大學正式開課講授歷史和新聞方面的課程。芝加哥論壇報的編輯強森 Joseph French Johnson，於一九〇四年，在伊利諾大學開設新聞課程。但是，眞正美國新聞教育的開始，是一九〇八年，密蘇里大學成立美國第一所，可能也是全世界第一所新聞學院，創辦人 Walter Williams 在新聞教育和道德方面的理念和貢獻，使人欽佩。

新聞教育從職業到正式教育，其間經過一番歷程，主要從文學、歷史，到政治、經濟，到心理、社會等行爲科學。如果要瞭解一校新聞教育的特色，只要拿起課程表看看有那些重點，再研究是那些老師教授這些課，便可略知概況了。

美國的新聞教育發展得非常普遍而快速，我國可謂是得到美國的鼓勵。我國的新聞教育無獨有偶，民國七年（一九一八）北京大學有新聞學的課程，此時，正好也是美國新聞教育的肇始。當年中國大陸有幾個報業中心，也是新聞教育和新聞事業的中心，如：上海、北平、南京。上海的聖約翰大學，民國九年設立新聞系。北平的平津大學，民國十二年有新聞課程。燕京大學，民國十三年有新聞系。上海復旦大學，民國十五年也創設了新聞系。民國廿四年，政治大學也設了新聞系。當時，各校各系，均自成一格，各有特色，比如上海的復旦大學，當地的「晨報」、「新聞報」的工作要角，幾乎都是復旦大學的學生，台北的聯合報，亦有許多復旦大學的畢業生。燕京大學和美國的哥倫比亞大學，有很多類似，燕大因爲是個教會學校，所以在英文人才的訓練培養方面，頗具貢獻；像魏景蒙先生、英文中國郵報的余夢燕女士等，都是該系的傑出校友。

因此，各校的新聞教育，應該各有所長，各有特色，如果完全都相同的話，反而沒有意義。各校一定要自樹一格，才有存在的價值，不要輕易模仿別人。

政府遷台之後，民國四十三年，政大在台復校，首先恢復了新聞研究所，次年，才又恢復了新聞系。在政治大學沒有在台復校以前，台灣整個大學教育的大環境，只有台灣大學、師範學院、台中農學院、台南工學院……這幾所學校。當年，政治大學得以在台復校，是由當時的教育部長張其昀先生向　先總統報告提出請求的；復校的原因，是有感於在大陸淪陷之前，一批政大的在學學生參加四川剿匪的任務，而有壯烈成仁的英勇事蹟，因此政治大學得以在台復校。爾後，才有清華、交通、中央大學等陸續在台復校。

政治大學的新聞系、所，在台灣開設之前，台灣僅有政治作戰學校和世界新聞專科學校設有新聞方面的科系。當時，許多新聞界有心人士，感到新聞記者與新聞人才培養的重要性，因而籲請現有的大學，創設新聞教育的相關課程。

中華民國編輯人協會就曾於民國四十年間，向國立臺灣大學提出創立新聞系建議書。（請見報學第一卷第四期）在建議書中開宗明義指出，創立新聞學系，可以達成三項目標：

1.爲臺灣造就新聞人才：臺灣新聞事業，目前呈空前未有之蓬勃，然從業人員多係外來，此輩新聞從業員大量返回大陸工作，因人才空虛，臺灣新聞事業將不能保持現有之水準，亟應未雨綢繆，爲臺灣新聞事業儲材。

2.爲大陸造就新聞事業人才：新聞從業員大部滯留大陸，未能撤離，將來光復大陸之時，因此輩從業員之大量被殺被囚被裹脅以去，定感缺乏，爲適應未來反攻局勢，亦有所需要。

3.滿足青年學生之要求：新聞事業爲一般青年樂於從事之事業，其生動活潑與富於刺激性，對於一般青年具有吸引力量。

該建議書之內容具體而充實，對於新聞系之學制、設備、課程、教授遴聘、實習指導均有詳盡的計劃。例如：在學制上，可採密蘇里或哥倫比亞大學制。課程方面以法學爲主，佔百分之五十，文學及新聞學課程各佔百分之廿五等。

可是，這些建議由於當時教育主持者，對新聞教育仍持有偏見（此一偏見非但我國如此，歐洲一些傳統而古老的國家也是如此），因而未能實現。

因此，臺灣的高等新聞教育，是由國立政治大學開始的，民國四十三年的研究所、翌年的新聞系。後來得到廣濶而又深入的發展，才有今天許許多多的新聞科系；尤其，往深度發展，國立政治大學在民國七十二年設立了新聞研究所的博士班，得到了頂峯的發展。如果不是政治大學的話，臺灣的新聞教育便不會有如此由廣度而深度的蓬勃發展。

新聞教育對傳播媒介的價值

至於新聞教育的力量在那裏，如何衡量新聞教育？個人以爲，考量一個新聞學府，有幾個角度。首先要看這所學府的教授，是否權威，是否有眞才實學。這個標準，中外皆相同，例如一位有名的教授，今年在甲校，明年到乙校去了，而明年乙校就有名了，當年施蘭穆（Wilbur Schramm）轉到了史丹福大學，史丹福新聞學府的地位就扶搖而上了，這是因爲施蘭穆的名望，以及他有本領爭取到許多重要的研究專案，提昇權威地位。

第二個衡量的標準是校友，看看畢業的校友對社會的服務如何、有沒有貢獻，是否在工作崗位上發揮所學。例如在我國國人心目中，最權威的新聞學府是密蘇里新聞學院，就是因爲國內多少年來幾位領導新聞界的先進，多來自密蘇里的校友。

第三個衡量的標準是圖書設施，看看各類圖書和設施是否充實與完備。

這五十年來，由於臺灣的安定、繁榮，使我們從學校所學到的，都能充分用之於社會。有三個環節形成了傳播的環境，最主要的，首推國家、社會這個大環節，這個大環節將各行各業予以結合，如果國家沒有辦法，任何行業都不會有辦法。第二個是同業之間，以電視而言，就是三臺經營的消長。第三個是自己本身的工作環境。這三者如果可以充分配合，個人的力量才能有所發揮。

受過新聞教育的人，能够在新聞媒介網上做一點事，貢獻一點力量，主要是受師長的影響，以及從書本上得到的一些觀念。如果在工作上遭遇到困難，自然的反應，也是從書本和老師這兩方面直接與間接尋求答案，來謀求問題的解決之道。

中國人的社會，有許多優點和特色，尊重長者，便是其中之一。中國人考量一個人的進退是否得宜，就看這個人對父母、對長者以及對長官、師長的態度，從這三點來評估一個人，大概相差不會太遠。

像我們中國的學生，到國外深造，就因爲我們尊師重道的傳統，往往十分贏得老師的鍾愛，不只是一時的，且是一生的；不只是一個人的，往往也惠及一個國家，如美國前駐聯合國大使寇克·派翠克教授與宋楚瑜博士間的師生情，就是一個明顯的例證。

在我個人接受新聞教育的過程中，有幾位老師令我終生懷念，如：曾虛白老師、謝然之老師、李瞻老師、徐佳士老師、王洪鈞老師、成舍我老師、馬國驥老師、熊公哲老師和張金鑑老師等。徐佳士老師溫文儒雅、幽默瀟灑的紳士風度，教授我們「美國新聞史」的課程，讓我留下了難忘的深刻記憶。成舍我老師講授「社論寫作研究」課程，在第一堂上課的時候，開宗明義就勸告不喜歡作文的同學最好離開新聞教室，因爲一朝接受了新聞教育，就一輩子和筆脫離不了關係，做新聞記者不只是要寫得快，還要寫得多，寫得正確，寫得好，這是何等不容易的事，如果志趣不合，不如早點轉系，免得痛苦一輩子。

教授對學生的影響非常深遠，眞是無遠弗屆。這種影響不只在專業知識上，還包括了對人格、修養和胸襟的培養，我國的傳統教育尤其如此，老師的長者之風，眞讓人有如沐春風之感。

因爲我曾經營過報紙，也經營電視，我個人自省並無所成，若有人認爲還有一點成就的話，我應把這一切歸功於新聞教育。因爲我接受了新聞教育，才有機會到新聞事業工作；因爲我在新聞事業工作，所以可以爲國家社會多盡一份力量。

例如：我進入臺灣新生報服務，這是一份由臺灣省政府所辦的報紙，可是，因爲我受過新聞教育，又是記者出身，我不認爲它是一份官報，當我辦新生報的時候，在我心中，只有二樣東西，一個是新聞，一個是讀者。新生報所刊的內容，應該是讀者愛看，對讀者有幫助的新聞。經營電視也是同樣的道理，我只知道節目重要，知道如何讓觀衆滿意、要爲觀衆服務；這個信念，不會因爲工作職責的不同，而有絲毫的差異。如果我沒有受過新聞教育的訓練，我可能就沒有這種觀念，沒有這種信念。所以，從新聞事業基本上來看，新聞教育是很有價值的。

新聞教育能够爲新聞傳播媒介做些什麼？雖然，現在要進入報社、電視臺這些新聞事業機構，往往先要經過考試，而考試好像上補習班一樣，抓住考試的訣竅，在家裏猛K幾個月的書，可能考得成績，比受過四年新聞教育的人還好。但是，有很多東西，不是惡補可以得到、可以吸收的。新聞教育至少有兩個特色，不是短時間惡補，可以培養出來的：一個是新聞道德，如果我們能樹立這個道德，我們的社會就得救了，世界也更有希望。這種道德觀，不是一、兩天可以養成的，而是一點一滴、長時間的接觸所形成的信念。信念一旦形成，終生不會有所改變。另外一個是新聞法律，這也不是背上幾天書，就可以充數的。記者更需要守法，才不會濫用權力，對我們的社會有所危害。

道德和法律，是新聞科系所特有的，也是別的科系所缺乏、所無法取代的。此外，新聞教育提供的知識，包括專業的知識、新聞學的知識和政治、經濟、文史等一般的知識。技能，也是新聞教育所培訓的。所謂的技能，除了要會寫之外，還要寫得快、寫得好、寫得眞，而且還要在有限的極短時間內予以完成。

我認爲新聞記者好比外科醫生。外科醫生在動手術的時候，面臨生與死兩個抉擇，如果醫生稍有疏失，便會致人於死。記者也是一樣，如能盡責盡職的話，不只是救人一命，而且還會救很多人的命，如果偶有差池，也會致人於死，只是這種死是無形的，但卻比外科醫生手術失誤造成的後果更嚴重，受害的不只是一、兩個病人，而是社會上千千萬萬的大衆。因此，新聞教育的重要性，是無庸置疑的。

雖然，我並不鼓勵我的子女一定要從事新聞事業，但如果眞有來世的話，我還是會選擇接受新聞教育。因爲，我從新聞教育上得到太多了。得到良師、恩師、知識、信念，更重要的是，我所學的都能充分的運用在工作上。

好的新聞事業，建立在好的新聞教育上；好的新聞教育，建立在好的師資上；有好的師資，才會有好的人才。

二十二・專業的挑戰

——論改革新聞教育

四年的大學新聞教育，一位新聞系學生得到的是什麼？這是令人困惑的問題。當一位新聞學教授在某校上完最後的一課，學生們行將離去的時候，曾給四十多位畢業生一個題目，讓他們有機會再作一次自我檢討。

多數的畢業生內心都有一種難以忍受的空虛，正如其中的一位所說的：「我們所得到的，不過是一個新聞系畢業的名稱而已。」

他們共同的結論是：要想新聞教育成功，必須及時改進目下新聞教育的方針。

學生們的困惑

假如「再是大學生的話」，他們希望大學的新聞教育應做到：

「新聞教育除了專業課程外，每一學生都應另選一些專門性的課程，作深入的研究，如經濟、法律等；否則範圍太廣，沒有熟練的專長是非常吃虧的。」

「對於外國語文的運用能力，是新聞學系學生急需培養的；學校裏的外語教學似乎需要加強，尤其是訓練作文的能力。」

「應有專業化教授指導我們閱讀課外讀物。」

「新聞教育應該嚴格；我覺得目前的新聞教育還不够嚴格。抱着混日子態度的學生，不乏其人；但他們仍然在八次註册後，和勤奮努力的學生一樣地走出校門……。」

他們最感到難過的是老師常常因事請假，一位同學說：

「我覺得所學有限，而荒廢太多；主要原因在於新聞系的教授多數是兼任，外務繁忙，沒有辦法將全副精力放在教學上，並且常常要請假。一學期匆匆過去，所學無幾，下學期又換了老師，如果又是不負責任的，四年下來，不但沒有進步，反而有倒退的趨勢，這是最痛心的。」

足見師資問題最爲嚴重，而系方用盡「苦心」聘來的教授，並不能獲致學生的諒解。一位同學說：「師資的缺乏，使我們受敎了四年，聽來聽去，還是那幾句老生常談，沒有新的觀念、新的思想、新的知識。我們盼望所請的教授，需要具備的唯一的條件，是對我們有所幫助的。」

還有一位同學說：「在大學的四年新聞教育中，我感到每一位教授講的都是相同的東西；由一年級聽到四年級，每學期是新的開始，所學的仍是舊的東西。」

因此，一位同學作結論：

「專業課程應該去蕪存精——凡是已往修過或沒必要讀的新聞課程不要開課，因爲反覆開課，還是那一套新聞學……」

很顯然，令大學新聞系學生在學校時感到寂寞，和出學校時感到痛苦的，是四年教育無法造就一個樣樣「通」和一門「專」的人才。

幾點具體意見

三個月後，這位教授又對還有一年就要畢業的新聞系學生做過類似的測驗；這次測驗，在目的上比較積極，題目是「我對新聞教育改進的意見」。

一位同學把我們當前的新聞教育，視爲正在開發中，若新聞教育界的「拓荒者」，能本開墾的精神，仍有其發展的前途。他對於「開發中的新聞教育」如何改進，提出了幾點具體的意見：

一、嚴選新聞學師資，延聘教授須問他是否學有專長，是否經常有 paper 發表；絕不可爲解決新聞系畢業生出路問題，而一味聘請新聞機構的主要負責人充當教席。

二、提高新聞學專任教授的待遇，使他們能有水準以上的生活；如是可不必到處兼差，而專任新聞教授一職。

三、新聞系專任教授，每隔幾年必須以短期從事新聞工作，使他所教授的知識不至與新聞工作脫節。

四、新聞事業單位可委託新聞系研究新聞理論，新聞系必須爲新聞界服務，作爲新聞教育工作的一部份。

五、制訂記者法，規定非新聞系畢業者不得當記者。新聞系設「就業輔導部」，爲畢業生與未來可能僱用的機關連絡，而且教授應向新聞單位推荐人才。如此，學校自可專心教學，而不必分心去張羅「公共關係」。

六、獎勵新聞學專書的出版。因爲新聞學著述銷路不理想，乃是意料中事，惟賴關心新聞教育的有關機關獎勵與扶植。

對於接受新聞教育所需要的年限，也是各方所爭論的。在國內，最常見的一種主張，是蕭同茲先生等的意見，把新聞系的學生視同醫科學生；因爲新聞工作者是社會的醫生，需要較多的時間，接受更廣泛與更深入的教育。

有些同學認爲我們的大學新聞教育，要像哥倫比亞大學新聞學院一樣，接受大學畢業生，給予新聞專業的訓練。例如一位同學說：

「我認爲，把新聞專業課程列在大學中是不當的。新聞教育機構所培養的對象，應改爲那些學有專長而又對新聞事業感到興趣的大學畢業生，讓他們再接受二至三年的新聞專業訓練（有別於研究所）；如此庶可勝任現代記者的職責，也是提高新聞從業員的素質，與加速新聞事業發展的一條捷徑。」

現代新聞教育並不單單訓練「有聞必錄」的記者，與「題三文一」的編輯匠爲職志，而是有更大的目標。事實上，一位現代記者，只靠一點編寫的技巧是不夠的，這也是新聞教育存在的價值。一位優秀的新聞從業員，到底需要什麼？請看看接受了四年新聞教育者的意見。一位同學很具體地指出：

「我以爲一位優秀的新聞從業員必須有：①一般社會科學的廣泛基礎。②能充分表達語文的能力。③對人類向上進取的信念。④新聞工作的實際經驗。」

根據以上的四個條件，這位同學作以下的結論：「馬星野先生曾說過這樣的一段話：『新聞教育之重點，應放在社會科學根基的培養與青年道德品格之訓練，不必專着力於純粹狹義之新聞技術與採訪編輯等課程。』馬先生的這段話，可供主持新聞教育者作爲南針，徹頭徹尾的改弦更張，把新聞教育加以革新。如果學校能造就出一批學養豐富，品高志潔的青年，必受任何行業重視。倘照目前的情況，又何能厚責新聞機構不重視新聞教育呢？」

檢討教育內容

如今新聞教育機構培養出來的學生，求職時遭受非新聞系畢業生的威脅，顯示目前的新聞教育內容確是值得檢討的。一位學生指出：

「當前新聞系學生，如不自己額外充實，就很難適應社會之需要；如投考廣告公司，新聞系學生論外文抵不上外文系的，在設計製作上又比不得美術系。在現今工商業日趨發達，新聞事業也連帶跟着不斷往前邁進，競爭日趨激烈，如無一技之長，很容易爲社會所淘汰。」

同時，新聞教育的成功，不僅可使新聞事業保持活力，也能形成推動社會向前邁進的巨大力量。這也是新聞系畢業生遠勝報館學徒千百倍的潛在力量。對此，一位女同學有非常精闢的剖析：

「我們從報館學徒中訓練一名記者，在技術上當然是精練純熟的；然而，卻無法培養他的責任心、道德感。新聞教育就在潛移默化中傳授給學生一種專業的精神，道德的修養，這些正是促進新聞事業進步的最大動力。

「新聞教育的成效，不但影響受教育者的本身，也影響到全社會人羣。因此，新聞教育維繫着新聞事業的前途；爲了促進新聞事業的發展，必須積極致力於新聞教育。」

基於新聞教育的神聖責任，她主張：「提高專業精神的培養，要使受過完全新聞教育的學生，服務重於報酬，對於新聞事業專心一致，具備高度的忠誠。」

新聞記者是需要通才的，但做爲一個現代的新聞記者，除通才外，還需要專才，才能成爲一位傑出的新聞工作者。新聞教育在專才的要求下，對於通才教育，必須重作考慮。一位同學曾提出他個人的學習經驗說：

「或許，新聞教育過份偏於通才訓練，是導致我們茫然的最大原因；我們幾乎什麼都要學，事實上什麼也沒有學好。最後，我們竟然記不清所學的爲何？過些日子，我們踏出校門，不論是從事那一種工作，那些微薄的知識，絕對是不够用的。」

通才乎？專才乎？

關於通才與專才問題，另外一位同學就新聞教育的方法而言，他說：

「我認爲現在我們專才不像專才，通才不像通才。我主張最後一年才修專業課程，就是認爲新聞的東西在技術上有一年的磨練已經够了，所以才作此主張。我建議，如果要眞正的訓練新聞人才，就要在新聞學上多分幾個學門，期能在新聞學上作精湛深入的研究，否則未免太籠統了些。」

如果什麼都「通」，實是通才教育最高理想的實現。其實呢？就新聞教育而言，一位同學指出：

「不可諱言的，目前我們大學新聞教育所訓練出來的從業人員，表面上是通才，無所不通，而其實是無一能通。主要的原因是由於專門知識的缺乏，雖然現在新聞系都開有法學、經濟、政治等課程，但是都不過是一些概論；如此淺薄的皮毛，用於現在日趨複雜的社會是絕對不够的。」

受過新聞教育的學生如何？一位學生對此表示意見：「應是通才中之專才，他必須緊隨着時代前進，其知識領域亦需站在時代之前端，且其本身又必須有一特殊之學識專長或技能；因之，新聞系學生除培養廣泛閱讀之興趣外，更應硬性規定選修或特設專門性之學科，諸如經濟學、政治學、法律學等，努力進修，俾能有助於日後新聞崗位工作。如此自可免除新聞界選用他系畢業學生之虞。」

關於新聞專科與選修課程之調配，還有一位同學就病源申論大學四年的時間的安排：「新聞學系學生所以學無專長，乃新聞系所修課程中，專業科目多只能給予學生一些概念。反覆重覆的贅述，只屬技術性的細微末節，只是浪費時間而已；要使有所補救，當加重非專業科目的研究。

要達到此理想的最佳方法，是將新聞系同學分編幾組，在大一、大二的兩年中，規定選修有關學分，如經濟、政治、法律……而在大三、大四時再在新聞科目的技術上加以研討，才是上策。」

新聞的實際工作，是藝術也是技術。有的同學希望新聞教育主持人，除了注意學生的品德外，還應顧到藝術的修養，培育新聞記者的氣質。有一位同學就從氣質方面，說明新聞教育的不可缺少：

「這兩項很容易被新聞系師生所忽視，而事實上它們是很重要的。它們直接的影響到記者的最原始本錢——氣質。如果一位受過大學專門訓練的記者，與沒有接受正式新聞教育的沒有什麼兩樣的話，新聞教育還有什麼存在的價值？」

「品德的修養，不但可以使報業從根本上『淨化』，更能糾正人們對新聞從業員的曲解與敬而遠之的態度。」

新聞教育家、新聞事業家以及新聞系畢業生和在校學生，對於新聞教育的缺點以及怎樣改革，都一一指出來，我們再看看新聞教育方面如何在實際地接納各方的反應。

事實上，新聞教育機構，也在適應新聞社會的需要，而加以改革與調整。政大新聞系就是一例，政大新聞學系在如何培養一位現代的新聞工作者目標下，他們就三方面要求學生：

①外國語文能力的加強，特別是英文讀和寫的能力。

②專業課程大量削減，相對增加自然與社會科學的科目。

③學生在選課方面要受到限制，不能湊滿學分就算畢業；除專業科目必修外，也要專門選定

輔系例如外交、經濟、歷史或政治等，而學生在特定輔系範圍內選課，以配合未來的專業要求。這項改革藍圖，很能符合新聞教育家的建議，也是學生們所希望的。但只靠學校改革是不够的，必須各方面配合才能收效。

新聞系的學生，從第一天進入新聞大樓或新聞系教室，就必須立志將來準備在新聞事業的天地中，做些什麼，而不要只圖「新聞系學生」的虛名。今天許多畢業生不能就業，其基本的癥結，是因爲他只是一位新聞系學生；什麼都知道一點，但認眞的想加以運用，卻是什麼都不知道。

確定志向後，自己找書讀（只靠課堂是不够的），找問題來硏究，在本科和有關聯的基礎科學下功夫，這樣四年下來，才能成爲一個有廣度也有深度的新聞工作者。

新聞事業太廣泛，可供發揮的天地，也不止於記者；一個新聞系畢業生，應該在報館記者之外，另找出路。否則，報社記者名額有限，擠不進報社做無冕王，就成了無處可去的失業者。

建立學府特色

新聞系本身，還應該建立自己的教育特色。美國的新聞學府，看起來是「大同」，其實它們各有特色；事實上，沒有與衆不同的地方，是很難辦得出色，也很難吸引社會人士與學生注意的。例如，哥倫比亞以國際採訪著名，密蘇里以歷史傳統和編採實務聞名，西北與伊利諾以廣告出衆，斯瑞克斯以培養廣播電視人才爲職志，史坦福以及明尼蘇達等校以大衆傳播理論與新聞學術研究而享譽。

在聯考分發制度之下，因爲學生所讀的不一定是第一志願，而是按總分決定取捨標準的；因此，各校都有一本難唸的經，往往無法達到考選的目的，因爲系裏並沒有選擇學生的自由。其實，只要主持學校行政的人以及教授認眞，聯考仍然不失爲一種好制度；因爲，至少錄取的學生程度是達到一定的標準。但我們的大學教育，因爲缺乏淘汰制度，而無法保持水準，這是今日大學教育的危機。

我們的大學之門是進去難，出來容易，因爲總會畢業的。美國大學恰恰相反，尤其是具水準的州立大學，它們是各州人民納稅辦的，因此對本州高中畢業生，必須接受一個相當的比例。但進來後，讀書卻不容易，尤其是大學一年級，每次考試下來，常有些毛頭小子「失踪」；他們或去當兵，或去跑碼頭賺錢，或去結婚，因爲他們吃不消考試，與其等待學年結束被迫走路，不如早些離開爲妙。

爲補救大專聯考制度的缺點，爲達成科系培養人才的目標，各系應採取淘汰制度或認眞執行重修。以新聞系爲例，對於外國語文及國文太差的學生，應該毫不姑息地予以淘汰；對於新聞事業沒有興趣的新生，除了注重興趣培養外，若仍然無法轉移其志趣，則應勸導轉系，以免浪費人才。

爲了新聞教育者能安心培養人才，不必爲考慮學生出路而安排教授，爲了新聞系學生能安心讀書，學生不必以寶貴的時間花費在無謂的奉迎上，新聞事業單位應該建立一個正常與客觀的吸取新血辦法。這樣，也爲報社解決了人情的困擾。

美國報社、廣播電視公司、公共關係單位以及廣告公司等，他們到新聞學院招聘人才的辦法，是值得借鏡的。當然，這個辦法的前提，新聞系必須有造就可用之才的能力。

美國大衆傳播單位在需要用人的時候，就預先函請各校新聞學院，代爲公告登記，它們再訂時間到學校去面試。錄取的學生，除口試外，還需要下列三項：應考者成績單，教授推薦信以及學生作品（這裏所謂作品不一定公開發表過的，例如投考廣告設計者，能提出足能證明設計能力的習作亦可）。

我們的新聞事業單位與新聞學府，較美國還有一項好的制度，就是畢業前的一個月實習。這對於徵求單位考驗學生與學生臨場表現才能，都是一個良好的機會。新聞事業單位可以根據口試的錄取名單，邀請實習，完畢後再根據實習成績，決定聘用人數。

誠然，卓越的新聞工作者並非個個是新聞系培養出來的；但，專業的維持和發展，要靠專業教育，如醫生需要醫學院畢業，律師需要法律系畢業是一樣的道理。

此正如美國聖路易地球民主報一位總編輯所指出的：「我並非新聞系畢業生，但我最近所見，令我留下了深刻印象——這些小伙子能够很快的挑起擔子。」

我們一位新聞同業的親身體驗，比那位總編輯還要深入，還要具體。他說：「只有學新聞的，才能經得起考驗，考進報社的其他學系的優秀人才，到後來往往表現得不如新聞系的學生。」

二十三・學習生涯與社團生活

民國四十四年秋天，我幸運地以第一志願考上國立政治大學新聞學系，成爲政大在臺復校的首屆「新鮮人」，踏上了人生的轉捩點，在師長、同學的教誨、切磋下，亦步亦趨地開始了大衆傳播事業的學習生涯。

教育是一種社會化的過程，透過學習的歷程，赤子素人也能成爲社會生活的良好適應者，進而推動社會的進步。由於社會是一種不斷互動變遷的實體，所以，成員的學習發展，也就是無止境的。學校教育對社會成員而言，也許只是一個學習過程，然而，學習本身，卻隨著人的生命同其消長，以至於成爲一種人生的目的。

以這樣一個「巨視」的（Macroscopic）觀點，來回顧我的大衆傳播事業學習生涯。從早先的政大校園，一直到現在的臺視公司，廿多年的努力經驗，益令我有「生也有涯，學也無涯」之感。

師長的教誨

民國三十七年，中央政治學校與中央幹部學校合併，在南京成立國立政治大學，首屆新聞學系由馬星野先生主持。政府播遷臺灣後，政大大學部在民國四十四年復校，新聞系首屆系主任由政大新聞研究所主任曾虛白教授兼任（政大係先恢復研究所，後恢復大學部），繼由謝然之教授接任。

當我懷着如入寶山的興奮心情，踏進指南山麓的政大校園，從一個「新鮮人」到新聞研究所畢業，在這一個求學階段中，對我教益最深、啓廸最大的業師，在專門課程方面有：曾虛白、謝然之、王洪鈞、漆敬堯、李瞻、邱楠、沈宗琳、鄭南渭、徐佳士等教授，在一般課程方面有：王雲五、馬國驥、張金鑑、阮毅成、蔣君章等教授。

王洪鈞教授剛剛從美國學成返國，教我們新聞採訪學，他注重從實際工作中學習，常常指定題目，要學生走出校門，去做新聞採訪。這對從小好實踐的我，視爲樂此不疲的功課。記得當時印尼發生流產政變，王教授要同學們去作實習採訪，我從謝幼偉教授到廣播評論家吳紹燧，寫出的新聞條數及特稿字數，超過他要求的十倍之多，憑著這股傻勁，王教授不但對這份作業褒獎有加，在日後對我的教導也更殷切，也奠定我以後做事的信念：你所做的，一定要比師長、長官、同事期待你做得更好、更快、更多。

記得王教授在課堂中曾談到，抗戰勝利後，在北平當中央日報特派員的往事。有一次，他爲了拍發一項重要軍事會議的新聞電稿，放棄了平生最嚮往的一次菊壇精英的大會演。醉心國劇藝術的王教授，談起這件事，絲毫不以爲遺憾的神情，對我日後從事新聞工作嚴謹的態度，尤其在緊要關口克制自己的念頭，留下了極深遠的啓示。

馬國驥教授是我的大一英文老師，道學淵源，早歲執教清華大學，浦薛鳳教授即出其門下。馬教授平素愛引用論語裏「言忠信，行篤敬，雖蠻貊之邦行矣！」這段話來勉勵青年，尤其是遠離國家的外交官與留學生，他強調「言忠信，行篤敬」是放諸四海皆準的成功之道。「言忠信」，正是我處理紛擾不絕的電視螢光幕後種種的準繩。馬教授治學，有其非常人所能及之處，每次我們往政大單身教授宿舍請益，總見他一卷原文的《國富論》在手，眉批劄記，密密麻麻似乎下過很大的功力，請詢之後才知道，他老人家把鑽研這本亞當史密斯的經典之作，當作畢生的志業，所謂「皓首窮經」，他隻身在臺，後講學士耳其，晚年牙齒不好，全部拔掉，講話吃飯，均不習慣，但馬教授「活到老，學到老」的精神，爲後進學子立下了最好的身教。

已經作古的王雲五及邱楠兩位教授，善於激發學生想像及創造能力。岫老當時貴爲行政院副院長，並主持總統府行政改革工作，在政大政治研究所開「行政改革」專題討論課程，涵養功深，有教無類的風儀，頗得同學們景仰。他重視隨機教學，常誘導學生大膽發表意見，記得有一次討論改革司法風氣問題，我曾大膽提出集中司法官宿舍於特定社區，加派門警駐守，以戢苞苴之風的看法，竟也頗得岫老的謬許，如今回想起來不禁汗顏。以無學歷之身，而培養及重用無數博學之士，中華民國有二位，一位是王雲五先生，一位是王永慶先生。早期的「國產」博士，幾都出身王雲老的門下，如周道濟、傅宗懋、王壽南、金耀基諸先生等。

邱楠教授在新聞系開廣播電視課，當時曾以言曦筆名，在中央日報副刊寫方塊，頗獲各界推崇。有一次，邱教授帶我們新聞系「廣播電視」課學生參觀中廣公司，我對當時「早晨的公園」節目主持人潘啓元先生發問，有沒有人在早晨自殺？這一問，被邱楠教授稱許爲有想像力，也結下日後更密切的師生關係。

岫老及邱楠教授給我的啓示是，從多方面想問題，在腦力激盪的過程中，有助於促成獨立思考，而這正是大學教育的目的之一。

社團的實習

近代教育學家都好強調，學校裏的課外活動，像其他課程一樣，是學習的重要一環。尤其，課外的社團活動，對於學生的自治能力、合作精神及領導才幹等的培養，有很大的作用。這一社團領導功能，成爲新加坡李光耀總理選才的重要考量之一。

也許是合羣的天性使然，我自小就喜歡獻身課外團體活動。在師大附中求學時，我熱衷於校內的壁報活動，從寫稿、編排、到謄繕，每樣工作都樂此不疲地爭相參與，記得當年學長楊國樞兄，會是個中好手，如今他已經成爲國內心理學權威教授。

進入政大校園後，由於首屆新聞系的同學只有四十多位（國內招生及海外僑生各半），師生朝夕共處，感情極爲融洽，正是開辦社團活動的好時機，我於是和好友巴山等發起組成「新聞學會」，並僥倖地被推選爲第一任會長，這社團以促成同學做課餘學術研究爲宗旨，透過一連串的活動，我額外地學到推動一個團體向前發展的心得。那就是：不畏要務的艱巨，不嫌瑣事的厭煩，只要能跑到大夥的前頭，捲起袖子就身先去幹，已經成功了一大半。

謝然之教授接掌新聞學系後，以他在美國讀書時「米蘇里新聞學院」的「米蘇里人」報的背景，創辦了「學生新聞」實習報紙，每週出報一次，起初，由設在中和鄉的青年戰士報社印刷廠承印，後來移到民間的市區大光華印刷廠，記得當時服務新生報的研究所學長張宗棟、姚朋、葉宗夔、袁良、王世正等就曾爲我們指導，甚至捉刀過。姚先生當時還在休養期間，主編新生副刊，「學生新聞」缺稿，還把「新生副刊」待用稿抵上，葉建麗的大作，就是其中之一。

「學生新聞」是我們的實習「報紙」，初期主要參加同學有：鄭貞銘、潘乃江、黃荔韶、列國梅等，我曾經擔任過「學生新聞」的總編輯，但也兼辦採訪、廣告、發行等各項工作，當時我的想法是，只要與辦這份報紙有關的事，只要沒人去做的，或是自己沒做過的，我都願去試一試看。記得我招攬到的第一個廣告，是西門鬧區新生戲院及凱莉餐廳的開幕廣告。當時，得到新生報廣告組主任顏伯勤先生的幫助，我冒昧求見戲院老闆周陳玉樹先生，費了口舌，看過臉色，終於喜出望外地招攬到五百元的廣告。這段經驗眞是有意義極了，尤其對我日後出任新生報社長，在體會業務同仁的難處上，有相當的幫助。

由於對社團活動的熱心參與，師長們對我發生了能辦事的印象。因此在進入新聞研究所的第一年，我就被約到大學部畢業班客串助教的工作，而這段時期的表現，又結下了日後我從美國留學歸來，回到母校開課的因緣。回想這段往事，恩師曾虛白教授對我的提攜，尤其讓人不敢或忘。李瞻教授、張宗棟先生、陳聖士教授，都鼎力提携過。

談到在政大校園參與社團活動的情形，也不禁使我想起，在美國明尼蘇達大學唸書時，暑假到聖路易城餐廳打工賺取學費的往事。當時，因爲粥少僧多，我國許多工讀生只能得到隔日排一班的工作機會，唯獨我每日排得了兩班。爲了怕違反美國的法律，餐廳老板還特別與律師研究，使我的超時打工合法化。最後一個暑期，這位大老闆告訴我，他「看中」我的秘密，這是因爲他暗中發現，不論有人無人，我打工時特別專心認眞。現在回想起來，我能在海外苦讀之餘，認眞幹起雜活兒，所憑藉的，正是以往參與社團活動的那股傻勁罷了。

校園裏的社團活動，帶給我無數實習書本知識的機會，熱情的參與，使我的大學教育，變得豐富而完整。同時，也爲我日後的發展，悄悄地播下珍貴的種子。

二十四・實習生・總編輯・社長

人是生活在各種不同的環境中，當然受環境所影響。

成長的環境，大體而言，包括：家庭、學校和社會。

我們所生活、所面對的社會環境，對於成長中的青少年，會有很大的影響。

近三十年來，在臺灣成長、壯大的青少年，受影響最大的，除了空氣、水之外，恐怕就是大衆傳播媒介了。

常常有人問我：你是如何成長的？

我毫不猶疑地說：我是看臺灣新生報、中央日報、聽中廣廣播長大的！

新生報的不朽地位

臺灣新生報的歷史，和臺灣有著十分密切的淵源，它所象徵的意義，絕對遠超過於一份每日發行的印刷刊物，而是根植於臺灣的泥土之中。

臺灣新生報創刊的經過，周少左先生所寫的《如沐春風》一書中，曾有所追憶：

卅四年抗戰勝利，謝求公（編者按：謝東閔先生字求生）被選爲出席國民黨第六次全國代表大會的唯一臺籍代表，是年五月離開廣西日報前往重慶，住在國際問題研究所王芃生所長家裏。」

「在重慶期間，時値政府忙於光復臺灣的準備工作，在重慶設有一臺灣黨務訓練班，本省李萬居、連震東諸先生，當時都在這個訓練班裏接受講習；因此，經常聚會，暢談臺灣光復後重回臺灣致力臺灣建設的抱負。」

「李萬居先生對於文化事業興趣最濃，他表示回臺灣之後第一件事要辦一張報紙，用以啓廸民智，發揚中華文化，當時請敎求公，臺灣光復後的第一張報紙，起個什麼名字好，謝求公稍事思索後說：『就叫〔新生報〕好了』，一來表示臺灣淪陷爲殖民地，從此得以光復重回祖國懷抱，再者臺省同胞數十年的枷鎖，也從此掙脫而獲得新生。」

在臺灣的歷史中，臺灣新生報有不朽的地位。或許我們可以這麼說：在臺灣的上空或地上，除了空氣、水和香蕉之外，就是臺灣新生報了。

民國三十七、三十八年間，大陸變色，凡是由大陸撤離的國人，乘船來到寶島，在基隆上岸，第一個接觸的是香蕉，先把香蕉吃個够再說，第二個接觸到的便是臺灣新生報了。

在當時，新生報堪稱復興基地的第一大報，人文薈萃，人才濟濟。在內地接受過新聞正統敎育的人才來到臺灣，都以新生報爲第一志願，願在這份報紙的旗幟下，一展所長。

臺灣的報業發展史中，新生報、中央日報、聯合報、中國時報，扮演著極爲重要的角色（當然，其他還有許多卓有所成的報紙），它們穩定、持續的成長，帶動了中華民國大衆傳播事業的發展與茁壯。報紙、廣播、和晚近興起的電視與雜誌，成就了中華民國欣欣向榮的大衆傳播事業。

第一志願的實習生

論及我和臺灣新生報的關係，應該追溯到卅年前，從高中時代開始，我就是新生報最忠實的讀者，甚至爲我家送新生報的送報生，後來都成了好朋友。每天早上的第一件事，便是仔細閱讀新生報（那個時候，受家庭經濟影響，習慣上一家只訂一份報紙，再想看其他的日報，只有另想法子，我是每天晚上，吃過晚飯後，穿木屐，散步到附近的設在南昌街十普寺內民衆閱覽室去看），直到今日爲止，我雖然離開新生報的工作崗位，而這個幾十年的習慣，一直持續著，新生報仍是我每天必讀的第一份報紙，這大概是習慣與感情的雙重關係。

從新生報的讀者，變爲新生報的實習生，那是民國四十八年的事。在國立政治大學新聞系的畢業實習中，我的第一志願就是到新生報實習，想了解這份每日必讀報紙的印製過程和經營實況。當我如願分發到新生報實習後，在人人以編採工作爲日後嚮往的目標下，因爲當時選擇新聞系就讀，多以能夢想成爲一個名記者，我居然選擇當時十分冷門的報業管理做爲實習的重點。其中的原因很多，主要地，我在學校時，因爲參加了當時的實習刊物「學生新聞」的實習工作，又擔任政大新聞學會的社團服務工作，由於這二層關係，常常有機會接觸臺灣新生報的編採先進，也常常到新生報，因爲當時我們的系主任謝然之先生也是新生報的社長。謝先生先後畢業於美國米蘇里大學（學士）及明尼蘇達大學（碩士）新聞學院，很想把政大的「學生新聞」變成「小米蘇里人報」。我從當時在新生報編採方面已有地位的，也是「學生新聞」的指導人，張宗棟、姚朋、葉宗夔、袁良等先生學習編採工作，另外，我在「學生新聞」的總編輯的崗位上，也實習廣告發行工作，也拉了幾則廣告。因此，對於編採已有一番心得，對於編採的報界人物，也認識了一些。乃想趁報業實習的機會，多接觸一些平日不易看到的報紙經營部門以及前輩。然而，廣告、發行、工廠管理等別人與趣缺缺的實習課程，却對我日後的工作，助益良多。

短短一個月的實習，我所認識的新生報業前輩，對我日後的工作影響深遠，幫助也很多。

當時，負責指導我實習課程的是副社長趙君豪先生，他和副總經理陸蔭初先生都來自滬江，有濃厚的上海口音，雖然聽起來有點吃力，但是他們的熱切和誠摯，讓人倍感親切。趙、陸二先生，過世多年，而今如在眼前。

當時新生報經理部門的人才，眞是一時之選。其後，對於我國廣告之敎育及廣告事業之發展，有著極深遠的影響與貢獻。廣告主任顏伯勤、發行主任李鄂生、副主任曹埊、組長佟達夫等，他們都有個性，也很有作爲；尤其是顏伯勤，眞是執臺灣廣告敎育與事業的牛耳，每次走過他的桌前，都看他在埋首工作，當時是用沾水筆，他總在不停地寫，對顏先生又敬又畏。

因此，新生報可以稱得上是臺灣新聞事業的發源地，是培養新聞專業人才的搖籃。

三十多年前，臺灣的經濟，極爲落伍，當時臺北市的衡陽路只有一家建新百貨公司，然後陸續才有凱莉西餐廳和新生大戲院等，尤其是「生生皮鞋」的「請大家告訴大家」的出現，廣告才產生吸引力，廣告的效力才開始受到重視，也開始受到學術界的研究。在這樣一個工商業尚未發達，國民消費普遍低落的社會中，要招攬、推廣廣告業務，其所面臨的困難，是可以想見的。而當年新生報的廣告「大將」，就有徐達光、劉毅志、李雲鵬等人，在閉塞的廣告活動中，發揮了艱苦卓絕的開創精神。而今，徐達光擔任聯廣公司的副董事長、劉毅志創辦了國際工商傳播公司、李雲鵬也功成遊雲四方默默作善事……都是今日廣告界的翹楚。

另一位令人難忘的長者，是新生報印刷工廠的楊副廠長成才先生，他爲人負責、灑脫，對印務工作眞是不遺餘力。後來，升爲廠長後，由於報紙紙張短缺，一時無法調度，楊廠長憂心如焚，情急之下，腦溢血逝世，眞是可惜。這種盡忠職守的工作精神，眞令人佩服與懷念。

三個階段的工作體驗

我曾身爲新生報的一份子，其間又可分爲三個階段：

㈠民國四十八年爲期一個月的實習，時間雖短，收穫却很多。藉此機會，遇到了許多熱心的報業前輩，領悟到課本、學校裏學不到的知識。

㈡民國六十四年十一月一日，應當時社長李白虹先生的邀請，擔任副社長兼總編輯的職務。

㈢民國六十五年六月一日，就任新生報的社長，直到七十年六月卅日交卸爲止。

這三個階段，或長、或短、或苦、或樂，都是令我終生難以忘懷的。

民國六十四年十一月一日，我正式加入新生報的工作行列，一直到七十年五月底止。新生報自民國六十五年六月一日起，又以一個嶄新的面貌，呈現在全國讀者的面前。這個決定前途的重大轉變，看來好似一夜之間完成的，好像一個人或少數幾個人完成的。事實却不然，我一直認爲，新生報能够脫胎換骨，是因爲整個大環境的成熟，是全體工作同仁同心協力，共同奮鬬的結果。在這個蛻變的過程中，臺灣省政府的長官和有關官員的全力支持，應是改革成功的一大動力。

當我進入新生報工作時，新生報已面臨非改革不能生存的關鍵時刻，幾乎所有的人都有一個體認，那便是：臺灣新生報若想繼續生存，就必須澈底的改革才可。這種危機卽轉機的處境，醞釀了新生報求新、求變的大環境。

當時臺灣省政府主席謝東閔先生就曾經指出：

「有兩次與院長搭飛機前往金門前線，飛機上有『新生報』，院長曾問及『新生報』是否省府所辦，我答稱：『是』，院長卽表示這份報紙辦得好像不太理想，沒有人看。這樣一來，我自己覺得很不好意思。一份歷史悠久的報紙而沒有人看，這是令我非常難過的。」

民國六十四年的十一月至翌年的六月，一份嶄新的「新生報」，日以繼夜的默默地展開工作。這半年中，無論硬體和軟體的設施，都在潛研如何突破瓶頸、精益求精。因此，新生報能得以再生，這半年準備時間，是很重要的。

一份歷史悠久的報紙，要改革、要創新，需要各種主觀、客觀條件的全面配合。就在報社內充滿着改革意願的同時，外界適時的鼓舞和激勵，遂而成爲全面改革的催化劑。當時，省主席謝東閔先生、省府秘書長瞿紹華先生、省府財政廳長鍾時益先生、省新聞處長周天固先生及省人事處長余學海先生等，均給予最大的支持與指導。

創造「奇蹟」的力量來源

關於新生報的改革面貌與內容，曾經被人當做是一個奇蹟，外界也對此有許多說詞。不過，我以爲，如果說我個人有點貢獻的話，應該是在軟體方面的，也就是在版面的編排、規劃及內容的充實與設計，在這方面，我的確花費了許多的心血和時間。至於硬體方面，新生報能够煥然一新，得力於省政府的鼎力相助。當時，有感於新生報的舊址非改建不可，省府支持與協助在臺北市延平南路一百廿七號實踐堂對面的地段，與建新的報社，同時，擧凡設備的更新、財務之週轉，省府也都毫不保留地大力支持。

外在條件的配合，再以李社長白虹、邱副社長振明、程總經理耿堂的決心執行，使得改革的理想與計劃，得以順利展開。

李社長白虹先生，心細如絲，待人寬厚，處世嚴謹，正如我國元老企業家李崇年先生所推崇的，白虹先生是一位完人型的當代人物。

邱振明先生，是位財務專家，當時是李社長特別向省府財政廳借將至新生報工作，以副社長的職位，負責財務之調度與業務之整頓，新生報適時參加省營事業之統收統付賬戶，對新生報財務運轉的健全化，貢獻良多。

程總經理耿堂，是我國報業界一位資深、專家型難得的經理人才。尤其對於印刷、發行、工廠管理等業務均能全盤掌握，瞭若指掌，在今日報業中，恐難有人出其右。新生報的印刷由輪轉進而到平版印刷、機器之採購、設備之訂購、人才之引進，耿堂兄功不可沒。

當時的新生報印刷廠廠長宣其良、副廠長洪其、陳賢德，他們都各有所長，各有所專。宣廠長長於鉛字的檢排與管理，整天整夜與鉛字工人和在一起。洪副廠長對印刷和印刷機都很在行，他的領導才能，沈着而負責，和印刷同仁打成一片。陳副廠長是彩色印刷方面的新秀，程總經理運用特殊關係，特別從中國時報引進過來，組成班底，負責彩色版面的製版與美化。有了陳副廠長的專業知識，新生報有了彩色的廣告和彩色版面。新生報得以清晰、鮮明的彩色出現，呈現在讀者的眼前，在印刷方面，陳副廠長居功不小。

後來宣廠長退休，被借重到臺中一家報紙，繼續主持新聞印刷工作；洪副廠長晉升為廠長，此時，新生報印刷廠，又從基層工作同仁中，發掘並提升周承勲先生為副廠長。周先生發揮了苦幹、實幹的精神，只要他一跨進新生報的大門，就直奔排字房；直到出報完成為止，任何時間，他都在排字房專注地工作。

新生報的印刷工作，有了洪其、陳賢德與周承勲，各有所長，而各有分工，形成印刷廠的「鐵三角」，也就無所不能了。在任何情況下，都會準時出報。

人才，是一個事業機構最珍貴的資產。新生報能在逆境中求生存、求發展，得力於一些不畏艱難，充滿睿智的同仁。除了印刷廠以外，經理部門的人才，也是各有所長。如：廣告組副總經理兼主任張建藩、劉與武、發行主任吳伯華、林朝復、總務主任徐仲毅、工商服務部經理賴明佶等……如此堅強的陣容，難怪新生報可以衝破困境，儼若一份再生的報紙。

雖然，硬體部分在脫胎換骨，要遷廠、要更新設備，又不能影響出報，幾乎要在一天之內完成。但是，新生報硬體的改革工作，是爲了軟體，新的新生報尚待誕生。

求新求變與堅守原則

我秉持着兩項原則，進行軟體的規劃：

㈠報紙雜誌化。在這項原則之下，新生副刊改爲全版的彩色印刷，又規劃了現代生活版、愛的天地、國中生和兒童等版面，以及包括了財富、健康……每日輪流見報的周刊。新聞雜誌化，最難的還是人才，如何選取編輯人才？這在現有編輯中很難物色的。因爲要約稿、選稿、審稿，也要編稿，所以此種「人才」眞難。我們就在專業事業中找有才幹、也有編輯經驗的人。於是我們請到賴基銘編「醫藥」、吳榮斌編「財富」、陳美儒（曉儒）編「愛的天地」。基銘當時是臺大醫學院學生，我發現他，是由於在一次大學競賽刊物中，醫學院的「杏林」，論其內容、編排、廣告均屬上乘，於是「循線」請到基銘兄。基銘純正、用功而熱心，記得，常常發完稿後，自帶聽診器、血壓器，就爲編輯部同仁服務起來，如今他是長庚醫院的名醫。吳榮斌是「大同」雜誌的主編，後來自行創業，與其夫人元美，賢伉儷創辦文經出版社而成功。曉儒當時是專欄作家，國中老師，如今在專欄寫作方面，越來越成熟。新生報雜誌型態的方式，在規劃與執行方面，以楊濟賢兄的貢獻最大，由於他的美術造詣，長於協調，有編雜誌的經驗，使版面生動、活潑。當時的新生副刊主編林期文先生，在劉靜娟小姐協助下，在約稿方面，也有相當的貢獻。彩色版的長篇連載小說，無論題材、文字與作家，均令人耳目一新。

㈡避免硬性新聞的競爭。由於臺灣新生報是屬於臺灣省政府的報紙，與臺灣新聞報，同爲「公辦」的報紙。「公辦」的報紙自有其特點，但就硬性新聞競爭而言，自有其先天的缺點，這是不爭的事實，也是新生報先天的缺陷。因此，減少硬性新聞的競爭，而在其它的新聞上發揮所長，就會和其它的報紙一較長短，也才具有平頭頂的競爭。

新生報眞是人才濟濟。不只是走出新生報是人才，在新生報裏面，也有的是人才。當時，編採方面，協助我的，除了總編輯徐昶兄外，還有彭承斌、尹元甲、葉宗夔、駱明哲、查立平、陳啓家、盧幹金、朱安平、周基斗、廖根祥等，小將張忠江、周芳輝、王清華等表現也很出色。當時每週一次的編採會報能發揮功能，駱明哲兄的準備、分析，確實而生動，精彩而實在，我當時就說，明哲兄的新聞分析報告是極佳的「比較編輯學」。後來，陳啓家、盧幹金二兄，先後爲新創刊的民生報所禮聘，而成爲將帥之才。

眞是皇天不負苦心人，新生報在內外各方面大力的配合和推展下，也是重重的壓力下，已經脫胎換骨，令人刮目相看了。所以謝前主席東閔先生，就很興奮地說：從六月一日起，看「新生報」，就可以發現版面和內容與以前大不相同，我也特別向蔣院長報告，請院長看六月一日以後的「新生報」。

「再生」的新生報問市的第一天，若干新聞同業甚至不相信手中拿的就是昨日的新生報；火車上的乘客，看到了再生的新生報，一看再看，還以爲自己拿錯了報紙……新生報締造的「奇蹟」，讓人難以置信。甚至同業間相傳：這只不過是一張樣品；甚至有人懷疑，這是找其它的彩色印刷工廠代爲印刷的，這種「好景」是維持不了多久的。但，事實證明，新生報已徹徹底底的脫胎換骨，新生報在一夜之間獲得了新生，當第一張新的新生報誕生的那天晚上，所有參與編印的員工，興奮非常，其情景就像過大年除夕一樣，當第一份新的新生報印刷成功，送到編輯部時，大家比中了第一特獎還興奮。

爲一份歷史悠久的報紙注入新生，求新、求變是必要的，有些原則，仍是必須堅守的。例如新生報的報頭，我一直堅持維持原狀，因爲，這個古老的報頭，代表着一段歷史，象徵着一份意義。

臺灣新生報這個報頭應該和臺灣光復有着相同的意義。有一段時間，新生報在艱困時，就會有不同的主意出現，甚至怪報頭太瘦，不够豐滿，這幾個標準字體曾經被描粗有點福相，在報攤上也會引起注意，甚至有人建議乾脆換個新報頭，但是，對報頭的維護，我始終非常堅持，一定要維持原貌，此正如一個人一樣，既不能毀容，也不能整容。

此外，在新生報財務問題最艱困和拮据時，有人主張把臺北市延平南路一百廿號新生報的原址（卽今天的新生報業廣場）做一個處理，但我却堅持：一時的困難總可以渡過，但財產一變賣，就成爲長久的困難。這可能是來自鄉村孩子的固執。而今總算苦盡甘來，新生報業廣場和一條街之隔的實踐堂對面的新生報編印大樓相互輝映，配合使用。當初，新生報原址改建時，在幾次會議中，我也堅持新厦用「新生報業廣場」，這也許是一位學新聞的人，紐約時報的理想與精神常在心中，「時報廣場」實令人爲之嚮往。

新聞，是一份報紙的命脈，即使報紙以雜誌化的方式經營也是如此。因之，在任何情況下，我仍堅守著新聞內容重於一切的信念。因爲讀者所以需要報紙，是因爲它有足以吸引讀者的內容，提供其需要與興趣的滿足。

主持新生報五年的期間中，在同仁們齊心協力、全力以赴的工作熱忱中，完成了一些大大小小的改革計劃。其中，有兩個小小的措施，雖然屬於螺絲釘的地位，但却發生極大的功能，這也是我當年堅持的結果。

一直以爲，一個傳播機構要建立好的形象，除了呈現給讀者的內容之外，讀者和報社人員直接或間接的接觸，更是十分重要的。

在這個前題下，我大力鼓吹建立電話總機制度，當時，不贊成者多以沒有電話專業人才及增加設備開支爲由。可是在幾次會議中，我力排衆議，最後李社長白虹先生終於接納我的建議，並在總務組挑選了梁小姐及程小姐兩位工友職位，擔任總機接線生的工作，她們「新生報，您好！」親切的服務態度、甜美的聲音以及追踪的週到服務，方便了讀者，也方便了報社的同仁，更赢得同業的羨慕及讀者的稱讚。新生報眞的新生了！如今，我離開新生報多年，還很懷念與感謝梁、程二位小姐的服務精神。

加強櫃臺的服務。也是一個小小的改革，但影響却很大。爲了加強服務，一進門處設了服務臺，並考選大專程度的服務小姐擔任，來報社洽公的人可以找專人詢問，還有收受廣告稿件和賣書籍的專櫃，提供親切而週到的服務。報社門口櫃臺的設立，除了增加無形的好感和便利外，同時也增加了有形的廣告收入。自從增設服務小姐的櫃臺接稿後，分類小廣告增加了，廣告公司跑外勤的小弟，也不嫌新生報遠和什麼單行道的不便了。跑得眞勤快，甚至他們的老板還抱怨，在新生報停留太久。

自從我第一天進新生報時起，到離開的前一天晚上，我只知道努力做，盡自己能力，盡自己的本份去做；因爲我是一個笨人，不知也不會取巧。我做事的方法，後來天下雜誌在訪問我的時候，把它視爲經營事業的方法：一是「全天候的到班」，一是「全報社的走動」。不只是在報社內走動，也到外縣市鄉鎭走動，看採訪同仁，看營業處主任。起初，發行組同仁好意勸我，社長最好不要去，因爲那些營業處主任很厲害，發牢騷是輕的，有時還會罵人、罵報社。我說：他們有苦悶，當然要發牢騷，當然要罵，罵罵社長也好，要他們罵罵也好。他們有苦水，不向社長吐，向誰吐？

我頭一次去，自北至南，一鄉一鎭一路下去，確實挨了不少罵，但因爲他們罵得有道理，且心理有準備，並沒有想像中那樣嚴重。後來，報社根據他們的意見，不斷地改善，內容不斷地改進，第二次再去，就再難得聽見罵聲了，後來都變成好朋友，這也是經營事業的苦樂。

長官支持終能施展抱負

在新生報的工作期間，所以能獲得施展理想、創造環境和克服困難的機會，最主要的原因，應歸功於政治的開明和進步，以及政府首長的信任和支持。蔣總統經國先生在行政院院長任內，無論主持院會、立法院報告、答詢、新聞界園遊會、除夕談話以及金馬前線和視察十大建設工程、訪問民間……，都是大新聞，也都是好新聞，就一個新聞傳播者而言，蔣院長的一言一行，一舉一動，都是攝影記者的好鏡頭、文字記者的好材料、編輯的好標題、主筆的好題目。院長開心、老百姓開心、新聞工作者也開心。和新生報關係最密切的臺灣省政府主席——謝東閔先生和林洋港先生，他們觀念的進步和開朗，讓我有機會發揮所學，施展抱負。

謝前副總統東閔先生，在擔任省主席任內，就再三強調，新生報雖然是省政府的報紙，但是對於省政建設可以加以善意的批評，對於省主席的言行，倒不必刻意的強調。

民國六十五年六月廿五日，謝主席到新生報參觀視察時，就曾對新生報全體同仁講：

「我希望『新生報』對省政建設多多研究，因爲省政措施難免有些會偏差，有些措施未必完全正確，『新生報』對此也可以作善意的批評或建設性的批評，總而言之，請不要過分的強調我個人的言行。」

「我非常感謝『新生報』爲我所作的宣傳，但我希望能作適當的報導，不要佔太大的篇幅。」

謝先生是新生報創辦人之一，其後又擔任四年的新生報董事長，同時，他的一生興趣就在文化、教育、出版方面。早年在我國大陸，還曾經擔任過時間很短但很出色的新聞工作，因此，他對新聞處理可說十分內行，對新生報也有深厚的感情，他告訴新生報的編採同仁：

「在新聞處理方面，如將一些長篇大論的文章全文照登，讀來必然乏味，各位是『新生報』的『製造人』，也是『新生報』的基本讀者，我想大家的心理都是一樣的，對此類文章定然不喜歡，我個人對此也有同感，如果每篇文章或新聞，都能摘其精華或將創新有價值可讀性部分予以刋登，如此版面當可更活潑生動。

「今後在處理首長講話新聞應力求簡潔，除非是一些不得已的！例如我在省議會作的施政報告，非全文刋登不可，因爲這是一種資料的關係，此外，類似新聞處理時應愈簡單愈好，還有在處理時不要太集中，應予以分散。」

謝前主席在任內，很少指示新生報的新聞言論該怎樣做，不該怎樣做。在我擔任社長時，曾經幾次有機會晉見謝主席，他只關心社務工作，關懷同仁，從來不做任何指示，他喜歡談他對於教育、文化的理想和作法，只有一次，謝先生早晨看了臺北報紙之後，立刻打了個電話給我，他說：昨天我去某地參觀，新生報所刋出的新聞和別的報紙不太一樣，別的報紙寫作比較靈巧、活潑，有可讀性，有內容。囑我特別要注意記者寫作的技巧和編輯版面的安排，並注意新聞的比較。求公並笑着說：我們新生報所刋的，大概是「通稿」。如果說，謝先生對新生報有什麼特別提示的話，大概就是記者的寫作和版面的處理了。他實事求是，很重視效果，討厭誇大與海派作風，對於文字尤其如此。記得有一年爲出版社慶特刋，向他老人家順便談起名稱問題，他說：不要用什麼「最美麗」就好了！

由於謝先生對教育、文化紮根的重視，在他耳提面命之下，我開始透過新生報的編輯及發行系統，在臺灣省內大力推廣「白話論語」，目標是「家家有論語，人人讀論語」，讓至聖先師孔老夫子的論述，深入純樸的民間，經有關同仁研究後，特別推薦青年學者臺大教授吳宏一博士譯註「白話論語」，獲得臺灣省各縣市長及議長的支持，得以推廣，使論語深入農村家庭，享受里仁爲美之樂。高雄市則由當時的秘書長許水德負責推動，請他的母校師大教授譯述，也有相當的成果。「白話論語」經現任新生報社長沈岳先生接任後，把辜鴻銘的英文翻譯部份加入，成爲中英文的《論語》，更爲完整。後來，論語也進駐圓山大飯店的客房，讓更多的中外訪客體會中華文化的精髓，這是世界其他任何大旅館所沒有的。

現任行政院副院長林洋港先生，在擔任省主席期間，對新生報也很關懷、也很支持，對我個人也有很多鼓勵。記得有一次，國語日報的「文化圈」，刋登我卽將卸下新生報社長的職務，轉赴華盛頓出任新聞方面新職，林主席曾要當時的交際科長傅瑞拱先生（是一位好人，可惜英年早逝），打電話給我，說林主席要找我談談，我卽趕往臺灣銀行主席辦公室晉見。林主席問我：報上刋登的消息，說石社長有榮調，眞的嗎？我回答說：我也不知道，我也是從報上看到的，不管在那裏，都是爲國家服務，只是我完全聽從長官的指示，要我到什麼地方，我就去什麼地方。林主席說：省府非常需要石社長，如果有其他的政府機構或長官要借重你，而你又不好意思婉拒的話，我可以幫你，把你留住。

林主席眞是眞情流露，對我的信任與嘉勉，更讓我下定決心竭盡所能，全力以赴，在自己工作崗位上加倍努力，爲國家服務，以求圖報。只有幾分鐘，我就辭出，在那裏還遇見于衡教授，我們一進一出，林主席一迎一送。我稱于教授爲老師。林主席好奇問于教授：于先生教過石社長？于先生說：我雖然沒有教過石社長，但政大在臺復校的時候，教「新聞」的王洪鈞、歐陽醇等，我們常常在一起，王先生是石社長的老師，所以他也稱我們爲「老師」。林主席也擧出他也尊奉陳寶川先生爲「老師」的例子。

國語日報的每週二、四、六的「文化圈」，有關文化新聞的人事動態，向很權威與靈通。我的調職之「謎」，眞相如何？我甚少關心我自己的事。據說，當時林主席知道這個「新聞」，是出自計世瑛先生的相告。計先生是林主席早期在南投縣政府服務時的「老友」，自聯合報退休後，新生報借重其經驗，做地方新聞的核稿工作。林主席念舊，多少年來一直與計先生保持關係。據說，當時，計先生在電話中告訴林主席，這個人不能離開新生報，你要趕快找他談談。這是閒話。

「文化圈」新聞出現後，很多方面的長官都很關心，尤其是當時中央委員會副秘書長吳俊才先生，對我眞是提携備至，當日先後打電話至外交部次長錢復先生及行政院新聞局副局長戴瑞明先生（宋楚瑜局長外出），詢問眞相，均告：未有所聞。

林主席都不知道這件事，我可以確定的，又是一次「高空」。

眞的，我很幸運，我所遇到的，都是教導我做事做人，愛護我備至的長官。李白虹先生，就是其中之一。白虹先生是我的社長，後又做我的董事長，他不只是信任我、支持我，還在暗地裏扶助我，怕我遇到挫折，心灰意冷，或是操之過急，而弄得頭破血流。有一次，大概他已知道我又要擔任另外的職務了。特別親手錄下「格言聯璧」幾句對我有幫助的箴言給我。民國六十六年八月廿六日白老又將他自己珍藏多年的曾左胡治兵語錄一書賜我。白老寫道：「誠如先總統 蔣公對此書之評價：『不惟治兵者之至寶，實爲治心治國之良規。』曾左胡諸公一代人豪，以忠誠爲天下倡，所謂『同心若金，攻錯若石，相期無負平生』，此種道義精神，實足爲吾輩克己省察之示範，特弁數言，以表嚮往與互勉之忱。」

新聞界前輩曹聖芬先生，在交卸中央日報董事長職務的時候，曾經語重心長的說：我的血液中流着中央日報的油墨。我曾身爲新生報的一份子，尤其是曾經在報社最艱難的時候，休戚與共，同舟共濟的同仁，我的生命已經和新生報的生命融爲一體了，因爲我學的是新聞，我的一生對於新聞事業，更有一份非比尋常的熱愛。

對臺灣新生報，我始終抱持着這份特殊而又親切的情感。每天我所面對的新生報，不只是鉛字溶成的新聞，而是報社內外站在不同崗位上默默工作的同仁面孔，不論他做什麼，也不論他在那裡，對於我是那樣熟悉，又是那樣的親切。

滄海叢刊已刊行書目(八)

書名	作者	類別
文學欣賞的靈魂	劉述先	西洋文學
西洋兒童文學史	葉詠琍	西洋文學
現代藝術哲學	孫旗譯	藝術
音樂人生	黃友棣	音樂
音樂與我	趙琴	音樂
音樂伴我遊	趙琴	音樂
爐邊閒話	李抱忱	音樂
琴臺碎語	黃友棣	音樂
音樂隨筆	趙琴	音樂
樂林蓽露	黃友棣	音樂
樂谷鳴泉	黃友棣	音樂
樂韻飄香	黃友棣	音樂
樂圃長春	黃友棣	音樂
色彩基礎	何耀宗	美術
水彩技巧與創作	劉其偉	美術
繪畫隨筆	陳景容	美術
素描的技法	陳景容	美術
人體工學與安全	劉其偉	美術
立體造形基本設計	張長傑	美術
工藝材料	李鈞棫	美術
石膏工藝	李鈞棫	美術
裝飾工藝	張長傑	美術
都市計劃概論	王紀鯤	建築
建築設計方法	陳政雄	建築
建築基本畫	陳榮美 楊麗黛	建築
建築鋼屋架結構設計	王萬雄	建築
中國的建築藝術	張紹載	建築
室內環境設計	李琬琬	建築
現代工藝概論	張長傑	雕刻
藤竹工	張長傑	雕刻
戲劇藝術之發展及其原理	趙如琳譯	戲劇
戲劇編寫法	方寸	戲劇
時代的經驗	汪琪 彭家發	新聞
大眾傳播的挑戰	石永貴	新聞
書法與心理	高尚仁	心理

滄海叢刊已刊行書目（七）

書名	作者	類別
印度文學歷代名著選（上）（下）	糜文開編譯	文學
寒山子研究	陳慧劍	文學
魯迅這個人	劉心皇	文學
孟學的現代意義	王支洪	文學
比較詩學	葉維廉	比較文學
結構主義與中國文學	周英雄	比較文學
主題學研究論文集	陳鵬翔主編	比較文學
中國小說比較研究	侯健	比較文學
現象學與文學批評	鄭樹森編	比較文學
記號詩學	古添洪	比較文學
中美文學因緣	鄭樹森編	比較文學
文學因緣	鄭樹森	比較文學
比較文學理論與實踐	張漢良	比較文學
韓非子析論	謝雲飛	中國文學
陶淵明評論	李辰冬	中國文學
中國文學論叢	錢穆	中國文學
文學新論	李辰冬	中國文學
離騷九歌九章淺釋	繆天華	中國文學
苕華詞與人間詞話述評	王宗樂	中國文學
杜甫作品繫年	李辰冬	中國文學
元曲六大家	應裕康 王忠林	中國文學
詩經研讀指導	裴普賢	中國文學
迦陵談詩二集	葉嘉瑩	中國文學
莊子及其文學	黃錦鋐	中國文學
歐陽修詩本義研究	裴普賢	中國文學
清真詞研究	王支洪	中國文學
宋儒風範	董金裕	中國文學
紅樓夢的文學價值	羅盤	中國文學
四說論叢	羅盤	中國文學
中國文學鑑賞舉隅	黃慶萱 許家鸞	中國文學
牛李黨爭與唐代文學	傅錫壬	中國文學
增訂江皋集	吳俊升	中國文學
浮士德研究	李辰冬譯	西洋文學
蘇忍尼辛選集	劉安雲譯	西洋文學

滄海叢刊已刊行書目(六)

書名	作者	類別
卡薩爾斯之琴	葉石濤	文學
青囊夜燈	許振江	文學
我永遠年輕	唐文標	文學
分析文學	陳啓佑	文學
思想起	陌上塵	文學
心酸記	李喬	文學
離訣	林蒼鬱	文學
孤獨園	林蒼鬱	文學
托塔少年	林文欽編	文學
北美情逅	卜貴美	文學
女兵自傳	謝冰瑩	文學
抗戰日記	謝冰瑩	文學
我在日本	謝冰瑩	文學
給青年朋友的信(上)(下)	謝冰瑩	文學
冰瑩書柬	謝冰瑩	文學
孤寂中的廻響	洛夫	文學
火天使	趙衛民	文學
無塵的鏡子	張默	文學
大漢心聲	張起鈞	文學
回首叫雲飛起	羊令野	文學
康莊有待	向陽	文學
情愛與文學	周伯乃	文學
湍流偶拾	繆天華	文學
文學之旅	蕭傳文	文學
鼓瑟集	幼柏	文學
種子落地	葉海煙	文學
文學邊緣	周玉山	文學
大陸文藝新探	周玉山	文學
累廬聲氣集	姜超嶽	文學
實用文纂	姜超嶽	文學
林下生涯	姜超嶽	文學
材與不材之間	王邦雄	文學
人生小語(一)(二)	何秀煌	文學
兒童文學	葉詠琍	文學

滄海叢刊已刊行書目（五）

書名	作者	類別
中西文學關係研究	王潤華	文學
文開隨筆	糜文開	文學
知識之劍	陳鼎環	文學
野草詞	韋瀚章	文學
李韶歌詞集	李韶	文學
石頭的研究	戴天	文學
留不住的航渡	葉維廉	文學
三十年詩	葉維廉	文學
現代散文欣賞	鄭明娳	文學
現代文學評論	亞菁	文學
三十年代作家論	姜穆	文學
當代臺灣作家論	何欣	文學
藍天白雲集	梁容若	文學
見賢集	鄭彥棻	文學
思齊集	鄭彥棻	文學
寫作是藝術	張秀亞	文學
孟武自選文集	薩孟武	文學
小說創作論	羅盤	文學
細讀現代小說	張素貞	文學
往日旋律	幼柏	文學
城市筆記	巴斯	文學
歐羅巴的蘆笛	葉維廉	文學
一個中國的海	葉維廉	文學
山外有山	李英豪	文學
現實的探索	陳銘磻編	文學
金排附	鍾延豪	文學
放鷹	吳錦發	文學
黃巢殺人八百萬	宋澤萊	文學
燈下燈	蕭蕭	文學
陽關千唱	陳煌	文學
種籽	向陽	文學
泥土的香味	彭瑞金	文學
無緣廟	陳艷秋	文學
鄉事	林清玄	文學
余忠雄的春天	鍾鐵民	文學
吳煦斌小說集	吳煦斌	文學

滄海叢刊已刊行書目㈣

書名	作者	類別
歷史圈外	朱桂	歷史
中國人的故事	夏雨人	歷史
老臺灣	陳冠學	歷史
古史地理論叢	錢穆	歷史
秦漢史	錢穆	歷史
秦漢史論稿	刑義田	歷史
我這半生	毛振翔	歷史
三生有幸	吳相湘	傳記
弘一大師傳	陳慧劍	傳記
蘇曼殊大師新傳	劉心皇	傳記
當代佛門人物	陳慧劍	傳記
孤兒心影錄	張國柱	傳記
精忠岳飛傳	李安	傳記
八十憶雙親 師友雜憶 合刊	錢穆	傳記
困勉強狷八十年	陶百川	傳記
中國歷史精神	錢穆	史學
國史新論	錢穆	史學
與西方史家論中國史學	杜維運	史學
清代史學與史家	杜維運	史學
中國文字學	潘重規	語言
中國聲韻學	潘重規 陳紹棠	語言
文學與音律	謝雲飛	語言
還鄉夢的幻滅	賴景瑚	文學
葫蘆・再見	鄭明娳	文學
大地之歌	大地詩社	文學
青春	葉蟬貞	文學
比較文學的墾拓在臺灣	古添洪 陳慧樺 主編	文學
從比較神話到文學	古添洪 陳慧樺	文學
解構批評論集	廖炳惠	文學
牧場的情思	張媛媛	文學
萍踪憶語	賴景瑚	文學
讀書與生活	琦君	文學

滄海叢刊已刊行書目㈢

書名	作者	類別
不疑不懼	王洪鈞	教育
文化與教育	錢穆	教育
教育叢談	上官業佑	教育
印度文化十八篇	糜文開	社會
中華文化十二講	錢穆	社會
清代科舉	劉兆璸	社會
世界局勢與中國文化	錢穆	社會
國家論	薩孟武譯	社會
紅樓夢與中國舊家庭	薩孟武	社會
社會學與中國研究	蔡文輝	社會
我國社會的變遷與發展	朱岑樓主編	社會
開放的多元社會	楊國樞	社會
社會、文化和知識份子	葉啓政	社會
臺灣與美國社會問題	蔡文輝 蕭新煌 主編	社會
日本社會的結構	福武直 著 王世雄 譯	社會
三十年來我國人文及社會科學之回顧與展望		社會
財經文存	王作榮	經濟
財經時論	楊道淮	經濟
中國歷代政治得失	錢穆	政治
周禮的政治思想	周世輔 周文湘	政治
儒家政論衍義	薩孟武	政治
先秦政治思想史	梁啓超原著 賈馥茗標點	政治
當代中國與民主	周陽山	政治
中國現代軍事史	劉馥著 梅寅生譯	軍事
憲法論集	林紀東	法律
憲法論叢	鄭彥棻	法律
師友風義	鄭彥棻	歷史
黃帝	錢穆	歷史
歷史與人物	吳相湘	歷史
歷史與文化論叢	錢穆	歷史

滄海叢刊已刊行書目(二)

書名	作者	類別
語言哲學	劉福增	哲學
邏輯與設基法	劉福增	哲學
知識·邏輯·科學哲學	林正弘	哲學
中國管理哲學	曾仕强	哲學
老子的哲學	王邦雄	中國哲學
孔學漫談	余家菊	中國哲學
中庸誠的哲學	吳怡	中國哲學
哲學演講錄	吳怡	中國哲學
墨家的哲學方法	鍾友聯	中國哲學
韓非子的哲學	王邦雄	中國哲學
墨家哲學	蔡仁厚	中國哲學
知識、理性與生命	孫寶琛	中國哲學
逍遙的莊子	吳怡	中國哲學
中國哲學的生命和方法	吳怡	中國哲學
儒家與現代中國	韋政通	中國哲學
希臘哲學趣談	鄔昆如	西洋哲學
中世哲學趣談	鄔昆如	西洋哲學
近代哲學趣談	鄔昆如	西洋哲學
現代哲學趣談	鄔昆如	西洋哲學
現代哲學述評(一)	傅佩榮譯	西洋哲學
懷海德哲學	楊士毅	西洋哲學
思想的貧困	韋政通	思想
不以規矩不能成方圓	劉君燦	思想
佛學研究	周中一	佛學
佛學論著	周中一	佛學
現代佛學原理	鄭金德	佛學
禪話	周中一	佛學
天人之際	李杏邨	佛學
公案禪語	吳怡	佛學
佛教思想新論	楊惠南	佛學
禪學講話	芝峯法師譯	佛學
圓滿生命的實現(布施波羅蜜)	陳柏達	佛學
絕對與圓融	霍韜晦	佛學
佛學研究指南	關世謙譯	佛學
當代學人談佛教	楊惠南編	佛學

滄海叢刊已刊行書目㈠

書名	作者	類別
國父道德言論類輯	陳立夫	國父遺教
中國學術思想史論叢㈠㈡㈢㈣㈤㈥㈦㈧	錢穆	國學
現代中國學術論衡	錢穆	國學
兩漢經學今古文平議	錢穆	國學
朱子學提綱	錢穆	國學
先秦諸子繫年	錢穆	國學
先秦諸子論叢	唐端正	國學
先秦諸子論叢（續篇）	唐端正	國學
儒學傳統與文化創新	黃俊傑	國學
宋代理學三書隨劄	錢穆	國學
莊子纂箋	錢穆	國學
湖上閒思錄	錢穆	哲學
人生十論	錢穆	哲學
晚學盲言	錢穆	哲學
中國百位哲學家	黎建球	哲學
西洋百位哲學家	鄔昆如	哲學
現代存在思想家	項退結	哲學
比較哲學與文化㈠㈡	吳森	哲學
文化哲學講錄㈠㈡㈢㈣	鄔昆如	哲學
哲學淺論	張康譯	哲學
哲學十大問題	鄔昆如	哲學
哲學智慧的尋求	何秀煌	哲學
哲學的智慧與歷史的聰明	何秀煌	哲學
內心悅樂之源泉	吳經熊	哲學
從西方哲學到禪佛教—「哲學與宗教」一集—	傅偉勳	哲學
批判的繼承與創造的發展—「哲學與宗教」二集—	傅偉勳	哲學
愛的哲學	蘇昌美	哲學
是與非	張身華譯	哲學